时代印记

杨刚祥　著

中国出版集团　现代出版社

图书在版编目（CIP）数据

时代印记：报告文学集 / 杨刚祥著. -- 北京：现
代出版社，2022.11

ISBN 978-7-5231-0062-2

Ⅰ.①时… Ⅱ.①杨… Ⅲ.①报告文学-作品集-中
国-当代 Ⅳ.①I25

中国版本图书馆CIP数据核字（2022）第230382号

时代印记（报告文学集）

著　　者　杨刚祥
责任编辑　张　霆
出版发行　现代出版社
地　　址　北京市安定门外安华里504号
邮政编码　100011
电　　话　010-64267325　64245264（传真）
网　　址　www.1980xd.com
印　　刷　成都现代印务有限公司
开　　本　880mm × 1230mm　1/32
印　　张　11.25
版　　次　2022年12月第1版　2022年12月第1次印刷
书　　号　ISBN 978-7-5231-0062-2
定　　价　68.00元

以文学的深情感知时代脉动

——读杨刚祥报告文学集《时代印记》

　　杨刚祥先生是一位资深的作家，他的作品体裁多样，诸如小说、诗歌、散文、文史考证、随笔札记……等等都有涉猎，而且成绩不俗。现在，他的报告文学作品集又出版在即，委实可喜可贺。这部凝聚他的心血、寄托的厚重作品，可从另一侧面窥见他的文学追求的深度和高度。

　　报告文学集《时代印记》收录杨刚祥先生所作16篇文章共20多万字，他的报告文学呈现出综合性文体特征，紧扣真实性和现实性，相对较快的成文速度，将社会生活中的情景加以描写刻画，兼顾社会舆论的正确导向，呈现出别具匠心的作品。

　　叙写重大事件的《走进雪山无人区》记叙了西岭雪山后山无人区的大型科学考察活动，详尽地介绍了那里丰富的自然生态、历史人文资源和考察全过程。这一考察活动同期在成都电视台播出，受到社会广泛关注。《筑路先锋》记叙了中铁十三局四处历时5年修建内蒙古地方铁路集通线151公里的全过程，讲述了那些筑路工在极为恶劣的条件下克服各种困难施工可歌可泣的事迹。《松花江壮歌》讲述了中铁十三局修建吉林长春市重点工程、引松花江水入长春的取水头科技攻关和施工人员的奉献精神。《挺起工业脊梁》讲述了大邑县委、县政府随着改革开放的不断深入，着力从传统农业大县向工业强县战略转移，努力实现富民强县的一系列重大举措。《西岭山歌：一张靓丽的文化名片》讲述了大邑县申报国家级非物质文化遗产项目"西岭山歌"产生、发展过程及山歌的现实价值意义。

反映"5·12"汶川特大地震两篇作品：《地震，彰显代表作用》反映了各级人大代表积极投身到抗震救灾、抢险救人和积极捐款捐物、交纳特殊党费等事情。《重建美好家园》反映作为全国51个重灾县之一的大邑在繁重的三年灾后重建中，县人大常委会充分履行职权，积极争取省市人大和对口援助的内蒙古自治区人大的大力帮助和扶持，以及扎实做好灾后重建美好家园的监督工作。

反映地方教育的《北小科创走进人民大会堂》讲述了大邑县北街小学重视学生特色教育、开展科创活动取得的成果，到北京参赛、在人民大会堂领奖的过程。《职业教育花正红》反映了大邑县职业高级中学实施教育教学改革、着力培养社会实用人才的举措及成果。

以英雄人物、劳动模范为主角的《滚滚长江载英雄》记叙了大邑籍战士李威在1998年长江抗洪抢险中英勇牺牲的事迹，以及英雄成长过程、牺牲后评为烈士、追认为党员和英雄魂归故里的故事。《烈火金刚》反映了大邑籍抗美援朝志愿军老战士张敬明的一生经历，他是大邑2600多名志愿军战士的一个缩影。《彩虹人生》讲述了铁道部劳动模范陈道银的成长过程，及在起重工特殊岗位不怕牺牲、克服困难、勇挑重担的时代精神。

描写一般性事件但具有时代精神的作品《金牌调解员》讲述城市化进程中新型农民社区的社会治安综合治理，以及80多岁"金牌调解员"王成旭的义务调解工作。《雪山下的电力守护神》

讲述了大邑县电力公司输电运检班群体，在特殊岗位克服困难、履职尽责、勇于奉献的时代精神。《红舞鞋之梦》讲述了大邑籍小学教师姚丽从小热爱少儿舞蹈艺术、梦圆"红舞鞋之梦"的经历，以及走向成功在全国相继办起300多所少儿舞蹈艺术连盟学校、开展全国学生考级的事情。《志愿者之歌》讲述了志愿者张怀月从2020年初全民抗击疫情开始，积极投身到志愿者服务、赴甘孜州抢险救援、赴凉山州扑灭森林大火等一系列事迹。

文集中既有重大事件的再现，也有英雄人物、劳动模范的宣传，更有一般性的社会事件但具有时代性、典型性，透过事件却折射出作品中的主人公某些方面的闪光点，在叙述故事、刻画人物的字里行间蕴含着人物的灵魂和精气神，不仅反映了多姿多彩的社会生活，也从多视角反映了社会变革和社会文明进步发展的主流，反映了现行政策、执行能力和社会主义制度的优越性。

杨刚祥先生有着深厚的文学素养，以及高明的文字驾驭能力，尤其是他多年养成的思考习惯和思考的深度，贯穿他的创作过程始末，或作为一种主轴、或作为一种点染，或作为一种叙事附着的判断……必然就会体现在其作品的各个细枝末节。他的作品的现实性，表现在其发挥主观能动性进行材料的加工，并且与时代背景和相关思想相融合相衔接，故而自然产生出符合时代发展要求、具有正确舆论导向的文字。

贯穿全书的思想闪光，也即思考的结晶，思想性的融入使其叙事的文学性得到印证和提升。思考达到相当的深度，则呈现为一种思想的参与，将其深透在现实材料展开加工的过程中，深切影响到他的作品的形态，即一种强烈的艺术特征。杨刚祥先生文风扎实深透，一方面很好的诠释了深入扎根人民，投身现实生活一线的理念。一方面则是文风的扎实、布局的深透，而又能在此

基础上抽绎思考的结晶。

他笔下的人物，既是生活中的普通人，更有超越平凡普通的一面。人物、事件、理念……通过他的深度挖掘，深情再现，交融而能贯穿，密实而又通透，一个个真实、生动、丰富、饱满、立体的人物形象，并于其间体现时代的价值观和智慧。而这种平凡中的伟大，正是中国人民朝气蓬勃、意气风发、砥砺前行的有力象征。

在这部文集中，不难体悟杨刚祥先生行文的结构特征，那就是平实而具波澜，紧凑却又舒缓，从容而能跌宕，主观感情并不影响客观的判断。

作者早年在部队从事新闻工作，部队履历对于他的心性的养成，具有重大的潜移默化的作用，这段经历促使他能够锲而不舍与文学结缘，承担起真实记录、描写反映现实和光辉历史的重任。他的作品，新闻的要素明晰无误，但又在此基础上具有深切的文学特征，后者作为一种艺术手腕和思想的深化，赋予其作品积极的价值，换句话说，其作品在具有明显的时效性、真实性、现实性的基础上，艺术加工恰到好处，表述方式的文学化、思想化、形象性与抒情性妥帖准确的把握，以及文学性与作品叙述的全程相始终，使其报告文学更具影响力和表现力。

伍立杨

2022年4月写于成都

（伍立杨：四川省作家协会副主席，中国作家协会会员，著名散文家。）

目录 CONTENTS ▶▶▶

走进雪山无人区

序 言

满山翠绿、生机盎然，杜鹃盛开、万山红艳……春夏之交的西岭雪山，正是一年中最为美丽的时节。

2003年5月，由中共大邑县委宣传部、成都电视台联合主办，成都电视台新闻综合频道社会新闻部、大邑县广电局、大邑县电视台、大邑报社及成都西岭雪山旅游开发有限公司承办的成都西岭雪山后山无人区生态资源大型考察活动，引起社会的广泛关注。

这支较大规模的考察队，由地质专家、林业专家、野生动物保护专家、林业公安、新闻记者，以及当地向导、后勤保障人员共32人组成。

5月19日，考察队一行浩浩荡荡从西岭雪山滑雪场乘索道至日月坪，在阴阳界处进入后山无人区进行为期9天的考察，途经麦秧林、甘草坪、褐场岩、九龙池、四城门、喳口石、戏子岩、灯杆坪等地，于5月26日顺利返回。

本文作者、大邑报社副总编辑作为考察队一员，跟随考察队走完全部行程，亲身经历、感受了此次考察活动的艰辛与劳累。

虽然只有短短9天时间，但这次经历却让人终生难忘。

本文旨在向读者展示有关西岭雪山后山无人区那些鲜为人知的良好生态资源状况和美丽如画的自然风光，讲述那些动人的故事……

第一章　关注雪山

位于四川盆地、成都平原西沿的大邑，历史悠久，文化厚重，人文荟萃。

大邑在新石器时期就有人类活动。这里不仅有4600年宝墩文化的高山古城成为成都历史第一城，以及4300年的盐店古城，2000年的道源文化、佛学文化和1800年的三国文化，1300年的建县历史等，为古蜀文明、天府之国提供了延绵数千年的文化滋养，被明代状元杨升庵称誉为"蜀之望县"，而且地域广阔，资源丰富，山水灵秀，素有"七山一水两分田"之称。这"七山一水"，主要分布在西岭雪山的广大地区。

驰名中外的国家级风景名胜区西岭雪山就位于大邑县西岭镇境内，这里又是成都与雅安、阿坝3个地区的交界处。西岭雪山地区方圆四五百平方公里，核心景区总面积达260多平方公里，这在全国同类景区中面积最大、森林和植被最为完好，实属罕见。境内最高峰大雪塘海拔5364米，为成都第一峰。因此，成都被称为"雪山下的城市"。

须晴日，在成都平原方圆百里的范围远眺西边，西岭雪山犹如一尊冰清玉洁的圣女仰卧在天际，给望县大邑乃至整个成都平原增添了无限神秘色彩。

早在1000多年前，唐代大诗人杜甫在成都西郊的浣花溪畔寓居时，不经意间推窗遥看远方，西边天际间呈现出一座雄伟神奇的大雪山，便被那美丽迷人的景色而深深吸引，于是诗兴大发，留下"窗含西岭千秋雪……"的千古绝唱。而此后，亦文亦官的宋代爱国主义诗人陆游，在成都为官时，则以"长看天西万叠青……"名句，高度称赞西岭雪山地区无尽的绿色森林美景，绿色森林与白色雪景交相辉映，多姿多彩。

千百年来的西岭雪山，便由此而出名。

近些年来，在西岭雪山滑雪场至索道专用公路一侧，人们无意中发现山林荒坡上有一高约两米、直径1米并且被雷劈火烧过的千年古树桩，分别从左右两侧约30米开外一看，完全是杜甫大诗人晚年时身着唐时朝廷官服的形象与神态……

看来，杜甫的前世今生注定与西岭雪山有缘分，莫非那树桩就是杜甫千年后的化身，一生忧国忧民的他，在一直关注着西岭雪山、守望着西岭雪山。

悠悠岁月，沧海桑田。这里沉睡了千万年的茫茫雪山大川，沉寂了千万年广阔无垠的原始森林，在二十世纪八十年代改革开放的春风吹拂下不再沉睡、不在沉寂，勤劳智慧的大邑人民和不少国内外旅游专家开始关注这里、重新审视这里……

1986年金秋，一阵隆隆的开山炮响，在西岭雪山宁静的山谷中久久回荡。这一炮声标志着西岭雪山旅游资源开发拉开了帷幕。

大邑县委、县政府开发西岭雪山早已成竹在胸，凝聚全县的人力、物力，一鼓作气把旅游专用公路修到了山脚下的茶地坪，在那里建起了山门和游客接待中心，10余家宾馆饭店相继建成营业，初步形成接待能力。从茶地坪、两溪口、獐子崖、怪石林、日月坪、阴阳界、红石尖一线，大约30里路程的西岭雪山前山原

3

始森林风景旅游区宣告开发成功，景区集林海雪原、高山气象、险峰怪石、奇花异树、珍禽怪兽、溪流飞瀑等景观于一体，山水风光秀丽，旅游特色明显……四面八方的旅客接踵而至。

随着旅游硬件设施的不断完善和国内外游客的不断增加，西岭雪山的知名度在直线上升。1994年，西岭雪山被国务院批准为国家级风景名胜区

10年后的1998年，大邑县与成都市交通局通力合作开发打索场、大蒜坪至日月坪的西岭雪山东线旅游线路，与大飞水、茶地坪、日月坪西线相连接，形成了坏线旅游。不仅如此，还大思维、大手笔在东线的大蒜坪宽阔的高山台地上，建成了南方最大的现代化高山滑雪场，极大地提升了西岭雪山旅游档次，使雪山、森林自然资源的特色旅游与时尚的滑雪运动相融合而享誉海内外。

西岭雪山海拔3000多米的红石尖至戏子岩一带东西走向的山脊梁，既是邮江河流域与黑水河流域的分水岭，又是两种截然不同气候的分界线。因此，当地人习惯上将红石尖以东、以南的广大区域称为西岭前山，而以北、以西的整个黑水河流域因常年极少有人出没，称为西岭后山无人区。

西岭雪山是邮江河发源地，有"古邮源头"之说。长达百里的邮江河在西岭前山獐子崖、原古谷处形成小溪，纳百流至大飞水与喷薄而出的巨大泉水汇成河流，弯弯曲曲过西岭、下邮江、经新场，一路欢喜奔流东去，最后注入邛崃市的南河。

据史料记载，邮江河流域及西岭雪山广大地区在春秋战国时期属于羌人生存活动的地方，这些羌人与岷江上游的羌人同源，后来这些羌人的后代不断发展壮大，逐步演变成为一支人口不多的邮国部落就生活在西岭雪山地区，邮人在这样的自然环境中以

刀耕火种和狩猎为生。随着羌人与外界的交流增多，部落人口开始往邨江河地势较为平坦、利于种植农作物的中游地区迁移，在如今的邨江古镇形成当年邨国部落的活动中心，邨国部落因兴旺而形成，并统治着西岭雪山这一带的广大地区。大约300年后，因崛起于黄河流域和中原大地的大秦帝国统一了全国，邨国这一少数部落也就融入到华夏民族的大家庭中……

"邨"字的繁体字为"鄦"，读音"chū"，是国家公认的大邑县唯一的地方字，在过去的《康熙词典》和当代出版的《辞源》《辞海》乃至今天的《汉语词典》《新华字典》中都有出处，特指大邑邨江河。

从文化的角度来讲，"越是地方的越是民族的，越是民族的就越是世界的"，邨江河及其邨国有其鲜明的地方文化特色。

一个复杂难写的"鄦"字，还存留着刀耕火种和游猎民族的岁月痕迹。

一个演变为简单的"邨"字，就是邨江河及邨国由来最好的历史见证。

历史进入到上个世纪三四十年代，因两起重大事件又让西岭雪山名扬中外。

1935年秋冬，历史闻名的中国工农红军万里长征，一路西进到四川，抢夺泸定桥、翻越二郎山、从天全、邛崃、大邑一带继续北上，途经西岭雪山地区的西岭镇两河口、椒子坪、尖山子、大飞水、邱河坝、横山岗一带，在邱河坝曾经建立过村一级的苏维埃政权开展过工作，曾与围追堵截的国民党部队和当地土匪武装展开多次惨烈的战斗。这为大邑近年成功申报革命老区密不可分。

特别是在大邑与芦山两县交界的横山岗一带，红军曾遭遇国民党正规军的阻击，进行过一次极为惨烈的战斗，众多红军战士血泊横山岗……如今，在横山岗及邱河坝一带，还保留着红军部分当年作战的战壕、碉堡和红军烈士墓。红军长征历史上闻名的"过雪山草地"，虽然指的是夹金山、岷山和阿坝红原、诺尔盖草原，但过西岭雪山也算是过雪山草地的内容之一。

另外，在上个世纪四十年代第二次世界大战中，由美国将军陈纳德指挥的援华抗日作战空军"飞虎队"，在大西南地区配合中国军队作战时，所不幸的是一架"飞虎队"战机，在执行任务时因雾锁大山的恶劣气候和导航问题，导致撞上西岭雪山主峰大雪塘后坠毁，飞行员全部遇难。当地群众进山挖药时多次看到过飞机的残骸，并有人捡回了飞行员的皮衣、手表和飞机仪器、零件等，甚至有一姓何的当地人将飞机油箱弄回后用氧焊割成两截，拿来煮饭、烧开水，当铁锅使用了很多年。

事后30多年中美建交，两国关系逐步好了起来，美方曾多次派人来华至西岭雪山地区寻找飞机残骸……西岭雪山因此在美国五角大楼的军界都有一些名气。

西岭雪山后山无人区，是成都与雅安、阿坝三个地区交界的金三角地区，不仅地理位置特殊，而且自然环境也极具特色。神秘的成都第一峰大雪塘自不必说，拥有的雪山、森林形成了成都平原的天然氧气加工厂、水源涵养地和绿色生态屏障，对成都平原特有的内陆盆地气候起着重要作用。

西岭后山无人区已成为成都地区最后一块原始森林和未开发的处女地。

主宰地球的人类，历来就有一种认识自然、了解自然、征服自然的欲望，西岭雪山后山无人区也不例外。

近些年，随着雪山、森林旅游与高山滑雪运动的逐渐升温火爆，人们更加关注西岭雪山后山无人区这块人迹罕至的神秘宝地。

据了解，川内有关方面先后组织数次西岭后山登山和探险活动。规模最大的一次是在1999年冬天，省市有关单位及新闻媒体组织了川内的专业登山队员，进行"攀登成都第一峰大雪塘"的大型探险活动，并通过成都电视台现场直播。这次攀登活动的目的就是要征服大雪塘海拔5364米的主峰，在那里留下人类的足迹。但不幸的是，就在离主峰仅300多米即将冲顶时，一名登山队员意外从陡峭的雪坡上滑落下来……活动没有取得成功。

2002年6月，成都户外运动俱乐部、《天府早报》社和四川大学等单位又组织探险队进发西岭后山，进行过科学探险和旅游资源考察活动。

而此次大型考察活动是对西岭雪山最大规模的一次全方位考察，内容涉及西岭后山无人区的地质构造及矿产资源、自然生态环境、原始森林的木材储量与树种分布、野生动物的生存状况以及分布种类、生态旅游资源及主要景点与旅游路线等，是一次经过精心准备的多学科综合考察活动，因此考察队还没有启程就受到了社会各界的广泛关注。当地一些企业为此次考察活动提供了资金和物质赞助，中国人寿保险大邑分公司为考察队员提供了高达580万元的意外人身安全保险。

为搞好此次考察活动，考察队专门配备了GPS卫星定位电话、微型发电机、电视信号发射传输装置，在海拔3300米的红石尖设置相应的电视信号中转设施，同时还配备了林业公安武装保卫人员，防备考察人员受到野牛、野猪、黑熊等野生动物的伤害。

考察行进中，要求每天下午一到达宿营地后，新闻记者马上

整理录像资料和新闻稿件，后勤人员则忙碌着架设天线和发电，及时将当天的考察情况通过空中传输至红石尖，再经日月坪电视差转台及时传送到大邑电视台、成都电视台，进行同期跟踪报道，数以百万计的观众通过电视密切关注这一考察活动。

5月18日下午4时，西岭雪山滑雪场杜鹃假日酒店彩旗飘飞，标语高悬，西岭雪山后山无人区生态资源考察活动出发仪式在这里隆重举行。成都电视台、大邑县委、县政府有关领导及西旅公司、赞助单位负责人，约上百人参加了这一仪式。

身着统一制作鲜艳考察服的考察队员和后勤保障人员，个个精神抖擞，心情激动，在领导的嘱咐和众人的祝愿祝福声中，双手捧起领导亲自倒满壮行酒的大碗，一饮而尽。

"世上无难事，只要肯攀登。男子汉，雄起！"32名队员铿锵有力的豪迈誓言，久久回荡在山谷间。

第二章 艰难行程

深蓝色的天幕还眨巴着几颗星星，东方天际间已挂上了一片绚丽的玫瑰红，黎明前的红色在不断变幻加深……一轮红日冉冉升出云海，顿时耀眼的金色光芒照耀着广阔的山川……西岭雪山迎来了新的一天。

5月19日早晨7时，沐浴在朝阳中的考察队员扛着写着"走进西岭雪山深处成都无人区探秘"的鲜艳队旗，浩浩荡荡向西岭后山进发了。队员们乘索道至日月坪，行至白沙岗阴阳界处，当地聘请的向导老杨在这里举行了简短的祭祀山神仪式，考察队员与后方电视信号传输工作人员握手、拥抱告别。

"无人区，我们来啦！"队员们雄壮响亮的喊声在阴阳界上空久久回荡。上午10时，考察队伍从阴阳界东侧进入莽莽原始森林，投入到了大山的怀抱，开始了艰难的考察行程。

行进是没有路的，只有大致的方向，全靠经验丰富的向导在前面看山势打方向探索着前行。队员穿过丛林、翻越山岗、跨过山涧，时速只有3公里左右。部分队员有生以来第一次置身于原始森林，眼望绵延无际的群山，手扶参天大树，脚踏着松软如毯的森林腐质层，起初是那样兴奋不已。可是，仅两个小时后，部分缺少专业野外考察锻炼的队员就有些累得不行了，不仅满头大汗，而且气喘吁吁，个别人还出现了轻微的高山反映……

"开弓没有回头箭。"走在最前面的向导老杨发话了："既然进山了就没有退路可言，再回头是不可能的。这是'山规'！"

这里不得不提一下向导老杨。老杨名叫杨中军，为西岭雪山脚下小河村三社人，虽然年近七旬，但身体依然硬朗，穿山越岭、爬破下坎不输年轻人。他年轻时，经常上山挖药、打猎、伐木，对西岭后山方圆几百公里整个了如指掌，可以说是西岭雪山的"活地图"。后来，他成为县林业部门的熊猫保护专业人员，每年都要进山巡查三五次，一次就是十天八天。从西岭雪山开发以来，他曾多次为县委、县政府进山进行资源考察和有关单位的专业考察当过向导，所以此次再次请他出面担当向导，委以重任。这不，他开始履行向导的职责，态度坚定地要求考察队员遵守"山规"。

此时，一名活跃的队员摇头晃脑幽默地念起了那句名言："世上本来没有路，走的人多了便成了路"，以此激励队员。

时间在分分秒秒过去，考察队员在往大山深处一步一步地迈进。

虽然行进中汗流不止，体力透支大；虽然午餐仅是几片饼干、一根火腿肠，将就山溪水喝几口解渴，队员们的信心和决心却丝毫没有动摇，毅力和意志是那样的坚强。考察行进的当天便有不少的收获，队员们除初步领略原始森林风光外，还发现了小熊猫、野鸡蛋和大熊猫踪迹，这令大家兴奋不已。

从阴阳界沿山脊梁一直东行经马达连，再向北折转十八膀坡，然后直下麦秧林河谷宿营，这是当天的行程计划。

随着山脊梁直下河谷时，向导老杨绘声绘色地讲起了正在途经的十八膀坡这个地名的由来——

过去，山下有不少贫苦人来到西岭后山砍伐形状、材质犹如松树的冷杉树，就地加工成两米长的上等方材，当地人叫"老杉墩子"，并用火炕烘烤，减轻重量后，用肩膀扛着"老杉墩子"奋力往山上爬，大约要半天时间左右替换18次肩膀才能爬上山顶，因此这里取名叫十八膀坡……大家听后慢慢回味真是很形象的。

十八膀坡的由来很好地说明了在过去那些年代当地人的一种生存劳动状况。

下午5时，考察队一行到达首日宿营地麦秧林河谷叫"厂部"的地方。林业考察人员拿着海拔表宣称，我们从海拔3250米下降至2600米的河谷，当日行程20公里。

还未到达目的地前，向导老杨边走边讲述了麦秧林厂部的由来，事后还记忆犹新：

上个世纪五十年代初，大邑县政府为开发这里的木材资源，组织了众多群众进山到这里大量砍伐森林，准备将上等的木材运出山外增加财政收入，支援社会主义建设，但由于当时的人力物力所限没能运出去，数以万计立方米的木材就一直被埋葬在这深山老林中任其风吹雨淋日晒，自然腐烂……所谓"厂部"就是当年县政府砍伐队的办公地点。

当队员下午下山坡至麦秧林河谷时，看到那一堆堆已腐烂不堪的木材时，都为此深深感到痛惜不已。

据了解，麦秧林一带方圆几十公里范围内盛产麦秧竹，也称剑竹，是大熊猫最喜爱的主食，因此这一地区又是大熊猫的主要栖息地，经常有大熊猫出没。从地图上看，黑水河以麦秧林一带为主的熊猫自然保护区与鞍子河、卧龙两个熊猫自然保护区相邻，这三个地区联为一片就成了四川最主要的熊猫栖息地，成为国家级熊猫自然保护区。因此，考察队员此行都希望在这一带能够有幸遇到、亲眼目睹国宝大熊猫，记者们更是希望能够拍摄到大熊猫野外生存的录像和照片资料。

一到宿营地，大伙儿尽管都腰酸腿痛、疲惫不堪，但都顾不及休息，有条不紊地忙着自己的工作。10多名民工有的开始寻找柴火升火煮饭，有的砍来木棒开始搭建帐篷，有的安放发电机添加燃油、架设电视信号发射天线；考察队员便各自忙碌着整理记录一天来的考察资料和有关数据，新闻记者则忙着调试设备，准备传输当天的考察录像到红石尖……便于及时让关注考察活动的众多电视观众了解情况。

天色渐渐暗淡下来，四周群山被笼罩在暮色中。

"吃晚饭喽——"随着一声呐喊，饥肠辘辘的人们取出碗筷盛满饭菜，大口大口地吃起了野营考察的第一顿晚餐：腊肉、香肠、米饭，还有就地采摘的野菜六二韭煮成的汤菜，吃起来好香，一大碗白酒你喝一口、我喝一口，在数十人中传递开来，洋溢着一种大家庭团结和谐的浓厚氛围。

黑夜在延续，大伙儿围坐在熊熊燃烧的篝火周围，火光把每个人的脸庞照映得通红，听向导老杨和那些随行的民工们谈论起

11

大山里鲜为人知的许多趣闻轶事和神话故事，让考察队员感到无比好奇，还不时爆发出阵阵欢笑声。

深夜，沉睡的深山老林是一片宁静，唯有附近小河里的河水在不停地哼唱着……

劳累了一天的考察队员和衣钻进睡袋，不一会儿便渐渐进入梦乡，男子汉响亮的鼾声此起彼伏，与小河流水声汇聚成一首和谐而美妙的睡眠曲。在大自然的环境中，在大森林的怀抱里，考察队员就这样度过了野营考察的第一个夜晚。

清晨，睡袋里的人们还未睁开眼睛，耳朵里便先听到了无数鸟儿的歌唱，纷纷爬出帐篷环顾四周，但见晨雾在山间缭绕，犹如披上一件偌大洁白的轻纱，躲藏在树林里的无数不知名小鸟在唧唧喳喳地鸣叫不停，河谷两岸青草中点缀的各种野花飘来阵阵清香，特有的清新空气沁人心脾，让人感觉特别的清爽、精神。

这一切，让人仿佛忘了是在深山老林进行考察活动，俨然进入到了一个不知名的"世外桃源"旅游。

用过早饭后，经过一夜休整的队员开始收拾好行装、精神倍增地出发了，目的地是30里外的甘草坪，全天的行程都是沿着麦秧林河谷逆流而上。

麦秧林河流发源于戏子岩山脚下，穿丛林、越山涧由东至西约50里注入黑水河，河水不是很大，显得比较温顺，清澈透明，冰冷刺骨。河谷狭小，怪石林立，两岸森林遮天蔽日，阴风阵阵。行走其间较为困难，而且腿脚都被河水浸泡着，一不小心便跌入深潭弄成一个十足的"落汤鸡"。

行进中，一名队员不慎跌入深潭，其他队员赶快去营救起来，还诙谐、幽默、风趣地称赞："这不花钱的天然矿泉水洗澡，好安逸，值得!"逗得那名落水者忘掉了寒冷，也"噗哧"

一声跟着笑了起来，这又引来队员们的一阵哄笑声。

行进虽然艰苦，但考察收获不少。沿途的原始森林风光令人陶醉，参天大树满目皆是，让人仰望掉了帽子还看不到树梢顶部，笔直的树干上挂满多年寄生的深绿色苔藓，精巧地组成各种精美的图案，有的像憨态可掬的小熊、有的像机灵顽皮的小猴、有的则像小巧可爱的松鼠……千奇百怪，惟妙惟肖。

河谷狭窄处仅有两三米宽，两岸垂直的山崖犹如刀削一般并且高达二三百米，阵阵冷风袭来让人感到一些害怕，但多处的"一线天"奇观，又令人赞叹不已。一只硕大的山鹰在天空久久盘旋，不时几声"呜哇——呜哇——"的长长嘶叫，打破了山谷的宁静，也带来了几分阴森森的恐惧……

到达宿营地甘草坪已是下午5时多，新闻记者来不及休整一会儿，便忙着选择信号发射地点，赶在天黑之前向红石尖中转站发送电视信号。负责后勤保障的民工们则麻利地重复着搭建帐篷、埋锅造饭的劳动。

夜幕渐渐降临时，炊烟冉冉升起处，又闻考察队员的阵阵欢笑声……

21日早上，在海拔2900米的甘草坪河谷，宿营的队员又整装向海拔3800米的褐场岩出发了。

当日的行程是直线上升近千米，而且一直是沿着坡度达70度的山脊梁攀行而上。森林间，既有棵棵耸立的参天大树，又有一人多高稠密的麦秧林，坡陡林密，寸步难行，队员们每攀行几步就会气喘吁吁，大汗淋漓。每行进10分钟左右，队伍就得停下来作短暂的休息，这时就会看到队员个个脸上挂着晶莹的汗珠、身上冒着阵阵热气。

当天，最让人兴奋的是近距离观看到了小熊猫，只见这只小熊猫静坐在一棵20多米高的冷杉树树冠间，两只小眼睛紧盯着陌生的人们而纹丝不动，憨态可掬，那浑身棕色的皮毛和黑白相间的眉毛，令人过目难忘。直到目送着考察队员远离后，这只小熊猫也没有回过神来。

中午时分，队员们爬上一道山脊，眼前突然一亮顿感开阔起来，原来已经进入高山草坡，与周围高高的森林形成鲜明的对比。草坡上，高不过尺的茵茵绿草间长满各种不知名的野花，白的、红的、绿的、紫的，五颜六色、五彩缤纷，这里就是当地人常说的"贝母山"了。

其间，一种鹅黄色呈灯笼状的野花十分醒目而耀眼，当队员们看得稀奇时，向导老杨说那是名贵中药材——川贝母。

"贝母！"队员们都听说过、见识过，只不过是在中药铺里。

上了贝母山看到了贝母，大家精神为之振奋起来，纷纷用手刨土挖起贝母来。土质坚硬，草根稠密，弄了半天手指都快磨破了，终于弄出几颗乳白色的珍珠般大小的贝母，小心翼翼地放进随身的衣服包里，还说要拿回去作个纪念。这般情景，让站在一旁的向导老杨打开了话匣子。

老杨年轻时无数次进山挖贝母，深谙此道。采挖贝母的季节是每年的6月至7月份，此时还差一个来月，贝母当然还小且水分重，没有太大的药用价值，可以拿回家作为纪念。他还讲到，过去每到挖贝母季节，贝母山便会像赶场一样热闹起来，当地及阿坝州的小金县、雅安的芦山、宝兴县一带山里人，三五成群相约来到西岭雪山挖贝母，规模约五六百人，一呆就是一个多月，那场面是非常壮观的，而挖药人唱起的山歌婉转悠长，特别动听。

他还讲到，挖药人中不凡还有少数女的，但大都是紧邻西岭雪山的宝兴县硗碛乡的藏族人，藏族女同胞对唱起山里情歌来，是那样的婉转动情，让这些离家的山里汉子感到无比的兴奋，也增添了不少的力量。

站在海拔3000多米高的贝母山草坡上远眺四周，蓝天白云下的群山是巍峨壮观、满目青翠。远处日月坪、红石尖一带的风光尽收眼底，拿起大功率无线电通话设备与红石尖电视信号中转站的后方队员通上了话："喂，你们吃中午饭没有?""吃了，谢谢!"对方传来亲切的问候："你们辛苦了……祝你们成功!"相互间的关心与问候不断。

从高倍望远镜里看到，几十里开外的红石尖中转站那面迎风招展的五星红旗是非常清晰……这眼之所及的空中距离仅20公里，我们却上山下山又再上山，七弯八拐地用了3天行程达百里，真是攀登难，穿行原始森林更难!

草坡上的青草仅有尺余高，间有五颜六色的鲜花点缀，人在其中能够目击很远，感觉心情舒畅，几天来在森林中行进时那阴森森的可怕感和压抑感，已荡然无存。

再沿陡峭的草坡攀行到下午4时多，便到达当天的宿营地——褐场岩。

据了解，褐场岩的得名是草坡尽头的山顶是寸草不生的裸露岩层，并且呈现褐红色，在数十里远的日月坪、红石尖一带看到这些红色岩层更显雄奇壮观，因而叫褐场岩。

按照山规，宿营地点要选择有水源、较为平坦的地方，但褐场岩下一直都是陡峭的草坡，无法安营扎寨。寻找了半天，只好选择有一块晒垫大稍平点的岩石顶上宿营了。然而那里却因山梁阻挡不能传送信号到红石尖，记者和部分考察队员只好背起发电机再爬行陡坡300米，直上褐场岩顶架设发射天线，争取天黑前把当天的考察情况及时传回两家电视台。

原本没有计划在山顶宿营过夜，但几名记者在此传输电视信号时发现，这里居高临下，是第二天早晨起来拍摄云海日出自然奇观的理想场所，机会难得。于是，大家在完成当天的电视信息传送任务后，都想在山顶过夜，等待着第二天黎明时分的到来。可是，帐篷、食品和饮用水等必备物资都在大本营没有带上来，晚餐则是由一个民工从大本营背上来的。吃完晚餐后，点燃了火堆，10名队员只好在一幅大油布的遮盖下人靠人、身贴身凑合着过了一夜。就这样也实在容纳不下10人，一随行民工只好用3根小木棒并排着搭在树岔上，斜斜地半躺着煎熬了一夜。

天公不作美。半夜时分，伸手不见五指的夜空突然飘起了零星小雨，不一会儿山风乍起，鬼哭狼嚎般地怪叫不停，差一点把那幅油布掀翻；气温骤然降至零下，阵阵寒气逼人，随之雨雪交加，油布搭成的临时窝棚飘进雨雪，大家已睡意顿失，只好起来将风雪扑灭了的篝火重新点燃取暖，在寒风冰雪中围火席地而坐，艰难地等待着黎明……

这是考察队最难熬、最难忘的一夜，比当年杜甫老诗人在成都草堂感受"茅屋被秋风所破歌"时的情景还有过之而无不及。

深山老林里的长夜在苦等苦盼中一分一秒地过去，东方天际间渐渐有了一些变化，开始有了亮色，云雾慢慢散尽……终于等来了盼望已久的黎明。

出乎人们的意外，带给人们的惊喜，周围已是10多厘米厚的积雪，很像宽大无比的厚厚棉絮严严实实地盖住了群山。几乎一宿未眠的队员们看到了雪景，顿时欢呼雀跃、精神振作起来。不知不觉中已置身于白茫茫的冰雪世界，这难得的五月飞雪胜景，让记者们兴奋不已，早已把漫漫长夜难熬的苦楚忘到九霄云外，纷纷扛起摄像机、照相机跑到雪地中拍个不停。

镜头中，远处的大雪塘主峰和近处的戏子岩是诗意般的白雪皑皑、冰清玉洁，满目皆是玉树琼花。"北国风光，千里冰封，万里雪飘……"记者们边拍摄边触景生情地朗诵起毛泽东主席的名作《沁园春·雪》来，原本此行只想拍摄西岭云海日出风光，却预料之外拍得西岭五月飞雪胜景，鱼和熊掌都得到了，记者们乐得心花怒放。

探索西岭雪山，不见雪，哪能行！看来这是老天爷有意为欢迎远道而来的考察队准备的，机会是多么难得哟。已顾不了寒冷，队员们有的在雪地上打起了滚、撒起了欢，有的抓起一把积雪如棉花糖一样饶有兴致地大口大口吃了起来，而记者们则仍然在专心致志地取景。

"此情此景照一张相、留一个影，多有意思哟！"有队员提议。于是，大家忙举起考察队队旗，在海拔3800米的褐场岩上合影留念。这幅以雪山主峰为背景，以白的雪、红的旗、绿的服装加上灿烂笑脸的合影，是此次考察中最有意义的照片了。

欣喜之余，队员们又细心地欣赏起傲雪盛开的杜鹃花，只见那一簇簇一丛丛粉嘟嘟、红扑扑的杜鹃躲藏在白雪中，犹如戴上一顶洁白的帽子，在白色的雪、绿色的叶陪衬下，那粉红色的鲜花是那样的娇艳可爱。

老牌歌星李双江不是赞美寒冬腊月里孕育出的华贵牡丹吗，由此我在想，我们有充分的理由，赞美西岭雪山冰雪中盛开的杜鹃。

22日的行程是从褐场岩背面山梁直下九龙池河谷，再沿河谷一路下行到九龙池，海拔将从3800多米下降至2600米。上午8时多，考察队出发，开始了新的征程。

站在褐场岩高处放眼望去，便可以清晰地看见群山环抱中的

高山湖泊九龙池，就像一面偌大明净的镜子镶嵌在无尽的翠绿之中，犹如天上月亮坠入人间，显得那样柔和、宁静、清秀，冰峰雪岭倒映在静寂幽深的湖泊之中，好一个人间仙境。

看到这里，大家恨不得长上一双能飞的翅膀，像雄鹰一样立刻就能投奔到九龙池的怀抱。

向导老杨选择了一条近70度陡坡的纵向山脊梁下行，他说这里地形非常复杂，右边是戏子岩光秃秃的万仞绝壁，左边又是寸草不生、疏松的流沙坡，唯有中间这条路虽然陡峭，但行走其间安全是没问题的，有足够的把握。而且，据向导老杨讲，他对这条路比较熟悉，在上个世纪八十年代为开发西岭雪山旅游资源时，他就作为向导带队从这里成功直下九龙池。虽然时隔近20个年头，但他对这里的地形还记得清清楚楚，用他的话说"认得到路的"。

起初，队员们穿行在挂满冰雪的森林中，一不小心树枝上的冰雪便防不胜防地散落在头发上、脖子里。不时遇见这种情况时，只见队员一个冷颤过后，忙弯下腰、低下头来把冰雪弄掉，又小心翼翼地赶路。下至半山腰时，已经到了当天的雪线以下，没有了雪，行进的速度才稍为加快了一些。

下山的道路已多年没有人经过，向导老杨一会儿爬上树梢，一手握着树枝、一手放在额前搭起凉棚，认真观望行进的方向是否对头，一会儿又在两旁大树上寻找当年留下的路标，避免迷失方向误入歧途。由于我们迂回行走的是非常危险的绝壁山崖，特别增加了一名民工专门在前面开路，用山里人特有的弯刀在路边的大树上刻下鲜明的路标，并要求队员前后跟紧，上下相接，不能掉队，避免走错路发生危险……

行进过程中，考察队员发现不少过去走过这条路的人留下的路标。有的队员弄不明白，就问向导老杨，老杨说上大山的人都有留路标的不成文规矩，方法很简单，用刀在路边大树上砍下一道醒目的痕迹，间隔二三十米远一个，十年二十年后都还能够清晰地辨认出来。这样的好处是后人经过这里时，见到路标就证明这条路行得通，可以放心走下去。老杨还说，走这条路就是按照当年的路标一路寻找走下去的，此次一路砍下的新路标，又为后来者提供了行进的正确方向。

我们边走边听边在想，上大山的老规矩咋这么多，而且这些规矩觉得还满有一些道理呐！

3个多小时后，队员们终于安全到达戏子岩山脚的河谷。只见河谷深幽，冷风阵阵，回头一望高耸入云、刀削一般的戏子岩，约有千米之高，是那样雄伟壮观，犹如一尊偌大无比的雄狮神态安然地仰卧在那里。

从山岩上跌入深潭的大瀑布，颇有"飞流直下三千尺"的磅礴气势，发出巨大的轰隆隆声响，并在深谷间久久回荡着。在中午强烈的阳光作用下，瀑布形成的大片水雾中，呈现出一道美丽的彩虹，绝壁、瀑布、彩虹构成了一幅精美绝伦的立体图画。

一见到清澈奔流的河水，口干舌燥的队员们顾不得欣赏美景，急忙蹲在河边，双手捧起冰冷的河水便"咕嘟、咕嘟"喝了起来，好一个爽快、过瘾。稍作休息，大家开始顺河而下，经过无数次的涉水过河、转山绕道约3个多小时，于下午5时许才到达当日宿营地九龙池。

在西岭雪山地区，对九龙池这个地名几乎人人都听说过，但真正到过九龙池、目睹过九龙池尊容的人是不多的。九龙池四周以九条宛如巨龙的山间溪流呈向心式汇聚到最低处而形成湖泊，湖面面积约50余亩。当阵阵微风吹拂的时候，湖面波光粼粼，光

怪陆离，远山近影倒映其中，画面如仙境一般。柔和绿色的湖水碧池，时浓时淡，离奇变幻，更加增添了几分神奇。

民间一直传说，在九龙池湖边大声喊叫就会突然出现狂风暴雨或冰雹的神秘景象。为了证实这一奇观，考察队在考察方案中就有测试九龙池奇观的课目。

架设摄像机，我们作好了测试的准备工作。队员们开始在湖边高声大喊大叫了半天，也不见有什么变化，大家不免有些失望……不甘心，于是有人去半山腰掀动一块巨石往湖里滚去，升腾起高高的浪花，甚至随行的林业公安还往湖中心射击一梭子子弹……这时，天空却有乌云越积越多，下雨的情景是等到晚上才出现的，应该与九龙池奇观无关。

向导老杨讲，西岭雪山千百年来闻名的九龙池奇特景观，可能是近些年才没有的。他清楚地记得，10年前他当向导带领一队人马来到这里，一阵大喊大叫后果真片刻就下起了拇指般大的冰雹，打在人身上很痛，忙跑到附近的大树下躲避。今天终不见其奇观，可能是九龙池的湖水减少所至，或者说到这里来的人多了，人类的活动影响、破坏了这里的自然生态环境，奇观自然消失了。

当日晚上，队员们就在九龙池边200米处的河石坝上安营扎寨，四周深山幽谷和绿荫荫的森林好像把我们与世隔绝起来，只有慢慢升腾的一缕缕青烟证明这里有人类在活动。

夜深人静时，联想起九龙池的传说，不免有些睡不着觉……

5月23日的行程是从九龙池河谷沿飞水岩左侧陡峭的密林山坡，直接攀上落差达600米的山梁，再沿山梁上行走出原始森林，进入高山草地，然后到达海拔3800米处西岭雪山有名的"四城门"景点。

队员们深深感受到，这是此次考察队攀升高度最大、行程最困难的一天。

行进中，一会儿是笔直陡坡，一会儿又是迂回悬崖绝壁侧行。爬行七八十度的陡坡，队员们个个提心吊胆，极其小心地抓住"救命稻草"似的野藤、树枝、麦秧竹，手脚并用，极为小心，因为一失手便会摔下山崖、粉身碎骨……行进虽然非常艰辛，但沿途瀑布流泉、幽谷山涧、险山奇峰叠现，大树古藤、杜鹃林尽展，收获颇丰。大家虽然身劳体乏，四肢无力，但心情不错，考察的热情和斗志丝毫未减。

"进城啦，进城啦！"下午5时，我们到达海拔3800米的"四城门"，那场面可以说是欣喜若狂，有些像乡下人进城的感觉。

这里是一块大约400米见方的高山台地，长满高不过尺的野草，台地四周却长满了成片的高山杜鹃林。我们惊奇地发现，这片杜鹃林中间的草地朝东西南北四个方向分布、延伸着四条草地带，酷像城市的四条街道，宽约十米，而杜鹃林就是城市的楼房，四条街道交汇处就是繁华的十字路口。

大家惊叹，这简直就是大自然鬼斧神工的杰作，西岭雪山后山有这样的"四城门"，堪称经典。它最奇特的地方就在于随意伸展的众多杜鹃林树枝，长到了"街边"就统一不再长了，仿佛有专人精心修剪过一般，而且四条街道的方向与指南针的东南西北四个方向完全一致，这是此次考察中遇到的最让人迷惑不解的事儿。

据向导老杨介绍，在很久以前，"四城门"曾经居住过人，而且是西岭雪山西面宝兴、小金一带山里民众经此到成都府的交通要道，往西三四天、往东五六天，来回都要在此停留住宿。那"四城门"的饭店、旅馆、商铺样样齐全，就像过去的驿站或坝

丘区的腰店子。来往的人们在这里得到很好的休憩，第二天才继续赶路，久而久之这里便成了十分热闹的街市。

但是，由于高山自然条件差、缺少水源、经常受到野兽的侵扰等因素，走这条山路的人们逐渐改走南路和北路了。这南路是成都府至西岭前山的横山岗、大川到芦山、宝兴一线，而北路则是成都府至灌县、漩口、卧龙至小金一线，来往"四城门"的人们开始少了，随之生意不断萧条下来，人们就逐渐迁移到山下去了，"四城门"最后就这样被荒废，西岭后山也就成了真正的无人区。

这个传说虽然无从考证，但是我们不得不为"四城门"奇特的自然景观而折服。

夜晚，我们虽然驻扎在"四城门"自然形成的十字口处，此处跟城镇繁华的十字口截然不同，既没有车水马龙、商家店铺，也没有灯火辉煌，只是一片黑夜。

这里最大的困难是没有水源，用水要从3公里外的半山腰处花费3个小时背回来。下午刚到这里时，即由向导老杨开路率6名民工出行背水，在暮色苍茫中才将水弄回来，当天的晚餐当然就很晚才解决，大家异常珍惜用苦力和汗水换来的水，顾不了讲究个人卫生，洗脸、刷牙、洗脚就全免了，考察队员那3人一个的狭小帐篷里，不免充斥着脚嗅和汗味。

深夜，大风乍起并伴随着阵阵怪叫声，吹得帐篷"噗哧、噗哧"地响个不停，像是什么妖魔或者野兽在跟前使劲地掀帐篷一样，令人毛骨悚然，久久不能入眠。漫长的黑夜里，胆小害怕的队员连尿胀了都不敢起来小解，只好硬着头皮撑到天亮。

凌晨5时多，"四城门"还笼罩在夜幕之中，几名记者便早早起来打着手电筒摆弄好三角架，安装好摄像、照相器材，准备天一亮就抓住时机拍摄云海、日出自然景观。然而，天公不作美，黎明时分却还是雾锁群山，10米开外就什么都看不见，不仅观云海、日出不成，连近距离拍摄大雪塘胜景也没成功，算是白白地忙乎了一个早晨。

上大山的不成文规矩很多，这在进山前向导老杨就曾告诫过大家，要求人人切记，莫要违背。早上是不能说脏话、不吉利的话和不能敲击碗筷的。这不，我们在"四城门"就得到了应验。

由于昨夜的半夜时分篝火被大风吹灭，早晨起来重新升火煮饭费了不少劲儿，开饭时间就晚了半个多小时，几名队员拿着碗筷等待开饭时，一不留神便敲响了碗……不一会儿，大风夹杂雨雪冰雹就光临了"四城门"，大拇指般的冰雹铺天盖地、劈头盖脸地打来，而这时宿营的帐篷已被拆掉打包，无处躲藏，大家只好把吃饭用的碗扣在头上保护脑袋，无可奈何地伫立在那里任凭冰雹打在身上，并且不敢大声喧哗，默默地经受大山的惩罚，好在雨雪冰雹仅半个小时就停息下来。

24日，行程的线路是从"四城门"出发，经喳口石过三大弯、门坎山，绕过黑凼，再过黄蜂坪至戏子岩东侧山脚，大约里程50里，是此次考察队行程最远的一天。好在开始下山不爬坡省些体力，而且全部是按多年来形成的老路行进。

早上8时，刚一出"四城门"的东门，队伍便在密不透气、黑压压的杜鹃林中迷了路，也不知走了几个回合，花了大约一个小时才发现又回到了原处，这似乎又是山神爷在惩罚我们，着急得向导老杨爬到一棵大树上张望了半天才打准了前进方向。

队员们沿着山脊梁的杜鹃林上行约1个小时，便到了地图上都标注着"喳口石"的这个地方。喳口石奇观令队员们惊叹不已，只见在山脊梁的东侧草坡上，一个偌大巨石长了些苔藓，斑斓如花豹，横空伸出三四米，中间张裂成大口，犹如巨大的鳄鱼头，上腭长达3米多、下腭2米有余，大口能够顺卧三四个人，这一大自然的杰作无不令人"啧、啧啧"赞叹。此景观如果在西岭前山，前来旅游、探奇的游客定会接踵而至。

几名队员觉得非常好奇，争先恐后地爬到喳口石的大嘴里，顿时神经紧张起来，仿佛自己在瞬间就有被鳄鱼生吞活吃的窒息感，稍作镇定后又感到好奇、好玩，大家纷纷拍照以作纪念。

笔者和几名记者站在喳口石奇观前对"喳"字进行了一番研究，都认为"喳口石"应该叫"张口石"才准确表意，张口的"张"字，当地人一直都叫"喳"，是"张、喳"不分，长此以来也就约定俗成了。考察完喳口石奇观，队员们沿山脊梁继续上行约1个小时便到三大弯的第三弯山脊梁，海拔约4000米，这里便是此次考察的折返点。

和着徐徐吹来的阵阵清冷山风，呼吸着大自然特有的新鲜空气，队员们站在高高的山岗上心旷神怡、极目四野——

向南远眺，戏子岩犹如一尊威严无比的雄狮，千百年来那硕大的身躯头西尾东地一直高昂着巨大的头颅，精神抖擞地镇守着西岭后山无人区那莽莽原始森林；向北望去，大雪塘巍然仁立在西边天际间，在云雾缭绕中犹如一位素装打扮的圣女，既妩媚动人，又神秘神奇。雪峰下的九里岗、九架棚、大卡子、小卡子、羊子岭、前凉山、大尖峰一带方圆百里，一览无余；东南与鞍子河大熊猫自然保护区和崇州鸡冠山风景区及文井江发源地黑凼紧紧相连；遥望西边天际，眼前的大雪塘主峰与远处的巴郎山、夹金山、四姑娘山，以及更远处的贡嘎山等川内著名雪山，遥相呼应，辉映成景。雪峰与海拔4000米以上的山峦、流沙、草地等高山自然景色、奇观尽收眼底，5000米雪线以上的银白色与雪线下的黛色青山形成鲜明的对比，令人难以忘怀……再俯视前日亲近过的西面远处的九龙池，就像一面明亮的镜子，或者说更像一轮蓝色的月亮，镶嵌在绿色苍茫中……

此时此刻，让人颇感"欲穷大地三千界，须上高峰八百盘"的诗情画意来，一种人在高山上、心境自然宽的感觉油然而生。

正当大家观山望景、心情舒畅时，向导老杨边用手指边向大家介绍道："从喳口石往北再行走3天就能到达海拔5364米的西岭雪山主峰大雪塘下面了。如果再往西翻过九里岗，约两天时间就能到达藏区的硗碛乡。"大家不由自主地向往起大雪塘来，恨不得身上立马长上一对腾飞的翅膀，像山鹰一样腾空飞翔到那里去看个清清楚楚、明明白白……

只可惜，由于行程的安排，我们不能再前行了，只能是在心中留下了深深的遗憾，只能是深情地向大雪塘行注目礼。于是，便在心中默默地祈祷、祝愿：

大雪塘，我们有朝一日定会再来亲近你的！

笔者生长在西岭雪山脚下，从记事起就目睹四季积雪的大雪塘，常常听老人们讲述大雪塘的神话故事，讲述上大山挖药、打猎的趣闻轶事，向往大雪塘由来已久。今天走近了大雪塘，但没有真正走进大雪塘，不能不说是一个遗憾、一个深深的遗憾！

此时此刻，心情就像浪漫主义诗人徐志摩当年西渡英伦后写出《再别康桥》一样：我悄悄地来了，又悄悄地去了；挥一挥衣袖，不带走一片云彩……

开始返程了。

不经意间我们发现，此次考察活动的整个行程实际上是围绕戏子岩这一轴心，在转一个不规则的大大的圆圈。首先，从戏子岩西面的日月坪、阴阳界进入后山无人区；其次，辗转麦秧林、甘草坪、褐场岩，到戏子岩的正西面，再沿九龙池直上"四城门"，到了戏子岩的正北方；最后，绕戏子岩东面三大弯、门坎山、黑凼、黄蜂坪到戏子岩南面山脚。再打开地图一对照，发现广阔无垠的后山无人区，我们将用七八天的时间，实际上只考察了三分之一的地区，尽管我们觉得收获不小，也只能算是掀开后山无人区神秘面纱的一角而已。

24日当天，考察队经过大半天的急行军，直下三大弯、门坎山、黑凼、黄蜂坪，下午5时终于到达当日宿营地戏子岩南山脚下……

25日上午，考察队从戏子岩山脚的森林中爬行至半山腰，便不见了森林，满目皆是裸露的岩石、流沙加草坡。在山岩下，近距离目睹了戏子岩雄伟壮观的景观，拍摄了许多珍贵的地质构造方面的录像资料和照片，并在那里意外发现了"登山健将"岩羊。

中午时分，天气突变，一阵凉风吹来浓厚的大雾，霎时雾锁大山，3米开外就什么也看不清楚了……我们仿佛进入神话般的世界。

顿时，白雾包围中的队员们被困在戏子岩下流沙坡和寡岩处迷失了前行的方向，无奈大家只好原地待命。七八十度陡坡的流沙，稍不留神一失足就会随着流沙"哗啦啦"地滚落到四五百数的山脚。

在无可奈何的等待和期盼中，大家又一次感受到了大山的神秘莫测，也感到了一种无奈。约半个小时，待向导老杨终于找到可靠的安全行进线路后，队伍才重新起程，直至下午4时多才到达20日曾经宿营过的甘草坪，当夜再次宿营这里。

傍晚时分，因为是野外宿营的最后一个夜晚，大家都有一种说不出的胜利感。围坐在熊熊燃烧的篝火周围，回忆起几天来的考察经历，无不感慨万千，尤其是首次参加野外考察活动的队员，其中包括笔者，就当这是一次别开生面的篝火晚会。

有人提议，以人人轮流着讲一个故事或者唱一首歌的形式，庆贺几天的出行顺利和考察取得的成果，要求考察队员和民工一个不落地都要出节目，大家欣然应允。

由于心情好，大家都喝了一些酒，在酒精的作用下考察队员唱歌、说笑话、讲故事或跳起舞来比较放得开，而向导老杨和民工表演的节目虽然有些土里土气，但也显得精彩，有的声情并茂地唱起了山里人特有的山歌、情歌，有的讲起西岭雪山地区的神话故事，有的讲起自己上大山的种种历险和传奇……

这还不过瘾，又把考察队一路随行的队旗拿出来，人人在上面龙飞凤舞地签上了自己的大名，以作纪念。这时，有一名给自己取名叫"日月无光"的记者，将第一天在麦秧林宿营时由一民工用弯刀削成的木饭勺拿出来，请队员人人签上名字，以作纪念。这名来自江南水乡的记者，发至肺腑之言：这把特殊的木饭勺一直跟随我们，见证了我们的考察历程，自己要把它作为永久的纪念品，珍藏起来。

26日早晨天一亮，大家便早早起来打点行装，因为是返程的最后一天行程，想到晚上就可以与家人团聚了，归家心切，人人都显得格外的精神。

早餐时，所带粮食仅剩下5斤大米了，远远不够食用，干脆就煮成两大锅稀粥，32人每人仅喝了两大碗就上路了。途中，大家边行进边采集一些六二韭、山油菜，都说弄点野菜回家，让家里人也尝一尝西岭雪山的野味，分享考察成果。考察队一直在云雾笼罩中翻越了一座大山，到了西岭前山的白果桩、牛井时便一

路直下，下午3时走出无人区到达滑雪场专用公路处，为期9天的考察顺利结束。

当市、县有关领导及新闻单位的领导赶来，迎接随行考察的全体队员及新闻记者时，大家热泪相拥，哽咽无语，颇有几分时隔数日、一别三年的感受。

第三章　资源状况

此行西岭雪山后山无人区开展大型科学考察活动的目的很明确，就是把这里的各种自然资源及分布情况了解清楚，为更好地保护与开发，提供科学的决策依据。

当然，另外还有一层意思主办方没有明说，那就是以此作为一种宣传手段，加大西岭雪山旅游资源的对外宣传促销力度，提高西岭雪山的知名度和美誉度。

因此，在组建考察人员时，除成都电视台、大邑电视台、大邑报社3家媒体记者进行跟踪采访、同步报道，拍摄大量录像、图片资料的同时，精心安排了林业部门的林业专家、野生动物保护专家和矿业资源部门的地质专家多人，随行进行综合的科学考察活动。

从上个世纪改革开放的八十年代初开始，当地政府就西岭雪山旅游资源开发组织过大大小小的多次考察活动，但组织这样一次较大规模的西岭雪山后山无人区科学综合考察活动，与前几次完全不一样，实属不容易。

主办方不仅要精心选择安全可靠的行进线路，而且要有一系列的后勤保障措施，此行16名考察人员就安排了16名身强体壮的当地民工，完全是一对一的后勤保障。所以，此行无论是记者还是专业考察人员，都是一次非常难得的学习、考察、实践和锻炼自己的机会，大家都没有轻松、悠闲旅游的那种感觉，只有尽职尽责地完成各自工作任务的那种责任感和使命感。

经过近10天的综合考察，考察队进一步了解和掌握了西岭雪山地区丰富的各种资源分布情况，可以说此次考察活动是硕果颇丰，不虚此行。

我们就此次考察活动进行了认真的分析、归纳和总结，认为西岭雪山后山无人区主要有以下四大类自然资源。

第一类，地质矿藏资源。

西岭雪山是邛崃山脉东部与龙门山脉交汇地带的一座名山。

邛崃山自北向南，经四娘娘山、巴郎山，在二十四凼东南处分支入大邑县境。县境山脉主要分布有三支，其中之一的东北向山脉，东起二十四凼，经大雪塘（苗基岭）、大尖峰东南处入崇州境，为大邑与汶川两县交界。此山脉又分为两支：从苗基岭延伸分出一支，经南天门、九里岗、鸡心山至中嘴，为黄水河、黑水河的分水岭；从大邑、崇州、汶川三县交界延伸分出另一支……这些山脉的大片区域，就是人们所说的西岭后山无人区。

西岭雪山后山地区处于青藏高原前沿与成都盆地西面龙门山的结合部，其地质构造形成于新第三纪末，绵延不断的山体主要由碳酸盐岩、花岗岩、玄武岩和砂页岩等构成，地层包括震旦系、寒武系、奥陶系等，三叠系沉积相当典型，地质构造复杂多变。境内地层除缺失下古生界和石灰系外，从原古界到新生界，均有出露，地质构造多样，矿产资源丰富，其中"中国红"花岗石储量巨大、硫铁矿矿藏丰富，以及铜矿、稀有金属钼矿等，这里是典型的"富矿区"，可以称为"天然地质博物馆"。

特别强调的是这里的喀斯特地貌特征非常明显，以褐场岩、戏子岩和大雪塘的苗基岭一带最为突出，在那些地方是寸草不生，褐红色的岩石构造与流沙坡体，同绿色森林和高山草地截然不同。正因为有这样雄奇壮观的山峰，才使西岭雪山整体更显多姿多彩、美丽迷人，犹如童话世界。

从另外一个角度来讲，这里地质还属于原古代黄水河群地层和盆地系，主要为岩浆岩地层，所掌握的大邑县铜矿资源主要就分布在这里，而且硫铁矿矿藏也较为丰富。西岭前山的硫铁矿开采多年，资源已近枯竭，而后山无人区则矿产资源更为丰富，并且一直没有被开采，整个处于原始自然状态。

另外，属于黄水河系的花岗岩色彩美丽、品质上好，与芦山的"中国红"花岗石为同一岩系，资源非常丰富、储量比较大。紧邻的芦山县是有名的中国花岗石之乡，所生产的花岗石产品销往全国各地。处于同一地区、同一资源品牌的后山无人区，其花岗石资源优势比较明显。

特别值得一提的是在此次考察中，地质专家首次在西岭后山发现了极为罕见的稀有钼矿。

据随行的地质专家讲，钼矿在我国分布很少、储量有限、价值极高，与大家较为熟悉的稀土可以相提并论。关于这里钼矿的分布、储量情况，具体数据还有待专家的进一步地质勘探。翻阅了相关资料后了解到，钼（符号MO，在化学元素表中排第42位）是稀有金属，其价值是铜的10倍以上，可以广泛用于制造加热元件、无线电元件、X射线器材和航天器材，也可以用于生产特种钢，炼钢时加入少许的钼矿物质就能增加钢的硬度若干倍，一般制造加工工业用的刀头、钻头，均有钼矿这一稀有金属的成份。

关于西岭后山有钼矿已成为不争的事实，但能否开发或者说什么时候开发利用，这是决策者或者说是国家层面上考虑的问题。这里还有多少没有探明的矿藏呢，我们不得而知，只能这样说，西岭后山地区是一个富矿地区！

第二类，水资源。

西岭雪山以东西走向的红石尖山脊梁作为邮江河与黑水河的分水岭，黑水河流域以红石尖、戏子岩、大尖峰、苗基岭、九里岗、鸡心山一带，形成一个187平方公里的盆周地形，处于崇山峻岭的原始森林中的若干支流，汇集形成了水流湍急的黄水河、黑水河，其流量足足是邮江河水流量的数倍。

据资料说明，黄水河发源于海拔5364米的大雪塘西面，东南流接纳牛井河、沙湾沟、鹿场、两叉沟、岔沟等支流，在中嘴汇入黑水河。黑水河又名长石坝河，发源于大雪塘东面，蜿蜒曲折，接纳白英沟、三岔沟、麦秧林河、冷浸沟等支流，在中嘴与黄水河汇合后叫大川河、又名玉溪河，出县境经芦山县，注入青衣江。

这里的河水因经过大面积的森林有机腐质物的长期浸泡过滤后，水质变成墨绿色，远处看起来就像黑色一样，"黑水河"之名由此而来。这并非水质不好，而是原始森林独特的自然环境所形成。笔者曾经在祖国北方的第一大森林大兴安岭生活近10年，所看到、了解的森林地区河流、湖泊，包括与俄罗斯交界的黑龙江，其水质都是这样的颜色。这种特有的河水颜色，充分说明流域的森林和植被完好。

黑水河虽然发源于大邑县境内，却不留恋大邑，河水至东北往西南流经芦山县绕雅安入青衣江，远走他乡在乐山汇入岷江，最终归入长江至东海。在大邑县境内的黑水河流域不仅森林植被完好，而且山势陡峭，溪涧纵横，由于湍急的水流长年累月的冲刷，河道上宽下窄，河谷深切，落差极大，很多河谷基本成为

"V"字型状，局部地段形成"一线天"的高山峡谷奇观，水量四季充沛均匀，蕴藏着十分丰富的水电资源。

黑水河干流长30公里，平均坡降9.3%，自然高差2800余米。流域内年平均降雨量在1600毫米至1800毫米之间，年平均径流量每秒8.26立方米，水力发电蕴藏量高达7万千瓦。由于河床陡坡，河道顺直，此间平均每公里河道落差50至60米，在这样的河道上建设水电站，落差集中，取水枢纽工程量小、渠道短，成本较低，可开发容量为5万多千瓦的电能，是成都地区除岷江而外各河流中水电资源最为丰富的河流。

黑水河中嘴水电站开发项目前景非常可观，已酝酿了近30年。

上个世纪八十年代初，大邑县委、县政府为开发这里的大型水电项目，动员全县万名民工，举全县财力、物力，修建了西岭前山五筒沟至中嘴24公里的十八弯盘山公路。但由于这里地处大邑与芦山两县交界处的特殊位置，两县就项目开发权一直未能达成协议而耽误多年。

近两年，黑水河中嘴电站项目终于在千呼万盼中，正式上马并在加紧建设之中，不日就将建成投产，强大的电流经翻山越岭的高压线将注入成都电网，服务于当地经济建设。

第三类，森林资源。

大邑县境有亚热带、温带植物共226个科、1527属、8600多种，大多数植物属种子植物门中的被子植物亚门。这些种类繁多的植物，主要分布在西岭雪山地区。

在渺无人烟的西岭后山地区，沟深谷翠，古木参天，林业资源十分丰富，而且这里是成都地区龙门山脉最后一块保护完好的原始森林。这里地势起伏大，雨量充沛，气候湿润，土壤肥沃，植物垂直分布十分明显。经初步测定，黑水河流域原始森林面积达160平方公里，遍布于麦秧林、白英沟等林区，森林覆盖率在85%以上，木材积蓄量为100多万立方米，活立木蓄积年生产量达1万多立方米。

此次考察，发现从低山到高山的森林分布颇有特色：

海拔1600米至2400米之间，以中山常绿阔叶林和常绿阔叶、落叶混交林为主，主要树种有冷杉、樟、楠、木兰科，桦木等，下木为拐棍竹、冷箭竹及高山杜鹃灌丛等。

海拔2400米至3500米之间，以亚高山常绿针叶林和落叶、阔叶林为主。主要树种有杉、冷杉、铁杉、云杉、水杉、落叶松、红桦、高山栎等，下木为高山杜鹃、冷箭竹、紫箭竹、灌木丛等，当然还盛产川贝母中药材。

海拔3500米至4000米之间，为多年草甸、亚高山灌丛草甸、杜鹃、四川杜鹃等，虽然仍是绿色，但没有了森林，这种景观在青藏高原上是比较多见的。

海拔4500米以上，为高山草甸或流沙滩植被，主要植物为雪灵芝、雪莲、地衣、苔藓、旱茅、密丛莎草、密丛禾草、黑早熟禾、鹅冠草、川贝母等禾本科植物。

海拔5000米以上为雪线，至5364米的大雪塘一带终年积雪，无植物。这个区间空气稀薄，山势陡峭，一般人未经过特殊训练和精心组织，是不能到达这个地方的。从理论上讲，这里才是生命的禁区，这里才是真正的无人区。

黑水河流域植物种类多达3000余种，其中有名贵珍稀树种红豆树、香果树、珙桐树等数十种，原始杜鹃林、古桂花林多达数千亩，十分罕见。

珙桐是我国特有的单科古老珍贵树种，堪称"植物界的活化

石"，是国家一级保护植物。其木材为浅黄色，结构均匀、轻软，是制作仪器、乐器、家具的极好材料。1869年，珙桐树由法国传教士大卫神父在四川省宝兴县的穆坪镇发现，采种移植到法国，先后为各国所引种，作为西方人首次发现并命拉丁种名。

珙桐树是一种高可达25米的落叶乔木，在所有的树木中，它可算是最为美丽的一种。花开如白绫裁成，美丽奇特好像白鸽舒展双翅，而它的偶状花序又很像白鸽的头部，每年初夏为珙桐盛开期，犹如万千白鸽群聚集枝头，绿白相间，所以人们又叫它"中国鸽子树"。据初步统计，在西岭雪山地区的珙桐树至少有上千棵。

一个多世纪以来，全世界广泛引种珙桐，成为世界十大观赏植物之一。目前，珙桐已被列为国家一级重点保护植物，为中国特有的单属植物，属子遗植。

红豆杉又叫红豆树，素有"国宝"之称，至今已有250万年的历史。红豆杉是世界上濒临灭绝的天然珍稀抗癌植物，经专家多年的研究，从中提取的紫杉醇是世界公认的抗癌药物，每公斤市场价在千万美元以上。为了提取紫杉醇，在红豆杉的生长地区，民间以每公斤50元的价格收购红豆杉，连树皮、树根、树枝和树叶整个统统都要，如此之高的价格也没有人提供，因为受法律保护。真可谓物以稀为贵，有价而无货。据了解，在西岭前山地区的雾中山有一棵生长了1800多年的红豆杉树，按目前的市场行情应该价值百万元。以此测算，仅西岭雪山众多的红豆杉就是一个无法估量的天价。

红豆杉系常绿乔木，高5至15米，是中国特有树种，主要分布于云贵川及陕西一带。自然条件下红豆杉生产速度缓慢，再生能力差，适宜生长区各地的林业和园林部门，近年都在大量搞人工规模种植，一些山区农户也自行小量种植，但效果都不理想。到目前，世界范围内还没有形成大规模的红豆杉原料林基地。

据了解，目前在西岭雪山地区的天然红豆杉是全国最多的地方，如何保护和利用这些独特的自然资源，当地政府部门一直在动脑筋探索路子。

杜鹃花，别名又叫映山红，是中国十大名花之一。植物学上为杜鹃花科杜鹃花属，形态为小乔木或灌木。主干弯曲，树枝繁多，叶形多变，有卵形、心形，但不呈条形，叶质为革质或纸质，有常绿、落叶、半常绿之分。花开常为顶生总状花序或伞房花序，花冠明显成漏斗状、钟形状、单重瓣皆有，花色丰富，有白、红、粉红、紫、紫红、偏蓝色、红白色，并有条纹和斑点等种种变化；有的具有芳香，有的则无味。西岭雪山的杜鹃都叫高山杜鹃，根据花期和引种来源分为毛鹃、夏鹃、东鹃、西鹃4类。花期为每年4到8月，时间长达半年。

如果说，中国是世界杜鹃花资源的宝库，那么西岭雪山就是中国野生杜鹃花资源的宝库，范围之广达200多平方公里，满山皆是，实属罕见。而且，这里的杜鹃生长在海拔1700米以上的地方，每年4至8月从低海拔逐次向高海拔怒放。春暖花开时节，在大飞水原始森林旅游路线的起点茶地坪和滑雪场山门处的打索场，就能够尽情欣赏到杜鹃花的艳丽。而在烈日炎炎的七八月份，海拔4000米的大雪塘、羊子岭下面半山处，那宽广的带状草地与森林的连接处，全部都是杜鹃林，杜鹃花这才漫不经心地迟迟开放。

西岭雪山的杜鹃，受雪山森林庇护和雪水滋润，更有自己的个性和特色。那十多二十朵小花紧紧依偎在一起，众花相互依偎、簇拥成斗碗般的大花朵，在森林绿色中格外醒目，方圆一两

里远的地方都能够看到。

每当花季，在郁郁葱葱的西岭群山中，你会看到火红火红的杜鹃花在青山绿树之间，一团团一簇簇，云蒸霞蔚，开得那么热烈，开得那么绚丽。杜鹃花状似喇叭，仰天长啸，唱出诱人的曲子，似红色的旋风，引来蜂蝶群舞，热闹非凡；又如倒悬的铃铛，在风中摇曳，敲出泠泠之音；更犹若身披锦缎的女子，翩翩起舞，条条花蕊，就是纤纤的素手，玉指直指苍穹。杜鹃树密密匝匝地生长着，很少有高大挺拔的，而多是虬枝蜿蜒，似乡间纤巧的女子，窈窕生姿。它们从不孤芳自赏，而是极尽生命的全部，向人们展示自己最纯朴自然的美丽。每一朵花儿都空灵含蓄，如诗如画，美不胜收，让人流连忘返。

春夏观赏杜鹃成为西岭雪山的一大特色。

上世纪八十年代中期，西岭雪山发现大量的原始古桂花，随后"四川发现了大面积的野生桂花"的消息不胫而走，迅速传播开来……

一生从事桂花研究的南京林业大学桂花研究中心主任向其柏教授，看到这一消息像哥伦布"发现新大陆"一样，感到兴奋不已。千里迢迢赶到四川，翻山越岭爬到了西岭雪山，终于找到了这片千亩原始古桂花林。

规模在千亩以上的原始古桂花林，非常壮观，实属罕见，可谓天然成园林、十里桂花香。

远远望去，棵棵百年桂花大树粗如脸盆，大到两人合围，高达三四丈，傲然挺立，枝繁叶茂，像一把把绿色巨伞，充满勃勃生机。饱经风霜雨雪的树皮非常粗糙，就像老人布满皱纹的脸，它那铁青色的干枝，刚劲挺拔，奋发向上。桂花的叶子一年四季总是那么翠绿，哪怕是漫长的冬天，这些叶子也不因严寒而退缩，依然坚强地守卫着它的枝干，总是在阳光的照耀下显得光彩照人。在绿叶的衬托下，一团团、一簇簇米粒般大小的黄色花蕾，恰似亲兄弟、亲姐妹簇拥在一起，又像是一个个金娃娃睡在绿叶做的摇篮中。桂花十分娇弱，只要轻轻一摇那树，就会纷纷扬扬地坠落下"花雨"来，把原来不显眼的地面铺上香气四溢的金黄色花毯。仔细观看桂花树，一朵朵桂花像是在绿色的绣花布上点缀着的一粒粒金子，又像是一个个小娃娃扒开绿叶笑眯眯地往外瞧。绿叶丛中，桂花并不怎么起眼，又像少女穿着黄色的旗袍羞羞答答，矜持地贴在枝头不肯离开，只悄然露出丝丝绿黄相间的内衣，是那样的娇美艳丽，那沁人心脾的桂花飘香，充满着整个山野。

常言道"八月桂花开"，然而西岭雪山的原始桂花四五月份就开花，花期长达半年，彰显出与众不同的个性，体现出浓浓的原始特色。暮春时节的西岭雪山常有几场春雪，在这玉树琼花的白雪世界中，处于海拔较低的一些地方，桂花树被皑皑积雪压着枝头。就在这积雪掩映下的枝头绿叶间，那一簇簇米粒般大小含苞欲放的蓓蕾或傲雪怒放的花朵，是多么娇艳，白的雪、绿的叶、黄的花，三元色彩融合在一起，别有一番诗情画意。桂花从四五月一直开到七八月，一茬接着一茬地依次开放，常与满山的杜鹃花以及众多山花争奇斗艳，竞相媲美。

向其柏教授经过四年多艰苦细致的调查和严谨的科学鉴定，在基本弄清了全国桂花品种目录和木樨属相关品种的同时，确认西岭雪山桂花就是目前仅发现的中国原生的野生桂花，认定桂花原产于中国南方、产于西岭雪山，并具有唯一性。这一研究成果，彻底改变了国外植物分类界"中国已经没有原生的野生桂花，现分布于南方的桂花均为栽培种"的错误说法。

2004年12月2日，国际园艺学会正式授权向其柏教授为木樨属、包括桂花的国际登陆权。

花卉的国际登陆权，是一种鉴别、判定花卉知识产权，包含发现和培育权的"母权"，一个花卉新品种只有经过国际登陆授权的认可，才能在国际市场上进行交易。这就意味着原生野桂花被中国人发现，今后桂花及其相关新品种将不需经国外认可，就能够直接在国际上进行交易。

然而，比较尴尬的是除桂花和梅花外，中国"十大名花"中的另八种：菊花、兰花、杜鹃、水仙、牡丹、芍药、月季和山茶，均被其他国家抢先取得"国际登陆权"。这就显得，中国的桂花、或者说西岭雪山的桂花尤其珍贵。

西岭雪山的原始古桂花，本来就是在巍峨雪山的雪水滋润和幽静的森林环境中生长的稀罕之物，历史久远，超凡脱俗，名贵高雅，能够一步登天，享誉中外，也就在人们预料之中了。它穿越时空，从远古而来，被国人发现，又走向国际、走向世界……

"不鸣则已，一鸣惊人"，桂花的"鼻祖"一跃成为国际公认的稀世之宝。

川贝母，来源于百合科植物暗紫贝母的鳞茎，生于3200米至4500米的高山草坡。植物形态为多年生草本，高15至23厘米，鳞茎直径6至8毫米。功能主治清热润肺、化痰止咳。常用于肺热燥咳、干咳少痰、阴虚劳损、咯痰带血等。川贝母是四川最为知名的地方名贵中药材，与东北的人参、西藏的红花一样几乎人人知晓，在中国成千上万种的中草药世家中也称得上为上品。

在西岭雪山地区，上山采挖贝母是男子汉祖祖辈辈传承下来的一条谋生之路，几乎都有采挖贝母的经历，特别是解放后至七八十年代的采药高峰期，当地政府都要组织有经验的群众上山采药，一般来说每人都能采上1至2斤，但都是统统上交给国家的，由当地供销社组织收购，西岭雪山每年出产川贝母达上千斤。当时，工薪族的人两个月的工资也不一定能够换得来一斤贝母，很说明价钱是不菲的。

四川红杉。国家二级保护植物，首次在西岭后山地区发现，主要分布在后山地区九龙池一带。

通过数据分析和实地考察，我们了解到整个西岭雪山后山地区的森林资源极为丰富，可以说是个绿色宝库。

第四类，动物资源。

大邑的野生动物种类繁多，主要分布在西岭雪山地区。脊椎动物有5纲36科，哺乳纲中的鼩鼱科有喜马拉雅水麝鼩等；猴科有猕猴、金丝猴等；浣熊科有小熊猫、熊、马熊等；猫熊科有大熊猫、豺等；灵猫科有大灵猫、果子狸、云豹等；鹿科有林麝、小麂、水鹿等；猪科有野猪等；牛科有牛羚、斑羚、岩羊等；鼬科有水貂、水獭、黄鼬等；猬科有刺猬等。仅鸟纲中的松鸡科就有红腹角雉、绿尾红雉、贝母鸡、石盖鸡、笋鸡、鹌鹑等多种……

据了解，在西岭雪山莽莽原始森林里栖息着的野生动物中，有大熊猫、牛羚、金丝猴、猕猴、云豹等数十种珍稀动物。可以说，这里又是国内少有的"动物王国"。

西岭雪山是世界自然遗产大熊猫栖息地的重要组成部分，这张"世界名片"为西岭雪山旅游增添了几分荣耀。在海拔2500米至3500米的原始森林中，生长着无数的麦秧竹，一般都在半人至一人高，林在高处，竹在矮处，立体生长，互不影响。麦秧竹，书名剑竹，是大熊猫喜食的主要食物。大熊猫主要活动于麦秧林、九里岗一带。牛羚分布在打索厂以上海拔1800米至3600米的

山林中，集中在红石尖、牛井、九里岗、碴口石一带。盘羊分布在大雪塘、老坐棚、长河坝、干海子、羊子岭等区域，常以50至100头为群，活动于高山草甸植被区域的山岭。

四川大熊猫栖息地，是指介于成都平原和青藏高原间的邛崃山和夹金山区域，其边缘位于四川盆地西部，覆盖区域达上万平方公里。这项自然遗产所界定的区域，主要是指大熊猫群的活动中心，以汶川县的卧龙、宝兴县的蜂桶寨、大邑县的黑水河、崇州市的鞍子河等，七个保护区和九个自然公园为主要活动区域。七个保护区之一的黑水河大熊猫自然保护区，拥有黑水河、邮江河和斜江河等主要河流，森林资源丰富，动物种类繁多。保护区总面积四五百平方公里，常年在此栖息的大熊猫四十只左右，数量居四川省39个大熊猫分布县（市）的前十位。

从地图上看，大熊猫栖息地的鞍子河、黑水河、蜂桶寨、卧龙等四个保护区，整个从东南西北紧紧围绕着巍峨壮丽的西岭雪山，并形成了一个偌大的环状的大熊猫栖息链，再与天全县的喇叭河自然保护区的点面连接，共同构建成邛崃山系大熊猫栖息地核心地带。黑水河这片栖息地，又处于关键通道和连接纽带地位，为邛崃山脉的大熊猫迁徙、种群基因交流，发挥着至关重要的作用，因而凸显出西岭雪山为熊猫故里的重要位置。

地处北纬三十度的黑水河大熊猫自然保护区，属典型川西高山峡谷地区，是公认的中国生物物种的起源中心之一、中国古老原始的物种聚集地之一、中国南北物种的交汇地带和具有国际意义的生物多样性地区之一。这里，丰富的可食性竹源和适当的海拔高度、适宜的温湿度等独特的自然条件，非常适合大熊猫的栖息、生长、繁育。特别是西岭后山的麦秧林河谷一带，那漫山遍野的茂密麦秧竹和幽静的环境，更是大熊猫的乐园。

　　西岭雪山是大熊猫的故乡，因而当地的百姓对大熊猫都比较熟悉，他们中的不少人上山挖药、伐木、烧碱时，都不期而遇过大熊猫。而且，不怎么安于现状的大熊猫，常常是跨出自己的生存领地，大摇大摆、毫无顾虑地跑下山来，光临寻常百姓家，与人结下了不解之缘。有一年冬天，天气寒冷，大雪封山，一只大熊猫为了躲避恶劣的天气竟然跑下山来，钻进打索场一户农家的羊圈里，与众多山羊拥挤在一起过夜。第二天上午，被主人家发现后，它还不惊不诧地赖着不走，又磨蹭了半天后才不怎么情愿地离开。都说大熊猫以竹子为主"吃素"，但当它饥饿又找不到主食时，偶尔也要"开斋吃荤"，却从不伤人。前些年，传闻山下小河子一姓杨的老大爷，在红纸厂一带放养着一群麻羊，不速之客大熊猫有一天光顾了羊群并吃掉了一只羊，尝到甜头后第二天又来吃掉了一只。对此，主人虽然惋惜那两只羊，却不会使用对付豺狼虎豹的办法，也只能是"不客气"地把大熊猫赶走而已。2004年初的一天，滑雪场附近发现一只老态龙钟、约一百多斤重的雄性大熊猫，景区工作人员为这只又困又饿的大熊猫喂食了牛奶、苹果和竹子，通宵精心照顾，并为它取了个"西岭雪儿"的好听名字。卧龙大熊猫研究中心的3位专家，闻讯及时赶往现场，认真检查后发现大熊猫患有疾病，被送到碧峰峡大熊猫基地实施康复护理……

　　就在2013年春节的一个晚上，在滑雪场景区的大蒜坪野生动物保护站驯养阿拉斯加狗的圈舍，惊现一只四五岁的成年大熊猫，它在房屋外绕了一圈，观察一阵之后进入圈舍，可能是因饥饿而来寻找食物，景区工作人员细心地为大熊猫提供了水果、蔬菜、肉类、竹子等食物，它毫不客气地吃饱喝足后，欣然就地入睡。第二天清晨刚刚日出时分，它自己翻墙悄然离去，重新回到

了大自然的怀抱……雪山、熊猫和人的故事很多，举不胜举。

大熊猫历来被称为中国的"友好大使"，促进了中国与外国的友谊和相互交流。史料记载，公元685年，大唐武则天便赠送给日本天武天皇两只大熊猫；解放前的国民政府，先后向西方国家赠送了14只大熊猫。新中国成立后，熊猫赠送反映了当时的中国外交政策，先后曾向美国、日本、法国、英国等九国，相继赠送大熊猫23只，中国大熊猫走向世界各地。上世纪八十年代改革开放后，鉴于大熊猫的生态环境恶化，导致其数量急剧减少，中国停止了向外国赠送大熊猫的做法。大熊猫与时俱进戴上了"商务参赞"的头衔，开启了"熊猫租借"行动。大熊猫憨态可掬的可爱模样深受全球大众的喜爱，并成为世界自然基金会的标志。

在西岭雪山，金丝猴分布在海拔2200米至3300米之间的高山区，总数约100只。

金丝猴是国家一级重点保护动物，往往栖息于云杉、冷杉、槭、桦、箭竹、杜鹃等丛生的针阔混合原始森林里。金丝猴身披长毛，长度可达20多厘米，脸庞呈蓝色，面型淳朴和蔼，还生长了一对朝天翘的鼻孔，所以又得了个"仰鼻猴"的名字，这给它增添了几分憨厚稚气的神情，更惹人喜爱。据了解，金丝猴不论是野生或饲养的，都只有我国才有的国宝。西岭雪山与秦岭共同成为金丝猴的家园。

羚牛是西部特有珍稀动物，因躯体硕大，外貌又像牛，所以当地群众俗称它为野牛。成年后，角向后扭曲，因而又称为"扭角羚"。羚牛生活在海拔2000米至4000米的高山森林或草甸上，西岭雪山常见的羚牛分红棕色、草白色两种。羚牛迁徙时，上山下山形成一条线，由成年公牛作为牛"司令"领队在前，成年雌牛在后，犊牛夹在中间，一头接一头，秩序井然地登山。因羚牛形成的牛井在西岭雪山地区又成为一大奇观——

据了解，西岭后山地区一共有4处牛井，以四方石牛井最为有名。我们此行的考察路线没有涉及到牛井，也因为没有遇到特有季节，牛井奇观也就没有考察到。但据经验丰富的向导老杨讲，每年的农历三月三和九月九两个季节，附近方圆几十里范围内的羚牛都会成群结队来到牛井，争相舔食一些岩壁上渗透出来的盐渍水，以增强体力。成百上千的羚牛在牛井附近的旷野里嬉戏玩乐，春秋两季各长达一个月。据分析，这种现象是因为羚牛在迁徙中，所食食物中的有害含量不一样，要通过舔食这种含盐量很高的水份来解毒，也称为换胃；同时也是积蓄能量，便于长途迁徙。

每到这两个时节，成群结队的羚牛便到各自牛井饮水吃草、嬉戏玩耍，排队吸食盐水，秩序井然，那场面是蔚为壮观，附近几公里范围内的草丛都会被羚牛踩踏成泥滩，一棵棵大树的树皮都会被磨得油光明亮，有些大树干脆被羚牛坚硬的双角撕掉树皮，长年累月，这里的树杆便伤痕累累，惨不忍睹。

考察行进途中，队员们发现几处国家二级保护动物岩羊活动的踪迹。特别在戏子岩陡峭的山梁上，我们就近距离目睹了岩羊。

岩羊很留恋高山裸岩环境，那里虽然没有树林掩藏岩羊的行踪，但躺卧不动时，它的皮毛与周围的环境颜色几乎融为一体，不易发现。据了解，岩羊栖息地四季有变化，一般冬季在高于海拔2400米的山区，春季则迁徙到海拔3500米以上的高山区悬崖绝壁处，在这样恶劣的环境下，许多有害于岩羊的动物不会在此生存，因此岩羊选择在此生活几乎没有什么敌害，这是动物界自身保护的一种规律。为获取生存的权利，岩羊不得不放弃舒适的环境，成天在悬崖乱石间奔走跳跃，练就了行动敏捷、奔跑快速的本领，被人们誉为"登山健将"。

小熊猫是国家二级保护动物，俗称小猫熊、九节狼、金狗。体型似猫而较肥壮，脸圆、耳大，直立向前，全身红褐色，嘴沿、口须、鼻子周围呈乳白色，四肢粗短，黑褐色的尾巴硕长而粗且具有大小不同的9个棕栗色环纹，尾尖为黑褐色。小熊猫分布、栖息于海拔1400米至3200米的阔叶林、针阔混合林或针叶林带，常活动于林下的竹丛间，夏季多在阴坡河谷，冬季移至阳坡河谷或到山脊梁高处晒太阳。小熊猫常常是三五只结成小群，多于早晨和黄昏两段时间活动，活动的范围比较固定，食物99%为竹叶或兼食竹笋。

云豹是国家一级重点保护动物，食肉目猫科，俗称龟纹豹、狗豹子，四肢较短尾巴较长，身体侧面有大型云块状斑，头部黄褐色，眼周黑色，栖息于阔叶林区，性情凶猛，善于攀爬，活动和睡眠主要在树上。喜独居，动作轻盈敏捷，以野禽、小型兽类为食，有时也攻击中到大型的有蹄类动物。

红腹锦鸡又名金鸡、红鸡、壳壳鸡，体长一般都在650毫米至1000毫米。雄鸡后颈被披肩状的棕红长羽毛覆盖，额至背、两翅表面和胸肋等处有黑色横斑，嘴和脚蜡黄色。常常栖息于西岭雪山较浅山区的草坡和灌木丛，喜食野果、草籽等。这是我国特产鸟类，为国家二级重点保护动物。

通过此次大型综合考察活动，所获得的这些珍贵的资料和数据，为更好地保护野生动物和将来的西岭后山旅游与资源开发利用，提供了充分的科学依据。

第四章 自然景观

西岭雪山风景如画、自然景观众多，雪山、森林、云海、佛光……美不胜收。这些独具魅力的自然风光的形成，原因是多方面的。

从世界地质属性看，北纬30度线上地处邛崃山脉与龙门山脉交汇融合的西岭雪山，是典型的世界三大地质构造带之一。地球第三极的青藏高原板块向东南推移，与扬子板块的冲撞作用产生巨大的能量，在这里形成了成都平原向川西北高原过渡的前沿和龙门山脉隆起的缝合带，也是邛崃山脉最东缘的山系，东临四川盆地，凸显其特殊的地理位置。

如果说两千年前的都江堰水利工程，使川西平原成为"水旱从人"的"天府之国"的话，那么，正如绵延千里的秦岭山脉阻挡了来自西伯利亚的北方寒冷气候一样，横亘川西平原西北面的西岭雪山阻挡了来自青藏高原的寒冷气候，由于二者的力量作用，才形成了成都平原特有的亚热带季风气候和四季温润的内陆盆地气候，这是大自然赐予蜀人特有的福分。

西岭雪山经过亿万年的地质运动，变得更加坚强刚毅、巍峨壮丽。它见证了历史悠久、文化底蕴深厚的成都平原几千年的辉煌历史，同时它更以那宽阔的胸怀，一直护佑着沃野千里、云蒸霞蔚的成都平原的富庶，便有了"九天开出一成都，千门万户入画图"的美誉。"仙佛同源"、"蜀之望县"的大邑，同样离不开西岭雪山的呵护。

华夏龙脉源于西北的昆仑山，向东南延伸出三条龙脉，形成了中国的三支主干龙脉，在左青龙、右白虎两条干龙的护卫下，

中干龙更显生机勃勃、龙腾虎跃。它顺着昆仑山向东南延伸至四川，处于中龙腾跃的四川山脉自西向东绵延，缓缓孕育成的龙泉山、龙门山、邛崃山之间，山脉环绕形成了"天府之国"的成都平原，聚集了众多的气运，与中国龙脉连绵构成了经典格局、生机无限的经络山体。因而，便有了"天下山水在于蜀"的美称，山川秀丽、水草丰沛、资源富足、居住宜人的四川盆地，便和《圣经》里描写的近乎天堂一样的"伊甸园"了。

《山海经》是中国最富神话色彩的地理著作。《山海经》与蜀地关系密切，四川尽管处于西部，但是在《山海经》中，蜀中的山脉归纳在"中山经"，而在《海内经》中与巴蜀相关的内容最为丰富。可见，以蜀地为中心的视野来翻看中国山脉的地图，就会发现邛崃山、龙门山与中国山脉的主干一脉相承，从传统风水地理学的观点看，只有蜀中的山脉和中国龙脉连绵成经典的格局。

在这样的背景条件下，西岭雪山形成了"春观杜鹃夏滑草，秋赏红叶冬滑雪"的四季旅游特色，在西岭后山还有鲜为人知的众多自然景观，非常值得了解和观赏。

游客从大都市成都出发，仅3小时的车程和索道就能够轻松自如到达西岭雪山高山景区的日月坪，尽情观赏西岭雪山的雪山、森林、云海、日出、佛光等高山自然景观、自然风光，近距离欣赏杜甫称赞的成都第一峰大雪塘，而且一路领略"一天观四季、十里不同天"的独特气候。

冬春两季，在前山旅游区的阴阳界、红石尖一带便能看到这样的景观：一边是晴空万里的碧云蓝天，一边是云蒸雾涌的朦胧世界，"阴阳界"景观给多少游人以无限神秘的遐想。海拔3310米的红石尖是天然的观景台，放眼西望，绵延百里的大雪塘雄伟壮观，旭日东升时可见"日照金山"奇观；凝视东方，成都平原笼罩在薄雾轻纱之中，犹如海市蜃楼一般。这些是旅客所能见到的，而西岭后山有更多无人知晓的自然奇观。

处于高寒气候与温和气候交汇地带的西岭雪山，因而常常形成特有的高山自然奇观。这些奇观除日月坪、红石尖外，在褐场岩、戏子岩、喳口石、大尖峰及羊子岭一带经常能够看到。

须晴日，天刚破晓，东方远处碧蓝蓝的天空在靠近地平线那儿横抹着一道银光，把天地分开来。忽而，从天地的缝隙里撞出一条咖啡色的光带，这光带渐渐由曙红变金黄，像熔化了的金水在缓缓地倾泻流淌。

刹那间，几道光束像闪闪利箭划破天幕，橙黄色的云、朱红色的云都被镶嵌了金色花边。殷红的太阳笼罩在层层暗紫色的薄纱里，奋力地穿过一道又一道的云彩跳跃着、跳跃着，最后冉冉升上了地平线，把紫色的云、红色的云、黄色的云推向遥远的天边。

朝阳露出圆圆的、润润的笑容，然后放射出万道光芒，千山万岭便沐浴在金色的阳光之中。此刻，满天的彩霞、殷红的朝阳、玉白的雪山和绵绵的云海，便构成了一幅极为壮丽的天然画卷。

西岭雪山的云海，是由低云组成的，上半年以层积云为主，下半年以积状云和层积云为主，年均300天以上。由于西岭雪山层峦叠嶂，群峰耸立，峰高云低，因而云海中常常浮现出许多岛屿，云腾雾绕，宛如佛国仙乡。这些岛屿化若浮舟，白浪滔滔，像是大海里航行的只只渔船。"天著霞衣迎日出，峰腾云海作舟浮"，仿佛就是这一景致的绝妙写照。

晴天时，原始森林的空气质量好、清晰度高，阳光通过茂密

的树林时，一束束光芒射向林间，与林间蒸发出的雾气相辉映，往往就会形成森林佛光。森林佛光不常出现，能见到森林佛光的人，应该是非常幸运的，或者说是与佛有缘的人。

西岭雪山除云海、日出、佛光奇观外，后山花木众多，山花烂漫又是颇具特色的自然景观，尤其是杜鹃花开时节，便看到漫山遍野的杜鹃红艳艳，艳丽得让人心醉。

进入10月，虽然没有了漫山的野花，但西岭雪山无花的季节仍然很美丽。那满山遍野的红叶就像化妆师用了火红的颜色开始点缀无尽的森林，给几许冷意的秋天增添了一些暖色，那"霜叶红于二月花"的美好景象一直持续到11月份，才迟迟被一场初冬大雪的白色所替代。

在漫长的冬季一片银白色的世界里，谁说没有了花，那漫天的雪花形成玉树琼花的北国风光，不也同样美丽无比！游人如织的游客滑雪、赏雪、戏雪、玩雪，人人心花怒放，那花是开在心里、开在欢乐中。

高山湖泊九龙池是西岭雪山比较奇特的自然景观。在九龙池，考察队员既没有看见入水口，也没有看见出水口。那么我们在考察途中看到九龙池附近几条河的水流到哪里去了？九龙池的水出处又在什么地方呐？很多迷令人费解！

据随行的地质专家介绍：流往九龙池的几条河流由于时间的推移，形成了一个冲击河床和厚厚的沙流层，堆积了无数的沙卵石。因为沙流层的河床透水性很强，上游还是湍急的河水到达九龙河谷冲击河床的时候开始逐步变小，最后悄无声息以潜流的形式流入了九龙池，所以考察队员在九龙池附近河床表面看不到流水入九龙池。暗流到湖里的水又遇到前面横挡小山犹如水库大水坝的阻隔，就自然在湖水下面的岩层中形成暗流后注入黑水河。

由于水的溶蚀作用，天长日久终于与地下暗河相通，在洪水季节，偌大的水流就通过地下暗河排水，这样就无法看到九龙池的出口了。

千百年以来，由于汇入和流出的水量基本相等，所以九龙池的水位基本保持一致。从"世界是物质的，物质是运动的，运动是变化的，变化是有规律的"观点来看，随着九龙池湖底漏斗口大小和附近河水流量的不断变化，今后若干年，不排除九龙池恢复过去的原貌或干枯的可能。

我们理所当然愿九龙池永远那样美丽迷人，但九龙池至今20年来却发生了较大的变化，让人担忧。

在此次考察的队员中就有4人在15年前随县旅游资源考察队到过这里。据他们介绍，15年前的九龙池湖水至少比现在高5米多、湖面宽近1倍，而且那时仅几声喊叫就会引来大雨冰雹奇观，这跟历史上多少打猎者、挖药人在此突然遭遇大雨和冰雹袭击的说法是完全吻合的。而此次考察，尽管队员在九龙池边大喊大叫也未引来大雨冰雹，实在让人遗憾不已。大家只是伫立在湖边，查看那四周曾经被淹没过，而今还裸露泥土岩石、寸草不生的湖岸，就证实了湖水确实变少了。

九龙池奇观不再显现，这一变化是地质活动引起的变化，还是自然环境引起的变化，或是什么原因造成的？我们解不开这个迷，只是在湖边产生无限的遐想……

考察中，有人将西岭前山大飞水岩洞每秒两立方米大流量且冬夏不变、永不浑浊的水源，与九龙池湖水的去向联想起来分析，认为九龙池的水源是通过一条地下暗河流到西岭前山的大飞水出口处才见天日。

从理论上讲，九龙池的地理位置高出大飞水海拔上千米，而且前者在西岭雪山后山高处，后者在西岭前山低处，估计两者的直线距离不足10公里。因此，这种分析不无道理，但没有科学考察、地质勘测的依据，我们不敢妄加断论。

考察队员由九龙池联想到黑水河，再由黑水河联想到邮江河这样一件事来。

尽管有闻名世界的千年都江堰水利工程惠泽成都平原，但随着工业经济的发展和农业种植技术的提高，大邑及整个成都平原仍属缺水地区，尤其每年初夏灌溉农田时节的缺水现象就是一件让多少农民兄弟头痛的事儿。因此，能不能借鉴国家"引黄入晋"、"引滦入津"和"南水北调"工程建设的做法和经验，将黑水河巨大的水利资源从中嘴电站大坝下开凿一条人工暗河，引流到达西岭前山大飞水处注入邮江河，这样既能大大提高邮江河水环境质量和生态环境质量，又能惠及成都平原，灌溉万千良田。

这不亚于又是一个都江堰治水惠及成都平原的水利工程。

关于引黄、黑二河之水入邮江河的话题，在1990版的《大邑县志》就有记载：早在民国35年也就是1946年的冬天，"大邑籍的四川省参议会参议员魏廷鹤与邛崃籍的省参议员邓蜀才等，联名向四川省参议会提出议案：'请开发大邑水资源，引黄黑二河之水流注邮江，以利增产、造福百姓……'"

应该说，这个设想的现实可能性是存在的，具有可操作性。黑水河流域的水流量常年达8个流量之多，加上取水处兴修的电站形成的水库可以调节洪峰，截流、库存长达几个月洪水季节的大量水源，分流2至3个流量并不影响黑水河流域下游的水资源使用和生态环境。不过，这个设想在目前只是我们此次考察后的一个良好愿望而已。

在西岭后山无人区所有奇观中，值得重提的还是喳口石奇观。

喳口石是一个单斜构造的薄层灰岩，发育了一个X解理，突出山体的部分逐渐风化出一条缝隙，从远处看就活像一只鳄鱼张开大嘴，非常形象生动，喳口石的地名也由此而得名。如果后山地区能够成功开辟探险旅游线路，那么，喳口石这一自然奇观便是一个最为吸引旅客的好去处。

西岭雪山有其巍峨壮观、风景如画的一面，也有其北纬30度线上神秘莫测的一面。至今，仍有大飞水水源之谜、九龙池之谜、黑水河大峡谷之谜、阴阳界之谜、大雪塘之谜等"十大未解之谜"，给神奇又神秘的雪山增添了许多奇幻的色彩。

邛崃山与龙门山交汇融合的西岭雪山，地质之奇，景观之美，自然之灵，生态之珍，生物多样性与文化多样性的结合，滋养着中华版图中的文化沃土，阐释着自然与生命人文的含义。

第五章　神话传说

中国神话有两个源头，一是昆仑山，二是蓬莱山，两山共同的特点就是山海环绕，可望而不可及。

昆仑山的四季云海当然也算作"海"，与蓬莱山一样常有山海景观。昆仑山的仙山瑶池是中国神话的核心，是对生命长寿的无限希冀和追求，同时昆仑山又是联系天地的中介，通过山上的三道天门可直达天庭。邛崃山、龙门山虽然远隔昆仑山千山万水，但却是连接昆仑山的直接途径。龙门山从南至北分别有邛崃天台山、大邑西岭雪山、崇州鸡冠山、都江堰青城山、彭州九峰山……群山绵延的半弧状山峰好似天然的画屏，矗立在成都平原西面、北面。由于昆仑山神话源头山脉的地缘影响，加之道教仙山的起源和早期佛教的传入，形成了蜀人重仙信佛的特色文化，因而西岭雪山地区便成了有许许多多神话传说的地方。

雪山下的人们，自古以来固守着山川田野不变的生活节奏，在天府祥境中娴雅从容，山间灵秀的人神之间，把佛教道教寺院道观的心灵诉求，共存于人与自然的和谐而享山乐水。因而，西岭雪山不仅仅是一座山、一道风景，还有那生生不息的厚重的文化底蕴。

再从中国山岳文化看，西岭雪山是一个民族文化精神的一部分。古蜀王杜宇将帝位禅让给了善于治水的丞相鳖灵，自己则归隐西山——西岭雪山，化为杜鹃、啼血哀鸣……

神秘的西岭雪山虽说是无人区，但千百年来一直有少量狩猎、挖药的人出没其间，人类为了生存在这里的活动从未停止过，无人区实际上是指没有常年居住者。如今因为保护野生动物，狩猎现象自然不复存在，而进山采药挖贝母者大有人在。

上个世纪七十年代，大邑、崇州及相邻的芦山、小金等县组织的挖贝母队伍，在每年的6月初便浩浩荡荡开进深山，在羊子岭一带草山汇合，每天数百人挖药不止，时间长达一个月，这个季节的西岭后山是一年中最为热闹的时候。并且，这里曾经是成都通往小金、硗碛等地的一条通道，只不过解放后因都江堰至汶川的交通大通道形成，走这条山路的人到后来干脆就绝迹了。因而，西岭雪山尤其是后山无人区千百年来，留下许多美丽动人的神话传说。

上大山的人穿行杜鹃林、目睹杜鹃花，对杜鹃偏爱至深，人人都能讲出杜鹃花的美丽传说——

相传，古代的蜀国皇帝叫杜宇，他很爱自己的百姓。死后，他的灵魂变为一只杜鹃鸟。每年春季播种时节，杜鹃鸟都要飞来叫醒老百姓"快快布谷！快快布谷！"不停地喊叫，嘴巴都啼鸣得流出了血，滴滴鲜血洒在林间，最后就染红了漫山的杜鹃花。

这里，另有一种版本关于杜鹃花的传说，讲起来更为深动，听起来更加感人！

过去，在海拔3800米的"四城门"一带有一个杜鹃村，村里有一户只有母亲和两个儿子的穷人家。大儿子杜大，弟弟叫杜二，兄弟俩以贩卖食盐为生，从成都府贩卖食盐经大雪塘到西面的小金、硗碛一带，来回一趟要一个月，虽然艰辛，但可以养活老母亲及兄弟俩。有一天，杜大背着食盐经过一处街坊歇肩时，由于装满食盐的背篼太重，滑了下来把一个小孩压死了。

人命关天，杜大被官府关在监牢等待判刑问斩。杜二因为力气小、身体又不好，怕挣钱不能养活母亲，就设法替哥哥进了牢房。

这样，杜二被官府判刑问斩作了替死鬼后，胆小怕事的杜大并没有再贩卖食盐，也没有回家伺养老母，不知躲藏到哪里去了。对此，已做冤死鬼的杜二，想到母亲无人照顾就要饿死了，心里很不平静，就将灵魂化作一只杜鹃鸟，整天到处寻找哥哥，一边四处飞翔一边呼唤："哥哥回来！哥哥回来！"日久天长，口中滴着的鲜血洒满杜鹃林，鲜血滴落处便长出了红杜鹃，这只杜鹃鸟在滴落完最后一滴血后死去了。此后，每年春天满山红杜鹃花开时节，人们都说这是杜二的孝心显灵了。

又一年的春天，有人就在杜二化着飞鸟到处寻找哥哥的时候，发现距杜家村数十里远的九峰山上有许多山羊仰天嚷着："妈！妈！妈！"好奇的人们闻讯进山观看，在羊群叫嚷处有一具腐尸，从衣服上看得出来这就是杜大，旁边已长出一棵有毒杜鹃，开着黄色的花。消息传到杜鹃村，人人都说杜大贪生怕死，让老母饿死，害了一家人，死后变成毒花闹羊花。后来，村里便由此流传着一首山歌：

满山杜鹃一片红，怒鸟滴血花成丛。

杜二孝母干替死，杜大怕死躲九峰。

弟弟魂化子规鸟，苦唤哥哥快回来。

千呼万唤哥不应，鲜血开出满山花。

哥哥死在山沟中，善良山羊喊妈妈。

原是杜大化毒花，大家骂他闹羊花。

在西岭后山考察时，队员们仔细观察杜鹃花，的确鲜艳美丽，一团团、一簇簇的杜鹃花，有深红、淡红、玫瑰、紫、白等多种色彩。当春天杜鹃花开时节，满山鲜艳，就像彩霞绕林，被人们誉为"花中西施"。五彩缤纷的杜鹃花，又唤起了人们对杜鹃神话故事的回忆，唤起了人们对人间真、善、美的向往。

上过大雪塘、羊子岭一带挖贝母的人，都到过高山湖泊红猪池，当然也都知道红猪池的神话传说。

在很久以前，上山挖药的人是不带肉食的，只要有粮食和食盐就行。其中一个原因是上山挖药者都是下苦力的穷人，是没有钱买肉吃的。更主要的是挖药人每次来到红猪池边，照前人多年的做法写一张借条，压在湖边的石头下面。第二天早上，住在湖里的山神爷就会从湖水中送上来一头长着红毛的肥猪，足够三五人在山上食用一个多月，直至挖完一季贝母下山。

你只需次年上山时给山神爷带一只小猪来拴在湖边的石头上，山神爷在晚间自然会悄无声息地把小猪收回去，第二天早晨起来，山神爷便会将借条还给你。这时，你还可以再借红猪，就这样百试百灵，经年不变。

　　若干年后的一天，一帮土匪经过此地，照挖药人的做法，借到了一头红猪来吃，便欣喜若狂。来年，他们再经过这里时早把借条一事忘得干干净净，不但不还小猪，而且还想再借，借不到红猪就在池边大骂山神爷，往湖中掀下巨石搅得整个湖泊不得安宁。山神爷为此极为生气，人世间怎么还有这样不讲信誉的人，觉得自己做了很多的好事还不讨好，就下决心要惩罚这帮土匪。夜半时分，山神爷悄悄来到窝棚前将睡梦中的那几个土匪抓到湖里活活淹死。从此以后，任何人再也不能从红猪池里借到红猪了……

　　人世间，得不到的东西才是最美好的，也是最容易回忆的。后来上山挖贝母的人，每当劳累了一天夜晚躺在窝棚里休息的时候，便讲起红猪池的美丽传说，无不憎恨、诅咒那贪婪无信的土匪，无不为借不来红猪打牙祭而遗憾、惋惜……

　　西岭雪山的大大小小天然湖泊甚多，当地人都爱叫"海子"。但最有名气的除红猪池外，还有九龙池和鸳鸯池两处。鸳鸯池因在西岭前山的滑雪场旁边，很多游客都能目睹到这一美丽景色，料想鸳鸯池的神话传说可能已听别人讲述过，这里就不再多笔，单表九龙池的神话故事。

　　民间传说，大山都有镇山之宝，湖泊也有镇湖宝物，九龙池也不例外有镇湖宝物，但被一个巨大的独角水兽保护着。谁要是想盗取宝物，必先擒水兽。

　　在很久以前，一个颇有法术的河南和尚云游到了四川，听说西岭后山九龙池有宝物，就萌生了盗宝的念头，便带着一名徒弟翻山越岭地走了七天七夜，来到九龙池边驻扎下来。

　　老和尚和徒儿一道砍伐了一棵两人才能合围的大树，锯成一丈二尺长，让徒儿每天用斧头加工，先是削成四方形，然后削去四棱成圆形，再一斧头一斧头地削成四方形，就这样反反复复无数次后，原先的硕大木头就小了许多。老和尚则在湖边每天盘腿静坐，闭目凝神念经修炼，做好擒水兽、盗宝物、发大财的准备。

不知不觉已是一个多月，老和尚眼看硕大的木头已被小和尚削成了仅有碗口粗的木棒，就亲自动手将一丈二尺长的木棒做成一把木关刀，足有三尺之长的刀尖显得非常锋利。之后，同徒儿一起砍来若干小树捆扎成一个很大的木排。待七七四十九天时辰一到，师徒二人将木排放在湖边，并抬来木关刀放在木排上，准备下到湖里擒兽盗宝。

太阳当顶时分，九龙池湖面风平浪静，就像一面若大的镜子，蓝天白云和四周绿色森林映入湖面，显得十分宁静。师徒二人将木排撑到湖面中心，准备下湖取宝。师傅临下水前再三告诫徒儿，切记师傅从水下伸出手来时，一定要及时将木关刀拿给师傅，说完师傅下水后转眼间便不见了踪影。

这时，胆小怕事的徒儿独自站在木排上，开始害怕起来。约半时辰，湖面一阵浪花掀起，师傅的手伸了上来。徒儿只见这只手手臂比盆粗、手指比碗大，立时惊吓得不知所措，哪里还想得到将木关刀送给师傅这只变形的巨手。师傅的这只巨手反复伸上来三次，惊慌失措的徒儿都没有将木关刀递送上去。这只巨手就再也没有伸上来，不一会儿就看见伸手处的湖面上涌起好大一片殷红殷红的血水，慢慢染红了湖心一大片水面。

到了此时，徒儿才突然醒悟过来，原来那支变形的巨手就是师傅的手，由于自己没有及时送上木关刀，师傅可能被水兽吃掉了……又过了一个多时辰，师傅真的再也没起来。

在此后的七七四十九天，这名徒儿对自己犯下的大错而失去了师傅感到痛心疾首、忏悔不已，并且不吃不喝，每天在湖边哭喊着师傅回来，终不见师傅的影子，最后也投湖自尽，随师傅而去。

这是一个很悲剧又痛心的神话故事，听后让人心里有一种沉重又说不出来的滋味。下面给读者朋友讲述一个关于西岭后山的喜剧式的神话故事，让人轻松一些。

在日月坪、阴阳界一带极目东望，便能看到数十里远处就是传说中开过金矿的地方戏子岩。

相传很久以前，成都府的一个大老板听说西岭雪山有金矿，就萌生了到那里去发财的念头，不久就兴师动众带起一帮人马浩浩荡荡来到戏子岩驻扎下来，整日挖山掘岩找金子，但过了很长一段时间都没有成功，所带的食物已所剩无几，看来是血本无归亏定了，老板是着急得吃不下饭、睡不着觉，最后还气得病倒在床上，心想挖不出金子已无法回去见家人，而且几十名兄弟伙的工钱也没有着落，就萌生了干脆气死在这里，葬送在这雪山算了。

就在这个节骨眼上，老板有个很孝顺的小女儿很想念久别的父亲，就让家人带着她进山看望父亲，乘轿子、坐滑竿走了半个多月才到达戏子岩。就在女儿到来的当天，一个工头急匆匆地从矿井里跑出来报告老板："矿里有金子了！"

老板立马跑到矿井里去一查看，果真是梦想中的金子，而且是好多好多的金子，欣喜若狂起来。女儿到来，又挖到了金子，真是双喜临门……

女儿为父亲带来了财运。从此金矿越来越兴旺，高兴得不得了的老板把女儿看作是自己的财神和救命福星，更是疼爱有加。但过了一段时间，女儿渐渐厌倦了深山里枯燥无味且艰苦无比的生活，想回成都府的家中，更是想念家里的妈妈，于是爱女如宝

的老板派人把女儿送回了成都府。

女儿走后不几天，金矿又逐渐萧条起来，后来干脆连金子的影子也找不到了。老板冥思苦想了几天，认为是女儿一走又把财运带走了，看来这金矿没有女儿是开不成了，便果断决定由自己连夜出发赶回成都府，又一次把心爱的女儿请上山来。同时，为了长期留住女儿，老板想出一个高招，专门为酷爱看戏的女儿花高价钱请了一个戏班子随行。

老板带着女儿和戏班子一行数十人浩浩荡荡开进山里，在金矿旁边的山岩上专门凿岩为室，修建了一个不大不小的精致戏台，让戏班子每天为女儿演两场精彩的戏。

因为天天有好戏陪伴女儿，女儿这才在山上安下心来，这样金矿的生意又恢复了生机……从此以后，人们就常把这个地方叫做"戏子岩"。

我们在戏子岩下近距离考察时，曾认真观察了山体的地质特征。因为是喀斯特地貌，全部是寸草不生的裸露山岩，悬崖绝壁处在经受了千万年的风化后果真像传说中的戏台，那些峥嵘怪石就像唱戏人的剪影……

就在日月坪核心景区，游客在领略日月坪、白沙岗、阴阳界、红石尖一带自然风光的同时，还能够听到导游讲述一则动听感人的神话故事。

日月坪在西岭雪山旅游开发前，一直叫苗基坪，这是红衣仙女与白纱仙子曾经修行的地方。

传说很久以前，西岭雪山住着一位常年穿着一身素白长衫的神仙叫白纱仙子，当地人也称他为"白纱太子"。他一直在"四城门"、喳口石一带修行，当年居住在"四城门"的人们都熟悉，也都非常尊重他、敬仰他。很多年过去，"四城门"通商往来减少和生意逐渐萧条下来，人们陆续迁移山下最后就成为一座空城，不甘寂寞的白纱仙子萌生了寻找一个新的修行地方的念想。

白纱仙子对西岭雪山了如指掌，但印象最深、感觉最好的当属日月坪、白沙岗一带的这块雪山宝地了。这里背靠"蜀山王子"大雪塘，西面可遥望"蜀山之王"贡嘎山，目睹巴郎山、夹金山和"蜀山之后"四姑娘山，这些雪山与大雪塘遥相辉映；东面可观赏戏子岩雄狮镇守雪山的雄姿；南面可一目了然成都平原一马平川的田园风光……还有一个更为主要的原因促使了白纱仙子最终下定决心要到日月坪。

仙子早就听说，离日月坪、白沙岗不远处的红石堡、红石尖一带，有一位在此修行的红衣仙女。他一直敬重、仰慕这位未曾见过面的仙女，同为仙界如果能够同依雪山、相伴为邻，何乐而不为。

白纱仙子动迁的目的地，选择在白沙岗绵延六七里的山脊梁尽头，一块开阔三五亩的平地，他在这里建起了一座有三间正殿和两侧厢房的庙宇。这块难得的平坦山顶，四周开阔，能够观赏日月同辉景观，当地人一直叫"日月坪"，白纱仙子来此修建了庙宇，这块地方从此又称为"庙基坪"。仙子也算得上是西岭雪山的一方神圣，在"四城门"时就受百姓敬仰，到了庙基坪更是如此。

庙基坪的庙宇虽然规模不大，但因仙子的名气，经常上山狩猎、挖药、烧碱的人们，都要到这里祈求出行平安、保佑收获颇丰，因而白纱仙子的庙宇是香火旺盛。白纱仙子与众多修行者不尽相同，他没有过多地受清规戒律的约束，不怎么喜欢呆在庙宇，经常在庙基坪后面的野牛道、白沙岗、阴阳界、红石尖一带游山玩水，陶醉于这里秀美山川的自然风光。久而久之，庙基坪至阴阳界一带那蜿蜒六七里的山脊梁，原本有几处光秃秃的山体和长长的白色流沙坡，当地人叫"白沙岗"，因白纱仙子的仙气灵秀，当地人又称这里为"白纱岗"。

红石尖半山处的红石堡一带，一直有一位仙姑在此修行，她喜欢一身红衣打扮，当地人都称她为"红衣仙女"或"红衣仙姑、红衣少女"。方圆20里三山相连的上红石尖、中红石尖、下红石尖和红石堡、怪石林、金猴峰，以及红石尖反背的流沙坡等地，都是红衣仙女修行和出入活动的范围。这些森林中裸露出来原本都是白色的石头，因为红衣仙女经常在此游玩，仿佛就有了仙气，后来逐渐变成了与仙女衣服一样的红色，仙女也就更为喜欢这些地方了。

红石堡紧邻庙基坪三五里地。红衣仙女得知白纱仙子已从"四城门"搬来为邻时，内心暗自欢欣，多年深山潜心修行不免有几分寂寞、单调，看来这样枯燥乏味的日子就要结束了。性格矜持的红衣仙女关注着未曾见过面的白纱仙子。有一天，白纱仙子身着素白长衫，仪表堂堂，手执一把扇子，喜气洋洋地飘然而至红石堡，她连忙喜滋滋地上前迎接。

虽然初次见面，彼此却一见如故，无话不谈。仙女早有准备，取出自己亲自采集以山花、野果酿造并珍藏多年的雪山美酒，端上丰盛的山珍佳肴，与仙子二人尽情享用。温馨的场面，令白纱仙子触景生情，有些"步月如有意，情来不自禁。"当酒过三巡、菜过五味，兴致渐浓时，诗兴上心头：

向往雪山杜鹃林，苦心修行四城门。

迁来宝地日月坪，庙宇殿堂香火盛。

红石堡上好安宁，喜遇知音把诗吟。

素白红衣常相随，修成正果登天庭。

听得仔细的红衣仙女忙附和道："好诗、好诗!"便端起酒杯与仙子"咣当"碰杯,一饮而尽。

红衣仙女联想起雪山修行多年,而今有仙子相邻,理当开心、快乐。于是,由亲身的经历油然升腾起灵感来:

西岭静,雪山灵,此般仙境好修行。淡如菊,苦中乐,独处红石,几分寂寞。莫,莫,莫!

红衣仙女吟诵到这里,沉默了一会儿,联想起今后与仙子为邻的日子又吟道:

几杯酒,词一首,仙缘来了同相守。脱凡俗,心中福,红白相随,登天同乐。悦,悦,悦!

"好词、好词!"仙子赞不绝口,同样举起酒杯,敬酒祝贺。

白纱仙子与红衣仙女就这样在红石堡推杯换盏、谈诗论赋、畅所欲言。他们既赞赏西岭雪山的美景,又感怀修行的漫长岁月,不知不觉到了太阳西下、夕照金山时分,仙子这才谢过仙女,恋恋不舍地起身告辞,回到了庙基坪。

从此,白纱仙子与红衣仙女,除了每日在阴阳界一带完成各自修行的功课外,三五天便相约见面。不是仙子请仙女上庙基坪庙宇烧香敬神、去白纱岗观赏风景、去阴阳界讲述人间阴阳两界的故事,就是仙女请仙子到红石堡对酒当歌、去红石尖领略大雪塘的无限风光。

白纱仙子与红衣仙女相处了很多年后,觉得在西岭雪山修行很清苦,如此下去何年何月才是出头之日,于是一颗不安于现状的心,又萌生了向往目之所极的鹤鸣仙山,那里令多少人慕名前往,如果在鹤鸣仙山能够得到高人指点,那么多年来盼望修成正果、喜登天庭的梦想,不就更为快一些么?随遇而安的红衣仙女想法恰恰相反,她一直认为西岭雪山优美的自然环境和安宁祥和的氛围，就是修行的最好地方。

红衣仙女为了能够留住仙子，整整用了七七四十九天在红石堡下十来里的地方亲自栽种了数以万株的桂花树，形成了千亩桂花园林，努力让桂花开得更艳、花期更长……白纱仙子被仙女的一番操劳所感动，答应了仙女留在了雪山。从此，仙子与仙女除了在阴阳界修行外，不仅去红石尖、怪石林一带游玩，还常常来到桂花林尽情欣赏桂花，那红白相随的影子，就常留在了桂花园林中，开心愉悦的欢笑声时时回荡在桂花林。

仙子与仙女对桂花的认识颇为深刻，都感觉游玩桂花林特别开心，他们一玩就是大半天。却不料，这一天的游玩却乐极生悲。

原来，白纱仙子在庙基坪的庙宇因仙子外出又无香客值守，那正殿上一直燃烧着的红蜡烛，被一阵穿堂风吹倒滚落在地，点燃就近堆放的香蜡、纸钱，随后又引燃了殿堂挂着的大幅红布垂帘和屏风，垂帘和屏风再引燃整个庙宇……

当仙子与仙女从桂花林游玩后分手返回发现时，多年的庙宇已荡然无存，只残留着满地灰烬的庙基和几缕青烟……仙子见此伤心至极，离开雪山的心情又开始复活了。

白衣仙子最终决定出山。临行前，仙女邀请仙子最后一次巡游了白沙岗、阴阳界、上中下三个红石尖，及怪石林、桂花林等故地，共同回忆起红白相随、双双出入那些景点的美好时光。仙女又在红石堡设筵席，为仙子送行，犹如当初欢迎仙子那样，她将自己珍藏的美酒拿了出来，在尽情畅饮中，彼此不免祝福、共勉一番。

虽然仙界没有人间的谈情说爱、儿女情长，但必定彼此相邻多年，缘分西岭，同修仙道，相识相知，仙女难免有些依依不舍……

西岭雪山的神话传说很多、很多，可以说是三天三夜也讲不完，三天三夜也听不够。如果有人去潜心挖掘、整理，就会写出一本神话故事的书来。

千百年来，流传于西岭雪山的这些众多的神话传说，可以说是丰富西岭雪山旅游文化的一笔潜在的巨大文化资源。

在西岭雪山旅游，看雪山风景，听神话故事，定会给众多游客留下极其深刻的印象。

第六章　考察花絮

西岭雪山后山无人区考察是一次艰辛的旅程，跟轻轻松松的旅游相比是截然不同的两码事儿。因此，出发前要认真做好考察路线设计和大量的后勤保障工作。

行前，考察队专门聘请了当地的老杨当向导。因此，主办方在确定考察路线时充分征求了老杨的意见，确保既安全又科学，并且要求整个考察行进中都要听从向导老杨的指挥，许多上大山的"山规"和习俗，都是从他那里了解到的。

在无人区考察没有现成的路，只有行进的大至方向，队员的两只脚便是路，因此考察队员进山就要从行路开始学起。穿森林、走山路的学问还真不少，长时间行进，最好是匀速行走，爬坡时也是如此。队员间要相距两米左右，避免前行的队员弹发树枝伤及后面的队员。鞋带系得要紧，剩下的结头要藏于鞋内，以免被树枝树桩挂着摔跤，过独木桥时将双脚变为外"八"字，小心慢行保持平衡……这一切都是向导老杨在边行进时边现身教授给大家的技巧。

随行的一名成都电视台记者从未走过山路，此次进山算是吃尽了苦头，爬山累得没劲儿爬不动、下山双腿打颤不敢动，总是掉在队伍最后面，特别是遇到陡峭的草坡和悬崖绝壁时，更是心惊胆颤，不敢迈步。

　　那天，在往"四城门"行进途中过一悬崖时，这名记者一看到脚下是近百米的深涧就觉得两眼晕眩，立马脸色发白、直冒冷汗，说啥也不敢过了，惊吓得瘫软在地上，并且大喊队友："干脆拿枪来把我毙了，真的不敢过去！"退路是没有的，不过也得过，行程时间不敢拖延，几名队员见此情形，只好将攀岩时用的绳索取来将其捆扎上，将他吊起来活生生地拉了过去……等了一阵子，他还瘫软在地上，闭着眼睛不敢睁开，心里"咚、咚"跳个不停。

　　晕车晕船大家见过，而晕山就新鲜了——

　　此次考察中，就有一名年轻队员在行进中曾两度晕山，按当地人说，叫"碰鬼"了。当时，只见这名队员突然脸色煞白，四肢无力，迈不动步，队伍只好暂停行进，走在队伍前面的向导老杨听说马上转来，用手在其额头上接连抚摸了几下，并且口中念念有词，说了一些别人无法听懂的言语。

　　嗨，这一招还真灵验，不一会儿这名队员就好多了，很快就恢复了常态，大家又继续上路。这时，旁边一名有进山经验的随行民工有些神秘地说，那名队员是"火焰山"低了，压不住"堂子"，刚才是向导给他"配治"好的。这名民工还说，上过大山的人如果遇到今天这种情况，都知道该怎么处理，在他们看来，这是见怪不怪、习以为常的事情。

　　向导老杨讲，如果一个人在大山上独行晕山，就会瘫软坐下来，接下来就会躺下去睡着，往往这一睡就会在不知不觉中莫名其妙地死去，生还者无几。后来考察临近结束时，队员间要求每人就此次考察的体会和感受，给自己取一个有纪念意义的名字时，有取"穿山甲"的，有取"过山虎"的，更有取"钻山豹"的，而这名曾晕山的队员却深有感触、意味深长地给自己取了个"日月无光"。

经过几天的考察活动，队员们感到上山的山规还真不少。早晨起来至出发后的头一小时，一般不准高声喧哗，不要乱喊乱叫，千万不能说不吉利的话，这样以祈求一天行程的平平安安。在"四城门"扎营的第二天早晨，等待吃早餐时就因有人碗筷乱敲招来风雪冰雹袭击，就得到了很好的验证。

由于大山里的环境比较特殊，加上森林里的障气，行进途中再累都不能躺下来休息睡觉，遇河沟时口再渴都不能趴下去喝水。向导老杨介绍说，过去就有独自上大山的人晕山睡着和趴下去喝水再也没有起来，这是什么原因造成的，我们不得而知。但如此一来，我们更觉得大山的神秘莫测了。

值得一提的是上大山的民俗习惯。

进山一般要敬五昌、敬高山王爷。五昌是传说中捕猎者的祖师爷，请他保佑进山狩猎者能够喜获丰收，满载而归。近些年，由于封山育林和野生动物保护力度的加强，进山盗猎者已基本杜绝，但敬五昌仍然成了进山时必做的一门功课。

传说中的高山王爷是大山的山神，特别喜欢睡懒觉，很不喜欢人们在早上大声喧哗、打扰他的美梦，而且上大山的人们每天早晨起来都要例行祈祷山神爷，保佑进山者人人一天的平安无事。

虽然我们都是唯物主义者、无神论者，不怎么相信这些"山规民俗"，但为了尊重当地长久以来形成的风俗习惯，也是图个

平安吉利，只得照办。

当然，敬五昌、敬山神这些功课全由向导老杨一人来完成，他在早晚做功课时那认真虔诚的样子，让我们在旁边都觉得新鲜、稀奇，也令我们感动。

随行负责物资背运和后勤保障的16名民工，大多是西岭雪山下西岭镇的当地人，他们从小就与大山打交道，吃苦耐劳是他们的本色，爬坡上坎如履平地，考察中每天要背负近70斤的物资比队员们空手还行走得快，我们无一不佩服他们那健壮的体魄、坚韧的力量、爬山的技能。每天一到目的地，队员们都累得精疲力竭、不能动弹，而他们个个就像有用不完的力量、不知疲倦的人，砍柴、升火、煮饭、搭建帐篷、架设通讯器材，忙得手脚不停……

在考察的那些天，考察队员几乎都是赤手空拳紧跟着队伍行进，就这样也追赶不上那些负重民工的速度。笔者随身仅带上照相机，也是气喘吁吁地紧紧追赶队伍，还时不时会掉队，一点儿都没有山里人那种特有的体能。

由此想起曾经在戏子岩看到的岩羊，它们为了适应生存环境，常年活动在裸露的山脊梁和悬崖峭壁间，大山里的百姓也是为了适应生存环境，练就了穿行于大山森林的本领。唉！生于斯长于斯的大山人，就是不一样。

每当夜幕降临，劳累了一天的队员们安顿下来，这些快乐的民工又围坐在窝棚里玩起了扑克牌"跑得快"，输赢是要兑现的，只不过赌的是"天下秀"香烟，赢家不时将战利品分发给各位打牌的、不打牌但"抱膀子"的人，香烟抽起来后继续玩牌，不大的窝棚中顿时弥漫了呛人的烟味，不时爆发出阵阵粗狂的欢笑声，使寂静的大山不再寂静。

　　有读者朋友可能要问，考察队员在后山无人区怎样选择宿营地、怎样生火煮饭，吃些什么、如何传输电视信号等等，这里给大家作一些介绍。

　　选择宿营地安全是第一要素，考察队由于人员多，分别采用帐篷和塑料布搭建的窝棚过夜，宿营地点特别要求远离悬崖和山坡脚下，避免有坠石落下造成危险，夏季尽量避免干涸的河床作宿营地，防止夜间被洪水袭击，同时注意帐篷的稳固性和排水。在安全的前提下，选择靠近有水源和便于拾取柴火的地点，否则将无法用水用火煮饭。为了便于每天将电视信号及时传送给红石尖中转站，在设计行进路线和宿营地时，通常都要考虑与红石尖两地的视线范围。

　　在无人区升火是一项特殊的技术，特别是没有辅助材料的情况下，民工会利用一些干枯的枝叶、燃烧过的柴头或者寻找较干燥的树枝用刀削成刨花用来引火，一般用半个小时到一个小时，考察队员就可以围着熊熊燃烧的篝火休息或者煮饭。

　　在雨天里升火就更考验人了，关键就要找来干树枝多费力准备一些刨花才行。在人多的时候，为了便于煮饭、取暖，往往要燃起更大的篝火，在夜晚的时候，负责守夜的人员要起床检查防火安全和添加柴火，保证篝火一夜不灭，或将"火头"埋入灰炽里，早晨拔开灰炽、用嘴吹几下，那红红的"火头"开始燃烧起来，便于及时煮早餐。早上从宿营地离开的时候，一定要熄灭火堆，同时要清除和掩埋掉生活垃圾，避免环境污染。如果是人少、行程近和便于携带，燃气炉具是最安全、最环保的选择。

　　虽然无人区气温较低，但是食物的保存也不是很容易的事情，所以我们除了进山的头两天能够吃到新鲜的猪肉和蔬菜外，在之后的行程中主要靠腌肉和香肠，辅以榨菜、粉条等，野外活

动时饭菜的味道谈不上，只能填饱肚子、保证体力就行。

当然在方便的时候，民工们也会主动出击采摘一些山油菜、野韭菜等新鲜野菜，让队员们既能改善改善伙食，又能大饱口福。一种叫"六二韭"的野菜在西岭后山地区满山都是，头两顿吃起满觉得新鲜，后几天就吃得倒胃口了，最后是宁愿只吃榨菜、粉丝汤也不吃"六二韭"。特别提醒大家，在你无法确认野菜品种的前提下，可不能随意采集野菜来吃，尤其是森林中那些五颜六色的蘑菇。

海拔较高，气压不够，煮饭用了高压锅也只能是半生不熟的夹生饭，不好吃也得强行吃下去，不然怎么能够保证体力。午餐对于队员们来讲是最不幸的，因为每天从上午到下午都处于行军途中，中午没有时间停留下来煮饭，只能是每人一袋饼干和一根火腿肠而已，口渴了遇山泉水就喝。有的读者朋友可能会这样说："饼干加火腿肠，很好吃的嘛！"这话是不错，如果让你偶尔连续吃上一个星期，你的感觉会是什么样？

每天穿行在丛林之中，安全自然是考察队考虑最多的事情，队员们之间也在不断的互相提醒，注意安全！特别是行进在陡坡、悬崖、溪谷时，提醒注意的话语通常会从队首传到队尾。在无人区穿行是没有现成道路的，为了避免迷失方向，少走弯路和节省体力，每天的行程必须按计划实施完成。提高行进速度的一般规律是：有道路不穿林翻山，有大路不走小路，走山梁不走沟壑，在必经之路上有时需要专人负责开路。

无人区往往曾有当地的农户进山采药，所以辨认前人留下的路标也是一种捷径，考察队在树上新劈的路标自然又成为后来者的路标。在过小河的时候，作为缺少野外经验的队员来讲，宁愿涉水过河也不要随意在河里的石头上蹦来蹦去，否则会栽跟头的。在危险地带，一定要有保护措施，或在他人的相互帮助下通行。在迷路的时候，不要随意走动，以升火、哨音、呼喊等特定的联络方式和其他考察队员取得联系，等待救援。

考察队员除了艰苦的行军之外，进行各项野外考察才是此行的重要任务。队员会在行进时或者在宿营地附近进行活动，采集各类标本，记录各种数据，收集相关资料。随行的3家媒体记者也没闲着，拍摄素材、撰写稿件、架设设备传输摄像资料，及时为众多观众、读者朋友奉送他们考察的所见所闻，共同分享。

说起西岭雪山后山无人区的考察生活，真是满怀感受、一言难尽，可以说一辈子都会难以忘怀。那其中的艰辛和快乐，只有亲身体验过才会有更为深切的感受。

尾　声

随着时间的推移，西岭雪山后山无人区生态资源考察已成为过去、成为历史，但留给考察队员的是难忘的经历、丰厚的收获、永久的纪念，当然也留下了诸多思考——

大自然的生态状况与我们的生活息息相关，决定着我们的生活质量和水准。

西岭雪山后山，这块成都最后的也是唯一的处女地，是大邑乃至成都平原上千万人的生态屏障，是无穷无尽的天然氧气加工厂，是一块得天独厚、美丽无比的聚宝盆。我们在热切地关注和了解她的同时，更多的应该是保护好她！

这里，我们借用成都电视台一名记者在后山考察采访时的一句深有感触、颇有哲理的话语，作为这篇长达4万多字的报告文学的结束语：

西岭后山，不能因为无人开发而浪费资源！

西岭后山，不能因为有人开发而破坏生态环境！

如何保护与开发西岭后山，人们热切地关注着……

2003年6月于四川大邑

筑路先锋

在广阔无垠的内蒙古草原，有一种生命力极强、只要一点儿水分就能生长并开出淡雅幽香的粉白色小花，叫干枝梅。当它生命结束的时候，那粉白小花依旧傲然怒放、幽香四溢。谨以此花献给我的筑路工工友们！

——题记

引 子

祖国版图的正北方，塞北内蒙古草原中东部。我又一次踏上这块土地，踏上这块令我难以忘怀的地方。

在这里，曾经5个寒来暑往，我的工友们淋浴着风沙冰雪，经受着磨难，用他们强健的身躯、粗壮的双手和执着的信念，编织着一个千百年来的希望之梦，托起了千百万草原儿女的幸福之路。

这里留下了我的工友们一个个辉煌的、悲壮的、催人泪下的故事……

战鼓催征

穿越沙漠、荒丘，跨越深谷、河流，即将交付运营的内蒙古集通铁路、亦称草原铁路，像一条腾飞的巨龙，横跨内蒙古中部4个盟市，西起集宁市的集（宁）至二（连浩特）铁路贲红站跃起蜿蜒东去，经商都、化德、正镶北旗、经棚、林西、大板、林东、天山、开鲁等13个旗县，东接通辽市的通（辽）至霍（林河）铁路通辽北站。

据内蒙古自治区地方铁路总公司总经理李向义介绍：集通铁路是国家铁路网规划中的一条长大干线、国内目前最长的地方铁路，全长943公里，由世界银行贷款1.5亿美元、内蒙古自治区和铁道部三方共同投资兴建，总投资近20亿元。按国家I级线路标准设计，年运量700万吨，远期运输能力1700万吨。经国务院正式批准，采取招标施工，于1990年6月相继开工，计划1995年建成运营。

集通铁路西接京包、集二铁路，东联京通、通霍、通让及大郑铁路，是连接西北、华北、东北"三北"地区的一条东西大干线，建成后将成为改善全国铁路网布局，缓解京大、京通铁路运输压力，开通"蒙煤东运"和"东林西去"的重要能源通道。特别是对于适应国家能源基地西移，加快西部矿产资源开发利用，支援东北重工业基地，解决吉林省能源不足的问题，具有十分重要意义。同时，也是沟通锦州——二连号特——乌兰巴托——莫斯科——鹿特丹欧洲大陆桥的重要组成部分。

集通铁路的建成，对振兴"三北"地区经济、发展国际贸易、巩固北部边疆以及加强民族团结，都将起到不可估量的作用。

1990年的初冬，铁道部十三局四外中标了集通铁路好鲁库至林西段151公里的施工任务，总投资近2亿元。这对拥有2000多名职工的四处来说，无疑是一个特大的喜讯，同时又是一个巨大的考验。

所谓巨大的考验是指好林段151.497公里，长度虽然只占总里程943公里的1/6，可工程量却占1/3，体现出"五多一差"的特点：

桥梁多、隧道多、涵洞多、曲线多、高填挖多、气候条件差，而且全线确定的7个重点工程就有4个集中在这里。共有8个车站、7个领工区；7座隧道计2566延长米；9座大桥、8座中桥、8座小桥计3262.62延长米；265座涵洞计7179.16横延米；路基土石方填挖1600多万立方米……这些仅是线下工程，还有7000余组轨排生产、部分桥梁预制、正线加站线铺轨162公里、架设桥梁260片，以及附属工程和近20万立方米的道碴生产。而且，整个工程施工还涉及十三局电务处的通信信号施工、三处的部分隧道施工和集通线当地1.8万名民工施工队的组织领导与调协工作。

5年的时间要完成如此工程量，是四处乃至整个铁十三局都是没有经历过的，不仅是巨大的考验，而且是前所未有的考验。

四处这支断了"皇粮、军饷"的兵改工队伍，从北国边疆、黑龙江畔的大兴安岭林区走向内地，在激烈的建筑市场"僧多粥少"的困境中挣扎，在困境中呐喊，也在困境中苦苦沉思……集通铁路的成功中标，让四处人看到了一片生存与发展的希望，但在一阵惊喜过后又都担忧起来。第一次承担这么长的铁路干线施工，能干得了么、能干得好么？都是一个大大的问号。

北国冰城哈尔滨，风景如画的松花江畔、太阳岛上，有一座

铁道兵纪念园，那高达七层楼的铁道兵启航纪念塔庄严肃穆、辉映江岸……这个纪念园讲述着铁道兵光荣历史。

1948年7月5日，东北野战军整合各军分区铁道护路部队，在哈尔滨市极乐寺成立了东北野战军铁道纵队，即为铁道兵前身。1953年9月9日，中国人民人解放军铁道兵在北京正式成立。

这支诞生于解放战争炮火硝烟的铁道兵部队，就是从这里启航，跟随"野战军打到哪里，铁路就抢修到哪里"，经过三大战役之后又经历了抗美援朝战争的洗礼，创造了"打不烂、炸不断"钢铁运输线的奇迹。在社会主义建设时期，铁道兵发扬了"逢山凿路，遇水架桥，风餐露宿，沐雨栉风，志在四方，艰苦奋斗"的革命精神，先后在华夏大地上修建了1.2万公里的52条铁路干支线，为新中国的铁路建设作出了应有的贡献。时隔30年后的1984年新年元旦，铁道兵三师十四团"兵改工"，整个建制集体落户哈尔滨市。

也是历史的巧合，"脱下军装还是兵"的四处人回到了铁道兵的发源地，四处机关与历史悠久、古色古香的极乐寺也就相距约几里，目之所及。在这块英雄的城市，他们传承着铁道兵精神、谱写着时代发展新篇章。集通铁路的上马，对四处人来说是一个从东北到华北、跨越四省区的千里兵团转移作战，犹如一场战役，谈何容易！

哈尔滨市先锋路456号，有一栋灰白色的6层办公楼，这就是四处机关所在地。1911年新春佳节后刚一上班，在4楼一个不大的会议室里，四处的决策者们聚集在这里开会，只有一个重要的议题就是集通铁路如何上马开工？从上午、下午至晚上，会议都没有结束。灯火通明的会议室气氛胶着、凝结，充满着一股辛辣的烟味……"难，再难也得干，而且干好，别无选择。"最后，处长赖宗民一锤定音。

至此，哈尔滨与内蒙古集通线上的热水塘这一前线、后方，就紧紧地连接在一起，两地之间的专用电台每天联系不断……

赤峰市克什克腾旗有一个以天然温泉而著称的热水塘镇，水温高达83度，水中富含人体所需或对疾病有疗效的47种矿物微量元素，对多种病症有特殊疗效。这里自古就是温泉疗养胜地，清康熙皇帝曾驾幸热水温泉沐浴，并御题"康熙浴井"和"荟祥寺"。九世班禅到经棚庆宁寺讲经时也曾在此沐浴，这些遗迹至今犹存。每年夏秋季节，方圆百里的农牧民纷至沓来，沐浴温泉、了却疾病，而且朝拜小镇后山山顶上的那棵"神树"，以保佑家人平安。

1991年乍暖还寒的初春，冬休还没有结束的四处人就从四面八方浩浩荡荡地赶往热水塘，镇政府一个设施简陋的温泉招待所被租用下来，作为四处集通线的项目部。这里，高热的温泉水四季喷泉，冬天暖气取暖后再放出来洗澡……他们对这些不感兴趣，也不图清闲疗养，而是带着建设集通铁路、造福草原人民来的。

兵马未动、粮草先行！

以赖宗民处长为总指挥长、张贵良副处长为副总指挥长精干高效的工程指挥部成立了。全处上下都在为集通铁路上场大开绿灯，物资、计划、财务、动力等部门，以及测量大队、试验中心、职工医院、铁路公安派出所等大队人马迅速到位，200多台(套)价值上千万元的各类机械设备"轰隆隆"地开过来……战鼓催征，群情振奋，各路英豪汇聚到热水塘。

塞北草原深处、303国道穿境而过的热水塘镇，突然间涌入一两千人的筑路大军和大量的车辆、机械设备，使仅有上千居民的小镇，顿时热闹了起来。

一场铁路大会战紧锣密鼓地拉开了帷幕。四处人昔日在大东北屡建奇功，今朝他们要在集通线再展铁军雄风。

众志成城

内蒙古高原的赤峰市克什克腾旗境内，绵延千里的大兴安岭南端山地与燕山余脉七老图山的交汇融合地带，形成了峨嵋挺拔、伟岸壮观的大坝梁，集通铁路将通过曲线、展线艰难地从这里穿越。

克什克腾，蒙语译意为"亲兵卫队"，这里是一个以蒙古族为主体，蒙、满、汉、回等10个民族聚居的地区，这块曾是成吉思汗的铁骑奔腾和宋辽金时代长期征战、狼烟四起的古老战场，如今又将展开一场铁路施工大会战。

塞北的晚春，依然寒风凛冽、万物凋零，残雪还未消融。

1991年4月8日，残雪覆盖的大坝梁是标语横幅醒目、彩旗迎风飘扬……赤峰市、林西县、克什克腾旗的地方官员和中铁十三局、四处领导以及30多支施工队代表，数百人齐聚这里。

上午9时18分，随着一阵推土机的轰鸣、沉闷的开山炮响和鞭炮齐鸣，集通铁路好林段开工仪式开始。精神振奋的赖宗民处长宣告："集通铁路重点工程——大坝梁隧道开工啦！标志着好林段151公里将全线开工……"随即，赖处长又慷慨激昂地说："四处人坚决打好这一仗，实现开门红……为草原人民交上一份满意的答卷！"铿锵有力的话语和人们的掌声、欢呼声融为一体，在山谷旷野间久久回荡。

那天，从处团委抽调到指挥部任党委秘书兼政工科干事的我，见证了这一简节而又隆重的开工庆典，这一新闻随即飞出塞北草原、刊载在多家报纸。当时，内心盼望企业发展壮大的我，联想起开工仪式的日子选择在"4月8日"不就是"四处发"么，时晨选择在"9时18分"不就是"就是要发"么，多么吉祥的日子。

山杏花盛开的5月，塞北草原迎来了充满生机和希望的春天。四处30多支筑路劲旅和克什克腾旗、林西县组织的当地近万人施工队伍，在长达151公里的战线展开了施工大干热潮，处处呈现喜人的气象。

"集中力量保工期，精心施工创优质。"

指挥部党委书记赵雷，这位从部队到中铁建干了20多年的老政工，发至内心地喊出了四处人的心声。并且，指挥部抓住有利时机开展了"比进度、比质量、比效益、比贡献"的队与队、工点与工点、个人与个人之间的劳动竞赛，形成比学赶帮超、人人争先进、抢进度、保工期的可喜局面。

7月中旬一个阴沉沉的中午，负责执水河2号大桥施工的七队职工，刚端起饭碗没吃几口饭就听有人惊呼："河里涨水了!"

"天没下雨怎么能涨水，邪门呐!"队长杨传富搁下饭碗就往百米外的工地跑。

"坏菜了!"只见热水河平时清澈温顺的河水，此刻已浑浊汹涌像一条巨龙从上游奔腾而来，一个工班轮番挖了10多天正准备打基础灌注混凝土的4号、7号墩基坑已变成深潭，模板、抽水机、材料全部被淹没，有的已被冲走。

险情就是无声的命令。杨队长和迅速起来的副队长邓连成，火速组织三个工班近百人抢险。凶猛的河水夹杂着树枝、杂草席卷着工地，他们全然不顾，争先恐后地冲向洪水……生死搏斗中，抽水机抬上了岸，大量工程物资抢上来了。

不多时，一个1米多高的浪头"轰隆隆"地咆哮而来，倾刻间吞没了整个工地……

洪水过后，便桥没有了，工地一片狼藉。已经打好混凝土还未拆去模板的几个桥墩，在3米以下挂满了树枝和水草。

洪水冲毁了基坑，却没有冲走七队职工的斗志。困难面前，他们毫不畏惧，满身稀泥、满身汗水地用手抠、用脸盆端淤泥，苦战10余天终于将洪水造成近10万元的损失夺了回来，4号、7号墩又奇迹般地耸立起来，而且很快长到了应有的高度。

人定胜天、众志成城。据了解，这一年中七队在参与4座大中桥修建中，与洪水搏斗就有7次之多，热水河大桥4号、7号墩基坑抢险，仅是一个缩影。

大坝梁隧道全长984米，为集通线7座隧道之一，但这一隧道却是全线最长、地质构造最为复杂、施工难度最大的硬骨头。由二队、四队两个转战南北、已有10多年经验的专业施工队300多人，从进出口分头掘进施工。开工就遇拦路虎，仅掘进数10米就是破碎的岩层夹带着风化沙石，他们采用打描杆加挡板的"板棚法"施工，掘进一米两米就紧跟衬砌，并且掘进、支护、出碴、衬砌立体交叉，环环相扣，全天候三班倒，确保进度、质量与安全。对此，四队队长薛仕标感慨地说："队里的工人都怕自己掉了班影响进度，施工中憋足劲儿干，你在上一班掘进一米，我在这一个班掘进也绝不少于一米。"硬汉子说到做到、不放空炮，仅翻看四队1991年全年三个掘进工班的出勤表：出勤最高258个、最低256个，高低仅差2个，就充分表明这些筑路工的干劲。

四队颇有隧道施工经验的工班长包学斌，是队里的技术能手。那年9月初就要初为人父当爸爸了，这对他来说是个天大的喜事。远在南方福建老家的妻子，写信满怀期望地要他回去照顾，可当下正是百里施工战线劳动竞赛热情高涨、努力抢进度、保工期的关键时候，日复一日组织隧道掘进的他实在脱不开身，只好给妻子写了一封长信说明情况，委托父母照顾妻子并寄回几百元钱，算是尽了丈夫和未来父亲的责任。

9月底的一天，一封加急电报从福建飞到大坝梁隧道工地包学斌的手中：父亲突然病逝，要他回去料理后事。噩耗传来，几乎击垮了这位铮铮硬汉，他好一阵嚎啕大哭。包家生活条件并不好且兄弟姐妹多，他是家里长子，从小就懂事，同父亲一道辛辛苦苦共同撑起一个大家庭，与父亲感情很深，理应及时赶回老家料理后事。但他是技术骨干、工班长，这一走来回得十多天，工地真的离不开他，怎么办？万分悲痛中，他从队里预支了2000元工资，赶到数十里外的热水塘镇邮局汇到老家，同时回电报嘱咐兄弟姐妹代为尽孝。回到工地，他迈着沉重的脚步爬到高高的大坝梁山顶，朝着南方老家的那个方向洒了三杯酒，燃烧起纸钱和清香，双腿跪下磕了三个响头，泣不成声地对父亲说："老爸，儿子实在对不住您老人家了……"

然后，泪水未干的包学斌又回到了工地，钻进了隧道掌子面……

就在包学斌这个工班，有一次在灌注拱部混凝土时，机械突然发生故障停了10多分钟，已连续工作20个小时已极度疲惫的隧道工人，竟然躺在乱石堆上熟睡过去，可就在有人喊"混凝土来了——"时，这帮人像战士听到冲锋号一样立马爬起来揉一揉眼睛，又精神抖擞地站到自己的岗位上，硬是坚持24小时衬砌完13米的拱部混凝土。他们就是以这样的干劲创造出了月掘进、衬砌114米的好记录，在集通线"百日大干"劳动竞赛中，夺得进度和质量两面优胜红旗。

内蒙古地铁总公司50多岁的梁申生副总工程师来到四队，检查施工作业现场和内业资料后，被四队的队伍管理和施工质量与进度感动得流出了热泪。他紧紧握住队长兼技术负责人薛仕标的双手赞不绝口："我做了一辈子的施工技术工作，第一次看到这样的进度与质量，内业资料非常完整。如果整个集通线都像你们这样抓工程，我这个总工就可以睡大觉啦！"他当场拍板：特别奖励薛仕标200元。

两年后，当我乘坐施工作业的轨道车沿途采访穿越大坝梁隧道时，看到进出口的洞门上方已镌刻着全国人大常委会副委员长、原内蒙古自治区政府主席布赫，亲笔题写的"大坝梁隧道"5个苍劲有力的大字，是多么显眼。

陪着采访的四处指挥部李君义副指挥，就"大坝梁隧道"几个字引起了他的一段回忆，记忆犹新地讲述起当时布赫副委员长视察集通铁路的情景——

那是1992年的夏天，塞北大地热浪滚滚，千里集通铁路施工现场一派热火朝天的喜人景象。7月2日，已是花甲之年的布赫率自治区政府交通厅、地铁总公司等一行40余人，视察了四处负责施工的多伦河大桥、司明义大桥和大坝梁隧道等重点工程。在大坝梁隧道，他头戴安全帽、健步走进已有近300米深的隧道掌子面，仔细查看掘进作业，紧握着工人们的手亲切地说："你们辛苦了！你们是能打硬仗的铁军队伍。我代表内蒙古人民向你们致敬，感谢你们！"然后，他拿起铁锹同工人一道往运碴车上装起石碴来，亲切的慰问与工人们的说笑声和机器的轰鸣声，久久回落在大山深处。

对工程施工颇为满意的布赫走出隧道口，陪同的张贵良副总指挥长提议，请布赫首长与工人们一道合影、题词，布赫对工程满意、印象深刻，欣然同意。随即，他握笔沉思片刻，挥毫写了"筑路先锋"4个猶劲有力的大字，兴致不减地又写下"大坝梁隧道"，边写边说："大坝梁隧道是全线'咽喉'工程，你们把它打通，在集通线上就搬掉了拦路虎!"

国家领导人题写的"筑路先锋"，是对四处的充分肯定、对筑路工人的高度称赞。后来，布赫题写的这幅字被带回哈尔滨，永远珍藏在机关荣誉室。

干一项工程，树一坐丰碑。四处人在用智慧和心血浇铸自己的信誉，用铁锹、钢钎书写的诗行镌刻在塞北大地。

发源于贡格尔草原西南达里诺尔湖的多伦河，在克什克腾旗城郊形成宽阔的河床，集通铁路将跨越多伦河。多伦河大桥全长499.12米，在集通铁路全线仅以1.77米之差屈居第二长桥。但是，该桥的混凝土灌注量达1.2万多立方米，16个桥墩均高达30米以上，均为全线之冠。这又是四处承担的一项重点、难点工程。

八队近200名职工从大兴安岭辗转来到多伦河畔，他们满怀必胜信心承担大桥修建任务。可是，从1991年5月开工就出师不利，设计的蓝图与实际施工遇到的地质情况严重不符。桥墩基础开挖到了设计高程后，暴露出来的河床仍然是堆积沙层，用钢钎往下一插就能下去一米多，如此地质怎么能建桥？

找来远在天津铁三设计院的工程师重新钻探设计，把原先的明挖施工改为沉井施工。这一改，把已挖好的桥墩基础废了，工人们日日夜夜辛苦两个月算白干。关键问题是时间一去不复返、工期不等人，一时间八队上下士气不振，人人心里直窝火。

屋漏偏遇连天雨，八队真是运气不好。七八月份洪水季节，桥墩更改设计施工后又数次遭受洪水袭击，使原来计划年底完成的大桥主体工程，到了第二年8月，才完成工程量的70%，工期整整耽误10个月。

就在这样的情况下，地铁总公司和四处指挥部仍然要求他们，务必在入冬前拿下大桥主体工程，确保第二年铺轨不挡道。

工期明摆在那里，没有什么价钱可讲。短时期内要完成7个30多米高的桥墩基础沉井开挖和3000多立方米的混凝土浇注施工，难度和压力之大，大到以至于一向勇于较真儿打硬仗的队长张佳文也直接摇头、不敢接"旨"。

困难时间、关键时刻，四处党委书记高庆春风尘仆仆从哈尔滨赶来，带着刚刚接任指挥长要职的刘正清和指挥部党委书记赵雷等3人，到八队蹲点督战。一顶不大的帐篷里，他们与队领导一同研究"破局"对策，漫长的一天一夜下来，精密细致、环环相扣的倒排工期方案终于出炉了。

施工动员大会深入人心，鼓舞士气，群情振奋，天大的困难也要拿下多伦河大桥！

大桥工地昼夜灯火通明，机声隆隆，一派繁忙。高达50米的吊车大臂不时将一斗斗混凝土从地面吊起，送达墩身钢模板里灌注；这边直径10多米的沉井里，几台抽水机正卖劲儿地往外抽水，机器声和"哗哗"的水流声一刻不停地欢唱着回荡在空旷的多伦河谷。明亮的探照灯、白炽灯光下，工人们头顶安全帽、身着防水裤正挥汗如雨、紧张有序地清理沉井，准备灌注封底……

一工班长陈邦友、二工班长高东植、三工班长梁德超是八队有名的"三员虎将"，开挖沉井、立模板、绑扎钢筋和灌注混凝土各把一关，交叉作业，整个工地忙而不乱，秩序井然。队领导轮番带班，现场指挥、协调到位。三工班在灌注8号墩基础时，数十号人分成三个作业班组，你刚撤下来我又紧跟上去，钢模紧围着的桥墩在一寸一寸艰难地涨高，连续作战两天两夜灌注了

300多立方米混凝土。有时拌合机出现小故障刚停顿一会儿，过于劳累的工人就倒在沙石料上"呼呼"地睡着了，用脚踢才能醒过来。

一次，填充4号墩沉井基础，工人们连续作业快60小时，体力的透支都有些支撑不住了。队领导当即决定，这批工人撤回去睡觉，由队领导、会计、统计、炊事员等后勤人员，近20人组成的"特别工班"冲上去继续灌注作业。又是10个小时的苦战，终于将直径10.04米、深达12米的沉井，一次性灌注完毕。

塞北高原的气候并不是人们想像中的那么美好，除去黄金季节的七八月份是"蓝蓝的天上白云飘、白云下面马儿跑"景象外，不是漫天的风沙就是格外的寒冷。多伦河这里无霜期只有60天左右，夏天显得特别短暂，一晃就过去了。9月20日，这里便下起了第一场雪而且是鹅毛大雪，北国风光的气温骤然下降至零下，加上五六级风沙袭击，又给本来就紧张无比的施工再添难题。八队的工人们身着笨重的皮大衣、皮帽，双手戴上厚厚的手套，仍然战斗在热火朝天的工地。

多伦河大桥灌注最后一个桥墩时，气温已降至零下15度，昔日波涛汹涌的河水已变得温驯起来，而且怕冷似的躲藏在了冰层下面。按理说，这样的恶劣气候已不能再施工，可为了确保工期和工程质量，他们不得不拉来锅炉、搭起帐篷，把沙石料放进帐篷进行预温之后才拌合混凝土，拌合中还掺进防冻剂、早强剂。灌注完毕的桥墩，赶紧用帐篷、围毡将模板周围密密实实地围拢起来，下面烧火烤钢模板，上部摆上6台两千瓦的电炉子，由4个人轮流倒班看守，昼夜加温养生，确保灌注混凝土的桥墩不受冻害。

人的潜力是巨大的。到了10月21日，他们提前4天攻克了大

桥主体工程，那排列整齐的16个桥墩，魏然耸立、直刺蓝天，成为多伦河上的一道风景。

工班长梁德超在回忆强攻大桥主体工程时，感慨万端："当时，大伙儿心中只有'拼命干'三个字，吃饭、睡觉都完全顾不上了。"在八队统计员的办公室，堆放着一大堆材料、考勤和报表，完整地记录着全队职工参加大桥主体工程会战的艰辛过程。

顺利完成多伦河大桥主体工程的喜讯，很快传到位于呼和浩特的地铁总公司，由李向义总经理亲笔签署嘉奖令，特别为多伦河大桥的建桥功臣颁发奖旗和5万元资金。

多伦河大桥主体工程是如此艰辛地建成的，那么，其他工程的施工情况，又是怎样的呢？

九队队长赵洪山、书记李忠明两个老搭档，在帐篷里刚端起酒杯，准备庆祝他们仅用100天时间就突击完成2种型号、6种规格的118片钢筋混凝土预制桥梁任务。正当"咣当"一声碰杯响起时，从热水塘镇坐吉普车赶来的副指挥长李君义便找上门来，安排九队上马热水1号隧道施工。

此前，到集通铁路蹲点督战的高庆春书记，深入工地检查工程进度时发现，热水1号隧道施工进展缓慢、难保工期，就点将让李君义去抓落实，排除困难，加快进度。

热水1号隧道是当地地铁办"盖帽"下来、指定由一外包施工队承担施工，本来只有260米长、工程量不大的隧道，开工一年多到了1992年的秋天，还没有完成一大半的工程量，拖了全线施工进度的后腿。对此，领受任务的李君义不敢马虎，前去组织这个施工队干了20天，也因技术力量和人员、装备不足等诸多因素而无回天之力。

"不管谁介绍的施工队伍，干不好就撤掉！"军人气质、雷厉风行的高庆春表态："把九队拉上来！"

脱下军装还是兵，九队职工身经百战、训练有素，就是不一样。赵洪山和副队长杨向林、工班长潘庆林，带着60多名工人火速上马，第二天便钻进隧道，停顿了多日的撑子面又开始热闹起来……一阵风枪掘进、排炮响起后，边运弃碴边立模板，开始灌注混凝土，现场忙而不乱，井然有序。

到了10月，这里已是冰天雪地，全线作业的施工队都基本停工、冬休了，而接受新任务的九队赵洪山他们点子多、办法妙，找来帐篷和厚厚的围毡，将隧道两头洞门严严实实地堵住，隧道里升起火炉，昼夜不断地养护衬砌好的混凝土。用铁板焊接的水箱架火烧热水，铁板炒砂石料预温，再拌合混凝土进行隧道衬砌，确保工程质量。

外包队原衬砌的一段拱部已相继出现3道纵向裂纹，而且裂纹愈来愈长，九队立即向指挥部作了报告。隧道如果拱部出现裂纹，其后果非常严重，指挥部当即决定炸掉，重新衬砌灌注混凝土。尽管损失5万多元让人心疼，可四处人要的是百年大计的质量信誉。这样折腾下来，紧张的工期就显得更为紧张，但杨向林二话没说领着一个工班苦干了整整一周，终于完成了这替别人"擦屁股"的活儿。

隧道外天寒地冻，隧道内热火朝天，形成"冰火两重天"的强烈反差。九队以顽强拼搏的精神苦干了整整一冬3个月，终于拔掉了集通线上的最后一颗"钉子"，为全线铺轨扫平了道路。

时势造英雄！如今，已提拔当了两年五队队长并使该队一跃成为中铁十三工程局"十强工程队"之首的杨向林，深有感慨地说："我就是在集通铁路热水1号隧道组织突击施工、干得出色，被高庆春书记发现，提为队长的。"杨向林这位来自四川南部的

七七年老铁道兵，永远也忘记不了热水1号隧道，是他的"发祥地"。

仅仅两年时间、700个日日夜夜，穿赵大山的隧道贯通了，高大的桥墩站立起来了，横亘荒原的路基成形了……线下工程全部从图纸上摇身变成实物，摆在151公里的线路上。

这些从泥水里爬出来、从掌子面钻出来的筑路工，把滴滴汗水融进了祖国铁路建设事业和草原人民的兴旺与腾飞中。

荒原风雪

在集通铁路沿线的农牧民中，一直流传着这样一首民谣："荒原不长草，山丘不长树；周围没村庄，前面没有路"。位于浑善达克沙地深处的好鲁库，环境条件恶劣，荒无人烟，这首民谣就是对好鲁库的真实写照。

集通铁路好林段的轨排生产基地将建在好鲁库。

这是因为，好林段是集通线开工最晚的一个标段，自集宁市从西向东到好鲁库和自通辽市从东向西到林西的几个标段已完成铺轨，属于集通线中段的好林段的轨排生产所需钢轨、混凝土灰枕及其配件，均从集宁市通过火车运送过来，在这里生产轨排后再往东铺轨到林西，从而实现全线贯通。

地图上都很难找到的好鲁库，又成为四处人的一个新战场。在这样方圆百里无人烟的荒原、沙漠地带和恶劣的环境条件下施工作业，对四处人来说，又是一场严峻考验。

夏天是草原一年中最为美好的季节。1992年7月18日，七队副队长邓连成率领由26名职工组成的先遣队，带着生活必需品，驱车前往好鲁库筹建轨节场。汽车行驶在没有路的茫茫荒原上，靠大致方向、凭感觉往前赶。不料，中途迷失了方向，转了一个小时的大圈子又回到了原处，天空中盘旋着的一只山鹰不时地嘶叫几声，仿佛在嘲笑他们是"路痴"。120公里的行程，他们从上午8时到下午5时才到达目的地。

天黑前必须完成帐篷搭建、埋锅造饭，二三十人要安营扎寨。

出发前，心细的邓连队备足了饮水、干粮和安营扎寨需要的物资。这些习惯了野外作业的工人立即行动，行军锅支了起来，煮了一锅没盐没味的面条，这是一天中唯一的一顿饭。拉帐篷的那辆汽车中途"抛锚"，直到天黑下来也没有赶到，他们就天当被、地当床睡觉，睡不着的就双眼盯着浩瀚的天空一颗、两颗地数星星……

不巧的是，晚上10点过下起了雨，大伙儿睡意顿失，赶紧爬起来卷被褥，把汽车用的一块盖布扯下来支撑起避雨，彼此就地背靠背坐着。后半夜，远处有几声狼的嚎叫传来，惊吓得他们毛骨悚然，听说狼最怕火，就急忙升起了篝火……就这样度过了荒原的第一个夜晚。

一轮红日从东边的地平线上冉冉升起，荒原上不知名的小花五颜六色，含着晶莹的露珠竞相开放、清香四溢，空旷的原野一片宁静，令人陶醉。几只灰白野兔和一群肥大的草原鼠，毫无顾忌地在荒原上跑来蹿去……责任在肩的邓连成没有心思欣赏这些景色，开始催促大家设营，边安排汽车前去寻找那辆拉帐篷中途"抛锚"、还不知在何方的车，边组织人员四处寻找水源，准备煮饭早餐。谁知，负责寻找水源的4个人，在荒原上毫无目标地走着，直到上午十点过才发现远处有几间简陋的房屋、几顶蒙古包和一些牛羊的牧民点，赶紧用斗车从牧民家中把水拉回时已是中午时分。

水成为生存的首要难题。这一天，邓连成他们因为缺水，仍然只吃了一顿饭。

住地没有水源，只能花钱到牧民家里买水，一桶水要值1元多。为节约用水，每天定量分配，洗脸后洗脚再洗衣服，水贵如油不敢浪费。这帮"拓荒者"，就这样开始了轨节场的建设。

"吝啬的水，慷慨的风"。进入10月的好鲁库，早没有了夏日少女般温柔的感觉，摇身一变成为了冰雪横行、风沙狂舞的"魔鬼世界"。小则四五级、大则七八级的狂风，卷着细沙、雪粒，遮天蔽日、一片混沌，架好的帐篷犹如波涛大海中的一叶小舟晃荡不止，甚至会连根拔起放"风筝"。夜间睡在帐篷里，却被鬼哭狼嚎的风沙声弄得彻夜难眠。

顺利完成了线下施工的七队、八队，与从哈尔滨机修厂抽调来的技术骨干近300人，相继开进了好鲁库。

春节前后，好鲁库的气温在零下30度左右，当地有名的"白毛儿风"吹得人脸上刀割般疼痛，冻得发抖、直流鼻涕，一身厚厚的皮装裹得人严严实实，活像个憨态的熊猫。如此环境条件下，人能够生存下来就很不容易，可他们不仅生存下来而且坚持野外作业，以顽强的生命力与大自然抗争，用血肉之躯去建设轨节场。尽管如此，没有一人叫苦、没有一人退缩，与风沙、与冰雪、与严寒抗争了一个冬天。经过几个月的不懈努力，一个大型的现代化轨排生产基地在空旷的荒原上初具规模。数千平方米的场地平整完毕，电力设施架完成，11股四五百米的专用线铺设到位，4台高大的龙门吊耸立起来……一列列火车不断从集宁运送过来的钢轨和灰枕，堆积如山。

"实在没出路，才到好鲁库"，这是当地经久流传的民谣。曾经荒无人烟的好鲁库，四处人为了草原人民有"出路"来到这里。如今，这里人声鼎沸、热闹起来，繁忙紧张而有序的轨排生产在荒原深处拉开了帷幕。

筑路工不仅与恶劣的环境抗争，有时还经受生与死的考验。

1993年2月下旬，一场持续了3天3夜的暴风雪，使得浑善达克沙地完全被厚达一米的积雪覆盖。好鲁库与远在120公里外的四处指挥部失去联系达半个月，多次派出的汽车都因风雪阻拦找不到出去的路，二三百人的蔬菜、粮食和燃煤等物资告急。与外界中断了联系，好鲁库成了荒原中无可求救的孤岛。

为了求得生存，他们不得不想尽办法应对眼前的困局。燃煤告急后，他们不得不把两个帐篷的人员搬到一个帐篷里，20多人拥挤在20多个平方米的狭小空间，以这样的方式节省燃煤。靠汽车运水却因积雪太厚出不去，每天就地取冰雪化水、过滤后煮饭，每天仅吃一顿饭。没有了蔬菜就以海带、粉条下饭，到后来这些都没有了，就和着盐水一点一点往下咽……再过两三天就粮尽煤绝，死神在向他们步步逼近。

早在暴风雪封锁荒原之初，热水塘镇四处指挥部的指挥长刘正清和书记赵雷找来物资科长和后勤给养人员，关切地询问好鲁库的物资保障情况，得到能够支撑七至十天的可靠信息，于是备足物资，等待暴风雪过后及时运送。没曾想到，暴风雪后的塞北大地气温一直维持在零下20多度，厚厚的冰雪没有一丝消融。

热水塘到好鲁库120公里，从克什克腾县城起就没有现成的路，千百年来偶尔有人来往都是靠骑马。所谓通往好鲁库的路，其实是头年夏天开始筹建轨节场时，由四处人开拓出来的一条极为简易的沙地、荒漠公路。因此，这场暴风雪后，指挥部连续几次派出去的救援车，都在距克什克腾县城二三十公里的荒原上受阻而返，甚至陷入厚厚的积雪中出不来。一辆装满粮食和蔬菜的汽车就"抛锚、趴窝"在荒原上，那车上三四千元的蔬菜全部冻坏被扔掉。

一天、两天……随着时间的消逝，指挥部本来就紧张的氛围愈加紧张，几十号人无不为好鲁库的工友们担忧。刘正清、赵雷他们更是茶饭不思、夜不能寐，着急得满口起泡。

到了这个地步，宝贵的时间就是生命。"推土机开道！"刘正清急中生智，果断决定。

十五队是四处从东北调往集通线的大型机械施工队，装备齐全，所以刘正清作出上述决定是成竹在胸。于是，装满粮食、蔬菜和燃煤等物资的救援车队，在十五队的大功率推土机开道下，向白茫茫一片的雪原深处一米、两米……一公里、两公里地昼夜挺进。

好鲁库轨节场陷入绝望中的职工，当听到"突、突突"的推土机声音和汽车喇叭声音由远而近时，急忙掀开帐篷奔跑过去。看到"救星"到来，这些平日与钢筋混凝土、钢轨枕木打交道的铮铮汉子，此刻是泪流满面、泣不成声。

一天下午，铺架队的发电机突然停下来，发电司机肖三如赶忙查看，原来是一个关键的零件磨损严重必须更换，队里立即安排汽车司机刘洪军和肖三如开车到数百公里的赤峰市购买。当汽车从好鲁库出发行进约60公里时，后轮胎陷入了中午冰雪融化形成的泥泞里出不来，而且愈陷愈深。这里茫茫沙地既没有村庄、也没有树木，连一块石头都找不到……两人面面相觑、无可奈何，气得直跺脚骂人。

天渐渐黑了下来，五六级的风沙一阵接着一阵地侵扰他们，气温降至零下四五度，冻得他们浑身发抖。两人只好呆在驾驶室里，发动一会儿车待发动机水温上来又赶紧停下，既怕发动机被冻坏、又怕把汽油烧完。经历过十余年高寒区开车的刘洪军，最怕的就是冬天出车、中途出意外，今天果真让他遇到。后半夜，气温更低、风沙更猛，风沙歇斯底里的怪叫加之远处又传来一阵阵狼嚎，令人毛骨悚然，苦难的黑夜一分一秒地折磨着他们……天渐渐亮了，经历了一夜寒冷的泥泞结冰坚硬起来，他们趁机把"趴窝"10多个小时的汽车开了出来……

在集通铁路工作一年后，我返回哈尔滨四处机关从事新闻工作。新闻要到火热的施工现场找素材、"捞活鱼"，况且，忘记不了那些仍然奋战在集通线的工友们。职责使然，我二度去了集通线。

从热水塘出发经克什克腾县城，汽车一路西去好鲁库。在不断颠簸中，我一路领略了沙漠荒原的空旷、神奇，也想像到了邓连成、刘洪军、肖三如他们在这里所遇到的曲折……那天傍晚，在落日的余晖中，终于到了早就耳熟能详的好鲁库。

刚走进负责轨排生产的七队营区，便看到简易操场上十多个满脸黑黢黢、青一色的光头小伙子，不顾三四级的风沙在开心地打篮球，脚下腾起阵阵细沙与灰尘，我好一阵纳闷。邓连成副队长就此笑着告诉我："那些光头，都是自己亲手剃的。"

光头集中的地方，往往让人会联想到高墙电网里的监狱，而这里的光头是特殊的环境逼出来的。

原来，好鲁库风沙大，素有"一年吹两季、一季是半年"、"每天二两沙和土，白天不能晚上补"的说法。整天野外作业，浑身都是沙尘，个个灰不溜秋，下班回来那头发里的沙尘洗都洗不掉，加上这儿用水、理发困难，不如剃个光头省事儿。于是，邓连成特意从克什克腾买了一套理发工具，当起了业余剃头匠，

晚上就轮着为大伙儿剃光头。

队里，有一名在大城市长大、平时爱讲究且有一头漂亮自然卷发的小伙子，刚到好鲁库时天天下班后认真洗头、精心梳理，不到半个月就用完了一瓶洗发香波。后来，看到别人都剃成了光头，下班后用水一冲、拿毛巾扑腾两下了事，他便找来一面镜子，把自己的卷发瞧了又瞧、梳理了一遍又一遍，最后不无遗憾地对着镜子说："再见了，我亲爱的头发!"之后，他加入了"光头队"。

爱美之心，人皆有之，何况这些青春焕发、生龙活虎的筑路工，他们也有对美的追求、向往，是这里的环境改变了他们。看到这些光头工友，我的内心已对他们肃然起敬，便写成了一篇《集通线上的"光头队"》新闻稿，发往报社。

在好鲁库李志雄住宿兼办公的帐篷里，他给我讲述了这样一件事——

4个月前，还是四处机修厂厂长的李志雄和二三十名机修工人从哈尔滨来到好鲁库，领略了冬天的沙漠荒原是什么滋味。一天下午，两名机修工在10多米高的龙门吊横梁上作业，10多分钟过去却不见有任何动作，像个雕塑似的一直呆立在那里，难道是冻坏了么？在地面指挥的李志雄感觉有些不对劲儿，便不断地大声招呼，好半天这两人才回过神来并兴奋地大声说："报告厂长，前面发现两个女的!"

听了这个笑话，我怎么也笑不起来。他们常年累月在荒无人烟的野外施工，平时见不到一名百姓，生活中全是清一色的男子汉，其内心世界是可以理解的。奉献着青春年华，却牺牲了自己的亲情、爱情，失去很多、很多……心理学专家研究表明，在特定环境条件下的人性会扭曲，相信这是真的。

"要让四处的姑娘自产自销。"李志雄说。

"王鹏程，去给刘振华提一桶水。"

"小王，刘振华帐篷的门被风沙刮坏了，拿几颗钉子去钉一下。"

心细的李志雄在有意撮合一对大学生筑路工的婚恋。

22岁的刘振华，1992年从石家庄铁道学院毕业后分配到了集通线，挑起了轨排生产调度重任。当时，轨节场数百名筑路工中就她一个女性，她的到来颇让李志雄犯了愁，只好特别为她搭了一顶帐篷，还专门建了个女厕所，能够照顾的尽力照顾。

作为当代大学生、未婚姑娘，刘振华步入社会的第一课就在沙漠荒原上，学生的梦想与现实的反差如此强烈，带来生活的寂寞与无奈是可以想像到的。夜晚，独自住一顶帐篷，阵阵风沙吹得帐篷"呼嗒、呼嗒"直响，吓得她不断抹眼泪，睡不着索性爬起来看书，常常一坐到天明。后来，她养了一条小黄狗做伴壮胆，与乖巧可爱的小狗寸步不离。

我曾看到刘振华的一张照片，相依为伴的那条可爱的小黄狗像人一样直立着，两前爪与蹲在地上的她亲切地"握手"，小狗憨态中的小嘴还露出两排白白的牙齿，身后是她那孤单单的帐篷，远处是轨节场高大的龙门吊和堆积如山的轨排，以及一列喷着白色蒸汽的火车头。

有一部曾经热播的电视连续剧叫《篱笆、女人和狗》，这张来自荒原深处的照片，主题叫《帐篷、女人和狗》，感觉最为恰当。

当我再一次去好鲁库采访时，刘振华的帐篷已成为她和王鹏程俩新婚的洞房，非常荣幸被邀请到洞房做客。被称为洞房的帐篷里，摆设极为简单，两张铁床合二为一，两床被子、两个暖瓶、两把椅子、一个办公桌、两组文件柜。哦，这里还兼作刘振华的办公室呢！两部电话机、几本台账和一堆资料、报表，帐篷内的一面墙上还挂着整个轨节场的轨排生产进度图。这里，唯一能够证明是婚房的，是那个用大红纸剪成的一对鸳鸯、抬着一个心形的"双喜"字。

这便是当代筑路工大学生的真实生活！

铁龙奔腾

集通铁路好林段按照内蒙古地铁总公司的施工计划，紧锣密鼓地不断向前推进、节节胜利。在顺利完成线下施工、轨节场建设后，151公里的铁路铺架施工就成为了四处这一阶段的重点工作。

铁路铺轨、桥梁架设，不仅系统性、技术性、专业性强，而且一整套价值上千万元的设备，在国内众多大型铁路施工企业中也屈指可数。正因为四处拥有专业的铁路铺架设备、技术和队伍，在众多投标者中优势明显而成功中标。

四处铺架队的前身是铁道兵三师直属铺架队，1984年1月兵改工成为铁道部十三工程局四处铺架队。三四十年来，这支铺架队伍一直在大东北参加过众多铁路铺架施工，开发大兴安岭的嫩林铁路及整个林区的铁路网，几乎都由他们铺架。从军队到国企，尽管这支队伍人员更换了一批又一批，但他们勇于拼搏、敢打硬仗、不怕牺牲的光荣传统一直传承着，而且拥有高寒区作业的丰富经验。此番搬师集通铁路，对于已经数年没有铺架任务的他们来说，早已摩拳擦掌、憋足一肚子干劲儿，要在集通线上大显身手、再立新功。特别兴奋的是工班长兼铺轨机机长的章大明，一到好鲁库后就从头到尾地把铺轨机认真检修一遍，用油漆装饰一新。一摸着这跟随自己多年的铺轨机，就像老朋友一样有一种说不出的感情……

与过去铺架施工所不同的是，集通铁路战线长、曲线、展线和桥梁众多，技术要求高，铺架难度大，铺架队虽然是个完整的建制队，但谁来担任铺架指挥长这一要职更合适呢？这是四处和指挥部刘正清都在共同思考的问题……最终，铺架一摊子重任交给了参建好鲁库轨节场颇有魄力、组织有方的李志雄，从此李志雄成了集通线的大忙人。

1993年4月10日，草原荒漠深处的好鲁库，开工仅两年的集通铁路好林段在"呜——"的一声清脆汽笛声中，开始接线试行铺轨。4月20日正式展开铺架作业，草原铁龙从这里一天一天地不断向东延伸。

"逢山开路，遇水架桥，风餐露宿，沐雨栉风，铁道兵前无险阻。"这是叶剑英元帅于1974年特意给铁道兵的题词，高度提炼、概括了铁道兵精神。拥有铁道兵血统的四处铺架队，用"风餐露宿，沐雨栉风"8个字来概括铺架职工的生活最恰当不过了。铺架队100多号人从帐篷搬到火车专列上，吃住全在车上，"营盘"随着铁路走，犹如印度电影《大棚车》，成为了九十年代名副其实的"吉普赛"部落。

铺架一开始，他们风雨无阻、勇往直前，上下班两头不见太阳，午饭就在铺轨现场，各自一大碗饭菜，随地立着或蹲着或坐在铁轨上三下五除二吃完，再喝一杯水、吸几口香烟休息片刻，接着又投入到一个下午的紧张铺架施工中。后方的轨排生产与前方的铺架施工紧密配合，工作效率不断提高，平均保持日铺架1公里以上，还创造了日铺架3公里这一铁十三局乃至铁三师有史以来的最高记录。

在热水塘镇四处指挥部调度室的一面大墙上，原来挂了两年的集通铁路好林段线路（桥梁、隧道、涵洞、土石方）施工进度图，改成了集通铁路好林段线路铺架进度图。铺架施工开始后，已成为集通铁路项目指挥长的刘正清每天都要到调度室关注这张图，看到图上一条粗大的红线在不断加长，他脸上露出了欣慰笑容，同时还自言自语地说："好钢用在刀刃上。没有看错人，李志雄是一块儿好钢！"

组织协调能力强、工作表现出色的李志雄，自从当上集通指挥部副总指挥和铺架指挥长后，就像一个上紧了发条的钟表一直在转动，又像一颗钉子整天"钉"在了铺架现场。

7月下旬的一天，从好鲁库运到铺架现场的一列车轨排刚铺到一半，不料天气突变、乌云翻滚、狂风大作，既而暴雨倾盆，大家只好躲到车皮下。暴雨一下就是两小时，看到老天爷没有停雨的迹象，有人提出干脆下班回营得了。蹲守在施工现场的铺架队书记戴其树，却幽默感地对大家说："铁道兵不是有一句老话嘛，'下雨当流汗，大风当电扇；管他晴雨天，继续朝前干'。轨排进了现场，哪有再拉回去的道理。吃不了苦，咱还叫什么'老铁'哟？"

待雨小了一些，他们便冒着雨铺轨，汗水与雨水交织在一起，个个被淋得活像"落汤鸡"……直到半夜时分把这一列车的轨排铺设完毕，他们才拖着疲惫不堪的身子返回宿营车上。

铁路沿线，有人跑到铺架现场看热闹，当着铺架职工的面不无羡慕地说："你们安逸哟，天天坐着不花钱的卧铺，来来回回兜风看景致！"

这些工友回敬道："安逸？你来住上三天试试……"

铺架专列的宿营车不是想像中的那般美好，车厢设施简陋、空间窄小，二三十人拥挤在一节车厢里，吃住、洗漱都很不方便，而且要天天呆在这里。不是为了工作，谁会在这里"享受"。

从好鲁库接轨铺架至克什克腾县城——经棚镇这一区间，全是沙漠荒原，所以一路铺轨凯歌高旋，直达多伦河畔。

铁路铺设，技术复杂、危险性大的桥梁运输和架设才是最为关键。

秋天又是塞北草原风沙乍起的季节。9月的一天上午，铺架队在架设30多高的多伦河大桥时，突然一阵龙卷风袭来，造成重达数百吨的架桥机重心移位，32米118吨重被悬吊着快要落位的预制桥梁开始倾斜，枕木粗的两根钢支柱在重压下开始变形，机毁、梁断、人亡的险情瞬间发生，正在作业的十多名工人吓出了一身冷汗、不知所措……如不及时抢救，后果不堪设想。

这时，只见跟班指挥的李志雄不顾个人安危，钻到架桥机下面查看现场，迅速思考对策，当机立断决定采取"侧联固定纠偏法"抢险。一声令下，他和十多名工人立即蹲到随时都有可能倾覆的架桥机下面紧急操作，时间一分一秒地过去，架桥机在他们齐心协力的抢险过程中一厘米、一厘米地慢慢归位……极为宝贵的15分钟生死搏斗，抢险成功。

多么惊心动魄的场面、多么胆寒揪心的15分钟！

中午，李志雄破例把参加抢险的全体职工拉到几公里外的县城，找了一家像样的饭店弄了两桌丰盛的菜，为大伙儿压惊，也为消除一场重大事故而庆幸。

本应安排酒水以庆贺的，只因为下午还要继续施工作业就免了。虽然没有酒，大家同样高兴不已，共同举起茶水杯子"咣当"一声一饮而尽，还称李志雄是福星"常胜将军"，跟着他没有战胜不了的困难。

福星"常胜将军",这只是职工们的一片良好愿望,李志雄不相信这些,他只信精心组织、科学指挥、跟班督战,这最为重要。接下来的铺架难题一个个接踵而至,又被能征善战的四处人一个个地化解、攻克。

10月2日,正在庆华沟中桥指挥铺架施工的李志雄,突然收到好鲁库轨节场调度室的传呼:从千里之外的贲红发运到轨节场的庆华沟中桥第一孔右侧梁,可能是调度人员的疏忽没有按顺序装成了"左撇了",怎么办?按理得返回生产原地重装,但这一往返千余公里得耽误10天时间、运费多达6万元不说,关键是紧张的工期等不得、拖不起。预制梁都是按计划生产、铺架时按顺序装运,一片梁架设不成,别的梁就无法跟进,就会影响到整个施工进度。

李志雄听到这一消息后,立刻驱车赶回70公里外的好鲁库轨节场,车还没有停稳就跑到那节运梁的车皮前,围着这片装错位置的桥梁转了几个圈子。不愧为是高校机械专业毕业、有多年实践经验的李志雄,经过一个多小时的冥思苦想,一套"铺岔线拨三角移梁法"的方案在头脑中形成。当即,组织生产轨排的七队、八队200多名工人突击平整场地,搬运枕木、抬来钢轨,铺设岔线连接成三角形。旋即,协调火车机车把装反桥梁的车皮顶推进去……出人预料的是,岔线半径小导致装载桥梁的车皮能进岔线而机车不能进去。

这套方案行不通,怎么办?机车不行就人海战术,着急上火的李志雄在大手一挥的同时,嘴里斩钉截铁地嘣出4个字:"人工移梁!"

32米的桥梁加车皮重达200多吨犹如庞然大物,人工推移谈何容易，加之临时铺设的岔线高低不平很不规整，那车皮竟然丝毫不为所动。

"再上人！"相信人多力量大的李志雄又一声令下，整个轨节场的人员包括炊事员、来队探亲的家属倾巢而出，那60多岁的老火车司机也上来助力。

"一、二、三，加油！"

"一、二、三，加油！"

在震天响的口号声中，那节装载桥梁的车皮终于不情愿地开始缓慢移动……这情景犹如演出一场以"人心齐，泰山移"为主题的力的较量情景剧，李志雄就是一位超凡的编剧和导演。

人工移梁在继续……李志雄的嗓子喊哑了再不能出声，由七队队长杨传富继续喊口号，就连几个来队探亲爱看热闹的四五岁孩子，也在旁边拍手助威："加油、加油……"

5个多小时的较量，直到夕阳西下的傍晚时分终于移梁成功。累得筋疲力尽的人们仍然欢呼雀跃……旁边，李志雄、杨传富两人却瘫倒在地上。时至今日，人们还记得那感人的一幕。

"草原铁路通车啦！"

"格勒图特日格（火车）开过来了！"

1993年10月20日，集通铁路中段铺轨到克什克腾旗的经棚站。

"呜——"一声清脆的汽笛惊醒了多伦河畔这块沉睡了千百年的土地，草原深处的农牧民像参加一年一度的"那达幕"盛会一样，兴致勃勃地从四面八方赶到这里来，观看他们从未见过的铁路和火车，不大的站台上，黑压压一片足有一万多人。

悬挂的气球和大幅标语鲜艳夺目，无数的彩旗迎风招展，喜庆的乐曲响彻云霄……还在建设中的经棚火车站被精心点缀一番。

上午10时整，在一阵鞭炮和礼炮声中，由中共克什克腾旗委、旗政府，内蒙古地铁总公司、集通铁路中段指挥部举行的隆重庆典开始。

赤峰市、克什克腾旗的当地官员上百人，铁道部第十三工程局局长谢英道、副总经济师王成良，四处党委书记高庆春，四处集通铁路指挥部指挥长刘正清、党委书记赵雷等出席了庆典仪式。刘正清、李志雄、刘文水、张诗友、韩建等10多名筑路功臣佩戴大红花授奖。

庆典仪式上，经棚镇中小学、克什克腾武警中队等单位进行了大型团体操表演，身穿鲜艳民族服装的当地农牧民载歌载舞……经棚镇沉浸在喜庆欢乐的海洋之中。

火车开进经棚站那喜庆热烈的庆典场面、当地人民热切期盼早日坐上火车去北京的美好愿望，给筑路人留下深刻的印象……

集通铁路的全线开通之日，就是草原人民经济快速发展之时。建设一条铁路，造福一方人民，四处人就是本着这一愿望而来。

铺架进入冬季，施工难度倍增。10月下旬，塞北已是天寒地冻、万物凋零，滴水成冰、哈气成霜，气温常在零下30多度，空旷原野上的"白毛风儿"一个劲儿地刮在人脸上，针扎般的疼痛。冰天雪地的寒冬，束缚不了铁龙继续前行的步伐。为了赶工期，四处的职工们仍然坚守在铁路线上，战天斗地、勇往直前，昼夜两班倒铺架，保持日铺轨1公里以上。

白天铺架艰辛无比，晚上睡在宿营车上也不好受。陈旧的车厢保温性差，尽管昼夜燃烧着的火炉，仍然抵挡不了寒风的侵袭。劳累了一天的职工，躺在厚厚的被窝里也被冻得不能入眠，电褥子一直开着也不起多大作用。顺车厢搭建的上下床，靠里的一面暖和一些，而靠车厢的一面冰冷，一冷一热不得不使他们睡一会儿就得翻身，不然第二天早晨就会全身麻木起不了床。放在地板上的大头鞋竟然与地板冻在了一起，如胶粘一般牢固，第二天早晨要使劲才能掰开，不少人把棉拖鞋的鞋底、鞋帮掰分了家……筑路工就是在这样的环境条件下坚守岗位的。

正当李志雄为保持冬季日铺1公里的进度还来不及高兴时，万万没有想到司明义大桥架梁又横空钻出来一只"拦路虎"。

司明义大桥设计为国内极为少见的350米曲线半径桥，而使用的架桥机只能架设450米及以上的曲线桥。常规讲，100米的曲线之差是无法进行架梁施工的。"不能就此停工！"一向执着的李志雄要尝试一下，能不能突破这一常规。

执着不等于鲁莽蛮干，李志雄的执着来自于他机械工程师出身、依靠科学技术的自信。还有一个自信的原因，专程抽调来集通线协助架梁的铁道部劳模、中铁十三局的"起重专家"陈道银，能够助他一臂之力。于是，头脑里立即搜索着课本理论知识与多年的实践经验相结合，拿出自己的看家本领与陈道银等技术人员一道研究对策。他们极为细致地作了架桥机作业时偏跑、大臂头重量、预计拔道差等的演算、分析和反复修改、论证，最后制定了切实可靠的架梁方案，一举攻克了司明义大桥的架梁难题，顺利打掉了这只"拦路虎"。

铁路愈往前延伸，好鲁库轨节场与前方铺架现场的距离愈远，铺和运的难度愈大。

12月下旬的一天晚上10点多钟，好鲁库轨节场的抽水泵被冰冻坏不能抽水，负责运送轨排到前方的专列急需为蒸汽机车头加水，一旦缺水停火，就得被另一列机车牵引到千里之外的集宁点燃，如此往返就得三四天而造成全线停工。前方铺架正吃紧，绝

不允许这宝贵的三四天被白白浪费掉。负责轨排生产的八队书记李天顺，当即决定人工提水保机车。

严寒酷冷的荒原深处好鲁库，又上演了一场提水保机车的"人海战术"。

在零下20多度的寒夜里，八队20多人分成两个组，轮换着用水桶从4米多高的储水厢中一桶一桶地把水放到地面，再接力赛式的你传我、我传你，传到3米远又提升到4米高的机车水柜里。天寒地冻、滴水成冰。提上提下，桶里的水总有一些要浇到身上，衣服不一会儿就变成了硬邦邦的冰甲，一动就会"咔嚓、咔嚓"直响……实在冻得不行了，就回帐篷里暖和暖和，换成另一组人员继续加水。就这样，20多人从深夜一直折腾到第二天早晨8时，生产轨排的七队派出20多人前来增援……

一夜没有合眼的李天顺，哪里顾得上吃一口饭，就匆匆忙忙赶往10公里远的好鲁库冷冻厂求援，说了半天好话才将抽水泵租借来……终于把容积60吨的机车水柜装得满满的。

当机车加足水和煤后，喘着粗气"呜——"的一声鸣叫，拉着长长的一列轨排徐徐开出轨节场后，李天顺回到帐篷、往铁床上一靠就"呼、呼"地睡着了。

在李志雄随身携带的工作日志里，清楚地记载着这样一件事情——

1994年1月9日，天气下雪，风速四五级，气温零下30度，时间晚上8时。

当时，李志雄接到呼和浩特铁路局指挥部电台消息：配属四处铺架施工的5895号运梁机车和专列，在正镶白旗境内距好鲁库118公里处掉道出轨，要求四处迅速派人前往处置……

很短的几行电文就是命令，毫无疑问又给李志雄出了一道难题。困难面前哪里容你选择，岂敢懈怠！李志雄在好鲁库连夜组织24名精兵强将，带着一台机车和起重工具，乘坐轨道车前往救援。

荒原上的路基多处被风沙积雪覆盖，多个风口处竟厚达一米……救援队伍边缓慢行进边清理路基，走走停停，一公里一公里艰难地往前赶，直到第二天午后才到达事发地点。

李志雄跳下轨道车查看现场，那连煤带水达200多吨重的蒸汽机车脱离轨道近两米，并且有一些倾斜。这个平日激情奔跑在铁路线上的庞然大物，此时此刻是无可奈何地喘着粗气、一动不动地呆在那里，任由风雪侵扰，颇有一种"虎落平原被犬欺"的感受。

救援人员纷纷围拢上来看个究竟，当看了后都倒吸了一口冷气，不少人咧着嘴直摇头说"没个救"。李志雄听到别人说"没个救"3个字时，本来就一时想不出施救良策而心里很沉重，更有些恼火起来："'没个救'？也得救！天大的困难也要克服。铺架现场还等着架梁呐！"

李志雄，这位来自毛泽东主席故乡湖南、爱吃辣椒的指挥者，关键时候总是体现出他那坚毅、果敢的勇气和胆识。

在李志雄的带领下，一邦人趴在冰雪上用枕木、鱼尾板、千斤顶、倒链等工具，一厘米一厘米地把机车往轨道上顶进。由于经验不足、难度太大，直到天黑仅仅移动了不足两支烟长的距离。

夜晚，一阵又一阵的风沙夹杂着雪片不断袭击着轨道车，呼啸怪叫的风声让人打怵，仿佛要把轨道车掀翻到路基下似的。20多人背靠背拥挤在狭小的轨道车里，将就着似睡非睡就是一夜。

20多人的血肉之躯硬是要去撼动200多吨重的庞然大物，有些比登天还难！尽管借助了起重工具的作用，但人与物之间力的较量是上百倍的悬殊，其难度可想而知……已是第三天了，李志雄他们使出了全身解数，出轨的机车还是没有起复到位。

带来的干粮吃完了，感到问题的严重性。李志雄派人顺着路基、踏着厚厚的冰雪走了10余公里，到了一个叫查干芒和的小车站，想通过那里的通讯线路与热水塘镇的四处指挥部联系，但线路不好或是冰雪的原因，一直没有联系上。

而此时的热水塘镇四处指挥部，刘正清以及指挥部全体人员从得知李志雄组织的救援队出发后，就一直守候在电台和电话机旁……可两三天时间、60个小时过去了，20多人失踪似的杳无音讯，大家都着急得团团转，一颗颗提心吊胆地牵挂救援队员的心，分分秒秒受着不可言喻的煎熬……

再说步行去查干芒和车站的3名工人，虽然没有完成与热水塘取得联系的任务，但幸运中的是他们从那里弄到了救援队急需救命的干粮。他们深知，工友们已近一天没有任何可食用的东西了，本来是为了救援机车却成为了救援队的救命人。

于是，3人不敢停顿片刻，各自背负着二三十斤食物，沿着路基连夜摸索着艰难地往回赶，踏着厚厚的冰雪，无数次跌倒了又爬起来，你搀扶着我、我搀扶着你，一步一步地向救援队靠近。

救援队员狼吞虎咽地吃到从查干芒河车站背回来的干粮、及时补充了能量，又干劲十足地趴到冰雪覆盖的路基上，继续机车起复工作。12日下午两时，全体救援队员经过整整三天艰苦卓绝的奋战，用血肉之躯和顽强的毅力终于使机车重新回到轨道上来。

非常遗憾的是，被起复的机车和前往救援的机车，双双因停留的时间太长而缺水，不得不停火熄炉，后被呼和浩特铁路局调度机车前来牵引回集宁。

千辛万苦虽然完成了机车起复工作，但李志雄及全体救援队员却没有丝毫的胜利感，心情反而更加沉重。告别了相守三天三夜的那两台机车后，李志雄的救援队又坐上轨道车边清道边缓慢行进，走走停停于13日上午返回好鲁库轨节场。当焦虑期盼中的工友看到这20多人平安归来时，个个活像野人似的，都辨认不出来谁是谁了。

漫长艰辛的四天三夜、终身难忘的经历、多么珍贵的工作日志！

1994年春节前夕，四处党委书记高庆春在哈尔滨基地的一次工作会上作动员："京九（北京至九龙铁路）、集通、达成（达县至成都铁路）三个重点工程春节不放假，欢迎各位家属夫人上前线慰问丈夫，能派车的派车，派不了车的统一组织护送。"这是四处最具有人情味的思想工作。

除夕夜，荒原深处的鲁库轨节场鞭炮声声，灯火通明，一改往日繁忙紧张的施工氛围，两三百名筑路工沉浸在一派节日的喜庆之中。难得的迎春联欢晚会上，艾丽芬、单丽娟两位省城工作、见多识广、能歌善舞的家属，把晚会主持得有声有色、热热闹闹，独唱、合唱、舞蹈、小品、二胡笛子演凑和自编自演的节目，竞相登场。别看这些筑路工人，平日整天弄镐拿锹，与钢筋混凝土、钢轨枕木打交道，此刻是充满激昂深厚的情感合唱起那首经典歌曲《铁道兵士志在四方》时，精气神实足。七队队长杨传富用特有的男高音，把他那首拿手的《木鱼石的传说》唱得淋漓尽致……

晚会高潮时，有人用木板特意钉了个六七十厘米高的方凳，

写上"李指挥专用"5个大红字，几名工友硬是活生生把李志雄按坐在那高人一截的"专坐"上要他献歌，此情此景让他感动不已，也没推辞，扯开嗓子就唱开了："说句心里话，我也想家。家中的老妈妈，也是满头百发。说句心里话，我也想她，常思念那个梦中的她，梦中的她……"

《我想有个家》这悠扬动听的歌，唱出了多少筑路人的心声。筑路工同常人一样，也有妻儿老小、也有情和爱，欢聚少、离别多的他们，更懂得情和爱。只是为了集通铁路的早日建成通车，为了草原人民早日坐上火车、早日走向富裕安康，有的竟两年没有回过家，多少人衣兜里还装着亲人盼归的电报……

这歌声常常引起他们的几多苦涩、几多心酸……因为，在家庭中却不是一个尽职尽责的好儿子、好丈夫、好父亲，他们欠亲人的太多。

昨天如此，今天如此，明天还会如此。

经受了漫长的严冬考验，迎来了草原的春天。四处人勇猛顽强、精神振奋地牵引着钢铁长龙穿越高高的大坝梁、横跨宽阔的热水河，不辞辛劳、夜以继日地向终点冲刺……

1994年5月4日，"中国青年节"这天，是集通铁路永远值得纪念的日子。

上午10时，横跨内蒙古中东部地区、全长943公里的集通铁路，在党和政府的关怀、当地人民的大力支持和10万筑路大军的艰苦奋战中于林西古城接轨，宣告全线贯通！

5月18日这天，林西县城万人空巷、热闹非凡。内蒙古自治区地铁总公司在这里隆重举行集通铁路全线贯通的盛大庆典。

铁道部原部长陈璞如、副部长孙永富，内蒙古自治区委书记王群，自治区和集通铁路沿线的市、县（旗），设计、监理、施工单位，以及中铁第十三工程局党委书记王治忠、四处党委书记高庆春等百余名各级、各单位领导参加了庆典仪式。陈璞如老部长热情地称赞、鼓励中铁十三局并题词"弘扬传统精神，再作新的贡献"。四处为十三局增了光、添了彩！

中央和地方新闻单位记者，把集通铁路全线贯通的喜讯，迅速传遍了共和国的长城内外、大江南北……

别样情怀

集通铁路好林段是全线最为艰巨的标段，可以说就是个不折不扣的"硬骨头"。

科学技术就是生产力。承担如此工程量大的施工任务，显然没有大批的工程技术人员是难以保证的。

工程上马之初，四处副总工程师刘正清调任集通线任副总指挥长兼任总工程师，当时给他的工程技术人员仅有10多名，且大多是刚出院校一两年的学员，拥有工程师职称的仅他一人。按工程总量、施工难度和技术质量要求综合来计算，集通线应该配备至少30名技术干部并且有各方面的技术骨干支撑。可是，眼下技术干部严重缺乏的现实，不得不引起这位从事铁路施工技术20余年，从技术员、助理工程师到工程师，一步一步走过来的"老总"的沉思。

"兵马未动、粮草先行"，刘正清要的"粮草"就是技术人员。"技术力量不足，这可不行哟！"他立即打报告向处里要人，结果不但没有要来，反而被赖宗民处长做了思想工作："全处还有京九、达成等重点工程，分布各地的十多个施工项目，哪里都需要技术人员。处里实在抽不出人了，你就多担当一些哈！待夏天新学员分配下来，优先给你……"赖处长说话算数，夏天果真分配来大学生，但仅有3名，这是后话。

没辙！刘正清只能背水一战。

俗话说"临阵磨枪、不亮也光"，刘正清相信这样做是解决技术力量不足的燃眉之急。在热水塘镇挂起"铁道部第十三工程局集通指挥部"大牌子没几天，他就开始了工程技术培训，以老带新"传、帮、带"，同时充实测量大队、建好试验中心……工程一开工，就让年轻人放开手脚大胆去闯、去实践，很快便打开了工作局面。

为工程操心不已的刘正清，面对施工战线长的实际，征得张贵良指挥长的同意后就在沿线下设了白土井子、经棚和热水塘三个技术分部，实施分段管理、各负其责的技术保障工作。他深挖潜力、强化技术力量的措施一个接着一个——

让徐斌、王华、左松立、胡永祥、徐俊斌等一批年轻人去独挡一面，充分发挥他们的聪明才智，在实践中努力锤炼自己；让王凤雪、廖延军、王维成这些技术骨干，扎扎实实抓好全线的技术管理与质量监督；重点、难点工程和关键环节，指定专人蹲点进行技术指导和质量把控，确保万无一失。如此，便形成以施工队为基础、技术分部为支撑、指挥部技术科抓全面的点面紧密结合的施工技术管理网络。

大学毕业仅两年的胡永祥、王华从刘正清手中接过"圣旨"，带着由4名测量人员组成的第一分部，住进了荒无人烟、条件艰苦的白土井子，担负起41公里线路施工技术指导与质量监控工作。这邦充满青春活力和未来梦想的年轻人，不怕风沙冰雪，经受住了考验。他们的付出得到很好的汇报：管内工程整体合格率达100%，优良率达85%以上。

"精心组织、科学施工"的核心就是技术与质量，这八个字出现在指挥部的每一次工作会议中，大红标语挂满沿线各个施工点位。刘正清紧紧抓住了施工技术与质量的"牛鼻子"，并且从上到下、从点到面贯穿到施工全过程，在集通线起到了很大的作用。

秋去冬来，春华秋实。仅仅两年时间，这么大工程量的集通铁路线下工程就奇迹般地完成了，这在四处乃至中铁十三局也是前所未有的。

1992年7月，内蒙古地铁总公司在集通线四个总承包施工单位中进行质量大检查，四处施工的好林段整体获得了质量优胜红旗和质量双奖7000元。承担施工的司明义大桥、多伦河大桥、热水河2号大桥都受到好评，热水河2号大桥获优质奖3000元。

获得投资方、监理方充分肯定和"优胜红旗"、质量奖，这是多少工程技术人员和上万名施工人员心血凝聚而成，其背后的许多故事生动感人。

四处集通线施工犹如一场大型战役。从赖宗民处长、张贵良副处长手中接过指挥棒的刘正清，一个战役接着一个战役地打下去，而且打得很漂亮。

有国才有家、有家更爱国，每一名人仁志士都有自己的家国情怀。为了百年大计的工程质量，刘正清这位受人尊敬爱戴的"老部"，呕心沥血，兢兢业业，堪称表率，这为他继张贵良之后，接任集通铁路好林段总指挥长大任有很大的关系。然而，对于家庭，刘正清这位丈夫、父亲，却不怎么称职。

"都怪你，如果当初你能回家护理我，我能落下这病吗？"面对在哈尔滨四处基地幼儿园做会计工作的妻子邱咏梅的一阵责怪，刘正清无言以对。

邱咏梅在幼儿园搬家时不幸左脚被砸成骨折，生活不能自理，便捎信给刘正清"赶紧回家"！刘正清心里清楚，贤惠、能干、要强的妻子随军跟着他，蹲山沟、住帐蓬、带孩子那么多年，吃了不少苦头，从没有拖过他的后腿。这次是不得已才捎信，可眼前正是指挥部组织施工队伍上场、千头万绪的工作才铺开，作为副总指挥兼任总工程师的他，实在脱不了身，最终还是没有回去。丈夫没在家就苦了妻子，那些日子要天天上医院做康复理疗，买菜煮饭全靠热心的邻居帮忙。半个月后，邱咏梅的伤势稍有减轻，就自己干家务事，由于得不到很好的休养，骨伤愈合留下一瘸一拐的后遗症，行动很不方便。

"你还要这个家？我没有死，你回来干啥！"

两个月后，刘正清从集通线返回家刚打开房门，就遭到妻子好一阵责怪、数落。11岁的儿子也在旁边委屈地诉苦："爸爸，我好想你哟！妈妈受伤后尽让我吃方便面、面包……你咋不回来呀！"刘正清受到妻子一阵数落、听了儿子这些话，心里好不是滋味。从感情上讲，真想对妻儿作些补偿，让愧疚的心里得到一些平衡，于是，保证"这次在家多呆几天！"可他说这话的第4天，又陪同处领导飞往呼和浩特去向内蒙古地铁总公司汇报工作了。

就在前文提到四处高庆春书记动员基地的筑路工夫人上前线慰问丈夫的那个春节，邱咏梅娘儿俩搭乘拉设备的货车，颠簸了三天三夜赶到热水塘时，未曾想到迎接娘儿俩的只是空荡荡房子，刘正清已于头天下午去120公里外的好鲁库检查轨排生产工作。三天后，半年没见过面的一家人终于团聚了，邱咏梅憋了一肚子的怨气直想发出来，但当她看到丈夫累得疲惫不堪、人也瘦了一圈时，又心疼得啥也不想说了……

"爸爸，还去你的好冷酷（好鲁库）吗？那儿一点儿都不好玩儿！"

"不去了，这次到热水塘。"这是集通指挥部现任技术负责人兼技术科长廖延军离家时，与4岁女儿的一段对话。

仍然是高庆春书记动员家属上前线开展慰问的那个春节，在哈尔滨基地职工医院当大夫的刘娅娟，带着可爱的女儿来到集通线与廖延军团聚。出发前，听说指挥部的条件还可以，那里有矿泉温泉，能够天天淋浴温泉疗养，可娘儿俩一路风尘到了热水塘时连丈夫的影子都没见到。

原来，为了突击轨排生产，廖延军同指挥部赵雷书记一块儿去好鲁库蹲点，已经好多天了。廖延军听说妻女已到热水塘了，便电台通话让母女俩搭车进去。本来，坐火车、倒腾长途汽车一夜两天已非常疲倦的刘娅娟，好不容易到达目的地却扑了个空，还说再去上百公里外，心情很不舒畅。这位生活在大城市、一直是父母掌上明珠的年轻漂亮妻子，在抱怨一阵子后还是听从夫令，拖着一大包行李、怀抱女儿颠簸着往好鲁库赶路，一路看到那一望无际的茫茫荒原，心里更加不是滋味。冰雪满地的施工便道坑坑洼洼，颠簸不止的吉普车折腾得母女俩一路呕吐不止，刘娅娟那种期望与夫君相聚的美好心情完全被痛苦不堪所代替。

刘娅娟总算见到了久未见面的丈夫，但眼前黑不溜秋像个非洲人似的丈夫与原本白皙帅气判若两人，有些不敢相认……工友们倒腾出一顶帐篷，布置了两张铁床、一张桌子、两把椅子，显得空荡荡的，就算是他们的"家"。这儿吃住很不方便，甚至连上厕所都有些困难，刘娅娟这辈子哪遭过这般罪，与其说探亲、不如说下放边关锻炼。尤其是夜间，风沙一阵阵怪叫，刮得帐篷"呼嗒、呼嗒"直晃荡，吓得母女俩睡不着觉，刘娅娟又抱怨起

来，对廖延军说："真不该来你这鬼地方！不知道你们这两年是怎么过的？"

抱怨归抱怨，夫妻恩爱、感情很深。本来就亏欠家人的廖延军，尽量说些好听甜蜜的话、连连赔不是，尽力照顾好常相望短相聚的妻女。在好鲁库探亲的这些天，刘娅娟慢慢地被筑路工的奉献精神和工作激情感动了，自然理解了自己的丈夫和他的事业，在那里度过了一个艰苦简朴而又让人难以忘怀的春节。可天真活泼的女儿却不能理解这一切，不认可这个临时的家，整天嚷着："我要回家、我要回家……"

在集通指挥部技术科堆满图纸的大办公室，七八张办公桌拼凑在一起，除堆满图纸资料、办公用品外，总能看到几处用易拉灌插着的几束枝头挂满无数娇小典雅的粉白色小花，还释放出一种淡淡的幽香，点缀得办公室饶有情趣。原技术科长王凤雪指着这种小白花说："这花儿是草原特有的名叫干梅枝，生命力极强，在工地上哪儿都能采撷到。技术科的每个人，都非常喜欢它叶落花不败、枯萎了还盛开的性格。"说着、说着，王凤雪还动情地唱起干梅枝来："干梅枝啊干梅枝，万花丛中你最美。荒原野岭扎下根，翘首绽放迎春归……"

由草原上的干梅枝，让人联想起名扬集通线的"五朵金花"——白国艳、包立新、李湘云、张新颖、董彦芝。她们就是大草原上优雅清香的干梅枝，在热火朝天的施工线上竞相怒放青春的风采。

1990年8月，命运之神把22岁的蒙古族女大学生包立新分配到了集通线。她在大学学的是隧道工程专业，因此与隧道打上了交道。一般来讲，女孩子报考专业都不会去选择隧道，整天野外作业与风枪、钢模、混凝土为伴，况且，包立新还是个文静而腼腼、言语不多的姑娘，但她的人生确实是走上了这条路。此前，她在山西境内四处丰（镇）准（葛尔）铁路线上经历了风沙雪雨的洗礼，1991年4月一到集通线就担当起分布在10多公里施工线上7座隧道的技术工作。

"小丫"挑大梁很不容易，她每天都奔波于各隧道之间。

一次，一外包施工队未按规定回填充实，包立新指出后，施工队表示马上改正，她第二次检查时工程依然如故，对方又表示立即照办。第三次再去检查发现，施工队丝毫没有动静，气得包立新当场填写罚单宣布："超挖回填不合格的部分扒掉重做，罚款1000元。"事后，那个不服气的施工队负责人跑到指挥部领导那儿告状，说包立新有意刁难。她知道后，伤伤心心地哭了一场。技术科长王凤雪及时找她谈心，像个老大哥一样安慰她说："你做得对，技术科全体支持你！"第二天，她便想开了："你告你的，我管我的。秉公办事，问心无愧！"

"精心施工创优质"是指挥部的奋斗目标，责任在肩的包立新心里明白，管质量毫不含糊，每天头戴安全帽、手拿记录本、夹着图纸，不定时往隧道现场跑，突然袭击检查、抽查。有时，一个工点刚检查完离开一会儿，又杀"回马枪"，这一招还真管用。去工地的次数多了，谁也不敢在质量上马虎，那些起初背后称她"包小丫"的人，都开始尊重她叫"包工"。包立新抓质量铁面无私出了名，人们又称她"包公"。此"包公"与开封府断案的彼"包公"完全是两码事儿，包立新这位新时代的"包公"，被中国铁道建筑总公司授予"'三八'红旗手"称号。

我曾在内蒙古电视台拍摄的5级电视专题片《风雪千里集通线》里，看到了这样一组镜头——

四处施工的集通线好林段热水河2号大桥桥墩正在紧张地灌

注混凝土，热火朝天的施工场面与冰天雪地的寒冷气候形成鲜明的反差。鹅毛大雪中，一位身着红色防寒服、头戴安全帽、圆脸大眼睛的漂亮女子，正对着麦克风接受记者采访：

"我是中铁十三局的桥梁工程师，叫白国艳，负责桥梁的技术工作。"

"这么艰辛，能够受得了么？"

"时间长了也就习惯了。我和我们'五朵金花'姐妹们，在这儿都干得挺好的。"

"家庭情况怎么样？"

"我和丈夫都在这儿工作，有个一岁多的儿子托付给了老家的父母。"

……

白国艳与记者简短的一问一答，却展示了当代大学生舍小家为大家、献身祖国铁路事业的风采。

27岁的白国艳已在铁路施工一线摔打了几年，虽然做了妈妈，可她那要强的秉性和好学上进的事业心依然如故。

白国艳和丈夫朱君是同乡而且青梅竹马，双双大学毕业分配到四处，前几年在辽东半岛的沈（阳）大（连）高速公路普兰店海湾大桥工地举行的婚礼。1991年初，集通线上马需要大量的技术干部，白国艳二话没说就带着处于哺乳期的儿子同丈夫一道上了前线。本来，在四处技术科工作的她，完全有理由留在机关，可她认为国家花钱培养一名大学生不容易，所学的桥梁专业只有在施工现场才能更好地得到发挥。自己年轻有干劲，应该去艰苦的环境中锤炼自己，干一番轰轰烈烈的事业。

来到集通线后，白国艳在技术科负责桥梁工程技术，朱君在调度室负责全线施工计划的调度工作，他们在当地雇用了一位保姆帮助照顾吃奶的儿子。预料不到的是，儿子不适应这里多风少雨风沙大的干燥气候，水土不服，夜间爱哭，经常闹病……年轻的母亲只好眼巴巴地看着儿子哭闹。儿子也不争气，生病吃药好了些又犯病，如此反反复复。为此，心疼妻儿的朱君向白国艳建议："跟领导说说，要不你娘儿俩还是回哈尔滨吧！"

白国艳是有文化有知识、有专业有事业的新时代职业女性，对她来说，事业与家庭同等重要，内心也非常纠结、矛盾。当初，就是自己主动申请上前线的，上了前线又打退堂鼓，这不是她白国艳的性格。后来，她选择了事业，一狠心提前断了儿子的奶，还送回吉林扶余老家由父母带养。孩子是娘身上的肉，哪个做母亲的不对自己的心肝宝贝牵肠挂肚，白国艳想儿子想得不得了，便一遍又一遍地翻看儿子的照片，多少次在梦中见到儿子在哭泣、在喊妈妈……

那年，指挥部把118片不同规格的钢筋混凝土桥梁预制施工设计任务交给了白国艳，她多方查资料、绘图纸、搞演算，反反复复修改了6次，白天黑夜地突击七八天终于拿出了令人满意的设计方案。

当负责桥梁预制施工的九队，突击将118片桥梁像工艺品般地预制完毕庆功的时候，他们首先想到白国艳："白工立了头功，得好好感谢她哟……"

集通线上的女中豪杰白国艳，被中铁十三局评为女大学生"十杰"。

在集通线数万筑路大军中，有一位当地牧民称为"草原雄鹰"的人，精心组织铺架职工将7000多组轨排、260片桥梁组成的钢铁长龙，排列在从好鲁库至林西151公里的荒原、草原上，他就是四处的铺架指挥长李志雄。

1993年初，作为天之骄子的八十年代大学生，在四处机修厂从技术干部、车间主任到厂长工作了8年的李志雄，调任集通线指挥部任铺架指挥。受命于关键岗位的他，对这一改行心里完全没底儿，颇感肩膀上担子重如泰山。

孟子说过"天将降大任与斯人也，必先苦其心志，劳其筋骨，饿其体肤……"这是组织的信任与重托，也是对自己的考验，作为一名党员干部必须"接旨"应对，李志雄上任第二天就赶往荒原深处的好鲁库，从建设轨节场开始。

3月的好鲁库依然冰天雪地，寒气逼人。摆在李志雄面前的轨节场，虽然从头年夏秋就进场开建，但建设了半年的进度很不乐观：11条专用线没有一条成型，4台龙门吊没有一台能运转，电力高压线没有架设完，应该到位的设备还差不少……而要保证4月份如期铺轨，仿佛是天方夜谭似的神话。

"4月10日铺轨"是一项"死命令"，时间刻不容缓。李志雄没有退路，无论多大的困难也得克服，只得硬着头皮背水一战。他采用"人海战术"突击抢建，带头冒着刺骨的寒风清除积雪、整修专用线、安装发电机、检修龙门吊……寂寞了一个冬天的好鲁库沸腾了起来。这里没白天黑夜之分、没有晴天雪天之别，仅10天功夫轨节场就初具规模。

3月19日，首列装满钢轨和灰枕的火车从集宁方向"轰隆隆"地驰入好鲁库轨节场……至此，一组组轨排源源不断地生产出来。人们都说，李志雄创造了奇迹。

4月10日，铺架施工开始后，李志雄把行李卷搬上了铺架专列的宿营车，就一直吃住在专列上。后方的轨排生产运输他要管，前方的铺架施工他要组织，两头忙得他像个不知停顿的陀螺——团团转。尽管如此，镇定自如的李志雄是忙而不乱，指挥若定，精心组织，科学安排，确保铺架施工进度。

李志雄以身作则的敬业精神和雷厉风行的作风，深刻影响着每一名职工。他与铺架队的职工相处是集通线才开始的，但随着铺架里程的向前延伸，李志雄与铺架职工之间的感情也日益加深，甚至到了情同手脚、亲如兄弟的程度。

那天深夜，李志雄拖着疲倦不堪的身子回到铺架专列的宿营车上，没想到在他住的这节车厢里挤满了人，都在等候他，而且备好了一桌丰盛的酒菜，有人还特意从林西县城订做了一个大蛋糕。原来，大伙儿从他的身份证上记下了他的生日，悄悄为他准备了生日宴会。

见此情形，这个从不流泪的铁汉子再也控制不住自己，热泪夺眶而出……

男儿有泪不轻弹，只因未到动情处。这份炽热的同志情、战友爱，让他终身难忘这铺架专列上、特殊条件下的36岁生日，铭记这人生中最感人的一幕。

狗年春节来临，李志雄快一年没有见过面的妻子带着一双儿女，从哈尔滨基地风尘仆仆来到集通线探望他。他心里装着自己的"小家"、也装着几百号人的"大家"，没有时间好好地陪伴妻儿，便想了个两全齐美的办法。

大年三十一大早，李志雄带着妻儿踏上轨道车，给上百公里沿线4个车站的职工拜年。每到一处，他把特意准备的茅台酒给大伙儿敬上，同贺新春。每逢佳节倍思亲。万家团圆之时，他忘不了这些仍然坚守在施工一线朝夕相处、同甘苦共患难的兄弟们……

轨道车就这样走走停停、停停走走，直到下午4时多，一家人与轨道车司机才在落日的余辉中回到荒原深处的好鲁库轨节场。那里的300名职工，一大早就听说李志雄一家要给他们拜年，就都眼巴巴地盼望着他能够早些到来。当轨道车清脆的汽笛声响起时，便不约而同地走出帐篷，像迎接国宾一样迎接他们一家人。人世间，还有什么比此情此景更令人感动的呢？

荒原上的"团圆饭"别有一番滋味，从不贪杯的李志雄破天荒地同大伙儿开怀畅饮，大醉方归。这同甘共苦、干群同心的温馨场面，更加激励着这支铁军战胜困难、铺通集通线的信心和决心。

经过漫长的严寒冬天考验，草原终于迎来了姗姗迟到的春天。李志雄带领铺架职工牵引着铁龙在向最后冲刺……

1994年5月4日上午10时，头顶安全帽、身着蓝色工装的李志雄，站在铺轨机上精神高昂、潇洒自如。随着他的一声令下，集通线最后一组轨排落地接轨……5月18日，在集通铁路全线贯通的隆重庆典仪式上，铁道部和内蒙古自治区领导纷纷与李志雄及铺架工人合影留念。

现场采访让李志雄应接不暇，身着盛装的蒙古族少女载歌载舞为李志雄献花敬酒……这一切，在他漫长的人生乐章中写下了重墨浓彩的一页。

笔者三度去集通线，专访采写了筑路先锋李志雄的新闻通讯《草原雄鹰牵铁龙》，在《中国铁道建筑报》刊出，同时多家报纸宣传了这位"草原雄鹰"的事迹。

北疆壮歌

革命战争年代，多少仁人志士为了共和国的诞生，抛头颅、洒热血献出了自己的生命，成为民族英雄；和平建设时期，劳动光荣，多少人为了祖国的繁荣富强，在经济建设主战场作出奉献与牺牲，同样值得社会敬重。

一条铁路的建设，就是一部艰苦创业的史诗，就是一曲可歌可泣的壮歌。

集通铁路好林段第一任总指挥长赖宗民，是四处两千多职工的"父母官"，从部队到地方，从风华正茂到不惑之年，他在铁路建设事业上已干了20多年，脚迹踏遍祖国的大江南北，亲手参与修建的桥梁、隧道有多少已经记不清了。他深爱着自己的铁路事业，以至于福建老家认定他是难得的工程技术人才，要花十万重金"买"他回去做一个相当不错的"官"时，都没能打动他一颗献身铁路事业的决心。

集通铁路能够由四处建设，应该说赖宗民处长起着关键作用。1990年7月，从四处经营科收集到集通铁路最后一个标段好林段将投标的信息后，他就马不停蹄地奔波在哈尔滨与呼和浩特两坐城市之间，日夜为此操碎了心，历时半年的不懈努力终于顺利中标。1991年初，为了更好地协调组织人、财、物和集中优势兵力上场，他首当其冲挑起了总指挥长的要职……从此，又来回奔波于哈尔滨至集通线。

1992年7月，赖处长正在集通线组织第二个100天施工突击大干、突出完成线下工程和轨节场建设的关键时候，突然从哈尔滨传来噩耗：妻子赖红李心脏病突发、不幸猝死在市区公共汽车上……

当赖处长赶回哈尔滨，已是妻子去世后的第三天，并且是在医院太平间见到妻子遗体的。恩爱夫妻20多年，没有想到是这样最后相见，抚摸着妻子僵硬、冰冷的面容，他是肝胆欲裂，悲痛万分……几个月前，在基地招待所上班的赖红李，就给赖处长说

自己心闷不舒服，但他忙于工作没有太在意，随便说了句："上医院拿点药吃吧！"然后就出差了。就在这次上集通线前，妻子再次向他提出："你带我到大医院去好好检查一下吧！我愈来愈感到心里不对劲儿……"

可是，赖处长刚从南方工点检查工作回来，在机关开了3天的会议，又急急忙忙准备上集通线，临行前承诺："等我从集通线回来，一定陪你去大医院好好检查，把病治好！"温柔贤惠的妻子只好默默地为丈夫准备好行李，眼巴巴地把丈夫送出家门，心里还盼望他能早点回来带自己去大医院看病，谁知这竟然是永生的诀别！

赖宗民与妻子从小一块儿长大，算得上是两小无猜、青梅竹马。当初结婚时天各一方，过着牛郎织女般的生活，妻子吃了不少苦头。后来，随军跟随他走南闯北地钻山沟、住帐篷，辛劳地养育一双儿女，兵改工后搬迁到哈尔滨基地才算有了个安稳像样的家。妻子有病，丈夫是义不容辞应该为妻子看病治病的，何况是一处之长、何况是基地离著名的大医院仅三五公里，更有条件让妻子接受更好的治疗。可他工作实在是太忙，心里不仅装着自己的妻子、装着自己的家，更是装着四处这个2000多人的"大家"，亏欠了"小家"许多、许多……

四处人为赖处长失去爱妻深深惋惜！

四处人为赖处长的敬业精神深表敬意！

一连好几天，四处人都沉浸在这份深深的惋惜和敬意里。在去太平间和殡仪馆的路上，数不清有多少人默默地排着队，去最后看一眼四处人心中的好大姐、好大嫂。

很多与赖红李居住一个大院、朝夕相处的筑路工家属失声痛哭，多少天都满眼泪痕。

很多个早晨和黄昏，四处家属大院大门前的马路边上飘飞着无数的纸钱灰，诉说着这人世间无尽的情和爱，无尽的痛苦和遗憾！

官兵一致、干群同心，这是从铁道兵传承下来的光荣传统。领导干部的奉献精神如此感人，职工群众的事迹同样感天动地！

在集通线，不得不讲述平凡而又不平凡的章大明这位筑路工。

章大明这个5岁就失去父母的孤儿，是被一对好心肠的夫妇收留、省吃俭用把他养大的。他的童年和少年都没有什么值得回忆的，如果有的话，都是些坎坷、曲折、忧伤的苦楚，每每想起就会黯然神伤……

1970年那个干冷的冬天，迎来了章大明人生的大转折。瘦弱的章大明由于为人忠厚老实、劳动表现好，检查身体合格后被大队保送入伍。告别湖北广水农村老家时，知恩感恩的他双腿跪地给养父母重重地磕了三个响头，以谢十余年的养育之恩。来到大兴安岭林海雪原的铁道兵部队，他工作踏实认真、好学上进、表现突出，不久就跟师学艺开上铺轨机，虽然文化水平不高，但他干一行爱一行，肯下功夫钻研技术，后来当上了机长，同年入伍的战友都有些羡慕他。那台价值上百万元的铺轨机，一直伴随着他铺通了樟古线、伊敏线、塔韩线等5条铁路。

1993年初，工班长兼机长的章大明和他的铺轨机从大兴安岭的塔河辗转数千公里，来到荒原深处的集通线好鲁库轨节场，担负起好林段151公里正线及附属线路的铺架任务，风沙冰雪中的铁路在不断向前延伸、挺进。

4月24日，也就是章大明生命的最后一天。

上午8时，他同往常一样身着工装，精神抖擞地和工友们说笑着去上班。往日，他同大多数工友在铺架专列的宿营车厢里，

待专列到了目的地才去铺架机上，这几天他却叫铺架班的几名工友直接到铺架机上，免得到了目的地后又步行一里地，这样做的目的是为了不耽误铺架时间，火车一停就可以铺架施工。

铺架专列的编组是铺架机在最前面，紧跟其后的是20多节装载轨排的车皮和几个宿营车厢，蒸汽机火车头是顶推着向前行进。专列行进在刚铺设不几天、尚未进行路基调平和拨轨施工的线路上左右颠簸，加之火车惯性的作用，导致紧靠铺架机后那节车皮上重叠在最上层的轨排，挣断捆扎的钢丝后开始不断向前移动，如果不迅速阻止就会冲击到铺架机、造成机毁人亡的后果……

"要出大事！"张大明见此情形，立即用对讲机报告宿营车上的铺架指挥李志雄，要求火车司机"紧急停车"，他则坚守在铺架机上察看情况。紧急制动的专列带来更大的惯性，冷不防中的张大明整个身子从铺架机与轨排车皮的连接处掉了下去，横端在铁轨上，瞬间双腿被车轮扎断……

专列"呼哧、呼哧"地喘着粗气停了下来。对讲机传来"出大事了……"的紧急呼救，李志雄和宿营车上的工友立即往专列最前端飞奔过去……

在跟班医生张江勇实施战时紧急救护的同时，李志雄火速调来平时跟随铺架施工的那辆指挥用的北京吉普，亲自开车准备把章大明送往90公里外的克什克腾旗医院救治。在车上，身负重伤、鲜血不止的章大明强忍巨痛，紧紧抓住随行人员的手说："我不行了，领导都是好领导，工人都是好工人……"

施工便道凹凸不平，平时要3个多小时的车程，心急如焚的李志雄仅用1小时54分便开到了医院。当人们急匆匆把章大明送进抢救室时，这位年仅42岁的工友流完了最后一滴血，永远停止了呼吸。

再说出事后，铺架队的数十名职工自发组织起来，乘坐另一辆跟随铺架作业的汽车赶往克什克腾旗医院准备献血，要用自己的鲜血去挽救朝夕相处、情深意长的工友的生命。非常遗憾的是，他们真情炽热的美好愿望未能实现。平常如钢似铁、流血流汗不流泪的汉子们，此时个个抱头痛哭……

章大明人生的最后一句话是："家里的事，请领导作主！"说来他的家坎坷曲折，让人揪心不已。

章大明1976年与老家一位姑娘结婚。婚后长期两地分居，妻子得不到照顾，夫妻感情难以维持，加上每月只几元钱的津贴无法养家，比较现实的妻子便毫不留情地与他分手了。1982年，好心的乡亲又在老家为他介绍了吴秀珍姑娘，这位妻子温柔贤惠、勤俭持家，婚后他们有了一双儿女。1989年秋，没有工作的妻子带着儿女搬进了哈尔滨基地章大明新分的一套两居室。虽然有了一个安稳的家，但经济的拮据一直困扰着这个家庭。到他因工去世时，家里除一台18吋黑白电视机之外，仍没有一件像样的家俱。

领导和工友在给章大明处理后事更换衣服时发现，他穿的罩衣、衬衣裤、裤衩、裤子，几乎都是10年前部队发的军装，那件棉衬衣、棉袜子已补丁摞补丁好几层，衣兜里仅有两毛钱。打开跟随他多年的那口木箱，里面除了一堆破旧衣服，就是一堆记满工班台账的表格，几本机械知识的书籍，一张已填好的《机械技师申报表》，再就是一大摞鲜红的"优秀共产党员"、"先进生产者"等荣誉证书。有人翻到了一张皱皱巴巴已发黄很旧的欠账单，什么时间借谁的、借多少都写得清清楚楚，共有1000多元。

章大明的亲人对他因工去世，阴阳两隔、悲痛不已，但都表现出深明大义。他那60多岁从湖北老家赶来集通线的养父母，言语不多，强忍悲痛，只对组织说："儿子是为国家建设死的，死的光荣！我们相信单位，会处理好他的后事。"他的妻子吴秀珍，尽管家庭没了顶梁柱、母子三人面临的生活更为困难，都没有说一言半语，仅提出了唯一的要求："大明没有铺通集通铁路，让他的兄弟顶替他去铺通铁路吧！"

多么好的老百姓，多么好的一家人哟！

后来，我追踪了解到，章大明的妻弟已被四处招为合同工，顶替章大明战斗在铺轨机上，继续去完成他没有完成的事业。他那"家里的事，请领导做主"的临终遗言，四处非常重视，其家庭得到了应有的照顾。

1993年，是八队职工张景卜家中最不幸的一年。他那远在河北宁晋农村的家里，岳父母年老多病相继去世；不久，弟弟、弟媳误食农药又双双身亡；后来，24岁的妹妹患白血病又不治而亡……

妻子每次来信要张景卜回家，他都悄悄地收起信件，把失去亲人的巨大悲痛深深地埋在心里，只是邮一些钱回去，托咐妻子全权处理。

不是张景卜无情无义，而是因为他工作实在太忙、脱不开身子。作为煤水班长，负责着好鲁库轨节场6台蒸汽机车加煤加水的重任……春节前夕，队领导从张景卜一位探亲归来的同乡那里得知他家中接连遭受的不幸，当即就把他"撵"回家去。

腊月25日，张景卜赶回家，却在县医院里找到自己已住院半个月的妻子。37岁的曹献芬，这位要强能干的筑路工妻子，为了不影响丈夫的工作，一人操办了家中5人的丧事，悲伤加过度劳累被累垮了身子，加上风湿性重感冒终于躺在医院里。此前，她也想写信让丈夫回家来侍候自己，她也非常想念丈夫，甚至多少次在梦中相见，但她最终没有这样做，以顽强的毅力度过了难熬的日日夜夜。

此时，张景卜紧紧握住瘦弱无力的妻子的手说不出话来，热泪夺眶而出……大年三十、初一，他们一家人是在医院度过的，当病房外鞭炮齐鸣、新年的钟声敲响时，张景卜正精心护理着打点滴的妻子。他欠妻子的情太多，他要在这短暂相聚的时间里尽力去偿还。妻子正月16出院，张景卜为妻子安排好一切，18日又返回了单位。

张景卜夫妻俩已有一个11岁可爱懂事的儿子，在家庭困难的情况下，张景卜毅然宽容地同意父母的意见，把弟弟、弟媳遗留下来的3岁女孩接到家里供养起来，让儿子与弟弟、弟媳的女儿兄妹俩相互为伴……张景卜用一人微薄的工资担当起全家的生活重担。

后来，队里、指挥部、处工会给予了张景卜共1300元的特殊救济。当他手捧着这些钱时，感动得流出热泪："感谢组织、感谢领导，我一定好好干工作来报答。"他是这样说的，也是这样做的，在集通线捧回了鲜红的记功证书和先进生产者奖牌。

"军功章有你的一半、也有我一半"。张景卜把记功授奖的喜讯写信告诉妻子。他心里明白，筑路工的事业有妻子默默的奉献。

筑路工的故事很多、很多……

尾　声

1995年4月8日，是集通铁路好林段开工整整4年的日子。这天，从克什克腾旗地铁办返回热水塘的刘正清、李志雄二人，在

翻越大坝梁时特意停留下来，久久地伫立在高高的山梁上极目远望，任凭山风的吹拂，二人默默无语地沉思良久……

弹指挥间5年，一张宏伟的蓝图变成了脚下即将竣工的集通铁路，犹如一条钢铁长龙从远处盘旋奔来，穿越大坝梁后又蜿蜒东去……"呜——"的一声汽笛响起，一列调试运行的列车满载着农牧民旅客在穿越大坝梁隧道时，惊醒了二人的沉思。四目相视，他们会意地露出了欣慰的笑容。

集通铁路不久将正式移交。我的筑路工工友们大都来不及参加竣工仪式，来不及喝那杯理所应当喝的庆功酒，便已纷纷奔赴新的铁路施工工地。

他们在共和国的版图上留下了一条铁路！

他们留下的仅仅是一条铁路么？

1995年4月于内蒙古克什克腾

地震，彰显代表作用

"5.12"汶川特大地震，震动了四川、震动了中国、也震动了全世界。

在天崩地裂、房屋倒塌、人员伤亡的特大地震灾害面前，作为全国51个重灾县的大邑，各级人大代表与全县人民一道"万众一心、众志成城"，全力奋战在抗震救灾第一线，或组织转移群众、或运送救灾物资、或到重灾区抢救伤员抢险救灾、或慷慨解囊捐款捐物……

地震特殊时期的人大代表，以各种形式积极展开卓有成效的抢险救灾工作，彰显了新时期人大代表的作用。

灾情就是命令

大邑县紧邻震中汶川县。

位于西岭雪山风景名胜区的西岭镇与汶川县的映秀镇直线距离仅三四十公里。因此，在这次"5·12"汶川特大地震中，大邑全县震感强烈，损失严重。

灾情就是命令，时间就是生命。5月12日下午地震发生后，县人大常委会主任陈殿豫当即组织人大副主任及机关工作人员第一时间奔赴各乡镇了解灾情、慰问群众、抢险救灾，冲在了抗震救灾第一线。紧接着，召开了人大主任会议，要求县人大机关和各乡镇人大主席团迅速投入到抗震救灾中，同时号召全县各级人大代表要以各种形式积极投身到抗震救灾中，切实发挥人大代表作用。

在抢险救灾最为紧张的关键时刻，全县20个乡镇到处体现了"人民群众的安危高于一切"的具体举措和行动。人大主席团与党委、政府一道形成了基层抗震救灾的坚强组织力量，各级人大代表与党员干部一道形成了抗震救灾的骨干力量，共同抗击大灾、抢险救人和疏散、转移、安置群众……在救灾一线发生了一个又一个感动人心的故事。

西岭镇沙坪村11组组长、镇人大代表罗先伦，在强烈的地震瞬间发生时，他立刻意识到作为村社组长应该马上去查看灾情，组织居住在山坡上的全组17户人家紧急疏散转移到安全地带。

当他一路小跑到居住在半山上的任孝业家时，发现其屋基及周围已大面积出现纵横交错的裂缝，宽达20厘米，而任孝业及老伴和4岁、11岁的两个外孙女已被地震惊吓得不知所措。到了非常危急的时刻，罗先伦通知任家马上转移时，老少4人还不愿离开，偏执的任孝业还毫不在乎地大声说："我是80岁的老头儿了，死都要死在这老屋里。"人命关天，罗先伦那能听这一套，非常果敢地边劝说边背起小女孩、手牵大女孩，快速把这一家老少往外赶……

仅仅10来分钟，当罗先伦带着任家老少4人跑下山、过河到比较安全的公路上时，便听到对面"轰隆隆"的巨石滚动声传来，寻声看到对面山体开始大面积塌方，任家的房屋随着数以万方的泥石流，不断解体并涌下500多米的山脚河谷中……任家老少4人脱险了。

这时，浑身是汗水、累得直喘粗气的罗先伦，又急忙再过河上山去疏散、转移其他16户群众……罗先伦在地震危急关头冒着生命危险的自觉行动，换来了全组64人的安全。

"重灾村无人员伤亡，真是奇迹！"这是县委、县政府对西岭镇云华村抗震救灾工作的高度评价。

处于西岭雪山风景名胜区的云华村，四面高山环绕，上千群众全部散居在山坡或山脚河谷地带，这里历来就容易发生地质灾害。据史料记载：云华村处于南北走向的汶川地震带上。1970年2月3日，该村境内的长河坝曾发生过6·0级地震。因此，云华村在这次"5·12"汶川特大地震中损失惨重，成为全县200多个村、社区中的重灾村。

5月12日下午，正在村委会办公室整理全村林权制度改革材料的镇人大代表、党员、村委会主任黄孝良和村支部书记景志云，突然感到房屋在剧烈地摇晃，两人箭步跑出屋子便听到"轰隆隆"的巨大山崩声响，寻声望去，只见河对面高高的红岭山上巨大的石头和大面积的泥石流往山下袭来……

"地震！"两人意识到发生大地震了。

大地还在不断摇晃，震聋欲耳的山崩滑坡还在继续。军人出身的黄孝良和在农村从事十多年支部书记工作、对村情了如指掌的景志云，两人敏锐地意识到下一步应该怎么做，当即决定：紧急疏散、转移群众！

说是迟、那时快，两人立即骑上摩托车转山过河去疏散红岭山下大坪上居住的4社杨春云一家。不到10分钟赶到杨家，只见惊慌失措的杨春云夫妇顾财不顾命，还在家中收拾值钱的东西。

见此情形，黄孝良急促地大声喊到："危险！快走、赶快走!"及时将杨春云夫妇疏散出来。离开杨家不足半里地，景志云、黄孝良他们再次听到巨大的响动后回头一望，便见陡峭的红岭山山体已坍塌一大片、数十万方的巨大石头和泥石流，在腾起大片的烟尘中咆哮着一涌而下。瞬间，杨家的房屋就被泥石流吞没得无影无踪……

这时的杨春云夫妇，才回过神来感到问题的严重和可怕，才明白村书记、主任冒着生命危险跑来赶他们走是为了什么，连忙语无伦次地哭着说道："感谢书记、主任的救命之恩！"

地震造成通往西岭雪山的旅游公路和云华村道路、电力、通讯中断，1100多人口的云华村顿时成为一个与世隔绝的"孤岛"。

黄孝良与西岭镇政府联系不上，他和景志云就分头到各组了解灾情、疏散转移群众。沿途余震不断，飞石、塌方、泥石流众多，险象横生。脱下军装还是兵的黄孝良顾不了这一切，像战士面对战火纷飞、硝烟弥漫的战场那样，穿越泥石流、转山过河、爬破下坎急行军……直到晚上9时，迅速将崩山、泥石流非常严重的小河子8、9、10三个组的200多名群众疏散、转移到安全地带。

夜晚，断电后的云华村一片漆黑。加之余震不断，时不时还有山体垮塌和巨石滚落的声音传来，整个村子笼罩在一片前所未有的恐惧之中。天空又下起了大雨，在全村大多数房屋被震塌、损毁的情况下，黄孝良和景志云一道将10组闲置的菌种棚用来临时安置群众避雨，又组织群众把家中的油布拿来搭建帐篷。

随后，他和景志云又打着手电筒冒雨巡查、反复询问村民，最后确定全村14个组、332户、1113人，均无人伤亡并且全部脱险时，这才放下心来。

深夜1时多，被雨水浇透、满身稀泥的黄孝良和景志云两人，这才拖着极为疲惫的身子回到村委会的办公室，弄了一些干粮、各自泡了一袋方便面充饥后，马上又商量起下一步的救灾工作……第二天天刚亮，黄孝良、景志云又出现在群众中，进一步了解灾情、安慰群众，做好安置工作。直至下午2时多，通往西岭雪山的公路抢通，县、镇两级领导和救灾人员赶来，黄孝良和景志云已在抗震救灾第一线孤军奋战整整24小时。

哪里有灾情，哪里就有人大代表的身影。

强烈的地震发生后，青霞镇人大代表、分水社区主任邱厚强，不顾自己房屋已成危房，与村支书一道帮助群众搭建简易抗震棚；金星乡人大代表、事业服务中心主任、民政员山柴友，带伤查看全乡受灾情况，建立农户受灾档案；金星乡人大代表、黄坭村支书肖道康，组织疏散和安置受灾村民，自驾装载机为雁鹅村疏通道路；金星乡人大代表、小学校长牟罡，带领老师冒着教学楼随时坍塌的危险，组织学生转移；蔡场镇人大代表苏华，免费提供私家车用于抗震救灾巡逻，长达一个月。

还是那个重灾的云华村，位于小河子尽头两山夹一河的云华村8、9两个组的100多村民，因山体大面积垮塌造成出山的唯一一社道被数十万方的泥石流堵塞，受灾的村民既出不来、又进不去。在县、镇两级的大力支持下，调动两台装载机前往抢修道路。镇人大代表、村主任黄孝良坚守在现场七天七夜指挥施工作业，挖去土石五六万方，终于把那条生命通道抢通……

据县统计部门的权威数据：在此次前所未有的特大地震中，大邑全县20个乡镇受灾人员多达26.85万，占全县总人口的50%以上。死亡13人，轻重伤417人；房屋毁损严重，受损6.7万户29.67万间，倒塌8142户3.18万间，机关事业单位办公楼倒塌、受损23.52万平方米；电力、交通、通讯等基础设施损毁严重，工农业生产遭受不同程度破坏，全县直接经济损失69.97亿元。

特大地震灾害考验着中华民族的民族精神，更考验着代表人民履行权力的人大代表。全县的1000多名各级人大代表正与全县人民一道奋力抗灾自救，重建家园，恢复生产，努力把地震造成的损失降到最低限度。

一线抢险救灾

灾难体现真情，危机凝聚力量。

汶川特大地震波及大邑全县，全县各级人大代表家中的房屋财产或企业，都不同程度地遭受了损失，但代表们通过电视画面看到汶川、都江堰等地灾情更为严重，垮塌的房屋中有很多需要及时救援的群众……他们通过各种途径纷纷奔赴灾情更为严重的重灾区开展救援，共同谱写众志成城、同舟共济的英雄凯歌。

5月14日1时30分，晋原镇人大代表、武装部长卓正洪，突然接到县人民武装部组织民兵应急分队前往都江堰救援的紧急任务，他仅1个小时就将平时训练有素的32名队员集结起来，奔赴都江堰城区，接受了增援武警部队对都江堰荷花池水果市场垮塌房屋下被埋的群众施救任务。

到了现场，卓正洪看到眼前的灾情比想象的还严重，道路两旁垮塌的房屋和到处都是受灾的群众，犹如残酷的战争画面震撼着队员们的心。他们当即投入到紧张的搜救中，没有机械设备、没有手套，就用双手清理瓦砾寻找生命，磨破了手指也没有叫一声苦，一直干到夜里9时多才就地吃一点干粮、喝一口水，没顾得上休息一会儿又连夜投入到搜救中……

5月15日上午，武警部队发现一幢垮塌的居民楼废墟中有人活着并请求增援，协同作战的卓正洪马上将小分队调来参战。

这幢没有完全垮塌的建筑物还有部分预制板悬挂在空中，裂缝的墙壁摇摇欲坠，而且伴随着余震砖头不时往下掉落，使搜救条件异常危险。卓正洪二话没说，带着11名队员就冲进了危险重重的废墟中，销定了救人的方位后，大家用双手小心翼翼地清理残垣断壁和瓦砾……经过两个多小时的紧张求援，终于将深埋在废墟中的一名妇女和她那3个月大的婴儿双双成功救出。看着母女俩生还又被救护车接走，卓正洪和他的队员们感到如释重负……没顾得上休息的卓正洪马上又投入到下一轮救援中。

卓正洪和他的队员，就这样在都江堰冒着生命危险整整奋战了4天4夜，待第二批救援队伍赶到，他才奉命带队返回。

安仁镇人大代表、武装部长陈大松，获悉都江堰灾情严重心急如焚，想灾区人民之所想、急灾区人民之所急、解灾区群众之所难，倡议组织成立了退伍军人、民兵应急小分队，自发率领28人在震后第三天凌晨奔赴都江堰灾区，投入到支援灾区人民抗震救灾的第一线。在救灾中，陈大松坚持冲锋在前、吃苦在前，和应急小分队一起发扬不怕吃苦、不怕疲劳、连续作战的作风，奋战三天三夜，抢救出10多名伤员，受到当地救援指挥部和群众的好评。

在增援都江堰救灾抢险中，大邑的预备役部队更是冲锋在前，及时增援集结到数以万计的救援队伍中。县人大代表、成都宁良实业有限公司总经理、预备役团修理所副所长闵辉，在地震后仅10多小时就迅速投入到救灾抢险中。

5月13日凌晨1时许，闵辉突然接到预备役部队集结奔赴都江堰救灾抢险的紧急命令，他连夜迅速组织了企业的30名预备役人员，仅1个多小时便成建制驱车直奔都江堰灾区，马上投入到抢救受灾群众的战斗中。

"早一秒钟，也许就会多救出一个生命。"温家宝总理在都江堰抗震救灾指挥部发出的动员令在闵辉耳边响起，他和队员在与时间赛跑、与死神搏斗，马不停蹄地在废墟中搜寻抢救被困人员，一次又一次地搬运遇难者遗体。跨塌和半跨塌的房屋随着一次次的余震，预制件、瓦砾不断往下掉，救援非常危险，但哪里有危险闵辉就出现在哪里组织指挥队员施救，白天晚上连续作战，雨水、汗水湿透了每个人，他们全然不顾；手指磨出了鲜血，他们轻伤不下火线，就这样连续奋战了整整36个小时圆满完成了救援任务。

5月14日上午，接到部队命令安全撤回大邑后，闵辉又奉命组织第二批企业员工、修理所战士，再次奔赴都江堰灾区继续抗震救灾。

在支援极重灾区都江堰市的抗震救灾中，大邑的各级人大代表积极作为，点点滴滴汇成人间大爱。

董场镇的县人大代表、大邑县川王机械厂厂长张健康，在地震发生后当即组织工厂员工捐款捐物，捐款2.5万元、衣服50余件，并将赈灾物资亲自运送到都江堰。之后，他又自发组织10名工人成立救灾小分队到都江堰抗震救灾，转移灾民、救护受伤群众，配合当地救援部队奋战两天两夜。

韩场镇人大代表、五合村主任严水洪，在及时募集钢架棚到县城救灾后，亲自将7吨饮用水、30件方便面送到都江堰。

沙渠镇人大代表刘作波，在自发捐款8000元的同时，又组织汽车亲自将价值2万元的捐献物资及时送到都江堰。

县人大代表、蔡场镇新福村支部书记宋福全，发扬团结互助精神，把前来投亲靠友的都江堰市34名受灾群众安置到自己家里，解决吃住，尽最大努力提供帮助。

捐款捐物赈灾

地动天不塌，大灾有大爱。

"5·12"汶川特大地震，给人民群众的生命财产造成巨大损失。灾难面前，中华儿女纷纷发扬传统美德，"一方有难、八方支援"，以各种形式赈灾，积极投身到抗震救灾工作之中。大邑的各级人大代表也毫不例外地积极捐款捐物，以自觉的行动支援灾区抗震救灾，彰显了人大代表的风采。

省人大代表、县人大常委会委员、四川天邑集团公司董事长李耀亨，在企业受地震波及造成厂房设施、机器设备和产品、原材料损失上千万元的情况下，一边立即组织企业上千名员工抢救转移原材料和产品、抢修机器设备、厂房设施，全力进行生产自救，及时恢复生产，把地震造成的损失降到最低限度的同时，一边积极捐款捐物，同舟共济支援抗震救灾，为灾区人民奉献爱心。

5月15日，李耀亨代表天邑集团企业千名员工向灾区人民捐款50万元，同时提供30万元的药品援助。紧接着，李耀亨组织集团公司的下属制药厂员工迅速加班生产治疗脑震荡的特效药"氨基酸输液"，再次向灾区人民捐献50万元的特效药品。

面对捐资捐物，李耀亨坦诚地说："企业的发展壮大离不开党的富民政策，更离不开党和政府的扶持。国家有难、人民有难，企业就有责任、有义务为国家为人民作出贡献。特别是作为一名省人大代表，这是责无旁贷的事情。"

作为大邑本土知名企业家，李耀亨没有忘记地震受灾的父老

乡亲，更加关注家乡的灾情。

地震发生后，李耀亨及时组织企业员工搭建了部分防震棚，提供给县城受灾的数百名群众临时居住。从5月13日起，他安排员工在街道边支起大铁锅、每天坚持煮100多斤大米的稀饭，24小时为县城南延线两旁和体育场上千名在防震棚临时居住的群众食用。在灾难面前，人大代表与人民心连心，援助群众，共度难关，李耀亨深受人民群众的称赞。

市人大代表、成都蓉新实业股份有限公司董事长李云高，带领公司员工迅速恢复生产，努力为抗震救灾奉献力量。地震发生时，李云高是在30层楼的家里经历了大地震，自身脱险后迅速驾车奔赴工厂安慰员工，及时检查厂房、设备和产品受损情况。在确定厂房主体结构没有受损，员工没有受伤后，迅速组织恢复了正常生产。面对严重灾情、同胞受难、生命待救，李云高安排公司及时向灾区捐款50万元。随后，他号召企业员工为受灾群众献爱心，捐款1.5万元。

县人大代表、安仁宁良实业有限公司总经理闵辉，在组织预备役团修理所30人奔赴都江堰抗震救灾后，又以企业名义为灾区捐款20万元，组织企业上千名员工向灾区献爱心捐款4.76万元；市人大代表、安仁泽仁实业有限公司总经理张建红，动员组织企业上千名员工，积极为灾区群众捐款5万元；斜源镇人大代表、太阳煤矿业主栗兴华，在开展企业生产自救的同时，积极向灾区捐款5万元；韩场镇人大代表、五合村村主任严水洪在地震发生后立即投入到抗震救灾中，深入到农户家中了解灾情，将房屋损坏严重的农户转移安置到安全地点。上级通知需募集钢架棚，他连夜到群众家中征集钢架棚10套并找来车辆将钢架棚立刻送到县卫生局。5月14日，他动员群众捐出7吨饮用水、30件方便面等物资，亲自送往都江堰灾区。

各级人大代表在抗震救灾中踊跃捐款捐物，仅以个人名义你100、我200地为支援灾区捐款就达128万多元。

地震导致大邑佛教圣地高堂寺庙宇不同程度受损，县人大代表、县佛教协会会长、高堂寺主持释济重及时疏散居士，确保全寺僧人安全后，积极投入到抗震救灾中。

5月13日，释济重召集佛教界僧人捐善款1万余元，组成救灾队将购买的蔬菜、清油、矿泉水等生活物资，把4车救灾物资送往都江堰。

14日，寺内僧人再次捐款5000余元，将购得的蔬菜、食品送往都江堰二王庙。

15日，县佛教协会举行"大邑县抗震救灾募捐启动仪式"，收到捐款5万元，释济重个人捐款1200元，县佛教协会当日就把第三次捐得的食品、矿泉水送往都江堰。

16日，当得知团县委发起"大邑县抗震救灾志愿者活动"后，释济重、释济德、释济辉等僧人再次报名参加志愿者。从17日起，释济重组织车辆坚持每天2人参加志愿者行动，救灾车辆穿梭于全县各个重灾区接送人员，运送救灾物资。

交纳"特殊党费"

交纳"特殊党费"，是此次地震后各级党组织向广大党员发出的号召，大邑各级人大代表中的党员积极响应，纷纷在捐款捐物后又自觉缴纳"特殊党费"，以表明一名党员代表对党的忠诚和对人民的热爱。

地震发生后，县人大机关全体人员在坚守岗位、努力工作，服务抗震救灾大局，以实际行动支持和支援抗震救灾工作的同时，想灾区群众之所想、急灾区群众之所急、解灾区群众之所难，机关全体人员于5月15日为抗震救灾捐款5700元。5月26日，县人大机关积极响应省、市、县委号召，支持全县抗震救灾，自觉交纳"特殊党费"。县人大常委会主任陈殿豫带头交纳1000元，人大财经工委正局职干部陶寿乾缴纳1000元，非党人士、常委会副主任邹明燕主动缴纳200元。县人大机关支部43名党员共交纳4630元。

县人大代表、斜源镇江源村的老党员邱淑琼缴纳特殊党费1万元，充分体现了一名党员、代表对党忠诚、奉献人民的崇高精神境界。

"5·12"汶川地震发生后，邱淑琼每天在家中通过电视看到地震给人民群众的生命财产造成巨大损失，每看一次就痛心流泪一次，地震灾害时时牵动着她的心。就此食不甘味、夜不能寐，她在内心认真思考："作为人大代表、共产党员，在史无前例的重大灾难面前应该为党分忧、为国家解难，为人民群众做点实实在在的事情"。邱淑琼与家人商量，想组织一个救援队奔赴灾区去抢救那些被埋在废墟中等待救援的群众，但因自己年岁已高，力不随心，在众人劝说下未能成行，心里却一直在思索着要为灾区群众做点什么。5月27日，当得知党组织开展缴纳"特殊党费"的活动后，邱淑琼毫不犹豫地向组织缴纳了万元"特殊党费"，了结了自己10多天来要为灾区人民做点事情的心愿。

时年67岁的邱淑琼是入党48年的老党员，当了五届的县人大代表，曾任生产队长、妇女主任、党支部书记，是当地远近闻名的老党员、老代表。早些年，精干踏实的邱淑琼响应党的富民政策办起了煤矿，率先富裕起来，致富不忘乡亲。

"感谢党和政府使我先富了起来。我就要回报党和政府，回报人民。"这是邱淑琼经常挂在嘴边的一句话。邱淑琼所在的江源村地处崇山峻岭中，方圆十里的群众外出只能爬坡上坎、吃尽了公路不通的苦头，而且守着当地丰富的林药材资源变不成钱……看在眼里、想在心头的邱淑琼油然而生"要想富、修公路"的想法，并且要把这个萦绕在她心中多年的愿望变成现实。2006年，她毅然自费投资200多万元，为家乡人民修起了一条10余公里的社道公路……

针对缴纳巨额党费这件事情，邱淑琼非常平静地说："这是一名党员、代表应该做的。"

2008年5月于四川大邑

重建美好家园

2008年，那场"5·12"汶川特大地震的巨大能量，造成山河破碎、家园毁坏、人员伤亡……

这是新中国成立以来，继唐山大地震后破坏性最强、波及范围最广、救灾难度最大的自然灾害，人民生命财产遭受重大损失。特大地震造成近10万同胞罹难或失踪，至今仍是全体国人难以磨灭的沉痛纪念。

"三年灾后重建！"以人民为中心为执政理念的党中央一声令下，灾区人民投入到紧张繁忙、艰苦卓绝的重建美好家园之中；对口支援的人力、物力从全国各地汇聚到灾区现场；社会各界的爱心资助，犹如滚滚暖流注入灾区……

弹指挥间的上千个日日夜夜过去，川西大邑曾经到处是一派塔吊林立、热火朝天的施工场面，渐渐平息了下来。废墟里崛起的公路、桥梁、学校、医院等公共设施，一座座拔地而起的农民新村新气象展现在人们面前……勤劳勇敢的灾区人民奋力抗震救灾和重建家园，凝聚成了巨大生产力所带来的巨大变化，灾后大邑依然美丽，让人备感欣慰。

3年的攻艰克难、全力奋战，灾后重建取得决定性胜利。大邑全县灾后重建项目累计开工498个、完工476个，完成投资

79.12亿元，完工率和完成投资率均高于全省总体水平，在全市4个重灾（市）县中位居前列。

3年来，大邑县人大常委会与全县人民一道齐心协力、奋力拼搏，全力推进建设灾后美好新家园，从悲壮走向辉煌，书写了新时期人大工作的新篇章。

全力灾后重建

2008年那场史无前例的特大地震，给地处龙门山脉断裂带的大邑带来重创，人员伤亡，城乡基础设施、公共服务设施、城乡住房等均遭受不同程度的损失，三次产业损失严重，造成的直接经济损失近70亿元，成为全国51个重灾县之一。

地震灾害发生时，大邑县人大常委会在岗领导迅速组织人员撤离，将办公楼内所有人员及时疏散到安全地带，及时了解机关全体人员及支部78名党员家庭灾情、人员安全情况。

地震造成县人大机关办公大楼毁损严重。大楼墙面、楼板多处撕裂，主楼与楼梯裂距最长达1尺多，毁损建设面积1000多平方米，大楼成为危房。这时，大楼前的操场上临时搭建起的两顶帐篷，成为人大机关办公、开会、值班的场所，数十人拥挤在这狭小的空间，日夜坚守工作岗位。

在抢险救灾最为紧张艰难的关键时刻，县人大常委会与县委、县政府保持高度一致，迅速组织人大机关工作人员深入灾区一线全力开展抗震救灾抢险工作，充分体现了"人民群众的安危高于一切"的自觉行动，与全县人民一道顺利完成了抗震救灾的阶段性工作。

大邑全县的工作重心及时转移到了全力恢复生产和重建家园

的繁重任务上来，人大工作如何围绕抗震救灾和重建家园的大局来开展？这是地方人大及其常委会面对的一项新课题。

对此，县人大常委会围绕抗震救灾和灾后重建工作充分发挥职能作用，把依法监督融入到服务和支持灾后重建工作中，多方面做好抗震救灾和灾后重建监督，确保各项工作顺利推进。

大自然无情地破坏了我们的家园。勤劳智慧的大邑人民经历了自然灾害的严峻考验后，更加凝聚人心，团结奋进，爆发出巨大的力量，勇于、敢于在废墟上建设美好的家园。

大邑结合国家、省、市灾后重建政策和产业发展与结构调整的现实需要，及时编制和修编了灾后重建一系列重大规划。

这批重点重建项目涉及灾后基础设施、住房重建规划、修编县城总体规划、编制大邑县桃园新城概念规划、机关事业单位受损办公楼规划选址，以及新城建设中的行政办公中心、金融中心、文化体育中心等的初步选址，一个个宏伟蓝图相继亮相。

就此，县人大在安排一名副主任全程参与县城乡规划建设委员会工作的同时，常委会领导及有关工委一方面积极参与县委、县政府的规划编制工作，及时提交人大的建议意见，供决策参考；另一方面，从法律监督工作的角度，着力对灾后重建规划和项目建设中涉及规划法、国土法、环保法等法律法规和国家现行政策的落实情况进行严格监督，确保灾后重建工作依法有序顺利实施。

地震紧紧一个月后的6月18日，县人大常委会召开第十四次会议，专题听取和审议了县人民政府关于抗震救灾工作情况的报告。审议时，既充分肯定了县人民政府抗震救灾迅速反应、科学组织，把握关键、突出重点，全力推进全县救灾工作，妥善安置受灾群众，确保社会安定稳定取得了抗震救灾阶段性胜利，同时针对千头万绪的当前工作，结合实际对县人民政府提出具体要求：

抓紧开展全县受损建筑物安全鉴定、修缮加固和损毁房屋拆除重建工作；

认真落实国家各项救助政策，对救灾物资、资金发放全程监督、实施到位，确保社会稳定；

抓住机遇，积极争取上级和社会各方面的大力支持；

调整布局，整合资源，推进学校、医疗卫生等公共设施的规范化建设。

在抗震救灾和灾后重建的关键时期，县人大及时通过专题审议政府工作报告，提出建议和意见，督促政府抓好落实，有力地推动了全县抗震救灾和灾后重建工作。

汇聚各方力量注入灾后重建，凝聚大邑发展的巨大能量。

3年来，县人大常委会多次邀请省市人大代表组成代表小组，对大邑抗震救灾和灾后重建各项工作进行专题视察调研，向代表小组反映全县存在的困难和问题以及寻求帮助解决的难题，以利重建工作。

代表小组实地察看了灾情和灾后重建工作，在肯定大邑抗震救灾和灾后重建工作的同时，认为大邑县地处成都"三圈层"，区位无优势且灾情严重，财政收入低，各项发展指标靠后，是个典型的"吃饭财政"县；在遭受重大灾害、损失重大的情况下，单靠自身的力量搞好灾后重建，困难多、压力大……就此，对大邑灾后重建提出了很多很好的建议和意见，并在省市着力为大邑灾后重建鼓与呼。

省市人大代表要求大邑在立足自力更生、艰苦奋斗，重建美好家园，发展特色产业，提升经济发展速度，以经济实力支撑灾后重建的同时，应积极争取上级的政策资金和社会各方面的支持，解决建设资金难题，加快灾后重建工作，确保实现"三年全面恢复"、"五年全面提升"的奋斗目标。人大代表的鼓与呼，有力推进了大邑的灾后重建工作。

针对地方财力不足的实际，县人大建议成都市委、市政府应根据大邑实际情况，尽量减少县级灾后重建的配套资金，以促进灾后重建取得实效。省市人大代表表示，积极反映大邑的灾情和灾后重建工作，为大邑的灾后重建作出贡献。

代表小组通过深入的调查研究，所形成的《对大邑县灾后重建项目建设的建议意见》《关于大邑县交通灾后重建调研报告》等，对争取国家、省市灾后重建政策扶持、推动大邑灾后重建工作，起到了极大的促进作用。

建设美好家园

历史进入到2009年，灾后重建到了攻坚克难的重要阶段。从上到下、全国一盘棋重视灾后重建工作。

地震是大自然无情的天灾，也是对执政能力的一场特殊的大考。阳春三月，在十一届全国人大第二次会议上，温家宝总理在所作的政府工作报告中明确要求：灾后重建的"三年重建任务、两年基本完成"。灾区灾后重建上升到国家意志，更加激励着灾区人民的建设热情和干劲。但是，"三年重建任务、两年基本完成"的目标，更加增添了大邑灾后重建的难度与压力。

灾难就是考验，机遇就是挑战，压力就是动力。县人大常委会深感建设美好家园的责任重大，及时将工作的重点转移到市委灾后重建"三年全面恢复"、"五年全面提升"的总体目标上来，转移到县委灾后恢复重建"四个优先"、"五个结合"要求上来。及时调整工作思路、明确工作目标,全力投入到灾后重建中来。

县级人大是地方国家权力机关,依法行使重大事项决定权是自身的职责。县人大把紧紧围绕灾后重建议大事、决大事,依法履职,支持和服务灾后重建,作为人大工作的出发点和落脚点。

2009年1月16日,县人民政府根据县城公用设施被地震毁损严重及县城发展的现实需要,提出建设桃源新城的宏伟规划。就此,县人大常委会第二十五次会议进行了认真审议,一致认为新城规划既符合中央、省、市灾后重建政策,又符合大邑经济社会发展的实际,表决通过了这一规划。

3年来,县人大为加快灾后重建步伐、建设美好家园,对县人民政府提交审议的10多个议案,及时召开常委会议进行审议并作出相关决定,有力地保证和促进了全县灾后重建的顺利进行。

大邑灾后重建项目多、任务重,时间紧、压力大。对此,县人大不断加大灾后重建的监督力度。在人大常委会确定并经县委批转的2009年度的9项专项监督和视察调研中,就有5项涉及灾后重建工作,这些监督工作全部按计划实施,并适时听取政府灾后重建专项工作情况报告。为把灾后重建监督工作进一步落到实处,常委会制定了灾后重建监督检查制度,要求每位副主任和各委办将所联系指导乡镇、部门灾后重建监督检查情况,必须每月底向常委会主任会议报告,便于及时掌握和了解全县灾后重建工作进展情况,对发现的问题及时形成书面材料向县委报告,为县委正确决策提供科学参考。结合大邑实际,县人大常委会从四个重点环节、重点加强灾后重建的监督:

重点监督重建项目的施工进度和工程质量;

重点监督灾后重建项目资金的使用和监管情况;

重点监督涉及民生工程中灾后重建学校、卫生院等公共设施建设情况；

重点监督农村灾毁重建中统规统建的农民集中安置点建设情况。

抓住灾后重建的关键点和涉及民生工程的重点，人大通过对这些针对性和实效性强的监督，有力地促进了全县灾后重建工作。

特别是2010年上半年，县人大突出重点，坚持每月一项灾后重建工作视察，先后对交通、旅游、文化、农村住房灾后重建和城市棚户区改造等重点进行视察调研，全力促进全县灾后重建"三年重建任务、两年基本完成"目标的实现，富有成效的监督工作得到了县委的充分肯定。

地震带来灾难，同时带来发展机遇。

县人大把加快发展作为灾后重建的第一要务，将"三年重建任务、两年基本完成"作为目标，积极参与到灾后重建的决策、规划、调研、建设、监督、维稳工作的全过程，并且坚持把民生问题摆在首位，支持和督促政府按照"四个优先"和"五个结合"要求做好灾后重建工作，用足用活用好国家、省、市灾后重建政策，把灾后重建与统筹城乡、三个集中、拆院并院、土地整理、产业发展和农村产权制度改革等有机结合起来，督促政府及有关部门及时编制、完善灾后重建规划，着力抓好"六大工程"建设，在解决受灾群众安居的同时，突出群众安置就业工作，使其既安居又乐业。

常委会号召全县各级人大代表发扬抗震救灾精神，立足灾后重建争当"优秀代表"活动，一批在抗震救灾和灾后重建工作中涌现出来的先进典型代表，在2009年初召开的县十六届人大四次会议上受到表彰奖励。

2009年3月，常委会再次向全县各级人大代表发出号召，希望和要求全体代表在面对国际金融危机的蔓延加剧、经济增长放缓的严峻形势和成都试验区建设、灾后重建艰巨任务的情况下，一方面立足灾后重建作贡献、履职为民，另一方面希望人大代表围绕灾后重建工作开展"我为大邑发展献一策"活动，共提出建议92条，相当一部分建议被县委、县政府及时采纳实施。

与此同时，县人大常委会紧密结合开展深入学习实践科学发展观活动，号召人大机关全体党员干部积极开展"灾后重建献一策"活动取得成效。人大机关46名党员干部提出了62条建设性建议意见，得到县委的肯定，为全县灾后重建提供了智力支持。

汇聚重建力量

地震发生后，面对灾情严重、损失惨重的县情，县人大常委会先后多次向市人大常委会、省人大常委会，以及对口支援抢险救灾的内蒙古自治区人大常委会，专题汇报大邑灾情和抗震救灾、灾后重建工作情况，其目的就是积极争取多方扶持，支援大邑灾后重建。

市人大、省人大及内蒙古自治区人大，十分关注大邑的灾情和抗震救灾、灾后重建工作，各级人大领导及人大机关多次亲临大邑视察灾情、慰问群众。县人大常委会积极反映具体情况，争取更多的政策资金扶持大邑抗震救灾和灾后重建工作，并与县委、县政府一道为争取到内蒙古自治区向大邑援建的6个项目、近3亿元资金作出了不懈的努力。

大邑虽然是成都市4个重灾县（市）之一，却是灾后重建没

有省、市对口重点支援的灾区县。在此情况下，市人大情系灾区人民，在大邑的灾后重建中多方关心支持，多次视察指导，促进灾后重建。

2008年8月2日一大早，市人大常委会领导率人大机关工作人员一行数十人，利用休息日专程到灾区大邑参加灾后重建义务劳动。在县城子龙街小学重建的火热工地上，市人大领导及机关工作人员冒着烈日、踏着泥泞，争先恐后地搬送建筑材料，不顾浑身汗水、泥水，不辞辛苦一干就是大半天，那感人的劳动场面极大地鼓舞了灾区人民建设美好家园的信心和决心。

3年来，市人大王东洲主任，叶学东、敖锡贵、孙传敏等副主任，多次率人大机关及市有关部门，深入到大邑城乡视察灾后重建、科学重建、科学发展工作。

2008年10月22日，王东洲主任率市人大有关委办来到大邑山区的花水湾镇、雾山乡视察灾后重建工作。

在雾山乡灾后安置小区施工现场，王东洲主任关切地了解灾后农村住房的规划建设情况，要求大邑要结合当地资源和旅游产业发展搞好灾后重建，建设山清水秀的美好家园，让百姓安居乐业……在听取全县灾后重建工作情况汇报后，他要求大邑要搞好规划，利用灾后重建的有利契机，扎实做好城乡统筹规划，谋篇布局立足点要高、着眼点要远，切实体现科学发展、可持续发展、又好又快发展。

西岭雪山下山环水绕的云华村，距离县城50公里、成都上百公里，是全县最为偏远的一个自然村落，也是此次灾情最为严重的地方。云华村成为市人大副主任孙传敏联系的成都市22个灾后重建示范点之一。

云华村在市人大的关怀帮助下，成为西岭镇旅游小区灾后重建、统规统建示范点。3年来，孙传敏先后10多次深入云华村视察了解农民集中居住区的建设情况，指导重建工作。

2009年8月7日，孙传敏带领市人大城环委、市保密局、市林业园林局、市民宗局相关领导，一行数十人再次赴西岭镇，来到云华村旅游小区察看灾后住房重建进展情况。当他看到一栋栋即将完工、错落有致的灾后重建永久性住房，在青山绿水间俨然绘就了一幅现代乡村旅游的山水风光画卷时，对灾区一年来的巨大变化感到欣慰。

"群众满意吗、就业怎样解决、生活污水怎样处理？"走进已具雏形的小区和主体完工的房屋，孙传敏副主任边看边问，详细了解工程质量、进度、监督以及基础设施配套、产业发展等方面情况。

已认识、熟悉了孙传敏的当地干部群众，你一言我一语地向他介绍情况、汇报工作。云华小区将结合西岭雪山欣欣向荣的冰雪旅游和自身资源发展特色旅游业，组建云华乡村生态旅游有限公司，以技能培训促进就业、以创业带动就业，积极解决安置点群众就业工作，做到户户有创业，人人有就业。

"想法很好！"孙传敏肯定了群众对未来的美好向往。随即，他要求当地要坚持把灾后重建与城乡环境综合整治、社会主义新农村建设结合起来，实施公共服务设施、基础设施建设。希望大邑要宣传利用好灾后重建各项政策、引导组织群众广泛参与和监督，进一步发挥群众主体作用，按时保质保量完成灾后住房重建任务，让受灾群众早日迁入新居。

如今，已欢天喜地住进云华小区的114户、400多名群众，时时铭记着市人大的关心与支持。在小区高大的仿古牌坊大门口附近，雕刻着一座不大的"博爱纪念牌"，碑文详尽地记叙着地震经过、党和国家及社会各界支持、支援建设农民小区的过程。经受过灾难的人民更懂得感恩，他们感恩党和政府，感恩社会主义制度的优越性，感恩关怀、帮助过他们的每一名热心人士。

在紧张的抗震救灾和繁重的三年灾后重建中，大邑的1358名各级人大代表和乡镇人大干部经受住了严峻的考验，用自身的行动向党和人民书写了一份满意的答卷。

地震后不久，县人大常委会充分发挥各级人大代表作用，及时向全县各级人大代表发出《致人大代表的一封信》，号召各级人大代表积极投入全县抗震救灾工作，并积极发挥自身优势和利用各种社会关系，为支援和帮助大邑抗震救灾作出贡献。

同时，县人大组织代表监督抗震救灾和灾后重建工作，先后20多次组织200多人次人大代表进行抗震救灾和灾后重建工作视察、调研。特别是乡镇人大干部、人大代表，他们既是抗震救灾和灾后重建的组织实施者、建设者，又是监督者，充分发挥了基层人大的职能作用和基层人大代表的表率作用。大邑的抗震救灾和灾后重建工作，他们功不可没。

抗震救灾和灾后重建3年来，大邑涌现出一批抗震救灾抢险、积极捐款捐物、慷慨缴纳"特殊党费"和灾后重建工作中事迹突出的优秀代表典型，他们用自觉的行动和先进典型事迹，兑现了"人民选我当代表、我当代表为人民"的诺言。

人大代表的事迹，永远载入大邑抗震救灾和灾后重建的光辉史册。

2011年5月于四川大邑

挺起工业脊梁

迎来新世纪的2002年初，时值隆冬季节，雪花飘飞，寒气逼人，但在冰雪中怒放的寒梅，却透露出浓浓春天的气息。

新年伊始的1月7日，县委五号楼大会议室，200余人聚集一堂，气氛热烈，县委十届十一次全委会暨经济工作会在这里隆重召开。会上，县委书记宋朝华精辟地指出：大邑要建成全省经济强县，必须实施工业强县战略，大力发展工业，让工业挑起全县经济大梁！

语气铿锵有力，掷地有声。一石激起千层浪。

实施"工业强县"战略，说出了与会人员的心声，说出了全县50万人民的愿望，引起共鸣，报以阵阵掌声。

"工业强县"发展战略，犹如滚滚春雷响起，阵阵春风吹来。千百年来农耕文化厚重的这块土地，要从农业大县向工业强县发展，既是思维观念的转变，也是经济社会建设的现实需要……

大邑工业扬帆正举，百舸竞发——

高举工业强县大旗

新世纪、新气象、新征程。

西部大开发是中国政府面向21世纪作出的一项战略决策，涉及11个省市区三四亿人口，西部人热血沸腾。四川大跨越。面对千载难逢的历史机遇，四川人谋求发展的渴望从未如此强烈。

川西平原，望县大邑，应该有自己的现实选择和历史重任……

迈入新世界，全国上下抓工业的发展态势席卷大江南北、长城内外。党中央提出，全党抓工业。省委、省政府提出，要用抓农业的精神抓工业。市委、市政府提出，要用改造府南河的精神抓工业。县委全委会、人代会、政府工作会、政协会，一个主旋律格外激昂，一个愿景格外迫切，那就是——工业强县。

工业强县，已成为全县上下的关注点和时代强音！

谋略有方，议定而动。经济部门、基层乡镇，随之行动起来。一时间，全县上下会议不断，着力研究工业发展大计；伏案工作，认真制定工业发展措施、扶持政策……

春回大地，欣欣向荣。3月8日，县对外开放暨工业经济现场办公会召开……马不停蹄，3月19日，全县对外开放暨工业强县动员大会在艺术宫隆重召开，规模空前。这不是一次普普通通的工作会，而是四大家领导全数出席、600人参加的高规格的思想发动会。县委、县政府正式向全县人民发出了实施工业强县战略的总动员令。

狂飙为我从天落。一场轰轰烈烈的振兴大邑工业经济的攻坚战拉开帷幕……

"世异则事变，随时而举时"。

从传统农业向现代农业的发展，从旅游大县兴起到城市亮点凸现——大邑一次次聚焦历史风云，慎思明辩而后笃行。而今，强烈的危机感、极大的紧迫感、高度的责任感和使命感，已在思想的碰撞中产生火花、形成共识：

实现全省经济强县，实现现代化，必须靠工业支撑；要培植财源，增加税源，必须靠工业发展；要实现追赶跨越发展，必须靠工业作动力。我们同别的区（市）县的差距，主要在工业。我们之所以落后，就在于工业底子弱，明星企业少，拳头产品小。工业既是大邑的差距所在，也是大邑的希望所在、潜力所在、后劲所在。

改变我县经济格局、增强竞争实力，关键就在工业要有突破性发展。正如市委书记王荣轩所说：成都构建西部战略高地的关键是构建工业经济战略高地，基本实现现代化的前提和基础是工业现代化。

县域经济的"脊梁产业"是工业，工业是地方经济发展的"发动机"。发展工业是富民强县的必由之路，势在必行！因而，实施工业强县是我们当前和今后一定时期经济发展的主题。

从我县的条件看，我们的城建、交通及配套设施等硬件，已具备工业快速发展的基础条件。

从国家的大环境看，国家实施西部大开发战略，一系列优惠政策扶持西部发展，又为我们发展工业提供了大好机遇。

再从世界经济发展史看，欧洲英、法、德诸强，以及美国、日本等发达国家，还有闻名世界的亚洲"四小龙"，无一不是通过工业化获得发展的。英国的强大走的是工业化路子，美国经济起飞花了43年时间靠工业发展追上英国，日本经济起飞花了40年时间靠工业发展追上美国，亚洲"四小龙"花了30年时间也主要是靠工业发展追赶上西欧国家……只要我们利用好现有条件，完全有理由、有信心实现"工业强县"。

新经济时代惊涛拍岸，发展速度咄咄逼人。我们就要用开放

的心态、跨越的思维浓，浓墨重彩、华章圈点新世纪。

实施工业强县战略，这是在各级各部门、特别是各级领导干部面前，迫切需要思考和解决的现实问题。切入点要从思想认识上，触动每一个人的神经和灵魂。

思想是行动的先导。直面四川与全国尤其是东部发达地区的差距，省委主要领导一语中的：思想观念的落后，是最大的落后。沧海桑田、悠悠岁月，"农耕文化"、"盆地意识"一直束缚着我们，总有一种外面的世界很精彩，却是"春风不度玉门关"。

破与立的辩证，思与行的统一，关键在于思想解放。只有思想解放，才能拓展新的思维空间和实践天地；正视现实，小农经济的羊肠道，开不动信息时代的快车；"四方城"和酒桌上，容不下市场经济的竞争风云。

"路漫漫其修远兮，吾将上下而求索"——

我们要从讲政治、顾大局的高度，来看待工业发展的重要性、必要性和紧迫性，深刻认识工业是大邑跨越发展的希望所在！

要让西部大开发强劲的春风，吹走我们的盆地意识、小富即安、因循守旧、墨守成规、四平八稳、畏难情绪；要让大跨越的态势，逼着我们树立敢为天下先的思变观、进取观、竞争观、开放观；要让工业强县的号角，唤醒我们的"春眠不觉晓"；要让富民强县的战鼓，激励我们创业发展，成就伟业，造福一方。

实施工业强县战略，既是县委、县政府的大事，是经济部门、经济主战场的大事，更是全县50万人民的大事。绝不能只写在文件上，绝不能只贯彻在会议上，绝不能只停留在口号上。一百个良好的愿望、一千个宏伟的规划，若不扑下身子去抓落实，也只是"水中月、镜中花"。

"工业大跨越,我们怎么办?"当前工作的首要着力点,就是要打通影响工业发展的"精神屏障"和"思想障碍"。要开动宣传机器,大造舆论声势,像当年开展"农耕文化大讨论"、"西部开发大讨论"那样,在全县范围内展开轰轰烈烈的大宣传、大讨论,使工业发展战略家喻户晓、深入人心。从而,形成人人关心大邑工业、人人支持大邑工业、人人参与大邑工业建设的良好氛围。让工业建设的口号响彻望县大地,让工业强县的旗帜高高树起。

谋事在人,成事也在人。我们需要的是一种锲而不舍抓工业、只争朝夕求发展的精神状态,一种脚踏实地的工作作风。"干一件、成一件,件件落实",绝不能"干的干、看的看,看的给干的提意见"。

广东10年建设一个深圳,上海10年建设一个浦东,建设速度,世界称奇。"不发展是落后,发展慢了也是落后。"我们要追赶岁月,要与速度赛跑,用更短的时间建设一个经济强县,跨入现代化行列。

"环境政府"服务大局

"要当好'环境政府'、'服务政府',加快工业发展。"这是县委书记宋朝华在县委全委会上提出的要求。当好"环境政府"和"服务政府",既是我们实施工业强县战略的必然要求,又是我们加入世贸组织的现实需要。

我国加入了世贸组织,终于圆了10多年的梦想,国人无不欢欣鼓舞,踌躇满志。

但是，"狼来了——"

世贸组织对政府管理经济方式提出新的要求。与其说是新的要求，倒不如说是新的挑战，而且是严峻的挑战。

政府和企业是加入世贸组织的两大主体，履行承诺的主体是政府而非企业。在世贸组织的23个协议492页文件中，只有两项条款涉及企业，其余均与政府有关，尤其是政府的经济法规与决策。

政府适应加入世贸组织的新形势，关键就是转变职能，这不啻于政府的一场自我改革、革新。可以这样说，企业面对的是市场竞争，而政府面对的是迫切需要转变职能。这样看来，政府肩上的担子不是轻了，而是重了。政府虽然不直接管理企业，但对企业的服务要求更加细化、实在、到位。

适应加入世贸组织的新环境，与国际接轨；适应大邑工业的大发展、大跨越，我们必须加快政府职能转变，建设"廉洁、勤政、务实、高效"政府。

改革，依然任重道远！

改革，依然势在必行！

改革，正在难点上攻坚！

因此，我们要致力于理顺政府、企业、市场三者的关系，重点是加大行政审批制度的改革力度。

改革行政审批制度，是当前转变政府职能的关键和核心内容。正如市委书记王荣轩在此次全国人大会议讨论时举的一个例子：按过去的体制，开展彩色复印业务除工商部门审批外，还须公安部门审批，可层层审批下来，动辄几个月，甚至要跨年度。中国已加入世贸组织，再这样做肯定是不行的……王荣轩认为：在市场经济条件下，大量的行政审批只会制约经济的发展，必须对其进行大刀阔斧的、革命式的变革。

据了解，现行的2000多项中央审批项目，将有1000余项被取消；成都市今年的行政审批事项，将在已减少55.2%的基础上，再减少40%；我县继去年取消（调整）182项行政审批事项后，最近又砍掉50项行政审批事项。我们不难看出，影响市场经济发展的坚冰正在融化……

政府及其职能部门要尽快适应新的角色，探索出一种既适合县情又符合市场经济规律的政府管理经济的新模式。

针对政府职能部门的服务问题，县委书记宋朝华一针见血地指出：大邑工业发展存在4个"瓶颈"。其中一个主要的"瓶颈"就是服务问题。服务问题，成为横亘在我们工业发展道路上的一只"拦路虎"。

权力是党和人民给予的，我们的领导干部就要"走到位"、"不越位"：一是要转变工作作风，搞好部门协调，提高办事效率。树立一种"时间就是生命"和"时间就是发展"的效率观念，养成雷厉风行，说办就办、马上就办、办就办好的良好作风，创造"大邑速度"；二是要彻底转变"部门利益至上"的观念，摒去条条块块的局部利益，跳出自我"小圈子"。凡事从全县大局出发，多服务，少收费；多帮忙、不添乱，坚决制止"服务就是收费，收费就是勾兑，勾兑就是喝醉"的恶习；三是要主动服务、热情服务、全程服务，为工业发展尽职尽责。

市场经济就是"法制经济"，世贸组织的规则是一部"行政法典"。加入世贸组织而引发的中国法律变革，是中国步入法治时代的最重要标志。

我国正加快与世贸组织接轨的步伐，制定完善保护和促进产业发展的法规和政策措施。同时，花大气力完善执法监督机制，

解决有法不依、执法不严、违法不纠的问题，逐步使政府行政行为都在公开、透明和强有力的法制监督及社会监督下进行。

"法眼看天下"。我们要适应发展的需要，优化经济法律环境，坚决制止经济秩序中的一切违法行为。那些深恶痛绝的乱摊派、乱收费、乱罚款、乱检查现象，还有没有？我县废除（调整）的232个行政审批事项还在"死灰复燃"没有？针对这些不利于发展的事情，就要有禁即止。当政府部门与企业发生纠纷时，就要用法律、法规公正公平处理。同时，要善于用法律武器来保护企业的合法权益，为企业发展营造良好的法制环境。

阳光、雨露滋润着万物生长。我们要把"环境政府"的优质服务，化着阳光、雨露，让更多的企业在这片美丽的土地上生根、发芽、开花、结果。

立足自我做大做强

纵观大邑工业发展的历史，经历了由无到有、由弱到强、由小到大的艰苦创业历程。50年峥嵘岁月，终于迎来了今天的跨越发展阶段！

站在历史的高起点，朝前看——

启动工业强县"一号工程"，我们不是白手起家，要看到自己已具备的基础条件和实力。我们的食品工业、能源工业、机械工业、电子通讯制造业和建材工业五大工业支柱，已支撑起了我县工业经济的"半壁河山"。至目前，我县有工业企业2500多家，其中重点企业49家，工业增加值已占全社会国内生产总值的35.63%。这是我们的底气、也是我们的"底牌"，是工业跨越的坚实基础。

用与时俱进的观点看，工业强县是一项系统工程，需要有耐心、信心和决心，希望与挑战共存、压力与动力共生。大邑的决策层已高屋建瓴，谋篇布局，擂响了"打好工业现代化攻坚战"的总动员令。这是历史赋予我们这一代人的神圣职责，我们就要有横刀立马、气吞山河的凌云壮志，更要有善打硬仗、敢打恶仗的决心，把工业经济搞上去，把"工业蛋糕"做大做强。

我们要大显身手，扑下身子抓落实，在现有工业布局基础上，"三管齐下"抓好扶优扶强工作。

一方面，要扶优扶强优势产业，发挥"聚合力"。我县食品、能源、机械、建材、电子等五大支柱产业已形成。我们要着力把这些支柱产业做大做强，把优势变成经济实力，这是我县工业大跨越的重点所在。对以通信光缆、热熔胶、电子元器件为主的电子通信业，以汽油机缸体、汽车配件为主的机械铸造业，以酿酒业为重点的食品工业，以轻型铝型材为主的建材工业等四大优势产业，要抓住机遇，加快发展，逐步做大做强。让支柱产业真正撑起大邑工业的"半边天"。

对潜在优势的新兴产业，如以"三木"药材为依托的医药工业和以天晶高纯硅、天科科瑞为主的化学工业，要创造条件变为现实优势，成为支柱产业。如天晶高纯硅公司，第一期工程投资达1000多万元，建成后年产值可达3000多万元，3年后可望突破亿元大关，潜力巨大。

另一方面，要壮大优秀企业，发挥"张力"。一个优秀的企业，它可以象"滚雪球"一样通过扩张，不断发展壮大，最终形成集团化发展。职能部门要深入重点优势企业，因企施策，一企一策，帮助企业解决难题，加快发展。企业自身要牢固树立市场意识、开放意识、竞争意识和创新意识，抓投入壮规模，抓技改

添后劲，抓营销占市场。并且，要着力帮助企业盘活存量、减轻包袱、优化增量、建好品牌，持速发展、速效同步，在激烈的竞争中求生存、求发展，合力打造大邑"工业航母"。

一个好的企业家，就能创出一个好企业。希望集团、蓝剑集团等企业的成功，就因为有刘永好、曾清荣等优秀企业家。就我县来说，不少企业经营状况不佳，市场开拓不强，以及只有三五年存活期，其中一个重要的原因就是没有好的企业老板、没有好的决策者。不少人还停留在"家庭式管理"、"作坊式生产"阶段。因此，我县培养一支高素质的企业家队伍，势在必行。只有这样，企业老板才能以一种"经营天下"的胆量和魄力，把企业作为事业来追求，敢于把企业做大、做强，敢于问鼎优秀企业家。

再一方面，要培育优质品牌，发挥"魅力"。品牌的价值是无形资产，品牌就是市场，品牌就是效益，品牌就是竞争力。我们没有一个国内外叫得响的品牌，更没有一个高价值的品牌。对此就要奋发图强，精心打造品牌，培育出大邑"工业单打冠军"。

就拿酿酒业来说，去年，全县销售收入500万元以上的企业就有21家，2001年这21家企业实现销售收入2.23亿元，占全县重点企业的21.63%，况且"川西王"、"成都王"、"野人狼"、"满江红"、"西岭雪潭"等品牌，已具有一定市场优势。我们要结合著名白酒基地及OEM基地"双基地"建设，下大力气提高产品质量和知名度，着重培育一、两个品牌打入国家级名酒行列。

关于酒业品牌，让我们想起茅台酒、五粮液，一个品牌就能够支撑起一个地方的经济，足能说明品牌对地方的重要性。八十年代，我县几乎与绵竹"剑南春"齐名的"蔡山老窖"白酒品牌，广告一度占领了成都火车站前人民北路的黄金地段，产品一度进入北京市场，在故宫、在人民大会堂的专柜里都有展销……审视一下我们所走过的路，从中能总结一些经验、汲取一些教训。面对年产10万吨的中国白酒原酒基地，我们是有条件、有能力创出一两个白酒品牌的。

21世纪是知识经济世纪，科学技术日新月异，就拿我们生活中的手机来说，一月半月就冒出一个新产品，让消费者更换新机都来不及。试想想，你现在生产的手机还像当年砖块一样的"大哥大"，谁买你的，你的企业不垮掉才怪。托普企业之所以如此风光，就因为他们拥有雄厚的企业核心技术。我们要集中优势兵力，实施科技兴业、科技兴企战略，高薪聘请科技英才，开发企业的核心技术、专利技术，促进产品更新换代，努力形成一批有知识产权和核心技术的科技型企业，让科技型企业成为大邑工业经济的"领头羊"。

天邑公司研制开发ADSL宽带接入网系统，去年8月已批量生产投放市场。该系统全部投入生产将年产100万线，工业产值可达12亿元，销售收入8亿元，利税3.8亿元。这就是科技型企业的魅力！

结合农业产业结构调整和产业化经营，农产品加工业又是工业发展的一个亮点。

资源就是资本。从西部大开发实质就是开发西部丰富资源的理论来看，依靠我县"农业大县"的农业资源发展工业，具有必要性和现实可行性。

我县红梅、蚕桑、中药材、食用菌等产业形成，规模较大。立足这些丰富的资源，着力发展食品、蚕桑、中药材等加工业，让龙头企业来精深加工农产品，把千家万户的小生产与千变万化的大市场相连接，焊接起牢固的产业链。这既是工业推动农业产业化进程、又是农业促进工业化发展的道路，资源互补、相互促进、共同发展。让一、二产业携手并进，一箭双雕，何乐而不为！

对外开放跨越发展

当今世界，没有一个国家或地区只用自己的产品而拒用"洋货"。

当今世界，凡是开放程度越高的国家或地区，其经济发展就越快。

当今世界，是一个开放的世界，又是一个资源聚合的世界，世界在向"地球村"迈进。

"工业强县"靠什么来实现，一要靠项目，而且必须靠一批大项目、高科技项目、税源性项目；二要靠资金，而且必须靠大量的资金、雄厚的资金、源源不断的资金。这些项目和资金从何而来？如果靠国家投资，太少！如果靠原始积累，太慢！如果靠集资，太险！如果靠银行贷款，太难！最好的途径就是靠对外开放、靠招商引资，"借鸡下蛋"，这是我们实现工业强县必须抓住的关键。

我们要高度认识招商引资的重要性和现实意义，必须把招商引资作为经济发展的"牛鼻子"，加大对外开放力度，加大招商引资力度。从全国来看，没有国家资金在一定时期的注入，就不可能有深圳的飞速发展；没有8000多个外资企业和84亿美元落户大连，就没有大连今天1000多亿元的GDP和94亿元可自己支配的财力。就我县来说，没有二三十亿元外来资本的投入，就不可能有大邑今天的旅游和城市两张靓丽的"名片"。

2000年，全县招商引资首次突破10亿元，2001年又作为"招商引资年"，引进县外项目299个，到位资金11.13亿元，成绩是肯定的。但相比之下，去年前7个月，苏州市引进合同外资27.68亿美元，居全国大中城市之首。该市迄今已累计引进合同外资339亿美元，实际利用外资190.6亿美元，相当于西南、西北10个省、市、区历年引进外资数量的总和。一对比就能够看出，这就是我们的差距所在。

怎样才能取得招商引资实效？总的说来，招商引资靠政策、区位、环境。更主要的是靠环境、靠服务，而环境营造、服务意识的培养，首先就要从解放思想入手。要有战略家的长远眼光招商。要算大账，不算小账；算远账，不算近账；算活账，不算死账，从长远着眼、大处着手，不计眼前蝇头小利，不斤斤计较；要有政治家的容人胸怀招商。要有"你发财，我发展；你高兴，我快乐"的胸襟。要有"不怕别人赚钱"的慷慨，"生怕人家不来，生怕人家赚钱"这样的妒嫉心态要不得。要有思想家的创新胆识招商。在法律允许的条件下，只要有利于招商引资，有利于工业强县，有利于大邑发展的事情都可以干。先干不争论，先试再完善。心底无私天地宽，出以公心，经得起实践检验，不怕别人评说。

针对我县招商引资软环境问题，县委、县政府已痛下决心彻底整治软环境，已规范、完善了外来投资企业优惠政策、外来投资企业收费明白卡、外来投资企业联合服务中心办事指南等一系列现行政策。正着力把"一站式、一篮子"服务落到实处，让外来投资者"进一道门、办完一切事"。要让"人人都是投资环境，事事关系招商形象"的意识深入人心，让外来投资者感到大邑是一方投资的热土、希望的田野！

全县今年招商引资工作的重点就是围绕工业性税源性大项目作战略转移——

要围绕大企业、大集团公司乃至跨国公司招商；

要围绕市场前景好、发展潜力大、爆发力强的高科技"朝阳产业"招商；

要围绕我县丰富的旅游资源，以及红梅、蚕桑、中药材、食用菌等农业产业资源招商。

让大邑走向世界，让世界钟情大邑！

今年，县委、县政府将举行2至3次"走出去"的大型招商活动，到广东、福建、浙江、上海等沿海发达地区"敲门招商"，谁来接招呢？

今年，县委、县政府将设立100万元的工业发展基金、100万元的招商引资奖励基金。"双基金"奖励很诱惑人，但愿重奖之下、定有勇夫！

招商引资要有载体，引进的企业往哪里布局？这是企业老板在投资时非常注重的一个因素。这就牵涉到工业园区建设的问题。

建工业园区就是进一步改善工业发展的硬环境，为工业发展提供良好的经营场所，便于引导成片开发，形成规模效益。况且，如果申办成国家、省、市级工业园区，还有很多优惠政策给予扶持。

随着工业化的发展，各地成立了不同类型的工业园区。远的如江苏昆山工业开发区全国闻名且不说，就说成都西延线上的高新西区，目前就有4500家企业注册，注册资本159亿。创园以来，像磁铁一样深深地吸引了托普、迈普、鼎天等一大批知名企业落户创业，其发展速度、产出效益，令人称奇。这个成都工业发展的"窗口",已成为市委书记王荣轩、市政府手中的一张"王牌"。

大邑自上个世纪90年代以来,先后提出和报建官渡、方渡、桐林、顺江等工业开发区。2000年又以官渡开发区为基础,向省、市申报成立省级经济技术开发区。惋惜的是,由于方方面面的原因,这些开发区至今都没有真正形成"气候"。

大邑要发展工业,建设经济强县,没有开发区不行!

大邑要对外开放,招商引资,没有开发区不行!

经济部门的建议、企业老板的呼吁、经济发展浪潮的推动,把工业开发区的发展推到了极高的地位。

阳春三月,县委书记宋朝华在对外开放现场办公会上拍板:今年内必须申报成功一、两个省(市)级工业园区。工业园区以晋原镇官渡工业区为龙头,向安仁、王泗、新场辐射;以沙渠方渡工业区为载体,吸引"下南乡"引进的工业企业入园创业,规模发展。

工业发展蓝图绘就,工业园区将从我们这一代人中崛起!

发展外向型经济、对外贸易,是我县工业跨越发展的又一个突破口,必不可少。但是,我县拉动经济增长的这一驾"马车",却始终没有跑起来。

去年,全县出口仅15万美元,与周边区(市)县相比差距甚大,况且目前还没有一家真正拥有外贸出口权的企业。天邑、蓉新、裕邑丝绸等企业的产品,不是千里转借广东、深圳出口,就是代理出口,种种原因制约着外贸企业的发展和产品出口,出口渠道不畅通。

外贸出口关山重重,困难多多。但客观地讲,并非"难于上青天",不要让"蜀道难"难倒我们。

办法总比困难多，办法就在压力中！只要我们开拓进取，敢于拼杀，外贸出口就会"柳暗花明又一村"。

一方面，要看到我们已加入世贸组织，国家对外贸出口的"门坎"降低；另一方面，我县的白酒、丝绸、食用菌、汽油机缸体、铁合金等产品，已有部分出口或具备出口条件。我们要打好外贸出口翻身仗，加大对企业发展外向型经济的宣传、服务力度，积极为企业争取进出口审批权、产品出口配额审批权，争取出口退税、贴息贷款等一系列优惠政策，把外贸出口企业发展起来。

令人鼓舞的是，县委、县政府于3月中旬，专门对裕邑丝绸公司召开外贸出口现场办公会，落实了该公司外贸出口的一系列扶持、鼓励政策，解决了难题。使该公司今年完成上百万美元的出口任务信心倍增，这将为我县外贸出口打开新局面。

大邑白酒飘香大半个中国，而且很对俄罗斯人口胃，价值不到10元的酒经黑龙江人一包装，出国门就值100多元。"隔别子效应"，我们能不能把众多酒业联合起来，架起欧亚大陆桥，让大邑白酒直接打入俄罗斯市场？

大邑外贸出口的出路很多……有志者，事竟成！

历史再一次警示我们：

县域经济没有大型项目支撑是不行的！

现代化建设没有工业化推进是不行的！

要挺起大邑工业脊梁！

关山初度路正长。工业强县是一项艰巨的工程，需要全社会共同参与，密切配合，需要我们这一代人的艰苦付出。我们要把困难估计得更充分一些，把措施部署得更周密一些，把工作干得再扎实一些，知难而进，迎难而上，乘势前进。

我们要用抓农业的恒心、信心，抓工业；

我们要用抓旅游的气势、魄力，抓工业；

我们要用抓城建的干劲、速度，抓工业。

我们有能力、有信心，把大邑工业搞上去！

我们有能力、有信心，挺起大邑工业脊梁！

我们有能力、有信心，实现工业强县，推动大邑大跨越！

2002年3月于四川大邑

松花江壮歌

拥有"东方底特律"和"东方好莱坞"之称的吉林省省会城市——长春,是东北亚经济圈中心城市、著名的中国老工业基地和新中国最早的汽车工业基地、电影制作基地。

长春虽然地处东北平原地理中心,但发源于境内的长白山天池长达上千公里、年径流量达162亿立方米的松花江,自东向西而来却不青睐、眷恋这里,千回万转地从吉林市丰满电站出山后,拐个湾与嫩江汇合后就去了哈尔滨,再一路直奔黑龙江出国门入大海。

水,水,水!水资源是城市的命脉,犹如一个人身上的血液。

渴,渴,渴!水资源严重不足的矛盾,一直困扰着400万人口的长春这座闻名遐迩的北方名城。

由于缺水,企业开工不足,市民饮用水限量,生活极其不便。如不解决水资源不足的问题,必将制约改革开放和经济发展的步伐。为此,吉林省及长春市委、市政府痛下决心,上马引松花江水入长春、简称"引松入长"水利工程。

1996年的初冬,铁道部十三局四处中标承建引松入长的龙头工程——马家取水泵站施工项目。

从初冬的11月9日起,十三局数百名职工汇集松花江畔,战严寒斗酷暑，短短8个月时间就取得决定性胜利，用大智大勇谱写出一曲无愧于时代的壮歌！

严冬激战

吉林市南郊、松花江左岸，历史上一直有一个叫马家哨口的地方，距上游丰满电站15公里。

这里，夏日沿江十里长堤，苍松林立，杨柳抚江，风景秀丽，游人如织；冬天寒江雪柳，玉树琼花，婀娜多姿，独具丰韵，所形成的"吉林雾凇"与桂林山水、云南石林和长江三峡同为中国四大自然奇观，同样吸引众多游人前来观赏雾凇景观。

1996年的冬天，四处人从哈尔滨转战来到这里。他们不是为了观赏"柳树结银花、松树绽银菊"的吉林雾凇景观，而是要当新时代的李冰，兴修水利、造福人民。

引松入长工程是吉林省、长春市"八五"期间利用世界银行贷款的重点建设项目，是实施现代化国际性城市建设，保证长春市经济发展，改善人民生活和城市环境的战略性基础设施。该工程由引水、供水、污水处理三个部分组成，引水线路总长53公里。

引水工程从松花江丰满水电站下游15.2公里的马家江段设立提水泵站，经过9.25公里长、2米直径的双线管道到达吉林市老爷岭，穿过7.91公里的隧洞后，7.52公里的管道进入大绥河加压站加压，再经38公里管道送入石头门水库。

该工程设计引水流量11立方米/秒，分二期建设，一期工程投资为21亿元人民币，将于1998年完成，二期工程2000年前完成。一期工程完工后，从松花江年引水量为1.54亿立方米，全市日总供水能力达到80万立方米；二期工程完工后，从松花江年引

水量为3.08亿立方米。建成后满足长春市400万人的供水和环境规划需要。

引松入长水利工程是既天津引滦入津、山西引黄入晋后的又一项重大水利工程，完全可以写进共和国的水利史。

如果，把长达53公里长的引水管线比喻为一条巨龙，那么，马家取水泵站就是这条巨龙的"龙头"。

敢于在中国七大河流之一、浪花翻滚的松花江上降服"龙头"，必须得有敢下深海龙潭的胆识和本领！

马家取水泵站设计日取水量95万立方米，主要由取水戽头、自流管线和进水室主厂房，以及设备安装三部分组成。四处引松项目部承担其中的主厂房基础开挖、戽（读音hù，戽斗为取水灌田的旧时农具）头预制滑运及自流管线安装任务，80%以上的工程为水下作业，技术含量高、施工难度大，控制着整个泵站的施工进度。取水戽头为目前东北三省之最，4节戽头岸上预制部分重达2000吨；从取水戽头到进水室的双线自流管线全长281米，钢管直径2米，累计重量560多吨，全部在水下对接安装，并进行打压试验。

四处从来没有承担过如此艰巨的水下工程，而且合同工期仅为一年，还要保证工期，必须在今年7月汛期前拿下戽头就位及管线安装，否则就要跨年度施工，影响整个引松入长工程进度。

影响工程进度，四处乃至中铁十三局负不起这个责！

对此，吉林当地一位曾经干过三个戽头工程的潜水员曾经说："比马家泵站小得多的取水泵站还需两三年时间，你们十三局要在一年内建成，根本不可能！"尽管此次高薪聘请他们参与水下施工作业，他们也没有太大的信心。

能不能按期建成马家泵站，让400万长春市民早一天喝上纯净甘甜的松花江水？在去冬今春的几个月间，一向名不见经传的马家哨口，却成为长春市政界要员关注的焦点。

去年11月9日，长春市委副书记李述出席了马家泵站开工典礼，他在讲话中慷慨激昂地说："这项工程的工期不能按天计算，也不能以小时计算，必须争分夺秒！"

此后，长春市委、市人大、市政府、市政协领导，多次到工地检查指导、督促工期，慰问一线职工，充分表明"引松入长"工程对整个长春市的重要性和马家泵站工程的难度。

取水泵站一开工，就被列为十三局重点难点工程。

从局长、书记到副书记、副局长等局领导，先后来到工地现场办公，并调集袁庚林、刘志庸、李范山、夏国斌等全局科技精英，会同四处项目部领导和技术人员，研究施工方案，展开技术攻关。四处处长裴志强5次亲临督战，对四处参战职工讲道："马家泵站是块硬骨头，但骨头再硬，我们也要把它'啃'下来。"

严峻考验面前，四处职工没有退缩，这些曾经的铁道兵在"逢山凿路、遇水架桥，铁道兵面前无险阻"的精神和斗志鼓舞下，决心背水一战，而且"召之即来、来之能战、战之能胜"。

他们在十三局吉林公司书记、马家泵站工程总指挥长翟延军的率领下，冒着呵气成霜、滴水成冰的严寒，在松花江畔发起冬季施工攻势：撬开冻土层开挖主厂房基础，平整加固岙头预制场地，搭设平台进行水下钻孔施工……隆冬季节、白雪皑皑的江岸，昼夜机声隆隆，热火朝天，一派繁忙。

为了抢工期，他们不得不打破常规，进行冬季岙头砼（混凝土）预制。他们在宽阔的大江江滩上搭起一座长42米、宽24米、高12米的大型保温棚，保温棚四周围上彩条布，内侧钉上塑料布，棚顶拉起钢索绳后盖上彩条布。棚外冰天雪地、呵气成霜，

棚内温暖如春，温度始终保持在10度以上，冰火两重天地确保戽头预制有条不紊地进行。

老天似乎有意跟四处职工作对。去年冬天，松花江流域的气温比往年同期低3至5度，元旦前几天已达零下35度左右，钢筋棍往水中一插，拔出来就是一根冰棒。凛冽的江风刮得人喘不过气来，搭设水中作业平台的七队职工，穿着大头鞋、棉大衣和救生衣坚持作业，每天从早7点干到晚5点，迎着朝阳出、踏着暮阳归。厚重的着装穿在身上很笨重，工作起来更不方便，加上作业地面冰滑，有不少人掉进江里。职工们把掉江戏称为"冷水浴"，爬上来回去换上衣服接着干。

就像当年大庆油田会战、铁人王进喜他们战天斗地打油井一样，一群天寒地冻战严寒、热血能把冰雪融的男子汉，就是在这样恶劣的条件下，一个冬天在松花江激流中搭起钢管脚手架钻孔平台9000多平方米。

最为艰苦的要属水上钻孔作业。上游丰满电站调峰放水后，整个江面白雾蒸腾，江面作业能见度不足10米。钻孔平台犹如"溜冰场"，人走在上面稍不留神就滑倒，负责钻孔作业的地质专家和工人大部分都在平台上摔过跤。此外，从钻杆排气孔喷上来的砂浆有一丈多高，溅得整个钻机全是冰凌，钻具动不动就失去控制，需要时常用喷灯烘烤来保证钻机运转。钻机操作人员更不用说，浑身上下全是结冰的"铠甲"，眉毛成冰挂，棉大衣上结的冰用铁棍一敲"哗、哗"落满一地。

然而，对于善于打硬仗的四处人来说，冬季也是收获的季节。转眼到了春风吹来、冰雪消融的三月中旬，预制戽斗2节，水下钻孔全部完成，7万多立方米的主厂房基础开挖全部完工，首战告捷。

一向挑剔的业主和现场总监，被四处职工敢打硬仗、拼搏奉献的精神折服了。他们发至内心地感叹道："这活多亏了十三局，这支铁军队伍我们选对了！"

联合攻关

7月18日，我们在采访中问起四处引松入长项目部指挥长窦晓："上场后，你感到什么时候压力最大？"

这位科班出身、在不少工程项目摔打多年的高级工程师，回答很干脆："一直都感到紧张，没有一天轻松过。"这是他的真心话。

取水泵站工期紧急，国内罕见，而且关键工序都是水下作业，在水上施工的人员看不见摸不着，在水下是摸得着看不见，真是"牛掉井里——有劲使不上"，太急不行，不急也不行。用四处项目部书记张学启的话说："我们的施工一步一个坎，但我们做到了一步一个脚印。"

按照工程设计要求，垞头区基础和自流管线沟槽需要水下爆破开挖面积6000平方米，平均深度4.5米。地质情况表明，施工区域有1至1.5米厚的卵石层，厚卵石层钻孔为世界性难题。

开始，他们按照常规用长臂挖掘机在浮船上配合挖泥船清除水下卵石层，计划清除卵石层后再钻孔爆破。但由于江水流速过急达3米/秒，边清淤边施工效果不佳。为阻住激流，他们决定拦江筑起一条稳水坝。当稳水坝筑到江心时，斗大的石头很快被激流冲跑，一夜间被冲走14米。队长陈明清发动来队家属编织铁丝网下石笼筑坝，用掉铁丝24吨，终于筑起了190多米的稳水坝拦住了激流。

钻孔施工初期，他们把钻机固定在联体舟船上作业，可因上游丰满电站每天的调峰、错峰影响，昼夜水位落差大又不规律，每天变化在1至2米左右，浮船随水位起浮不定，水落后钻孔内的钻杆将钻机顶起倾倒。

浮般钻孔受挫后，他们改为在江中用钢管脚手架搭设作业平台钻孔。在搭架子时，为解决架子下沉问题，七队工班长谢泽斌发明了"扫地杆"，即每隔几根竖杆的底部安装一个横杆，增加承受能力，钢管脚手架上铺木板安装钻机。这样的作业平台整体稳定性好，承载力大，时常因卡钻埋钻被迫停工；套管难下，水气串通，主孔回淤。

针对这些施工难题，指挥部领导、技术干部会同长春地质学院专家，研究改进施工工艺，把127毫米套管打入卵石层或碎破岩层，用冲击器强行冲击；根据地质变化情况及时调换钻机、钻头或孔位，先后更换五种型号钻机，十几次改进钻头，确保了钻孔施工正常进行。最快时日成孔20个以上，解决了穿透厚卵石层的世界性难题，3个月累计钻孔1380多个，实施3次水下大爆破。

3月22日上午10时，在松花江吉林段主航道上，由中国铁道建筑研究设计院设计、中铁十三局四处实施的我国最大规模水下深孔爆破取得成功，一次起爆912个炮孔，起爆炸药19.2吨，爆破区域达2665平方米。

在爆破现场150米的警界线外，工程技术人员、施工人员和围观的当地群众上千人，共同观看、见证了这一奇迹。

随着实施爆破的工程技术人员"十、九、八……三、二、一，起爆"声，一声沉闷的巨响传来，只见波涛翻滚的江心顿时升腾起冲天的白浪，足有30多米高、半个足求场那么大非常壮观，回落后连成一片犹如一朵盛开的莲花，几秒钟后又消失在大江中……大江两岸顿时欢呼雀跃，爆发出热烈的掌声、欢叫声。

爆破中，采用塑料爆管孔外等间隔微差起爆技术，宽间距岩石爆破设计等先进技术，爆破震动小，无一飞石，距爆区仅100米的建筑安然无恙，爆松的1.368万立方米岩石块度适宜，便于机械化作业，为戽头基础施工扫平了障碍。

为了这朵盛开的"莲花"，工程技术人员、施工人员耗费了无数的心血。在爆破现场，项目指挥长窦晓和联合攻关的工程技术人员相拥在一起，激动得流出了泪花。

此次爆破的成功，为今后国内同类工程施工提供了丰富的经验。果然，这一领先的工程技术被刊登在当年的《铁道建筑技术》杂志上，被国内同行广泛学习、借鉴，这是后话。

在深水清碴过程中，他们运用拉铲和942长臂挖掘机相配合的作业方法，其工作效率比短臂挖掘机高一倍，比使用挖泥船高数倍，节省大量施工成本。

戽头的滑移浮运及就位是马家泵站五大施工难题之一，是控制取水泵站工期的关键。

取水戽头为钢筋砼结构，最大的两节每节长19.6米，宽9.06米，高5.3米，重达540多吨，要把这样的庞然大物从170米外的预制场地移运到江心预定区域，工艺复杂、操作危险。这是四处从未遇到过的施工难题，没有现成的经验可以学习、借鉴。

制定戽头滑移、浮运及就位总体施工方案的任务落在了机械工程师何贵昌的肩头。他深感责任重大，这些天总闷闷不乐地在心里寻思着：根据现有设备和工人技术水平，采用什么材料和作业方案既安全省钱又便于施工？一个数字算两遍仍然不放心，总担心设计计算中出现差错，戽头在滑动中失败。谨慎起见，他又征求前来助战拥有多年实践经验的十三局"起重专家"陈道银的

意见，心里还是没个底数。

那些日子，何贵昌像是着了魔，白天在工地指导施工技术，晚上趴在办公桌上一门心思地翻资料、绘图纸、搞设计，连续半个月每天睡眠不足5个小时，有时为了满足施工急需，一干就是一个通宵。因为用脑过度，造成严重的神经衰弱，吃不下饭，睡不着觉，脑袋炸痛，天天服用安神补脑液、刺五加等安定药物也不见成效，夜里闭上眼睛就是滑道。

他的心情可以理解。试想，500多吨重的戽头万一脱离滑道沉在水底浮不起来。其后果不堪设想啊！

为减轻何贵昌的精神压力，指挥部领导和他共同分析研究他的施工方案，拍板后告诉他："不要顾虑太多，出了问题我们承担。"领导的安慰，反而让他感到更加不轻松。

设计提出，戽头滑移采用木材做滑道。何贵昌经过反复计算并到现场勘察后发现这种方法根本不行，决定铺设水下轨排滑道，整个滑道为6条钢轨，每3条为一组，全长80米，以7%的坡度顺地面铺设到江底。在滑道施工中，水下部分轨排的连接安装成为难题。何贵昌同工人一起寻找对策，最后采纳七队工班长刘自康的建议，在水中搭排架架横梁，用16个倒链吊装轨排，水上连接后整体下沉就位，再由潜水员水下填料整平。为确保戽头滑移安全，又对滑道作了三遍600吨承载试验。

戽头滑移过程中，他们先用千斤顶把戽头顶起，底部垫上磨擦系数较小的聚乙烯四氟板，前方底部放上三角滑板，岸上卷扬机牵引，使戽头从基座向滑道下移中一直处于平稳安全状态，直到深水区脱离滑道自动浮起。戽头浮运到设计区域后，由4个绞磨机控制方位注水下沉……

滑移浮运从5月13日到6月4日，20天内4节戽头一个个被他们安全滑移浮运到江心，并实现了水下对位连接。经测定，戽头的方向误差和水平误差均不超过3厘米，创出一流的进度和一流的质量。

自流管线水下安装是马家泵站最后一道施工难关。两条长281米，直径2米的管道在水下平行安装，接口密封标准高，排空打压2.5个气压不能漏气，难度相当大。为减少水下连接口，他们在管线沟槽边摆上砼垫梁，在地面将原来每节10米的钢管连接成60米长的钢管，每60米一次下水对接。下水前，两头密封起来，利用绞磨浮运定位后注水下沉，由潜水员水下连接找平。

为了完成难度高的水下施工作业，项目部专门高薪聘请了4名国内经验丰富的专业潜水员配合施工。

1997年7月26日，四处拿下了自流管线安装的主体工程，取得了阶段性的胜利。

短暂8个月时间，联合攻关取得重大成果，一举攻克了取水头主厂房基础开挖降水、深水钻孔爆破、戽头基础及管线沟槽开挖、戽头滑运就位、水下管道安装等五大技术难题。

而且，完成了三个之最：东北最大取水头、全国最大规模水下深孔爆破、取水戽头施工期最短，创造了奇迹。

不屈不挠的四处职工，凭着他们的聪明才智和顽强拼搏精神，排除了一个又一个阻碍他们迈向成功的拦路虎，终于取得了马家泵站施工的决胜权。

奉献之歌

在马家泵站采访，给我们最大的感受是：参战职工都有一个心愿：为了十三局的荣誉，为了四处的荣誉，流血流汗不能流泪，掉江掉肉不能掉价，一定要在吉林省水利工程中打出铁军的威风。

高级工程师窦晓来工地前在处机关工作，他也深知马家泵站是"啃骨头"工程。当组织决定由他任指挥长时，他非常爽快地挑起了这副沉重的担子。

去年初冬，他揣上从机关借来的5000元钱奔向工地，和项目部书记张学启、处总工程师仲继红、大庆办事处主任周春华一起，马不停蹄地组织队伍上场，研究施工方案，指挥冬季施工，迅速展开了冬季会战攻势。作为指挥长的窦晓，不分昼夜盯在施工现场，每天休息五六个小时。

春节前夕，窦晓的妻子到工地来看望他。当见到他时有些惊呆了，原本白胖的脸膛又黑又瘦，白发添了许多，身体也瘦了一圈。禁不住问："几个月不见，你怎么成这个样了？"

后来，窦晓的妻子对我们说："我认识他11年，干过不少大工程，从没有听他说过难。"这次，他多次对妻子说："这活真难干，真难哪，有时恨不得跳到松花江里去。"她说，有时他像个精神病人似的，睡梦中高喊："太慢了，快干活去！"

那时候，正是深水钻孔施工的困难时期，由于地质复杂，进度缓慢，本应钻5个孔的时间钻不成一个孔。窦晓是个急性子，工期又逼人，施工受阻他比谁都着急，吃不香、睡不下，浑身不自在。他心里常常在想：四处这几年面对国家紧缩银根、整个建筑行业"僧多粥少"的市场经济，经营困难，任务不足，整个企业的生存与发展令人担忧。在这种情况下，作为专业技术干部、高级工程师，他担负的这项工程只能干好，不能干砸，别无选择。于是，发至内心要为企业分忧解难挑大梁。

一次，他半真半假地对搭档张学启说："这项工程干不好，自己没法向四处职工交待。我们跳到松花江算了，让江水把我们冲回哈尔滨。"

直到今日，张学启回忆起7个月前的一件事还感到后怕。那是去年12月的一天，他们按计划要把一台挖掘机开上联体浮船进行清淤施工。天黑时，上级领导要求他们务必在当夜把这台47吨重的挖掘机开到船上。当时司机已经回家休息，窦晓和张学启找到司机，提出连夜把机械开到船上，司机说夜晚江面作业太危险不干，经过反复做解释工作，司机才不怎么情愿地随他俩来到工地。司机是第一次夜里开车上船，本来就说没把握，显得很胆怯，为免去司机顾虑，他俩陪司机开车上船。

事后，张学启说："那天夜里万一有个闪失，命可能就没了。"

除了这次，张学启还经历过两次危险的事情：一次在指挥搭设脚手架时掉进江里，棉裤湿透；一次从钻孔平台上滑下去，左腿被卡伤，鲜血直流。从此，左腿留下了一条长长的疤痕，这算是引松入长工程留给他永久的纪念。为了发挥企业的政治优势，项目部实行了岗位挂牌、党员挂牌上岗制度。在党员中开展"创岗建区"活动，在团员青年中开展建功立业活动，"青年突击队"队旗一直在工地上空高高飘扬，形成热烈的施工场面。

在取水泵站工地，活跃着像黑龙江省劳模罗太明，铁道部劳模陈道银，一个是焊接能手、一个是起重专家，这样的技术好、肯实干的职工。一次，四处处长裴志强前来察看现场，见到两位老劳模都在顶风冒雪埋头苦干，心里很高兴，回头对指挥部领导说："像马家泵站这样高难度工程，光有劳模精神不够，要有超劳模的精神才行！"随后，裴志强又人文情怀地对项目书记张学启交待了几句："两位劳模是四处乃至十三局的宝贝，对他们的生活可要安排照顾好哟!"

的确,奋战在取水泵站工地的200多名职工,一直在用一种超劳模的精神工作着,不是劳模胜似劳模。

春节,是我国人民最隆重的传统节日。不远处的吉林市区是灯火辉煌、鞭炮齐鸣,沉浸在一派节日的欢快气氛中。可在这工地上,七队140多名职工中只有6人实现了回家与亲人团聚的愿望,其他人大年三十照常上班,不少人累得连大年夜央视的"春晚"节目都没有看就去睡觉了。大年初一仅休息半天,下午复工。

工人吕翠顺,去年夏天家乡安徽遭水灾,房子被冲倒,妻子带孩子借住别人的房子逢雨就漏水,妻子的来信写得好可怜,要他找队长请个假,春节期间回家盖房子。他拿着信找队长,队长说:"春节请假的人很多,可现在施工人员紧张,你又是党员,能不能暂时不回去?"吕翠顺虽然很想回家,妻子也盼着他,但还是流着眼泪留在了队里。今年4月份,队里劳力不怎么紧张了,队里让他回家盖房子。临走时,发给他自建公助款5000元,又借给他2000元。

负责深水钻孔爆破技术工作的助理工程师王立军,是1995年毕业的大学生,来工地前他同女朋友约定,今年春节结婚。到工地后他一心扑在自己的技术工作上,不分昼夜跟班作业,指导施工,母亲有病两次来信他都没有离开现场。春节前女朋友打电话催他回去不成,只好同父亲一起从哈尔滨市来到工地,在吉林市领了结婚证,并商定5月1日在哈尔滨市举行婚礼。结果,他又从"五·一"推到"七·一"。"七·一"过后仍没有离开工地,对工作达到了痴迷的程度。

在马家泵站施工中,七队始终是主体力量和突击力量,房头钢筋绑扎，钻孔平台搭设，水下滑道铺设，戽头浮运及管线安装，都靠他们来完成。七队队长陈明清是个"初生牛犊不怕虎"的角色。他的最大特点就是不管安排什么工作，不打折扣、不讲价钱，说干就干、干就干好。5月份，在戽头浮运就位施工期间，他3天3夜不离现场，4次穿起潜水服到水下排除故障，实在坚持不住时，就在江边眯一会儿……

俗话说，强将手下无弱兵。这里就有一例：统计员刘楚东，在组装滑道的时候，不幸右脚被砸成线性骨折。医生劝他住院治疗，他说啥也不同意，拿了些跌打损伤药就回了工地。当时，他的妻子临时来队，从家属房到队里有400多米的路程，队长劝他在家休养一段时间，他坚持每天扶拐棍上班。队长过意不去，对他说："你实在要上班，我派人用小推车送你上下班吧"，又被他谢绝。

就这样，刘楚东扶着拐棍上班近半个月，有时还到工地安排工作。最叫人敬佩的是，当时队里十几个工种140多人，他做出的月末考勤和各种施工台账，没出过一次差错。

四处职工在马家泵站施工中，交出了一份满意的答卷。

7月25日，世界银行引松入长项目总代表比尔，这位高鼻子、蓝眼睛的老外，在现场视察时竖起大拇指直说："OK、OK！工程进度和质量比我想像的好得多。"

7月29日，长春市委书记米凤君来到吉林市察看了工地后，对全体参战职工说："感谢十三局对引松入长工程的贡献，长春人民永远不会忘记你们！"

1997年8月于吉林省吉林市

西岭山歌：一张靓丽的文化名片

2014年7月，川西大邑的西岭山歌从全省300多个申报项目中脱颖而出，以高票通过四川省文化厅组织的专家评审并报送国家文化部网站进行全国公示，有望成为国家级第四批非物质文化遗产名录。

消息传来，大邑人为此高兴不已。

作为大邑县地方传统音乐、四川省非物质文化遗产的川西西岭山歌，历史悠久，底蕴厚重，既是国家4A级风景名胜区、四川重点旅游品牌西岭雪山的一道文化风景线，又是一张靓丽的文化名片。

如何与时俱进传承与发展这一颇具地方特色的传统文化，促进大邑县"文旅兴县"战略的实施和"国际生态旅游目的地"的建设，具有重大现实意义。

山歌的成因

方圆四五百平方公里的西岭雪山地区，早在三四千年前的新石器时代便有了人类的活动，历史悠久，人文厚重，资源丰富。

这里，从强悍的羌人扩张进入、邨（chū，地方字、地名字，邛江在四川大邑）国游猎部落的崛起与消亡，到秦灭蜀国而为蜀郡的华夏民族大一统，独特的人神共处的自然环境，以及中国儒、释、道传统文化的浸染与影响，便有了众多的民间神话传说和一首首脍炙人口的民谣、山歌，被一代一代地口口相传了下来，这便是一笔深藏于民间的丰富的文化资源和文化遗产。

凡事都有个发生、发展的变化过程。西岭山歌的产生与流传同样有着久远漫长的历史渊源，其形成的客观原因是多方面的。

大邑县西岭镇位于成都平原西部，邛崃山脉与龙门山脉交汇融合的西岭雪山，是邛江河发源地，更是历史上邛江河流域的邛人与邛国部落诞生的地方。

西岭雪山又是四川的成都、雅安、阿坝三地交界的三角地方。据考证，这里曾是汉、藏、羌三个民族杂居之地，这些先民虽以汉族为主，但融合了诸多藏、羌民族文化元素，成就了独树一帜的邛人文化。藏族、羌族这两个民族本身能歌善舞，因此邛人的山歌和旋律色彩、调式，在体现山区自然环境特色的同时，也包含了藏、羌民歌、山歌的诸多文化元素，更有成都平原农耕文化渗透与影响的特色。

从整体上来看，西岭山歌色彩鲜明，音域较宽，调子高亢，其唱法自由，空间较大，旋律流畅，原生态的山味、野味和民风浓厚、淳朴，体现出原始古朴的韵律美感，是一种独特的地方文化。

四季温润的四川盆地和两千多年的都江堰水利工程，造就了"水旱从人、不知饥馑"的成都平原和"天府之国"独具特色的农耕文化。生活在成都平原往川西北高原过度地带那些远古的邛人，在偏远闭塞的大山里日复一日、年复一年地辛勤劳作，形成了自己独特的生存方式。他们在春天挑粪上山和播种庄稼的劳作

中，在秋天守护玉米防兽害的高脚棚里的漫漫长夜和撕玉米至半夜三更里，在上大山烧碱、挖药、伐木、狩猎等下苦力过程中，在亲朋好友婚丧嫁娶的日子里……用山歌提振精神、用山歌表达喜怒哀乐的情感，用山歌抒发内心世界的坦荡情怀，一首首山歌便是他们精神生活的一部分。

千百年来，由于川西山区边远偏僻、山高林密、交通不畅、地广人稀等因素，外人少有涉足，就是杜甫当年的"窗含西岭千秋雪"、陆游的"长看天西万叠青"等千古诗句，也仅仅是他们远观感叹，没有真正涉足其间。因而，独特的自然环境和封闭的原生态生活方式，为西岭山歌的诞生与传承提供了条件。

山里人民风淳朴，也受封建礼教的束缚，男女间保持严格界限、社交活动也少，连夫妇间在家都过于拘束，故然到了山间田野的思想、精神得到了自由与解放，所以会自然而然地唱起山歌来。加之山区百姓大都散居山间河谷，独门独户，没有较好的大众娱乐场所，平时压抑的情感不能获得交流、倾诉、宣泄，因而唱山歌就成了一种大众化的娱乐，所以人人对它情有独钟。当地人往往在辛勤劳动中习惯地扯起嗓子，用高亢有力、声情并茂、悠扬动听的山歌，把劳动的愉悦之情抒发出来，唱山歌也就成为山里人最为原始、普及的民间文化艺术活动。

西岭山歌传承发展的核心区域仅有上百平方公里，但所辐射、流传的地方却覆盖了整个雪山地区的3地5个县（市）交界的三角地带，方圆达四五百平方公里。

通过大量的调查考证，了解到西岭山歌主要存在于这些地方。

第一层面，山歌流传的中心区域，主要在大邑的西岭镇全境及邮江河沿岸的田园村、上坝村、中坝村、高坝村、宝珠村；

第二层面，山歌流传的辐射区域，主要在大邑花水湾镇的天宫村、伍田村、黎沟村、温泉村，还有相邻的雅安市芦山县的大川镇一带；

第三层面，山歌流传的边缘区域，主要在崇州市苟家乡和万家乡、邛崃市大同乡和水口镇，以及雅安市宝兴县的硗碛乡。

山歌的主要分类

西岭雪山地区特有的地方传统音乐山歌，经过后人千百年来的继承与发扬，成为口口相授、代代相传下来的精神食粮，为后人积攒下来了一笔宝贵的文化财富。

山歌在内容上大致可分为劳动与生活（爱情、劝教、喜庆、祭祀）和民俗两大类，在类型上可分为山歌、酒歌、情歌、劳动歌、风俗及仪式歌等，其唱式则有独唱、领唱、对唱、和唱等，形式多样，丰富多彩，形成体系

较为典型的山歌有《再苦再累也开心》《对门对门斜对门》《看你娃娃咋下台》《水有源头树有根》《阳雀叫唤李桂杨》《送郎》《望郎歌》等。迄今，已搜集整理五个类别的山歌有上百首。

山歌。山里人一生勤劳朴实，无论男女从十二三岁到六七十岁都在为生存而辛勤劳动，因而他们普遍喜欢山歌，几乎人人都会唱几首。这类山歌多在劳动时即兴开唱，脱口而出，并且边劳动边歌唱，与前些年那句经典的广告词"想唱就唱、唱得响亮"差不多。其音域宽厚，歌词内容丰富，调子高亢有力，旋律较为特殊，以独唱为主，唱者慷慨激昂，听者精神振奋，彼此其乐无穷。歌声与大山的回音和人们的说笑声融为一体，体现了山里人因劳动而快乐的质朴人生观和价值观。"靠山吃山"的山里人具体体现了与大自然和谐共生、"天人合一"的思想，无论在庄稼

地里劳作还是上山狩猎、挖药、烧碱，常常用山歌来抒发自己的情感，唱山歌便是他们精神生活不可或缺的重要内容。

酒歌。大山养育的山里汉子不仅体格健壮、生性豪放、胸怀坦荡，而且常常以酒为伴。他们不仅劳动之余离不开酒，以酒解乏、有酒必歌、以歌尽兴，而且在婚、丧、节庆、请客、迎宾等活动中，也常常以酒助兴、以酒为乐，其乐融融，唱酒歌就成为了他们的拿手好戏。特别是请客迎宾时的敬酒歌、劝酒歌，彰显了主人特有的热情、好客、大方。比如《敬酒歌》："蜘蛛吊丝来贵客，煮好腊肉把鸡杀。玉米烧酒劝三碗，主客同醉到天黑……"

情歌。这类山歌表达了青年男女的爱情和对美好生活的憧憬、向往，以独唱、对唱为主，乐句结构完整，音乐形象集中，词意富于比兴，朗朗上口，声情并茂，婉转动听。大山里青山绿水、处处风景如画，而且地广人稀，无论在庄稼地里耕种劳动，在林间拾柴火、掰竹笋、捡蘑菇，还是白天的林荫下、磨坊里，月亮下的河湾头、溪水旁，都是青年男女表白爱情、以歌传情的地方，永恒的爱情为西岭山歌增添了不少风采。比如，一首对唱的《梧桐花》："（女）门前梧桐开花花，妹想哥来心慌慌；（男）梧桐花朵粉嘟嘟，哥见妹子心酥酥……"就是一首倾述心声、情意绵绵、俗中有雅的情歌。

劝教歌。山里读过私塾、念过书的人不多，很多人一生中连自己的名字都写不出、认不得，但在言传身教的潜移默化中，他们都明白为人处事的大道理。在教育子孙、晚辈，以及亲朋好友遇事相劝的过程中，就出现了劝教式一类的山歌。这类山歌通常就事论事或以自然现象来作对比、比喻，以此说明、启发和劝教为人处事的道理，通俗易懂又充满人生的哲理性和启迪性。

比如，一首非常流行的在夫妻睹气、吵架时的《劝架歌》是这样唱的："天上落雨瓦沟流，俩口（子）打架不记仇；白天同吃一锅饭，晚上同睡一枕头。"短短几句20多个字就说明了问题。

民谣。西岭山歌形式多样化的流传，歌谣、民谣也是一种变化了形式的山歌。民谣虽然短小，但可以从中窥见世道人心，反映一时的社会风尚和舆论趋向。这里的民谣同山歌一样，大多是表现汉、藏、羌融合的邮人的感情与习尚，也有对生活经验的领悟、总结，后来被传承了下来，因此既有山歌的韵味，也有其独特的地域文化和情调风格。

比如，山里农家升火煮饭完毕，退掉灶堂里的柴火后，发现锅底、锅边或灶门上方漆黑的烟灰上贴有红红的星星火时，就会情不自禁地唱起来："火烧锅底，三天大雨；火烧锅边，三天阴天；火烧灶额头，三天大日头"。又如，山里孩童最期盼过年，因为过年时他们有新衣穿、有肉吃。所以，每当腊月一来，他们就会反复唱出这样的民谣"黄水馍馍咪咪甜，看到看到要过年。"

民谣与山歌相比，歌词、句式没有严格的讲究，内容较为单一，可长可短，一般没有曲谱，也没有乐器合乐，或者就是民间谚语的吟唱，比较随和自如，体现了浓浓的生活气息。

山歌的主要特点

从人类发出第一个音节开始，音与乐就成为了人类生命中的一部分。自有记载以来，在古老的华夏大地上，音、乐、舞都是相伴相随。就文化传播而言，"越是地方的越是民族的，越是民族的越是世界的。"纵观世界的民歌、中国各地的山歌，都有其自身形成的特点和价值，西岭山歌也不例外。

多年来，经过民间人士的不断挖掘、收集、整理和专家学者的调查与研究，充分肯定了西岭山歌自身存在的特有价值和对社会的影响力，并且归纳成六个方面的主要特点——

历史性："蜀"字的解读，就是把野生的蚕虫放在房子里进行人工驯养，最后变成了一种吃桑树叶而吐丝的小蚕虫，这便是成都平原农业文明、"农耕文化"的起源，也说明了人类是从森林走来才进入文明社会的漫长历程。大自然亿万年的神奇力量造就的西岭雪山，雪山下的人们自古以来固守着山川田野不变的生活节奏，在天府和谐祥境中娴雅从容，山间灵秀的人神之间，把佛教道教寺院道观的心灵诉求，共存于人与自然的和谐而享山乐水。西岭雪山孕育的邛江河，以及由汉、藏、羌等民族相融合形成的邛人、邛国部落，被大秦统一后变蜀国为蜀郡……在这里产生的西岭山歌，其实就是川西地区历史变迁的史料。

民俗性。邛江河流域经历了数千年的历史变迁，当年的邛人成为了汉族，但这个地区至今还保存着与成都平原汉民族不尽相同的地方文化与民俗风情，那就是羌族文化与羌族的民俗风情。山歌中反映出来的吊脚楼，其实就是羌族人的一种发明，也是过去羌族居住区普遍的一种房屋建筑，这一依山而建的独特建筑，在今天的西岭雪山成为了一道特有的风景。羌族以竹篾制绳索和以竹制麻、以竹麻打草鞋的传统技艺，传递到了西岭雪山地区并一直沿用至今。在当地人着长衫、包头巾、拴围腰、缠绑腿、穿草鞋的着装、服饰上，也体现了羌族朴素的古风民俗。上个世纪50至80年代，大邑县文化单位有人收集的情歌、劳动歌等山歌中，都与西岭山区的地方民俗密切关联，成为川西山区传统民俗文化的典型活态载体。

音乐性。一方山水养育一方人，一方山水一方风情。山歌本质上就是地方古朴原始的传统音乐，较为完整地保留了川西地区山歌独特的韵腔风格、旋律特色以及唱腔音色，具有山歌的典型形态特征。

文学性。西岭山歌的歌词完全地方化与口语化，牵涉到西岭山区民俗生活的方方面面，山歌的歌词其实就是当地充满浓厚感情色彩的诗歌形式，这是研究川西民俗文化传统、语言传统极其宝贵的活态资源。山歌里展现出来的西岭雪山秋天收获的景象，吊脚楼上挂满了金黄的玉米棒子串、火红的辣椒串、乳白的大蒜串，红、黄、白三元素把山里农家点缀得颇有几分诗情画意，文学色彩浓厚。

口传性。西岭山歌本身具有羌人的文化元素，羌族有语言无文字也体现在西岭山歌上，千百年来仅口传心授没有文字记载。西岭山歌的传承仍以言传身教、口传心授为主要方式，民间还有定期举行的歌会成为当地群众以歌会友、以歌传情的重要渠道。只是到了近些年，因为当地重视山歌文化，才真正有了便于广泛传播的规范的文字唱词的印刷本。

群众性。西岭山歌在民国时期已为大部分山里百姓所传唱，经过文革后在八十年代重新焕发生命力。近年来，尤其在国家重视非物质文化遗产保护的影响下，西岭山歌得到了当地党委、政府的重视，在西岭雪山地区再次成为群众积极参与的全民性文化活动，以新的姿态融入到当下山里百姓的日常生活之中。

山歌的发展现状

历史悠久、文化厚重的西岭山歌，就像羌族文化那样，千百年来一直只有口口相授的语言流传，没有详细的文字记载。这一历史文化遗产到了现代，却面临着快要失传、断代的尴尬局面。在这样的背景情况下，大邑县在解放后就西岭山歌的传承与发展做了不少的努力，取得了实实在在的成效。

如今，山歌的收集整理后继有人。大邑县政协委员、四川省作家协会会员张道深先生，满怀浓浓的乡情和对地方文化传承与发展的信心，经过10多年的不懈努力，无数次深入西岭雪山东南、西南地区的大邑、崇州、邛崃、芦山、宝兴等五县（市），跋山涉水、走村串户寻访那些了解、熟悉和会唱山歌者达数百人，共拯救、挖掘、收集、整理和分类提炼出400多首西岭山歌，一腔心血将这一历史悠久、原始古朴、旋律流畅的山歌，变成了文字，并凝聚成一本15万字的专著《山魂之声》，已由大众文艺出版社出版发行，使山歌文化得到了很好的保护、利用和传承。西岭山歌在沉寂了许多年后得到了很好的传承，使得这个历史馈赠给大邑一笔珍贵的地方文化遗产得以再现光芒。

在大邑县委、县政府的高度重视和西岭山歌诞生地的西岭镇党委、政府的积极努力下，当地成立了专门的山歌协会，发展了山歌会员400多名，从几岁的孩童到七八十岁的老人都会吟唱山歌，使几尽断代、失传的山歌得到了基本普及，并充满了生机和活力，西岭山歌又在古老的邛国山水间唱响起来。

今年夏天，西岭山歌通过四川省文化厅组织的专家评审，并报送文化部有望入围国家级第四批非物质文化遗产名录。作为大邑地方文化发展的精髓和旅游文化之瑰宝，以雪山为背景，汲天地之灵气，汇自然之大成，以民俗文化为载体，用大手笔写意的西岭山歌，在诞生地唱响并从这里走出四川、走向全国、走向世界。

山歌的现实价值

西岭山歌是山里人对爱、恨、喜、乐等人类朴素情感的真情流露与表白，是经过千百年的岁月洗礼而传承下来的宝贵文化资源。

西岭山歌从它产生的那一天起，就以它独特的魅力成为广大劳动人民的情感载体和重要的娱乐方式，是后人研究民族的历史变迁、宗教文化、民俗文化等方面的重要佐证，具有重要的历史价值和现实意义，并且成为地方独特厚重的一大文化品牌。

第一，抒发情感，追求和谐。山歌情感丰富，唱出人的心声和精气神。其歌词源于生活，或含蓄抒情，或激越豪放，是心与心碰撞产生的火花。山歌一出口，能解心头千千结，能使人与人之间和睦相处，人与自然之间和谐交融。

第二，展现智慧，陶冶情操。不同地域风格色彩的山歌，演绎着生活的酸甜苦辣，凝结着劳苦大众的智慧才思。山歌源于生活，为劳动群众喜闻乐见，是生活和艺术的有机结合，是精神文明建设的具体表现。唱山歌，极大提高了生活情操，融洽人际关系。

第三，语言朴实，内涵丰富。山歌随口编唱，信手拈来，灵活多变，体现出歌者惊人的机智与聪慧。从古到今，山歌唱天唱地，唱太阳唱月亮，千百年来代代相传，具有浓郁的乡土生活气息，比喻贴切，形象生动，表现含蓄，寓意深刻，幽默风趣，耐人寻味。山歌以其朴素的原生态语言，传唱着许多人一辈子也参不透、悟不明的生活哲理；山歌唱人唱事，唱情感唱时政，地理现象，天文景观，无所不涉及，都以山歌的形式传承下来，流传千古。

第四，文化窗口、文明载体。西岭山歌风格色彩独特，节奏旋律多样，题材内容丰富，深受当地群众和广大游客的喜爱，宛若一朵瑰丽的文化奇葩，给人以无限的想象空间，给艺术家们不尽的创作素材和不竭的创作灵感。特别是西岭雪山成为闻名海内外的国家级旅游景区后，山歌文化就是西岭雪山旅游的一道文化风景线。

山歌存在的问题

近些年来，大邑县对西岭山歌的保护、传承与发展工作取得了可喜成效，值得肯定。但用与时俱进的科学发展观看待，西岭山歌目前仍然面临诸多困难、问题和不足。

正视问题、困难和不足，面对西岭山歌申报国家级非物质文化遗产这一目标，我们的工作任重而道远。

随着经济发展、社会进步，沉寂了千万年的西岭雪山成为国家级风景名胜区、4A级景区，以生态自然景观与冰雪运动为主要特色的旅游业得到迅猛发展，西岭山区人民群众的生活质量不断改善，电视、网络、手机进入寻常百姓家庭，多元化的文化生活满足了人们的需求，曾经作为"精神食粮"的西岭山歌，在当地人中的地位和作用在下降。加之，现代社会的很多潮流文化渐渐深入到了人们的生活中，受现代思潮的影响，许多青少年喜欢上了流行歌曲，使当地的山歌文化受到了一些冷遇和冲击。特别是年轻人的思想发生了极大的变化，在流行歌曲盛行的情况下，他们的意识里西岭山歌属于上一辈人的东西、显得太陈旧，不好听、难唱、难懂，离现实生活过于遥远，已赶不上时代的潮流了。

近几年来，大邑在西岭山歌的收集、整理方面做了很多基础性的工作，把本没有文字记载、口口相传的400多首山歌变成了文字，并且出版发行。但那些深藏于民间的各种民谣、俚语、谚语，以及四言八句等多种形式、内容丰富的山歌，仍然需要不断地发掘、收集、整理、完善，而且需要进一步分类、细化。

现有山歌的曲谱、韵律较为单调，目前大邑虽然成立了西岭山歌协会，但作为民间文化社团组织的人力物力有限，基本上只停留在山歌传唱普及层面，没有开展相应的理论研究和曲谱的记录整理工作，特别是西岭山歌的进一步理论研究并形成完整的理论体系方面，存在后续力量严重不足的问题。在保护和传承上，一方面过于注重对山歌既有表现形式的依赖，另一方面山歌的传承呈现老年人居多、老年人为骨干、年轻人参与不足的现状，如何传、帮、带，形成老中青相结合的梯状传唱队伍，使山歌永世传唱下去，是摆在我们面前需要思考的现实课题。

目前，大邑县正积极准备将西岭山歌申报为国家级非物质文化遗产，这一做法值得称赞。"保护文化遗产、守护精神家园"，申报"非遗"目的意义重大，对于大邑推动西岭山歌文化的抢救、保护与传承，增强社会对这一文化的认同，促进这一文化交流、合作与发展，将起到积极的推动作用。

2014年11月，该文在国家核心刊物文化部《文化月刊》刊出，对当年12月西岭山歌被国务院批准列入第四批国家非物质文化遗产保护项目，起到了积极的宣传推介作用。这是后话。

2014年8月于四川大邑

北小科创走进人民大会堂

创新是一个民族进步的灵魂，是国家兴旺发达的不竭动力。创新意识与创新精神在青少年中的大力推广和普及，关系到整个民族的振兴大业……

——题记

引　子

2004年5月16日，首都北京人民大会堂。

上午8：30，中国少年科学院第三届小院士暨"争当小实验家"活动表彰大会在这里隆重举行。

来自全国22个省市区的200多名经层层选拔出来，汇聚在此的"小实验家"、"小院士"，身着鲜艳服装，佩戴红领巾，精神振奋地早早来到天安门广场西侧、人民大会堂东大门，排队等候入场授奖。

在此行列中，四川大邑北街小学的9名学生，由包蕾副校长带队荣幸参会。

北街小学的科创走进人民大会堂，走上人们心目中最高的领奖台。

当天的表彰大会盛况，通过新华社、《人民日报》、中央电视台等数10家新闻媒体，迅速传遍华夏大地……

上篇：风光的首都之行

踏上征程

为了此次风光的首都北京之行，北街小学作好了充分的准备。

5月13日早晨6：00，北小校门口。

进京参加全国首届"争当小实验家"总决赛的9名孩子，在家长带领下早早来到这里集合，个个精神振奋、意气风发，充满喜悦的小脸如三月春风里的桃花一般灿烂。

此次率队进京的是北小副校长包蕾，她将作为四川"全国科学实验体验活动示范校的校长代表，带领学生参赛并参会领奖。

汽车从县城开往成都，坐在急驰前行的汽车上，缕缕晨曦穿过轻纱般的薄雾，照射到稚嫩的脸上，孩子们的心犹如春天里放飞的风筝，飞向空中，飞向蓝天，飞向那神圣庄严的首都……

到达成都，与那里在全省选拔来的11名中小学生汇合，20名学生加上3名带队和四川组委会工作人员，24人一行再乘大巴车赶往火车站。不少学生是第一次乘坐火车，本来就机灵好动的天性，使得他们对什么都感到稀奇、新鲜、刺激，见什么问什么，问题既充满天真幼稚，又超过常人想象，车厢里充满欢笑声……

火车犹如长长的钢铁巨龙穿山洞、过桥梁，翻秦岭、跨黄河，经一天一夜于14日下午2：40抵达北京。四川队24人排成长

队出站后，全国组委会的大客车已在那里等候多时，上车后汽车便开往住宿地大江山饭店。

沿途，孩子们边看着车窗外的景色，边听组委会工作人员不失时机的介绍，看着、听着便兴奋起来，"哇！""哇噻！"的惊叹声、赞美声不绝于耳，车厢里顿时热闹起来。他们完全被北京这座集现代化与古文明于一体的城市吸引了……一幅多么美丽的壮景啊！

北京，祖国的首都；北京，祖国的心脏，我们来啦！"我爱北京天安门，天安门上太阳升……"一个孩子情不自禁地哼出这首歌曲，大家随着齐声唱了起来，人人都沉浸在来到首都怀抱的激动氛围中，不一会儿就到达了大江山饭店。

组委会人员一看到四川队到来，都满脸笑容地迎接。看到这些可爱的孩子，组委会的叔叔、阿姨一会儿摸摸这个孩子的脸蛋儿，一会儿摸摸那个孩子的头，时而嘴里还说："这些小'实验家'，真可爱！"

由于第二天就要参加比赛，下午和晚上就让学生在宾馆里好好休息。晚上9：00，包蕾到各房间巡查孩子们是否休息，推开吕一星和何梦琳的房间，发现他俩都没有睡，何梦琳趴在床上用笔描画，吕一星手捧着参赛用的实验箱，正小心翼翼地检查零配件是否完整。

别的房间的孩子几乎都没有睡，有的复习操练实验，有的在复习有可能提问、考到的试题……虽然一路劳累，但这些孩子们还是睡意全无，他们惦记着第二天的大赛……

"孩子们，只有勇敢、自信的战士，才能取得胜利……只有睡得好，才能考得好……"包蕾几番鼓励、几番抚慰，孩子们心里平静多了，很快便进入梦乡。

沉着应战

4月15日早7：20，大江山饭店大门口的广场上已聚集了几百人，人声鼎沸。

包蕾更早一些起来，组织孩子们匆匆用完早餐。看到他们经过一个晚上的休整，个个精神饱满、状态良好，心里更加踏实多了。

参赛的数百名选手聚集在这里，等待上车前去赛场。这时，外面正下着大雨，组委会给每人分发了一件雨衣。在组委会的指挥下鱼贯而上，大客车将孩子们送到赛场。

本次全国性大赛分天文、生物、电子三个组进行，赛场分设在北京天文馆、首都师范大学实验室和北京太平桥第二小学进行。北小的9名选手，分3组去了各自的赛场。

包蕾目送他们并鼓励道："相信你们，会成功的。我等候你们的好消息。"

8：00，比赛正式开始，非常严格，每个赛场仅有八九个考生，是一对一的监考，而且考生之间相距很远。

北小的这批选手是先通过学校1000人次的竞赛、选出前100名，然后参加省级决赛获得前40名的一二三等奖选手。虽然年纪小，但他们在学生科创方面基础扎实，是经风雨、见世面、有备而来的，个个能够认真思考，沉着应战……

包蕾心里有数，相信北小孩子们的实力。

大会领奖

5月16日上午8：30，人民大会堂。中国少年科学院第三届小院士暨"争当小实验家"活动表彰大会，如期在这里隆重举行。

这是团中央、全国少工委实施"科教兴国"战略，发挥共青团、少先队组织优势，在全国少年儿童中开展体验教育的重要举措，也是全国科技活动周的一项重要内容。

全国政协副主席阿布来提·阿不都热西提，共青团中央书记处书记杨岳，教育部、科技部、中国科学院等部门领导及著名科学家戚发轫、杨乐等院士，出席了表彰大会并向获奖小选手颁奖。

"中国少年科学院小院士"，是全国少工委、中国少年科学院，为引导和鼓励少年儿童学习科学家精神，热爱科学、参与科普实践活动而设立的最高荣誉称号，能参赛获奖实属"凤毛麟角"。

虽然参赛选手全是些小学生，但是此次赛事的规格之高、规模之大，实属少有。这是党和国家重视科学技术的具体举措。

在隆重的表彰大会上，北小的9名学生均获得金、银、铜奖的好成绩。他们是——

北小5.3班：叶翔宇，男，11岁，电子组，金奖。爱好看书学习，好动好问好玩，喜欢科创制作，尤其是电子拼装。

北小5.2班：卿紫菲，女，11岁，生物组，银奖。爱看书、搞小发明，喜欢生物实验。她和同学设计的"诺亚方舟"，获中央电视台"异想天开"比赛一等奖。

北小4.2班：何梦玲，女，10岁，天文组，银奖。

北小5.1班：蔡圳江，男，11岁，天文组，银奖。

北小5.2班：黄琳，女，11岁，天文组，铜奖。

北小5.1班：冠汀曳，男，11岁，生物组，铜奖。

北小5.3班：吕一星，女，12岁，电子组，铜奖。

北小4.5班：徐茂森，男，11岁，生物组，铜奖。爱好科技，科技竞赛多次获奖。

北小5.2班：余金润，男，11岁，天文组，铜奖。

金奖得主

叶翔宇是北小5年级3班学生，他是此次全国大赛金奖得主，成绩是42名金奖的第5名，被荣称为全国"小实验家"，离"小院士"仅一步之遥。

叶翔宇获得如此殊荣，自然有他的独特之处——

机灵好动好学的叶翔宇，从小就喜欢在夜间观看浩瀚的星空，蓝色苍穹是那样的充满奥妙，银河、月亮、星星是那样的亲切……

从幼儿园开始识字起，叶翔宇就爱看《十万个为什么》丛书，管他看得懂、看不懂，他都要看，而且很认真。读小学1年级，他已把《小儿百科全书》《少年哥百尼》看完了，有不少基础性的天文知识，过目不忘。

翔宇的父母非常支持儿子在学好语文、数学主课并取得好成绩的同时，支持、鼓励他的天文小实验。只要是儿子需要的书籍和搞实验用的器材，他们都舍得花钱购买，尽量满足。

4年级时，翔宇参加县华罗庚杯数奥比赛获二等奖。为此，爸爸、妈妈特别奖给他一副天文望远镜，这对他研究天文如虎添翼。

翔宇不仅对天文爱好如痴如醉，而且对看不见、摸不着的电子非常感兴趣。他把中小学应用的"实验箱"所设置的120种电路图，全部熟记在心，随时能够组装应用。翔宇设计制作的电动机磁铁控制音乐门铃，参加省"小实验家"选拔赛一等奖。载誉归来的翔宇，坦诚地说：他要冲刺全国"小院士"目标……

翔宇壮实的身材、灵动的眼睛和他的宏志，让人相信他会获得"小院士"桂冠。

院士对话

5月17日，北京。中国科技馆高大宽敞、富丽堂皇的科技会堂。上午9：00，这里正进行一场"大院士"与"小院士"别开生面的科学对话。

"钢笔在没有重力的太空写不出墨水，美国人花很多美元研究解决了这个问题。俄罗斯人说，用铅笔不就行了吗？请问戚爷爷，哪个办法更好？"

"我看都是好办法。总的原则是，适合自己的就是最好的。"

"杨利伟叔叔穿着那么重的太空服，怎么上厕所啊？"

……

面对"神舟"五号总设计师戚发轫院士，中国少年科学院的200多名"小院士、小实验家"们，有问不完的新奇问题。

北小的9名学生参加了如此高规格的与科学家对话，心里自然非常高兴，都瞪着一双机灵的大眼睛，听得全神贯注、津津有味……

叶翔宇的小手举了半天，也没有轮到他与科学家对话，着急不已。灵机一动，他跑到最前排的地方，又把小手高高举了起来，引起了台上的重视。

这下轮到他提问了，只见他郑重其事地发问戚爷爷："前苏联宇航员加加林1969年上天。时隔30年后，我国宇航员杨利伟才上天。那么，我国航天技术什么时候才能赶上世界领先行列？"

提问虽然出自一名11岁孩子之口，却提得非常有意义，戚爷爷认真回答了这一问题，这让叶翔宇激动不已。这不，"叶翔宇"名字的本意，就是要立志"翱翔宇宙太空"，提的问题也是太空发展技术。

长达两小时的院士对话结束，叶翔宇和北小其他几个孩子一起，勇敢地几经请示大会工作人员，找到戚爷爷请求题词，戚爷爷看到这些天真可爱的小家伙们，欣然为孩子们题词：

"努力学习，热爱科学；打好基础，攀登高峰。戚发轫2004.5.17"

北小学生能与"神舟"五号总设计师直接对话，是一件非常荣幸的事情。

下篇：崛起在静惠山下

美丽校园

川西大邑，蜀之望县；静惠山下，美丽县城。

这里座落着一所美丽的校园——大邑县北街小学；这里有2100多名学生、140多名教职工；学校占地面积20亩，校舍、办公场所2万平方米；这里一年四季，绿树成荫，春色满园……可谓"石蕴玉而山晖，水怀珠而川媚"。

春华秋实，岁月如歌。北街小学始建于1917年，历史悠久、人文厚重，地处县城中心地段，校园环境优美舒适，一直是人们心目中向往的一所好学校。北小远在上个世纪70年代，就被列为四川省重点小学，2002年4月被评为成都市第一批义务教育示范校，这一荣誉标志着北小已跻身于成都市名校行列。

北小是"全国科学实验活动示范校";

北小是"四川省科技教育示范校";

北小是"成都市科技教育示范校"。

北小三个金字招牌,闪闪发光……

科创立校

"多一个评价学生的标准,就多一个有特色的学生,就多一个学生成才的机会。"这是北小人执著的教育教学理念。

中国的教育教学改革已提倡多年,如何从"应试教育"的误区中解脱出来,全面推行"素质教育",上至教育部专家学者,下至省市、基层中小学教育者,都不懈地努力探索与实践。开拓进取、勤劳智慧的北小人已探索出自己创新教育、发展教育的新路子。2002年,在杨元彰校长的带领下,学校坚持"以人为本、艺术育人、创新发展"的办学理念,特色教育很快凸现出来。

"合格+特长"是北小的培养目标。所谓"合格",就是要求学生认真完成学科学习任务,文化知识全面掌握;所谓"特长",就是要求学生在学科知识全面掌握、成绩优良的前提下,根据自己的爱好发展一至二门特长,以促进健康成长、全面素质的提高。开展以艺术特色、双语特色和科创特色的"三特"教育教学,以特色立校、特色创品牌的思路,激励着每一个北小人。

科创活动是北小多年来盛开不败的一枝奇葩!

设施一流、环境优美的北小科技楼,以50万元的硬件投入,高素质的教师配备,在望县大邑首屈一指。科技楼的投入使用,北小进入了规模化、规范化的"根据地"建设。也正因为如此,北小的科创活动才得以提升到了"科技特色"的高度。

动手动脑做实验是学习自然科学的最基本方法。北小实验室有神奇的"实验箱"，尽收微观世界与宏观天象，堪称是一个实验"百宝箱"。凡玩过这个"百宝箱"的学生，家长不但用不着担心孩子在小学阶段自然科学学不好，而且也不必担心他们在中学阶段的理化学科掉队。

电子是抽象的东西，学校实验室的"电子音乐"实验箱，却让看不见、摸不着的电子知识形象化、具体化。短短几分钟，学生们便魔术般地组装出各种声、光、电效果皆具的电路来。

为了把全校2000多名学生引入科技的殿堂，北小坚持普及与提高相结合，在全面进行普及性科技教育的同时，充分发挥兴趣小组的作用，把科创教育延伸到更广阔的课堂。

2003年9月，北小每班每周开设一节科创课，由专职教师任课，教师自编校本教材，实现了精英教育向普及教育的大跨越。

努力探索创新教育途径，培养素质全面、具有创新精神和崇尚科学的新世纪人才，是北小人不懈的追求。

"方舟"起航

2003年4月7日，一个阳光灿烂的日子。"中央电视台来北小拍电视啦！"这喜讯在北小2000多名师生中迅速传开。

上午10：00，在北小美丽宽敞的操场上，央视《异想天开》栏目摄制组在这里进行"诺亚方舟"演示现场拍摄，将学生精心设计制作的圆形"飞碟"小船，在水池中运载4叠硬币试验成功的全过程，录入镜中……

2003年5月8日，央视第十套节目直播北小参赛作品"诺亚方舟"，长达5分多钟，中国科技馆馆长王渝生，对北小作品大加赞赏："作品把古老的传说与外星人的'飞碟'巧妙结合，真是异想天开……"

获央视"异想天开"比赛一等奖作品"诺亚方舟"，是北小卿紫菲、沈关寒、刘人心3位同学在老师的精心组织、辅导下，设计制作成功的。早在2002年11月，学校便在2000多名学生中开展"异想天开"的创意大赛，经过初评，筛选出10套方案，邮寄给央视"异想天开"栏目组。2003年3月下旬，北小收到央视回音，选上"诺亚方舟"设计方案。

消息传来，大大鼓舞了学校科创组的老师和同学们。在学校领导的全力支持下，短短半个月时间，同学们就成功制作了"诺亚方舟"作品并获奖走进央视。

北小的科创教育随着这奇妙的"方舟"走出大邑、走出四川。

北小的科创教育特色在曙光中鸣笛、起航，迈向那广阔的知识的海洋……

辉煌成绩

北小一直坚持对学生的科技教育，以创建科技教育示范校为载体，创造性地开展了丰富多彩的科创活动。因此，科创活动是北小的办学特色。

他们踏平坎坷成大道，一路走来一路歌……十年磨一剑，心血变成果。

2000年5月，北小参加"成都市第十届创造发明科学论文赛"，获一等奖。

2000年7月，北小参加"成都市第九届运动会航空模型赛"，获第5名。

2000年5月，北小参加"成都市第七届青少年空海模竞赛"，获团体一等奖。

2001年11月，北小参加"成都市青少年科学创意运动会"，获一等奖。

2002年6月，北小参加"成都市第五届青少年科普知识竞赛"，获一等奖。

2002年6月，北小参加"成都市第十三届青少年空海模竞赛"，获一等奖。

2003年4月，北小参加全国"争当小实验家"（四川）竞赛中，40人次获奖。

2003年5月8日，北小参加中央电视台"异想天开"设计比赛，获一等奖。

近5年来，北小参加全国、省、市、县各级各类科技竞赛，有1000人次获奖，有10多名教师获优秀科技辅导员奖。

2002年10月，北小被评为成都市科技示范校，11月被评为四川省科技示范校。

2002年12月，北小被评为"全国科学实验体验活动示范校"。

科技之星耀北小，科创教育结硕果！

辛勤园丁

北小科创活动取得成功，世人瞩目。

探讨北小成功之秘诀：一是他们办学方向、思路对头，一届又一届的校领导在县教育部门的正确领导下，坚持特色科创、创品牌之路；二是北小有一群热爱科创活动、从事科创活动的学科带头人。

"桃李不言，下至成蹊"。刘水泉便是北小众多科创学科带头人群体的杰出代表。

业精于勤，业成于敬。10多年来，刘水泉老师积极组织学生开展课内外科技创新活动，带领学生参观、考察、种植、饲养、科学实验，进行"小制作、小发明"科普活动。常年累月，在北小的实验室里都能看到他辅导学生做实验的忙碌身影；在斜江河畔、静惠山上，随处能看到他带领学生野外考察的足迹……

"若非一番寒彻骨，哪得梅花扑鼻香。"刘水泉在探索中前进，在前进中发展，在发展中求果，一直是北小辅导学生拿大奖的能手。他辅导的学生，参加全国、省、市、县各级各类科技竞赛，有1000多人次获奖。该校走进央视的获奖作品"诺亚方舟"和本次进京参加决赛的作品，多半是他辅导的结果。

刘水泉已是北小科创活动的辅导能手，名声渐起。每次科技竞赛，他均获优秀辅导奖，连续多年被市教委、市科协、市航校评为"优秀科技辅导员"。而且，他撰写的科辅论文多篇获全国、省、市级奖。

尾　声

"在深厚文化积淀的基础上不断创新，在不断创新中展示自己的特色。"北小师生以"科创、艺术、双语"三大特色，精心打造自己的靓丽"名片"，逐步建立了独具特色的校本文化，光芒四射。

"雪消门外千山绿，花发江边二月晴。"北小争创名校成效显著，北小科创活动取得成功。这既是他们辛勤耕耘的结果，更是大邑教育事业取得的成果。

在这北京载誉归来、值得喜庆的白子，北小人为自己骄傲、自豪，望县人为北小骄傲、自豪！

"且持梦笔书奇景，日破云涛万里红。"科教兴国从娃娃抓起很重要。在21世纪教育要创新、教育要发展的新形势下，奋进中的北小正以崭新的风貌、昂扬的斗志和矫健的步伐，向更新、更高、更远的目标迈进！

2014年7月于四川大邑

职业教育花正红

序　言

漫山花树沐春风，清池碧波影重楼。

职高砥砺历风雨，映日荷花别样红。

一首七言古风，描绘出大邑县职业高级中学校园的优美环境，勾勒出了职高师生砥砺前行、不懈追求的精神风貌。

在市场经济的大潮中，职高人始终坚定发展信念，励精图志，开拓创新，以"团结、务实、进取、执着"的理念，扛起大邑职业教育这面大旗，诠释了职业教育丰富的内涵——

省级重点职业中学、重点职业中专、西南科技大学大邑分校、成都电大大邑分校、国家职业技能鉴定所、省级文明单位、市级文明单位标兵、成都市校风示范校……

一份份殊荣，记录了职高人的奋进历程。

2000年，全校在校生300多人；2003年，全校学生规模达800多人；2005年，全校学生规模达1600多人。3组简单的数字，表明县职高开始量的扩张、质的飞跃……

县职高在奋进中发展、在发展中跨越。

上篇：职高学子远走四方

2003年11月18日上午，一个冬阳高照、暖意融融的日子。

在县职高宽阔的操场上，彩旗飘扬，欢声笑语。学校领导、教师和众多学生家长欢聚一堂，在这里举行欢送毕业生前往外地就业的简短仪式。欢送的这批70多名电子专业应届毕业生，将前往沿海发达地区的广东工作。

重视学生的入校学习、关注学生的毕业就业，"入口"与"出口"同等重要，这是职高着力做好的一件大事。

为了这70多学生的就业，学校领导及教师一行12人，将把这批学生护送上火车，校团委书记余加贵和两位老师一路同行，直把学生护送到广东辉煌电子厂上班。此后，余加贵将继续留在厂里，与企业共同管理这批学生，让学生实现从校园到社会的完美过渡，开启人生美好的未来。

因为第一次出远门，而且在他乡长期生活、工作，那3年的校园生活、师生情谊，那父母的养育之恩、难舍之情，一同涌现在这简短而又温馨的欢送仪式上。充满青春希望和梦想的学生，佩戴着大红花，在一片老师的祝福、父母的叮咛和亲戚、同学、好友的鼓励声中，踏上人生的旅程……

像这样别开生面、充满人间温情的欢送仪式，在县职高无数次出现。

2003年12月14日，职高25名毕业学生，前往广西南宁工作。

2004年3月18日，职高20名毕业学生，前往辽宁大连工作。

2004年4月，职高28名毕业学生，前往广西南宁；5月，职高72名毕业学生，前往广东步步高电子集团工作。

2005年3月，职高24名毕业学生，前往山东青岛工作；5月，职高37名毕业学生，前往山东青岛工作，33名毕业学生，前往广东……

在一批批职高毕业生走出盆地，到全国各地就业工作的同时，县职高毕业生在本地同样成为"抢手货"、"香饽饽"。大邑本地的蓉新公司、天邑公司、泽仁实业、久源精密机械、建川实业等多家企业，纷纷吸纳职高毕业生，县职高毕业生过硬的专业技能和良好的职业素质，受到用人单位的好评，一时供不应求。

近3年来，县职高共输送了400余名毕业生前往外地工作的同时，300余名毕业生在本县及成都地区工作。他们中有不少已有骄人的业绩——

邱川，家住安仁镇仁和街，去年到广东步步高集团工作，后被派往上海分公司，月薪2000元以上；

罗红梅，家住新场镇清源街，2002年到青岛天府姥妈集团工作，后升任主管，月薪1500元以上；

秦沛，家住龙凤乡6村，2003年到广东辉煌电子厂工作，升任线长，管理80余人，月薪1600元以上；

王遵义，家住凤凰安乐村，去年到南宁老石集团工作，升任领班，月薪1200元以上；

李明剑，今年到大邑天地广告公司从事电脑操作，月薪600元以上；

万君，家住唐场古镇，在唐场快乐幼儿园担任教师，月薪600元……

按当时的市场物价和工薪族的收入水平，人均工资也就五六百元左右。然而，凡职高毕业出去工作的学生，都有一技之长，而且吃苦耐劳、好学上进，其工资收入往往要高过平均水平。

这些职高毕业学生以每月人均收入800元计算，每年可挣500

万元现金，至少有200万元邮回大邑，为振兴地方经济作出了贡献。

在当今就业形势日趋激烈，众多大学生就业难的情况下，职高毕业生却被众多用人单位抢走。这源于职高强化学生技能培训与就业指导相结合的成果。

——做好学生就业指导培训。学制3年的职业高中，在第三、四学期时，学校根据学生实际开设了就业指导、就业讲座、就业咨询、职业道德等课程，为学生在思想上、心理上做好就业铺垫工作，帮助学生正确认识自己，准确定位，合理选择岗位作好准备。就业前的家长座谈会、学生安全思想教育会，进一步指导家长帮助孩子正确择业，协同学校、用人单位共同教育孩子，为用人单位输送合格员工又做了很好的铺垫。

——就业全程护送管理。凡经学校推荐到外地实习、就业的学生，学校均派专人护送，从火车票的预订到途中饮食卫生、安全旅程等进行全面的监管，以确保学生安全顺利到达目的地。去年4月，毕业生唐小江前往广东工作时，因水土不服，上吐下泻，高烧不止，随行的两位老师及时将其送往医院治疗并日夜陪护直至痊愈。

对学生就业相对集中的用人单位，学校派专任教师协助用人单位全天候进行管理。2003年11月，余加贵护送学生到广东后并一直驻扎在那里，与学生同吃住，精心管理学生，直至一年后这批学生工作完全稳定后才返回。自2003年以来，学校先后派出4名教师分驻南宁、广东、大连等地管理学生。这些举措，颇让学生满意、家长放心。

——做好毕业生就业跟踪服务。凡职高毕业学生到达用人单位后，学校就业处就开始就业跟踪服务。随时走访用人单位，了解学生生活、工作情况，提供服务并及时与家长联系。针对个别往届毕业生就业后因对工作不满而自行辞职的情况，学校及时与其联系，并继续为其推荐新的工作岗位，一次、两次……直至就业工作满意为止。家住银屏白乐村的2004届旅游专业毕业生余兰，因不愿到外地工作，多次在本地应聘未果，本人和家长一度为找工作而发愁，学校多次推荐用人单位，余兰最终在远星轮胎厂驻成都办事处工作，月薪800元以上，全家非常满意。

为给每一名学生找到满意的就业出路，学校先后在广东、大连、青岛、南宁、上海、西藏设立"就业办事处"，加强沟通联系，建立供需信息网络，负责为毕业学生联系推荐工作。学校从对用人单位的资格审查、工资待遇、劳保福利的反复磋谈，到学生就业的生活、工作环境都一一考查，关怀备至。

2003年，余加贵老师两次往返广州；2004年，李健老师两次往返南宁；今年，张敏老师3次往返广州、李健两次往返大连……点点滴滴的事实证明：学校为每名毕业生推荐的工作，均工资待遇高，福利条件好，工作环境优。

学校以实际行动履行了对学生和家长的承诺：学一技之长，就业有保障。自2002年以来，职高毕业学生就业率均在97%以上。

中篇：爱心铸就学生成才

有人说，没有爱的教育是失败的。爱可以创造奇迹！

职高面对贫困生、后进生、双差生充满爱心，满怀希望，把学生的事当成自己的头等大事，把学生的成长当成自己的责任，用爱的语言激励他们，用爱的智慧启迪他们，用爱的行动感染他们，用爱的双手帮助他们，使他们一个个成长、成才、成功。

学校确立了"爱校如家，爱生如子；以理服人，以情感人"

的16字座右铭，提出"学校无小事，事事都关育人；教师无小节，处处皆楷模"的师德师风标准，不歧视、不放弃任何一个差生。

2005届计算机专业班学生杨某，父母常年在外地打工，将其托付给亲戚代管。由于缺少家庭的教育和管束，他的行为习惯差，学习基础弱，进校不久便屡次违反校规、校纪。家长对孩子没有了信心，班主任刘丽萍和政教主任王蓉琴，两名老师却始终没有放弃他，轮流看管，细心引导，每周末亲自送其回家。在爱心的感召下，杨某"浪子回头金不换"，不仅完成学业、顺利找到工作，而且在工作单位还多次受到表彰。

2004届计算机专业班学生郑某，因父母离异，家庭管教不够，沾染了一些社会不良的东西。到职高就读后，班主任和科任老师对他倾注了大量的心血和无限的爱心，耐心细致地教育，引导他逐步丢掉坏习惯，及时表扬他的点滴进步，直至他彻底改变过来。该生毕业就业后，在给老师的信中这样说道："是学校老师的不歧视和不放弃，使我获得了新生，并彻底改变了我的人生。我发至内心，真诚感谢学校和老师！"

学校为加强学生管理，实行行政包班，除班主任、副班主任外，还聘请保安人员和男女生宿舍管理员24小时值班；行政值周、教师值周、班主任、管理员、学生干部等，形成一支强有力的管理队伍，对学生在校的吃、住、学、行，进行全方位的监督管理。从校长到班主任，每期轮流到学生宿舍协助管理2至3周，与学生同吃同住同生活。学校对学生的关怀无处不体现：学生衣服破了，管理阿姨及时缝补；学生生病了，教师及时护送医院诊治。生活上、学习上无微不至的关爱与照顾，使众多住读生感受到家的温暖。

2004届学生舒忠丽，因身体原因多次在宿舍晕倒，每次都是

213

管理老师背着她送往医院。

2005届学生黄梦松，半夜时分突发急性阑尾炎，时值李艳斌校长住在男生宿舍，李校长立即将他送往县人民医院，垫交了住院费，在手术单上代家长签字并通宵陪护。黄梦松远在50公里外西岭镇的父母，第二天早上闻讯赶来，看见孩子安然无恙时，感动得泪流满面。

2007届学生李某，因家庭原因产生轻生念头，值班老师在学生就寝前查房时发现了李某的异常表现，立即警觉起来，当夜值班的王蓉琴主任和两个管理人员通宵未眠守护她，与她交心谈心做思想说服工作。第二天一早，班主任严颜又接着给她交心谈心，并请来心理咨询老师为她作心理疏导，学校还派两名教师全天陪伴。经过一天一夜的心理攻坚战，该生终于放弃轻生念头，回归正常上课。李某的父母得知后赶到学校，感动地说："你们是我遇到的最好老师，是我娃娃的福气。感谢你们挽救我的孩子！"

学校以"今天我以校为省重而自豪，明天校以我成才而骄傲"，作为学生教育的切入点，从大处着眼、小处着手，跟抓学生行为习惯养成教育并落到实处。从新生入学教育、行为规范活动教育、礼仪活动教育、法制知识讲座、心理健康讲座、国防知识教育、诚信教育等全方位进行施教，使学生养成良好的行为习惯、健全的心理和完善的人格。一名学生在周记中写到："自从来到县职高，我学会了许多东西，学校教会了我如何做人，我改变了很多。我要为报答学校老师而好好学习。"

"让每一个孩子享受教育，让每一个孩子享受成功"这一办学理念，职高不仅写在墙上、喊在口上，而且从校长到每一名老师，人人如是做。

为让更多的贫困家庭子女入学，学校在市、县收费标准的基础上大幅下调收费标准，实行三年制只交两年学费、两年制只交一年半学费举措。此外，深入学生家庭大力宣传国家教育扶贫政策，对部分享受教育贫困资助后仍然贫困的学生采用缓、减、免学费的政策。学校提供奖学金、贷款制等方式，帮助优秀贫困生完成学业。

2003届财会专业学生梁宁丽，家住偏僻山区的金星乡农村，父母身患重疾，家庭非常贫困，在学校为其减免了学费的情况下，她仍面临辍学，学校师生为她捐款捐物，并积极为她联系资助单位。大邑环宇热缩材料厂一名热心的林女士，闻讯后慷慨资助她的生活费，使她顺利完成学业。2003年7月，梁宁丽以优异成绩考入四川农业大学本科。

2005届春招学生徐建根，家住青霞镇山区，父亲因病无经济来源，该生是一天只吃一顿饭，饿着肚子上课。学校得知后，立即为他解决了生活问题，使其能安心读书。

2005届学生代文艳，家庭遭遇不幸，父母双亡成了孤儿，被寄住在银屏敬老院。在学校的大力资助下，代文艳顺利完成学业，并在广东步步高集团愉快生活、工作。

学校急学生所急、解学生所难，事事处处为学生着想，使广大贫寒子弟学有所成，并改变了个人和家庭经济面貌，职高人以实实在在的行动，为培养人才在默默奉献。

下篇：桃李不言下至成蹊

职高的李艳斌校长是一位治学有方的能人，对新时期职业教育敢于探索、实践、创新，紧跟时代发展步伐，努力求得职业教

育兴盛和学校的发展与壮大。

职高的教师群体，发至内心地敬佩自己的能人校长，形成上下团结一致、献计出力、扎实工作、共同抓好教学管理和质量的良好局面。

学校颇具特色的"订单培养、定向培养、定位输送"、"2+3五年制大专班直通车"、校企联合办学等举措，充分满足学生求学的愿望；全体教职工深入山区、农村、乡镇，历风雨暴炎晒，走村串户搞宣传职教，艰辛而执着；设备不足，教职工你三千我五千，主动筹款购置设备的场景令人感慨；为了确保学生的学习，教师把办公桌搬到教室、家里；挪出房间供学生住宿，青年教师把宿舍从校内搬到街面，又从街面搬到租住房……

这一幕幕，无不让人感慨职高人坚韧不拔的进取精神。

"面向社会需求，尊重学生意愿，灵活设置专业，兼顾两种选择，培养优秀人才。"这是职高职业教育的出发点和落脚点。

为此，学校以市场为导向，以人才为根本，大胆进行课程的综合化改革，逐步构建起"改革必修课，开设选修课，加强技能课，丰富活动课"的课程体系，确立专业课的改革思路：

紧紧围绕一个核心——工作能力；

关注两个重点——课程综合化改革和形成技能训练体系；

力争三个突破——转变观念、形成综合课程（训练体系）开发模式和形成操作途径。

通过一系列的改革，文化基础课难度大大降低，专业基础、专业技能有效增强，极大地激发了学生学习的兴趣和动力。而选修课的开设，又为不同起点、不同层面的学生，提供了自主选择、自主学习、自主发展的空间，全面提高了学生的素质。学生选课、学生选教师，进一步增强教师的学习意识和竞争意识。今年，教师自主开设了28门选修课，共有1113名学生参加选修课学习。

课程改革极大地改变了传统教学模式，取得了可喜的成绩，受到了学生、家长和社会的一致好评。

2003年11月，在成都市郊县计算机专业技能大赛中，县职高一举囊括了三个一等奖。

2004年10月，县职高的幼教、旅游、计算机、电子专业学生参加成都市"高教社杯"技能大赛，成绩名列郊县前茅。

今年5月，县职高学生参加成都片区的幼教、旅游、电子专业技能大赛，获得三个一等奖、三个二等奖的优异成绩。

没有良好的师资力量、过硬的教师队伍，哪来的教学质量。职高人深知"师高弟子强"的道理。

要培养出社会需要的优秀技术人才，教师必须是优秀教师，既有教书育人的专业知识，还必须有从事行业工作的经验和资格。为此，学校每年分赴各高等院校、大型企业，广泛吸纳、招收优秀专业教师。不仅如此，每年还花巨资选派专业教师，深入到企业和上级教育部门进行专业进修——

严颜，旅游专业本科毕业，获取国家导游资格证、餐饮考评员、礼仪考评员；

朱建波，电子技术专业本科生，家用电器维修考评员，高级电工；

王向忠，大学双本科，计算机软件工程师；

周志华，大学双本科，数据库系统操作员。

配合全员聘任制，学校实行用人与分配紧密挂钩，将责任承诺、责任追究、评议上岗、末位淘汰等竞争、激励、制约机制落到实处，让每一位教职工明确自己的责、权、利，使学校的人力

资源得以科学配置，发挥最大效益。通过几年的努力，学校形成了一支拥有42名专业教师（其中26名双师型教师）、38名文化课教师的优秀师资队伍。

这些肩负着职高人的期望和重托的教师，在自己的岗位上敬业尽职，爱生爱校，努力把自己打造成师之精品、生之楷模、技之标兵——

2003年10月，在成都市教师专业技能大赛中，职高的周志华、朱建波两名老师，分别获得一等奖；2004年11月，在成都市南片专业教师技能大赛中，田慧、严颜两名老师，分别获得一等奖，孙巧老师获得二等奖。

结合市场经济形势，学校在教学管理上大胆与国际市场的劳动准人制接轨，推行"双证制"，凡合格毕业生既要获取职业中专毕业证外，还必须取得相应的行业职业资格证。使毕业学生不只是一个简单的打工者，而且是具一技之长并有相应行业上岗证的中级劳动技术人才。

今年，全校194名学生参加普通话考证，二乙以上获证率达90%；150名学生参加计算机上岗证和电子上岗证考试，均取证率达100%；学生参加劳动部安规考试，参加车工、钳工、餐饮、客房等专业上岗证考试，合格率均达100%；所有学生毕业时，职业资格上岗证书取证率，全部达100%。

职高毕业生凭借着扎实的技能、良好的素质，以及相应完善的管理服务，都能找到自己满意的工作，做到靠"本事"吃饭。

尾　声

走职教改革之路，育新型实用人才，大邑县职业高级中学的职业教育花正红。

据有关资料反映：发达国家和地区的高中阶段教育是50%的生源读高中，走考大学之路，50%的生源走职业教育学习，直接就业。在我国东南沿海及江浙一带的发达地区，也基本趋于这样的教育布局……我国的中等职业教育，正为顺应时代发展潮流而发生巨大而深刻的变革，中等职业教育迎来了蓬勃发展的春天。

"又是一年芳草绿，依然十里杏花红。"来到职高校园内的凉亭、水榭、荷塘边，但见前来校园报名求学的学生和咨询的家长络绎不绝……从他们满意的谈笑声中，职高人升腾起新的希望。

明媚阳光普照下的望县大邑，山川秀丽，田园如画；静惠山下的职高校园，充满生机，活力无限；田田荷叶，亭亭荷花……职高人不禁心旌摇荡，在职业教育改革大潮中不断成长壮大的县职高，不正如满塘生机勃勃的荷叶、荷花，正展现着顽强、辉煌的生命力。

2005年7月于四川大邑

滚滚长江载英雄

人物小传：

李威，男，汉族，大邑县安仁镇新华村四社人，1979年3月出生，1997年11月入伍。1998年8月，李威随部队赴湖北荆州石首抗洪抢险，为抢救战友生命、保护武器装备光荣牺牲，被追认为中共党员、革命烈士，记二等功。

1998年夏秋，一场特大洪灾严重威胁着长江中下游城市和广大人民群众的生命财产安全，千里长江告急。

特殊时期，情形急迫。中央军委一声令下，30万人民解放军官兵迅速集结，紧急投入到千里长江抗击特大洪灾的战斗……

就在这场伟大的长江抗洪保卫战中，一个英雄的名字响彻湖北荆州大地、传遍大江南北。

他就是广州军区某部的四川大邑籍战士、抗洪英雄、革命烈士李威。

战士百炼成钢

植物、花草都需要阳光雨露、土壤营养才能生长。从百姓到军人、从战士到英雄，同样有一个成长的环境和过程，李威也不例外。

1997年11月，来自大邑县安仁镇新华村四社一个普通农家的儿子李威，满怀18岁青春的希望，带着从军紧握钢枪保家卫国的美好梦想，告别了家乡和亲人，光荣入伍来到祖国南大门广东深圳服役，开始了军旅生活。

李威所在的广州军区某部一营机炮连，现代化的军营环境优美舒适，常青的棕榈树、椰子树等南方植物，以及四季盛开的鲜花犹如大花园。从未见过大海的李威，看到海天一色、波涛翻滚的大海，心胸也开阔多了。

深圳是一个年轻开放、充满活力的繁华城市，对李威来说却是一个环境陌生的地方。入冬的深圳还像家乡夏天高温那样，热得李威吃不下饭、睡不好觉，严重的"水土不服"。全身长满热痱子，夜间躺在床上如蚂蚁爬身地刺痒难受，白天满身汗水浸泡的皮肤同样不舒服，加上第一次远离父母的思乡情结，感到很不适应。

部队地处深圳龙华区的龙华镇，一墙之隔的军营生活却与外界灯红酒绿的繁华热闹形成天壤之别。特别是新兵3个月的封闭训练是异常辛苦，作为独生子女一代的李威虽然出生的农村，从小到大一直在读书，几乎没有下过田、做过工，从来没有吃过这般苦。

烈日下、风雨天，天天长达14小时的队列训练、穿越阻碍、

擒拿格斗、刺杀操、野外拉练等课目，一个接一个，整天汗水浸湿衣服，手脚磨出血泡，还没有星期天，虽然身高1.7米，但身单力薄、正在长身体的李威感到有些吃不消。夜间躺在床上常问自己：当兵咋个怎么苦哟！

李威同众多战友经历的是早餐仅1分钟，午餐、晚餐各5分钟，为赶时间经常烫得喉咙起泡，连上一趟厕所都要计算时间、来回小跑；特别是负重20公斤的5公里、10公里、20公里野外急行军，更是苦不堪言。行军结束，浑身腰酸腿痛、不能动弹……结束了新兵生活，成为了真正意义上的一名军人，但专业训练、枪械使用和机炮操作技术，以及政治思想教育、文化知识学习、军地两用人才培养等，白天晚上都是安排得满满的，同样不轻松。李威就是在这样的环境中迅速地成长。

李威在家乡上学时，与众多同学爱去操场所不同的是，学校图书馆是他经常去的地方，慢慢地养成了爱阅读课外书籍的习惯，尤其是那些经典小说。课本里有《钢铁是怎样炼成的》这一课，语文老师分析讲解完他觉得不过瘾，就到图书馆把这部书借阅了两周才还回去。在军营里，李威挤出时间到连队图书室再次把这部书找出来，安安静静、逐字逐句地认真阅读。这次的阅读从感性到理性上的收获完全不同，小说主人公保尔·柯察金的成长道路告诉他，一个人只有在革命的艰难困苦中战胜敌人也战胜自己，只有把自己的追求和祖国、人民的利益联系在一起的时候，才会创造出奇迹，才会成长为钢铁战士。特别是书中那几句经典："人最宝贵的是生命，生命对人来说只有一次。人的一生应当这样度过：当他回首往事时，不会因为碌碌无为，虚度年华而悔恨……"字字句句深刻地影响了李威。加之部队的教育培训，他的世界观和人生观发生了很大的变化……暗下决心，作为军人就要做一名中国的保尔·柯察金。

转眼到了1998年的夏天，那场史无前例的长江特大洪灾引起了国内外的广泛关注。

那些天的每个晚上，李威都要去电视室看新闻、去阅览室看报纸，每每看到洪灾愈来愈严重的消息时心里很不平静，与战友们一直议论着抗洪抢险救灾的话题。晚上睡觉时，脑海里不断浮现出电视里千里长江那惊涛骇浪的洪灾场面，良田、村庄成了汪洋泽国，众多等待转移的群众……他暗暗下了决心，如果有机会一定要到抗洪前线去，把满腔热血洒在祖国和人民最需要的地方。

履行军人天职

李威所思所想的报国机会果然降临。

8月8日，李威所在的部队响应党和人民的召唤，紧急奉命奔赴湖北荆州石首抗洪抢险，这里是千里抗洪战线最为艰难的地方。

部队人员及车辆装备组成的专列编组后从深圳出发，到广州站后再从京广线一路北上，因为是执行紧急任务的抗洪抢险军列，铁路沿线一路旅行、日夜兼程，风驰电掣般地直奔武汉。到达武汉后，几十辆军车从火车皮上开下来又组成长长的车队，马不停蹄地沿江经仙桃、过潜江，昼夜不停向荆州石首进发。数十小时的急行军，让李威亲身体会到了"兵贵神速"这个词的含义。

李威和战友们先前从电视里大致了解到长江洪灾严重的情况，可沿途亲眼看到的灾情比他们想像的还要严重。当接近长江

边的石首地区时，稍为低矮处的村庄、农田被洪水淹没得几乎没有了踪影，平房仅剩个屋顶，二层的楼房变成了平房，一些仅露出树梢的大树竟成了航标……

通过身临其境的所见所闻，心情越发沉重起来的李威深感此行千里抗洪抢险，任务艰巨、责任重大。

"养兵千日，用兵一时"。此时此刻，李威对部队出发前的紧急动员令还字字句句记在心里，他对此行已有了充分的思想准备，这是到了祖国考验自己的时候了。

李威随部队驻扎在离石首县城不远处的长江大堤上，这里俨然成为和平时期军人浴血奋战的战场，那波涛汹涌的洪水就是他们要战胜的敌人。

在长江5次洪峰至6次洪峰之间那些抗洪抢险救灾极为紧张艰苦的日子里，李威和他的战友们日夜坚守大堤、严防死守大堤，几乎每天都要经历一些像魏巍在朝鲜战场上采写《谁是最可爱的人》一文中的那些情景，那些令人震撼、影响灵魂的军民鱼水深情的故事。

有一天中午，一位中年妇女在骄阳烘烤下疲惫地带着不满10岁的女儿来到大堤上，满脸哀求地对李威说："解放军兄弟！我的女儿已经3天没吃东西了，能不能给点干粮给孩子。"李威见此情形二话没说，立即打开背包将自己备用多天都舍不得吃的两袋饼干，悉数给了母女。李威看到饿坏了的小女孩狼吞虎咽地吃起来时，双眼噙泪，欲说无语。

李威的战友在回忆李威时，曾谈到这样一件事。一天，一位六七十岁的婆婆双手怀抱一只装满炖好鸡汤的砂锅，虽然行动不方便还是蹒跚吃力地来到李威他们驻防的大堤上，双眼含泪地对李威他们说："我的家和家人都被洪水冲走了，只有一只下蛋的老母鸡拿来炖汤，你们喝点补补身子。"见此情形，李威捧着那碗鸡汤怎么也喝不下去，感动、激动得语无伦次："大娘，你放心！我们、我们一定能够保住大堤，一定保住你的家乡。"

李威是这样说的，也是这样做的。无论是扛沙包、打木桩、堵缺口，用无数的沙包增高江堤，还是日夜检查江堤险情，他总是冲在最前面、表现最突出……虽然不是战火纷飞的战场，虽然只是和平时期的抗洪抢险，但李威和他的战友却目睹了很多惊心动魄的场面，经历了很多次生与死的考验。

一天中午，离李威驻防不远处兄弟连队的一名战友，肩扛上百斤的沙袋正努力往大堤上爬行，可能是由于多日劳累、烈日暴晒和用力过猛等因素，突然间头部百会穴喷出近一尺高的鲜血，一个趔趄扑倒下去又被重重的沙袋压住，身旁的战友见此情形，迅速推开沙袋将晕迷不醒的战友扶起来……被直升飞机火速送往武汉陆军总医院救治，最终也没能挽救回这名战友的生命。

在第6次洪峰到来之时，兄弟连队防守的大堤出现了一道裂缝，不一会儿便撕开了一个缺口，浑浊的洪水顿时汹涌地倾泻到大堤外……一个排的兵力手挽着手组成人墙迅速堵了上去，后面的人立即开始打木桩、扛沙袋堵缺口。就在这时不幸的一幕发生了，只见宽阔的江面涌起一人多高的大浪席卷过来，眨眼间人墙和刚打下的几根木桩一齐被凶猛的洪水卷走，大部分被冲到大堤外的幸存了下来，有几名却消失在滚滚长江中……

榜样的力量是无穷的，这一切让一名入伍不足10个月的战士没有了畏惧，反而在心灵上起了质的变化，精神上起了质的飞跃。李威就在这抗洪一线的大堤上，递交了入党申请书……他发誓："只要我李威在，就要死死守住大堤。"

8月16日，在抗击第6次特大洪峰的激烈战斗中，李威像钢铁

般似的4天3夜不下大堤，一直坚守在险情最大、任务最重的江堤段，他没叫过一声苦、没说过一声累，坚守到了抗洪抢险的最后胜利。

献身抗洪一线

1998年9月12日，是李威生命中的最后时刻。

9月12日午夜时分，李威随部队从抗洪抢险一线石首市东升镇的大堤返回临时营区的途中，摸黑行进的车队中的一辆军车突然发生侧翻，车上一个班的战友被无情地抛摔下来，随车携带的武器装备撒落一地……

突如其来的险情就是无声的命令，李威和战友见壮迅速跳下车，抢救战友、保护武器装备。恰恰就在这时，对面一辆地方运载抗洪抢险物资的大货车司机，没有看清楚眼前所发生的一切，那辆大货车直接开了过来……李威倒在了血泊中，不幸光荣牺牲，生命永远地停止在19岁的年轮上。

李威牺牲的消息传出后，湖北省委、省政府、省军区及荆州、仙桃、石首三地党、政、军，以及李威所在部队高度重视，在悲痛、惋惜的同时积极做好善后事务……李威的父母被从四川专车接到仙桃市，参与烈士后事的处理。

敬仰英雄，感谢英雄。军队、地方党政及社会各界及时拨捐8.8万元慰问金，给予烈士父母。勤劳踏实、不善言语的李威父母，为失去儿子悲痛万分却又深明大义，感谢部队教育、培养了儿子。坚强的李威父亲，深含热泪、悲喜交加地对部队首长说到："李威是为了保卫人民牺牲的，值得！"

可怜天下父母心。李威父母所悲的是，辛辛苦苦养育了十多年的儿子说没就没了，骨肉分离、阴阳两隔，白发人送黑发人，一时间很难接受这一晴天霹雳般的残酷事实；所喜的是儿子为国争光、为民献身，死得光荣！争气、争光的儿子，给两颗悲痛无比的心增添了几丝安慰、慰藉。

军旗增辉，告慰英灵。根据李威生前的愿望和表现，部队逐级请功，很快国家民政部为李威颁发了《革命烈士证明书》、解放军总政治部为李威颁发了《革命烈士通知书》，追认李威为革命烈士。所在部队追记李威二等功、追认李威为中国共产党党员。

9月17日上午，湖北仙桃市殡仪馆布置得庄严肃穆，哀乐低沉，一条"抗洪勇士永远活在我们心中！"的黑白横幅格外醒目，李威烈士的遗体告别仪式在这里举行。

广州军区及师团首长，湖北省及荆州市、石首市、仙桃市等省、市、县党政、防汛指导部和仙桃市各级各部门分别送了花圈。部队首长、地方各级党政领导及当地自发前来吊唁的群众，共2000多人参加烈士告别仪式。

告别大厅悬挂着李威身着军装、英姿飒爽的大幅遗像，两旁挂着"军民鱼水共筑钢铁长城保卫家园、浩瀚长江惊涛骇浪铸就时代英烈"的长幅挽联，数百个花圈分列两旁，烈士遗体覆盖着中国共产党党旗……

"滚滚长江东逝水，浪花淘尽英雄……"李威用鲜血和生命，实现了要做中国保尔·柯察金的遗愿。

英雄魂归故里

军人李威在长江抗洪抢险中英勇牺牲的消息，很快传回他的

227

故乡大邑。熟悉或不熟悉李威的家乡人民，都在痛心、惋惜一个正值美好青春年华的19岁生命的同时，无不为英雄为家乡人民争光添彩感到骄傲、自豪。

英雄李威魂归故里。中共大邑县委、县人民政府对此高度重视，决定于金秋时节的10月16日，在大邑革命烈士陵园为李威烈士举行隆重的骨灰安葬仪式。

李威对大邑革命烈士陵园是熟悉的。就在10个月前，李威和众多参军的战友就是在这里参加了由县人武部和征兵部队共同举行的新兵入伍宣誓仪式。

那天，在初冬的暖阳中，身穿绿军装、胸佩大红花、精神抖擞的李威站在近300名的新兵队列中，面对高耸威严的革命烈士纪念碑、雕刻着众多大邑英雄烈士的英烈墙，举起右手庄严宣誓："我将跨入中国人民解放军军营、成为一名光荣的军人，发誓全心全意为人民服务……服从命令，严守纪律，英勇顽强，不怕牺牲……誓死保卫祖国！"铿锵有力的宣誓声，久久回荡在烈士陵园。

宣誓仪式后，李威和战友们在烈士陵园植树，以作入伍纪念。一阵挥锹挖坑、培土浇水，李威亲自植下一棵一人多高的柏树，并对柏树说："小柏树，请你为我作证！李威一定要在部队干出成绩，建功立业！"

弹指挥间仅一年，那棵枝繁叶茂长高了些的小柏树依然在那里，而植树人却英魂归来，与它相伴。见证了李威从这里走出去实践誓言、建功立业的那棵小柏树，在为植树人李威感到惋惜的同时，也为李威感到欣慰、自豪。这棵非常特殊的小柏树，被挂上了不少寄托无限哀思的小白花……

李威烈士的骨灰，将安葬于松柏丛中的大邑县革命烈士陵园。

10月16日上午，县城北面缙云山上，松柏绿树淹映的烈士陵园格外庄严肃穆、气氛凝结，高高耸立的烈士纪念碑和宽大的英雄烈士雕塑墙下，摆满全县社会各界送来的花圈和鲜花，阵阵哀乐低沉……全县机关、学校、企业、部队代表和李威亲友以及自发赶来的群众数千人，聚集在这里为李威烈士送行。

上午8时30分，李威烈士的灵车缓缓驶到陵园桥前，在4名武警战士的护送下，覆盖着一面中国共产党党旗的李威烈士骨灰盒，一步一步地送上400多节台阶，到达缙云山顶松柏滴翠的烈士陵园纪念碑下，武警战士分立两旁肃立护灵。县委副书记、县长徐松华，县政协主席杨本清，县人民武装部部长蔡仕安，以及县委、县人大、县政府、县政协、县武装部等众多党政领导和数千群众，身着深色服装、胸前佩戴小白花，整齐队列的人群肃穆庄严……

在李威烈士隆重的骨灰安葬仪式上，宣读了县委、县政府、县人武部3家以县委红头文件，作出全县50万人民向李威烈士学习的决定——

学习他有坚定的共产主义信念；学习他强烈的革命事业心和顽强拼搏的革命精神；学习他为人民的利益不惜牺牲自己的奉献精神；学习他好学上进、团结同志、助人为乐的优秀品质；学习他严于律己、艰苦朴素的优良传统。

县委、县政府号召全县人民要掀起向李威烈士学习的热潮，大力弘扬"万众一心、众志成城，不怕困难、顽强拼搏，坚忍不拔、敢于胜利"的伟大的抗洪精神，进一步解放思想、抢抓机遇，务实创新、开拓进取，为实现大邑经济新的飞跃和社会全面进步而努力奋斗。

时至今日，李威是最后一名进入大邑革命烈士陵园的英雄人物、革命烈士，他和众多革命战争时期的老红军、老八路和社会主义建设时期牺牲的大邑革命英雄烈士安葬在一起，写入大邑英雄谱，载入光辉的革命史册。

李威烈士，大邑人民的好儿子，家乡的父老乡亲永远怀念你。

2012年7月于四川大邑

烈火金刚

引　子

　　1950年10月19日的黄昏，东北丹东，中朝边境，鸭绿江畔。

　　一列长长的火车在夜幕的掩盖下，轰隆隆地开过鸭绿江铁路大桥，驰入朝鲜境内……中国人民志愿军雄赳赳、气昂昂跨过鸭绿江，开赴朝鲜战场，中国的抗美援朝战争就此拉开序幕。

　　共和国诞生之初爆发的抗美援朝战争，是对新中国的一次严峻考验。党中央审时度势、英明决策，不仅在国内掀起了一场轰轰烈烈的"抗美援朝、保家卫国"的爱国运动，而且毅然决定抗美援朝、保家卫国……从此，那"雄赳赳、气昂昂，跨过鸭绿江；保和平、保祖国，就是保家乡……"的志愿军歌曲，铿锵有力、激昂雄壮，由亿万人民唱响华夏大地，经久不衰。

　　半个世纪后的今天，抗美援朝战争早已写入人民共和国的历史档案，但那整整唱了半个多世纪的革命歌曲，一直激励着一代又一代人成长。

　　半个世纪后的今天，华夏大地尚有不少志愿军老战士幸存，他们在祖国大家庭的温暖怀抱里安度晚年。

　　半个世纪后的今天，一个雪花飘飞、梅花怒放的新春日子，

笔者驱车专程前往大邑县的西岭镇敬老院，寻访一位志愿军老战士，他就是西岭镇高店村四社现年73岁的张敬明老人。在问明了采访意图后，这位老人喜出望外，甚至于有些无所适从。

之所以采访张敬明，是因为从小就认识他，他不时会讲起自己参加志愿军的故事，给我的印象非常深刻。此次采访，也是我见他的最后一面。

在大半天的采访中，他一直沉浸在几十年前的回忆中，而且边回忆边叙述，记忆犹新地讲起了半个世纪前他亲身经历过的那场战争。

热血男儿报名参军

光阴荏苒，往事如烟，时间要整整推移到半个世纪前的1953年。

那年的新年元旦过后，党中央面临抗美援朝战争的时局发展形势，再次在全国范围内动员和征集志愿军赴朝参战，以夺取这场战争的最后胜利。

动员令一级一级地很快就传达到了大邑，像往年一样，县乡村三级干部迅速动员组织热血青年报名参军。当时，刚刚翻身得解放的广大人民群众，深切地感受到共产党领导英明、人民政府好，政治思想觉悟都比较高，建设新中国的热情高涨，一呼百应地积极支持、鼓励家人报名参军。双河乡高店村四社21岁的张敬明，就是其中的一名热血青年，热爱新中国、热爱新社会，自觉自愿要当兵上前线、保家卫国。

张敬明是个独子，父母膝下就他一个"独苗苗"，年过50的父母双亲这一关能不能行得通，他心里却没底儿。没想到父亲张军本来就是个豁达大度的豪爽人，加上政府这些天来的宣传动员深入细致、深得人心，所以态度鲜明非常支持他去参军，同时还帮助做了几天他母亲的工作，最后是老俩口都支持他的选择。

参军报名开始了，张敬明放下挖冬地的农活，从高山的上草坪一口气跑下山，来到位于两河口的乡政府，找到武装部顺利报上了名，他为此高兴不已。

仅隔几天，张敬明就和本乡的其他10多名青年在武装部干部的带领下，步行30里路到了邮江区医院参加体检。没想到体检非常的严格，前前后后要过13道关，全邮江区48人最后是仅有8人过关。紧接着，张敬明等8人又结伴同行，步行了整整一天才到达县城，在县人民医院复查合格。

1月下旬已临近年关，翻身得解放幸福生活的城乡人民，都在欢天喜地准备年货，过年的氛围越来越浓厚，而县乡两级武装部却昼夜灯火通明、一片忙碌。

由于征兵工作的时间要求比较急迫，各乡送到县上体检复检合格、又通过政审的应征青年，都没有让其回家与家人道别，而是直接被县政府和武装部安排，统一住在了县党训班，只是通知各乡的武装部，让其父母、妻儿到县城与亲人会面、送别。

张敬明等200多新兵吃住在县党训班。开始分发军装，棉帽、棉衣、棉裤和背褥、挎包，还有一件棉大衣。紧接着开始进行出国前的政治思想教育、文化知识学习和简单的军训，就连晚上也得组织学习。连续几天都是如此，显得非常忙碌又紧张。

张敬明的老家远在双河山区，县城至双河的近百里路程，不像现在有公路、有汽车，一顿饭的时辰就能到达，那时却全靠两条腿一步一步地丈量。

山路崎岖、翻山越岭，要么顺邮江河一路下行至新场，再过敦义到县城，要么翻孙家坡沿斜江河过灌口到县城，再厉害的人单边都要两天才能到达。因此，张敬明的父亲张军在得到双河乡武装部的通知后，为自己的儿子能够当兵上前线保家卫国感到非常的高兴，与老伴做思想工作谈论了半夜，整个晚上都没有睡好。第二天天没亮就从上草坪的大半山上赶下山，一路快行出老鹰岩，过川溪口、邮坝河，再翻孙家坡，夜宿三元场。

人逢喜事精神爽。张军像似自己要去当兵那样，这一天早晨鸡叫头遍就起了床，收拾停当待天一放亮就出发了。他过鹤鸣山、走灌口场，直到下午才赶到县城的党训班。

乍一看，一大片都是穿上了崭新军装、换了模样儿的年轻人，自己的儿子在哪里哟！找了好半天、问了不少人，才找到自己的儿子张敬明。

张军看到身材高高大大、眉清目秀的儿子，在众多新兵中显得高出一头，更加英俊威武，暗自欢喜不已。

血浓于水，父子情深。

从情理上，张军内心深处也有些舍不得儿子当兵上前线，上前线打仗意味着什么，张军父子俩都比较清楚。朝鲜战场的情况，他们没有亲眼看到过，但对当年红军长征在横山岗、尖山子一带阻击敌人的悲壮、惨烈情景，对解放军前几年在双河场剿匪时，有两名解放军战士壮烈牺牲的场面，他们是耳闻目睹的，红军、解放军的英雄形象深深地感染着父子俩。张军这位饱尝了旧社会苦难的老百姓，如今翻身得解放，开始过上了好日子，发至内心深处感谢共产党、感谢新社会，为了保家卫国，最终是坚定了支持儿子上前线的决心。

"到部队好好干，我和你妈在家等你回来哟。"这是张军与儿子告别的最后一句话。

"伯伯（爸爸），你和妈放心吧，我一定立功授奖回来见你们。"

自古忠孝难两全。受过《三字经》《弟子规》教育、孝顺懂事的张敬明，面对忠孝两难选择时，胸怀大志、深明大义，知道自己首先要报效祖国、然后才敬孝父母……

分别在即，父亲希望从未出过远门的儿子到了部队上要踏实能干、好好表现，立功受奖……张敬明把父亲的声声愿望、句句祝福牢牢记在心中。

此次在大邑征集的是两个连的兵员，200多名新兵的亲戚、好友纷纷赶到县党班训话别。一时间，党训班不算太大的院子里挤满了人，那种父送子、妻送夫的场面，确实感动人心。

满怀壮志踏上征程

1953年2月上旬的一天上午，虽然冬阳高照，天气晴朗，但还是感到天气寒冷。县城宽广的公园坝一改往日的平静，万名群众同前两次一样挤满了偌大的坝子，赶来这里参加大邑县政府召开的赴朝志愿军欢送大会，会场响起阵阵喧天的锣鼓。

万人欢送大会是热情洋溢、群情振奋，手拿纸做并写有"抗美援朝、保家卫国"字样的三角形旗子不断挥舞着，一遍又一遍地齐声呼喊着口号，热热闹闹地隆重欢送子弟兵。

各机关单位有所准备，派代表纷纷赠送毛巾、牙膏、牙刷、笔记本、钢笔等慰问品。张敬明他们两个连的新兵，身着军装，背着背包，胸佩大红花，个个精神抖擞，齐刷刷地成排成4行队列站立在主席台下的最前面。

简短而又隆重热烈的欢送会之后，张敬明他们长长的队列开始往县城东门出发，他们肩负着家乡人民的希望与重托，他们带着保家卫国、杀敌立功的信心和决心，热血沸腾、斗志昂扬地踏上了遥远的征程。

当时，成都至大邑的公路正处在修建之中，温江金马河大桥包括大邑与崇庆县交界的干溪河大桥还未建成。因此，张敬明他们出县城步行到干溪河畔，摆渡过河步行到崇庆县城，与崇庆县3个连的新兵会合起来，浩浩荡荡的部队又继续步行，到金马河边再次渡船到对岸，这才坐上由成都军区派来的几十辆汽车前往成都，他们在成都休整了3天。

就在这短暂的3天里，部队首长一直对他们进行着政治思想教育和朝鲜战场情况的介绍，还发了当月的津贴费7元钱，并且允许他们购买些日用品随身携带。

临近春节的一天早晨，天刚蒙蒙亮，成都平原还笼罩在浓浓的雾气中，张敬明他们坐上军车在晨雾中出发了。当时根本没有什么宝成铁路、有火车可乘，所以浩浩荡荡的运兵车队一字排开有一两里地，沿破旧不堪的川陕公路一直向北进发，经绵阳、过剑门关、出棋盘关、翻越高山峻岭的秦岭到宝鸡，日夜兼程。

"嗨，看到火车了。"在宝鸡火车站，从未见过火车长什么样儿的张敬明他们，开始陆续登上火车，专门组织的军列像条巨龙似的有几十节车厢，整个专列应该有两三千人。

虽然是军列，但车厢是装运货物的闷罐车厢，黑乎乎的非常简陋，每节车厢有四五十人，显得有些拥挤，晚上连躺下睡觉的地方几乎都没有。火车沿陇海铁路一路奔腾东行，在郑州再沿京汉线一路北上过华北平原、出山海关北上至沈阳，从沈阳再折向东行至鸭绿江畔的丹东。

在这10多天的行程中，张敬明他们是遇沿线有兵站时，火车一停下就在兵站用餐，其余均在火车上吃干粮。时值三九寒冬，火车一过山海关后，人烟稀少的辽西大地早已是白雪皑皑、冰天雪地，气温达零下10多度，张敬明这批在南方长大的新兵哪里遇到过这样寒冷的天气，他们把棉大衣穿在身上、裹得紧紧的都觉得还寒冷，每节车厢里烧煤的两个炉子，就是烧得旺旺的也不觉得暖和，好在都是二十岁上下的年轻人，身体抵抗得住。

这年的新春较往年迟了不少时间，到了2月14日才是正月初一，张敬明和他的战友们是在火车上度过大年除夕夜的。由于都是第一次出远门，又时值新春佳节，大家不免想起家里的亲人，想起家乡大年三十煮猪头肉、吃团年饭、围着火炉守岁的情景，在火车一直"咣当、咣当"的节奏声中，他们感到家乡是那么的遥远而亲切。

由北向南的滔滔鸭绿江是中朝两国的界河，大江一侧的辽宁丹东是个中等城市，大江对面的中等城市则是朝鲜的新义州。自朝鲜战争爆发、中国参战以来，这里就成为令世人瞩目的军事交通要塞，数以十万计、百万计的中国人民志愿军，就是从这里跨过鸭绿江上的大铁桥，一批又一批地开赴朝鲜战场的。

张敬明所乘的专列是下午到达丹东火车站的，这里已看得出有战争留下的创伤。一些楼房建筑、街道已被炸坏，因此这里完全实行军事管制，火车上的军人都不准随便下车，一个班仅安排一人跟随新兵指导员出站到市区就近购买日用品。在火车站待令的几个小时，大家只能在车厢里静静地呆着，平静中亦不平静，大家都在为自己马上就要出国参战而按捺不住内心的高兴、自豪。

共和国诞生之初，百废待举的中国还没有形成自己的边防制空能力，以美军为首的"联合国军"的侦察飞机，随时都有可能肆无忌惮地出现在丹东的上空，因此过江必须选择夜间，这样才

不至于暴露志愿军入朝的军事动向。

晚8时许，军列在不鸣汽笛、不开车灯的情况下徐徐启动，在夜幕掩护下向鸭绿江方向开去，不大一会儿便到达江岸开始过江。

"出国了，出国了！"从闷罐车的几个小窗口留出的缝隙看到夜幕下宽阔的江面时，张敬明悄悄与同乡战友议论着："离开祖国了，这下觉得祖国好亲热，觉得四川故乡多好的哟！"此时此刻，在县城与父亲的话别、欢送会上万千群众热烈欢送的画面以及县长的讲话，又一幕幕浮现在他的脑海里，他深感重任在肩。

过江后，军列继续前进，只是速度越来越慢，过了半夜更是走走停停。后来，张敬明他们这才知道，敌人为截断志愿军唯一的入朝作战通道，自开战以来，敌机曾数以百次地对朝鲜境内的这条大通道包括边境上的鸭绿江大桥进行狂轰滥炸，铁路被无数次的炸掉，又被英勇的志愿军和朝鲜军民无数次修复。为了保证这条军事大通道始终畅通无阻，中国方面专门调集了不少的铁道兵专业部队负责抢修，"敌炸我修"、"白天炸、夜间修"的拉锯战，就一直延续到停战的那一天。这条"打不断、炸不烂"的军事大通道，后来被写进了世界军事史。

张敬明他们所坐的军列一直行进了一夜，黎明前终于在一个很不起眼的森林覆盖着的山区小站停靠了下来。整个白天，军列就像一条睡着了的巨龙始终停靠在那里，而且所有军人都不准随意下车。

军列停靠的是什么地方，他们不知道，也没有人会告诉他们。通过观察，只知道这里是森林覆盖、白雪遍地、人烟稀少的山区。在这里百无聊赖地整整呆了一天，待天黑了下来，军列又在悄无声息中缓慢行进，张敬明他们最后到达一个叫明牙里的目的地。

苦练本领英勇战斗

明牙里这个地方群山环抱，全是长满松树、青杠的森林，间杂一些白桦树。这里有一个不大不小的村庄，低矮的房屋都是用木头切墙、泥巴糊缝、石片盖顶，显得非常奇特。

时为2月初春，春寒料峭，地处东北亚的朝鲜还满山遍野被厚厚的积雪覆盖，没有树叶的树木光秃秃的毫无生机，呈现在眼前的是一个白茫茫的陌生世界，张敬明他们一个新兵连就在这里度过了一个月艰苦的军事训练。

这里几乎没有大块的平地，整个新兵连的帐篷就驻扎在山坡的森林里，而且是一片不落叶的樟子松松林中，便于防空隐蔽。因为三天两头就有敌人的侦察机，活像老鹰寻找小鸡似的在这一带上空盘旋侦察，若发现军事目标就会丢下炸弹、燃烧弹。因此，军训活动就在森林山坡的雪地上一个班、一个排地分散进行。

新兵连增添了一个全副武装的朝鲜人民军指导员，每个排有一名人民军当副排长，便于双方的军事联络和语言沟通。军训开始了，队列操练、射击练习、投掷手榴弹等就安排在白天，政治思想教育、军事和文化学习，就安排在晚上至夜间10时半，照明用的是煤油、蜡烛或就地取材的松树油脂。

无论军事训练还是各类学习，张敬明都非常的认真和刻苦。特别是他曾读过两年的私塾，在学习上与很多是文盲的战友相比，基础要好得多，所以他的各科成绩一直在班里、排里是数一数二，为此班长、排长经常表扬他，还得到连队的两次嘉奖。课目训练中，班长常让他出列为全班作示范，这些为他后来获得部队"优秀射手与技术能手"称号打下了坚实基础。

战争年代虽然艰苦无比，但朝鲜战争中后期的志愿军生活，在全国人民省吃俭用、勒紧裤腰支援朝鲜战场的情况下，基本得到了保障。

张敬明记得，那时主要吃的是大米、面粉、猪肉、罐头等，全是国内供应的，新鲜蔬菜就非常少，仅能在当地采购到少量的白菜、土豆、萝卜东北"三大菜"或朝鲜泡菜。逢星期天时安排休息半天，要包一顿饺子改善生活，面粉、肉馅儿由炊事班按人供给，包饺子则全班动员。起初，张敬明他们这些南方战士不会包饺子，开始学习包的饺子简直是乱七八糟，气得北方籍的老兵班长直抱怨"你们这些南方兵呀，全部是些吃干饭的'大米虫'！"老兵班长一个人又包不了那么多，一气之下干脆就擀成面皮儿，和着肉馅儿当混沌。后来，大家都学会了包饺子这门手艺，而且包得像模像样，吃起自己包的饺子，感觉味道还真不错。

在异国他乡，志愿军部队纪律更加严明，不准私自跑到附近的老百姓家中去。其原因，一是大规模的战争已持续两三年，村庄里的男人几乎都上了前线，剩下的大都是女人和老少了；二是异国他乡、语言不通，就是去了也无法交流、沟通。因为作战的需要，张敬明他们跟随军训的人民军学会不少常用的朝语，以至于50年后采访张敬明时，他还能够随口说出几句朝语："阿巴杰"——大叔（爸爸）、"阿妈妮"——大娘（妈妈）、"啊拧哈塞哦"——你好、"嘎玛思米达"——不客气、"感撒哈米大"——谢谢，以及一些专用军事语。

气温在日日回升，积雪在悄然融化，一个月紧张的新兵训练结束。1953年的3月底，身高个大魁梧的张敬明被分配到志愿军部队独立团的机炮连，奔赴中线战场（当时的战争布局分前线、中线、后线）。机炮连使用的是82迫击炮和高射机枪，炮班7人一个班，负责一门炮，张敬明分在炮班，是第三炮手。转移时，一炮手（即是班长）背负瞄准镜，二炮手背负脚架，三炮手则背负要沉重得多的炮管，后面4名炮手则是负责背运炮弹，分工明确，通力合作。

当时，敌机几乎每天都要到中线战场侦察，丢炸弹、燃烧弹时有发生，妄想摧毁我重型武器和有生力量，因此部队几乎每天都在深山密林的转移途中。

遇敌情命令隐蔽时，张敬明他们迅速把迫节炮拆散，连人带炮隐蔽起来，敌人的炸弹、燃烧弹多次在他们不远处爆炸、燃烧，类似于邱少云烈士牺牲的那些战争画面，张敬明是亲眼见过、亲身经历过好几次，印象特别深刻；命令作战时，他们根据侦察兵提供的参数坐标，全班炮手密切配合，直击目标。敌机常常夜间不间断地侦察，漫无目标地丢下照明弹、燃烧弹，把这里的夜空照射得如同白昼一般，所以他们在夜间的行动也十分小心、谨慎。

在出生入死的战场上，张敬明参与了大大小小十多次战斗。他清楚地记得，1953年的5月，他所在的机炮连在安东这个地方执行防空任务，一天中午天气晴朗，阳光普照，四周显得一片安宁。就这在宁静中，天空突然飞来十几架敌机，黑压压的一片，气势汹汹地在志愿军阵地上丢下无数的炸弹、燃烧弹，伴随着连续不断吓人的爆炸声，阵地及周围顿时成了一片火海……

没等敌机投完弹，机炮连的几门迫击炮及多挺高射机枪，齐向空中机群发出怒吼，炮声隆隆，震动山谷。敌人万万没有想到，遭遇了地面突如其来的猛烈炮火，见势不妙赶快掉头逃窜。有两架敌机被击中，一架当即在空中爆炸、肢解，碎片满天，另一架拖着长长的黑烟怪叫着倾斜下来，在大约一里外的山林里随即传来"轰隆"的一声巨响……

阵地上,张敬明和战友们欢呼雀跃地庆祝战果。

不怕牺牲杀敌立功

1953年的初夏,抗美援朝悲壮惨烈的大规模战役基本结束,但细长的前线、中线局部的、零星的战斗,仍然时不时地发生着。

这一天,在五峰山下的张敬明所在的独立团接到上级命令,每个连精选10名优秀战士组成一个尖刀排,在朝鲜人民军指导员的带领指挥下离开部队,到30里外的前线执行搜索敌人的任务。军事技能优秀的张敬明自然被选上,同新组成的尖刀排战友连夜穿越森林、爬山下坎奔袭,于天亮前抵达指定地点。当时,他们的武装是人手一支50式冲锋枪、四枚手榴弹、5仓各装满25发子弹的弹仓及手电筒、干粮等。

两天后的一个早晨,张敬明他们发现敌情,在对面一个小山头的一侧发现有敌人留下的脚印和排泄物,尖刀排全体战友立即警惕起来,投入搜索。不一会儿,便发现不远处山岗那一侧的森林里腾起一缕不大的青烟,人民军指导员和排长当即决定,由尖刀排的三个班兵分三路,包围袭击敌人:一班从右翼迂回山脚围拢上去,三班左翼迂回转往山顶围拢下来,二班中路边侦察边搜索前进,直逼目标。

张敬明和另外9名战友组成的二班被安排在中路,并且紧随人民军指导员。搜索前进中,枝叶茂盛的树枝挡住了视线,看不清远处,在山区环境中长大的张敬明顿时计上心头,就请示指导员说自己要攀爬到树上侦察,得到允许后,他利索地爬上一棵高大的松树,居高望远这才清清楚楚地看见对面山坡上,有一个用树枝伪装的掩体。张敬明正准备下树给指导员汇报侦察结果，只听传来"叭"的一声枪响，一颗子弹从他的右额头皮擦过并击穿帽子，帽子飞落下来。还算幸运，没有伤着要害的张敬明，顾不得伤痛快速下树，指导员见他擦破了皮肤的额头留下一道长长的伤痕，鲜血不断流出染红了半个脸面，便随身搜出一个急救包，赶紧给他包扎上。后来，这一伤痕就永远地刻印在了张敬明的额头。

发现情况不妙的敌人连续不断地开枪，只听见子弹从身边"嗖——嗖——"飞过。指导员命令大家发起进攻，张敬明和战友们在森林中奔跑起来，并用冲锋枪一齐向掩体目标射击，枪声不断，响彻山谷。指导员命令张敬明他们连发射击、加强火力，于是张敬明一仓子弹连发打完，又迅速换上另一仓子弹，他们边射击边靠近目标。这时，只见一敌人慌慌张张地爬出掩体，边射击边往山坡另一侧快速逃跑，张敬明看得真切，随际瞄准目标、扣动扳机，"哒哒哒，哒哒哒……"一仓子弹打完，对面山坡约40米处逃跑的敌人中弹倒下。

这时，三路兵力已包抄合围了掩体，掩体里再无动静，只留下4具敌人的尸体。指导员命令冲在最前面的张敬明和另外3名战友进入掩体搜查，他没有丝毫犹豫冲在最前面，迅速将一枚手榴弹的盖旋开重挂回腰间，端起冲锋枪，食指紧扣扳机，从只能容纳一个人的掩体口机警地钻了进去，跳下一米来深的地坑里。这是一个不足两米见方的掩体，里面再没有活着的敌人，只有敌人留下的背包装备、粮食、罐头等。

搜索完掩体，张敬明他们又去搜索那个被击毙的敌人，见趴在地上四脚朝天、血肉模糊的敌人着美式装备，手中还握着卡宾枪，枪膛、弹仓中还有8发子弹，身上还有两仓子弹、几颗手雷、

手榴弹等，他们缴获了这些战利品。

战斗结束后，张敬明他们在人民军指导员和排长的带领下，又在山林中继续搜索，夜晚退回一公里找到一个较为安全的地带露宿，大家背靠背坐着睡觉，而且冲锋枪放在怀中两手紧握，只轮流由两名战友站岗警戒。连续搜索了7天，他们完成了指定区域的搜索任务，天快黑时才开始往回撤退。

途中天空下起了大雨，他们仍然冒雨行军。半夜时分，他们经过一个村庄惊动了村里的几条狗，那些看家狗便"汪、汪"地叫个不停。人民军指导员看到大家全身湿透并且又冷又饿又累，便和排长前去村庄里联系，不一会儿就返回来喊大家跟他们到一户姓崔的百姓家中。

崔家的房屋在战争中没有被毁，家中只有两位老人，据说他们的两个儿子都是牺牲在这场战争中。"阿巴杰"、"阿妈妮"出门把人民军、志愿军让进屋，两个不大的对开门屋子挤得满满的。

两位朝鲜老人好像看到了自己当人民军的儿子又活着回来那样，显得非常的高兴、热情，还准备为志愿军升火煮饭。志愿军是不准吃拿老百姓东西的，没有人民军联系更不准进村接触百姓，这是人人牢记的铁的纪律。因此在煮饭时，大家只得将随身干粮袋中已不多的干粮炒面全部集中起来，煮了一大铁锅面糊糊，将仅有的几个罐头打开来当菜。

两位朝鲜老人看到这一切，心情怎么也过不去，说啥也得把自己特有的朝鲜味十足的辣椒酱和几颗淹辣白菜拿了出来，算是招待大家，表表自己的心意。两位老人帮助煮完饭，还用柴火生起了火，让大家轮流把衣服烤干。之后，大家就拥挤在两个小炕上，背靠背地将就过了一夜。

此次战斗，张敬明表现突出，杀敌有功，部队在总结表彰时给他荣记了三等功。战争年代的三等功，那是用鲜血和生命换来的。如今，他那枚闪闪发光的军功章就一直珍藏在身边。

凯旋回国光荣入党

1953年7月27日，美帝国主义被迫在三八线附近的板门店签订战争停火协议，宣告战争结束，中国人民志愿军历时两年多的浴血奋战，取得了这场正义战争的伟大胜利。

消息传回部队，令张敬明及战友们欢欣鼓舞，激动不已，他们在驻地举行了一个小规模的庆祝会，朝鲜人民军还送来了慰问品。

停火后，张敬明他们仍驻守在原地，但再也没有战斗，和平、自由、平静的氛围又回到了朝鲜。部队在坚持军事训练和文化学习的同事，开始组织兵力帮助朝鲜老百姓修建房屋和搞粮食生产，修复道路、桥梁，帮助朝鲜医治战争的创伤。这不仅是血肉凝聚成中朝友谊，而且建立了军民鱼水深情。

由于两年多的战争，朝鲜的主要城市、工厂企业和交通干线，被敌机无数次轰炸得满目疮痍，处于中线的村庄也几乎成了一片废墟，老百姓平日里全部住进防空洞，因此志愿军部队的众多战士，重点帮助老百姓修建房屋，满足居住。因是森林山区，房屋用料就地取材，大量采伐松树、桦树木材，建成木克楞房子，墙面再用泥巴糊上，房顶用树枝排搭，用采来的石片盖顶，十分坚固，并且冬暖夏凉。在停战后至回国前的近两年时间，张敬明所在部队的志愿军战士，用自己的双手帮助当地的老百姓全部住上了新房。

由于经历了多年的抗日战争，加上这几年的抗美战争、全民皆兵，造成了这个仅有两千万人口国家的大量男性公民死于战争，使得朝鲜社会人口出现了重大的畸形变化，女多男少的现象异常突出，这就出现了有些村庄除了老少、寡妇外，难得见到青壮年男子的现象。因此，当地百姓非常喜欢中国的志愿军战士出力帮助他们重建家园，而且不少朝鲜青年女性更是喜欢志愿军战士。

张敬明所在的那个班，在帮助当地一户叫朴元凯的房东修建房屋过程中，那位十八九岁长得漂亮可爱的大闺女叫朴玉珠，就特别喜欢英俊潇洒、仪表堂堂的他，常常借端茶送水之机与他接近，闺女的"阿巴杰"、"阿妈妮"看在眼里，不仅不反对，也挺喜欢这位身材魁梧、踏实能干的志愿军战士，从一家人的言谈举止中也都表露出想要招他为上门女婿的愿望……

朝鲜族美女美丽漂亮、娴雅大方，是世界公认的，而且张敬明也感受到这"世界公认"是一点都不假。但头脑保持清醒的张敬明，始终牢记着中国志愿军战士的神圣职责、牢记着部队铁的纪律，那敢越雷池半步，只得把朝鲜百姓这一美好愿望婉言谢绝了。

1955年5月，张敬明随志愿军部队回国。

临行前，驻地百姓都舍不得朝夕相处的志愿军离开，纷纷拿出鸡蛋、面饼之类的东西相送这些"最可爱的人"，难舍中朝两国血肉凝结的深厚友谊。

这时，张敬明曾帮助建房的朴元凯房东那一家人也出现在送行的人群中，并径直来到张敬明跟前与他话别。那熟悉的朝鲜姑娘正含情脉脉地一直注视着他，内心似乎有很多话要话，却一语不发。

此时此刻，张敬明也不知道该说些什么才好，但能够读懂姑娘眼神里所表达的意思……那姑娘最后索要张敬明的一张照片，留不住人、留一张照片总可以吧！

张敬明满足了姑娘的要求，将一张刚入伍在故乡的县城集训时的照片赠送给对方。这时，姑娘也将一个绣着金达莱花并装满松子的精致荷包赠送给他。此情此物，是希望他要像朝鲜漫山遍野的青松万古长青一样，永远记住朝鲜，记住朝鲜有一位像金达莱鲜花一样美丽的姑娘……

按照中朝两国协议，志愿军离开朝鲜前，所有重型武器全部交由朝鲜人民军，部队只人手一枪轻装回国。

当军列开上鸭绿江大桥时，张敬明和他的战友们，一同回想起经历了两年多血与火、生与死的战争考验，感受颇多……他们算是非常幸运的了，有多少战友没能和他们一同回国，而且连遗体都永远安葬在异国他乡。这时，他们齐声唱起那首不知唱了多少遍的志愿军军歌："雄赳赳，气昂昂，跨过鸭绿江……"两次过江心情完全不一样。

中朝边境一侧的丹东火车站，长长的站台上是锣鼓喧天、横幅高挂、彩旗飘飘、人群簇拥。

"热烈欢迎志愿军英雄凯旋归来"、"抗美援朝、保家卫国"等大幅横标格外醒目，欢迎场面喜庆、热烈而又隆重。手舞鲜花的人们载歌载舞，热烈欢迎凯旋归来的志愿军英雄们。

此情此景，让张敬明和他的战友们感动得热泪盈眶。

张敬明所在的部队回国后驻扎在大连的旅顺口，部队装备已换成102迫击炮和苏式75加浓炮。部队开始实行军衔制，张敬明授下士军衔，还被提为副班长，并光荣加入中国共产党，穿上佩戴着军衔的新军装，张敬明雄姿英发，格外精神。

入党的那一天晚上，他高兴得有些睡不着觉，想起这几年经历了朝鲜战场上炮火连天的生死考验、想起了远在四川的父老乡亲……

1956年，部队移师辽宁锦州，张敬明被提拔为班长，授上士军衔。在部队的几年中，张敬明不断进步成长，一步一个扎实的脚印，使自己的军履生活丰富多彩，这是他一生最为难忘的历程。

1957年7月，张敬明光荣退伍，穿着取下军衔的军装，恋恋不舍地告别了自己的部队，告别了朝夕相处、出生入死的战友。他背着背包、提着一个猪腰子似的旅行包，从渤海湾的锦州乘船经渤海、黄海、东海至长江口上行重庆，再改乘火车到达成都，辗转半个月才回到离别四年多的大邑故乡，回到了西岭山区的老家与父母团聚，与父老乡亲幸福地生活在一起……

志愿军战士张敬明感到自己是非常幸运的，在部队立功受奖、当过兵头将尾的班长，而且光荣入党，经历了那段让人难忘的军履历史。而与他同去或比他先去的众多志愿军战士，多少人却牺牲在朝鲜战场上……

这就是鲜为人知的一位志愿军老战士的传奇故事。

尾　声

据1992年出版的《大邑县志》记载：在抗美援朝战争中牺牲的大邑籍志愿军烈士达262人。在赴朝参战的大邑籍志愿军中，杨德银在287.2高地作战勇敢，战绩突出，获朝鲜民主主义人民共和国二级勋章、军功章。何泽民、李建清、程南清、张永昌、冯绍云、郑地武、周秉全等荣记一等功。冯绍云曾击落敌机1架。

据县民政局可靠数据：2004年，大邑县每月享受政府110元补贴的志愿军老战士还有1100人。张敬明只是川西大邑众多志愿军老战士中的一员，他是这个英雄群体的一个缩影。在此，我们衷心祝愿那些幸存的志愿军老战士晚年幸福、身体健康！

本文原刊于2004年2月《今日大邑》。就在文章刊出3年后的2007年，志愿军老战士张敬明在老家的西岭镇敬老院安然去世，享年76岁。张敬明没有后人，是当地政府和县民政部门处理了他的后事。这时后话。

当代著名军旅作家、诗人魏巍，当年亲赴朝鲜战场冒着炮火硝烟采访了志愿军战士英勇杀敌的感人事迹，他说"每天都被很多事情感动着……"他在其名传至今的报告文学《谁是最可爱的人》中写到："在朝鲜的每一天，我都被一些东西感动着；我的思想感情的潮水，在放纵奔流着……谁是我们最可爱的人呢？我们的部队、我们的战士，我感到他们是最可爱的人。"

《谁是最可爱的人》被编入语文教科书，影响、教育了几代人。张敬明是众多志愿军战士这个英雄群体中的一员，他当之无愧是最可爱的人。

在这里，本文以一首歌颂志愿军英雄的诗歌，作为这篇万言报告文学的结束语——

枪炮声已很遥远/整整半个多世纪/那时候/觉醒的蜀乡男儿/为了报效祖国//告别故土踏上征程/经历战争的洗礼/把一腔热血/洒在了异国他乡/将辉煌的人生/写进了共和国历史/我们知道/你们还活着/和众多幸存的老战士一样/注视着我们前进的脚步……

2004年2月于四川大邑

彩虹人生

溪水，不恋大山的宁静，却执意奔向大海。明知征途千难万险，也在所不惜。摔得粉身碎骨的瞬间，便是一生辉煌的顶峰。

——题记

一

1996年夏天，不断有电话打到哈尔滨中铁十三局四处机关：

"陈道银在不在单位？石家庄铁道学院举办起重工培训班，想请他去当教员。"北京中国铁道建筑总公司的长途。

"找陈道银，要他去兄弟单位指导架梁。"长春中铁十三局王学伟副局长"点将"。

"陈道银尽快到工地来，架桥离不开他。"四处南方工地一个项目长着急的声音。

……

陈道银，何许人也？咋那么多人找他？

陈道银，中铁十三局四处技术科一名破格缙升的工程师，十三局赫赫有名的"起重专家"，还是铁道部劳动模范。

哪里在架梁，哪里就离不开他。这段时间，他一直在施工现场架梁，机关见不着他人影，笔者也在找他。

一年前，我在山西第一条高速公路——太原至个旧、简称"太旧"高速公路架梁现场与陈道银说好，抽空"聊聊"，写写他那传奇似的架桥生涯。可是，他架完公路桥又连轴转去了京九铁路贡水河特大桥，尔后又辗转图珲线的嘎牙河大桥……

初秋的一天，我终于"盯"上了陈道银，开始了一次迟到的采访。在机关一个小会议室里，我与他喝着茶水、抽着香烟，面对面交流、摆谈了两天多。

已过不惑之年的陈道银，中等身材，铁实身板。脸庞黑里透红，密密扎扎的络腮胡子散发着男子汉的阳刚之美，浓眉下炯炯有神的双眼透出沉着稳重的目光。一双粗壮有力的大手，就是这双勤劳的手将塔韩、伊敏、图珲、集通等6条铁路和多条公路300座桥、2500片梁、累计达30公里里程的桥梁，凌空飞架在祖国大地上，座座桥梁铸就了他那彩虹般的人生。

望着眼前平凡而又不平凡的陈道银，我肃然起敬。

"没啥子好说的哟。"略带成都口音的陈道银很谦逊，不愿表白自己，就像那架起的座座桥梁一样，实实在在，给人以坦诚、亲切的印象。

"要说做出一些成绩，那都是党和人民培养教育的结果。"劳模的精神境界确实令人敬佩。

手中的香烟在燃烧，随着冉冉飘逸的烟雾，陈道银陷入了沉思，开始对20多年风雨人生的回顾……

二

1972年那个难忘的冬天,陈道银从四川新都应征入伍。

一列长长的闷罐军列翻秦岭、跨黄河、过山海关,向东北进发。此刻,一身绿军装的陈道银坐在车厢里,随着"咣当、咣当"的行进声又想起离家时的情景,报名体检时有人悄悄告诉他是铁道兵,全是打山洞修铁路很艰苦,比农村种田还苦,干脆别去了。当兵是他的理想,艰苦他不怕,正好出去见见世面,锻炼锻炼自己。可他是家中的长子,还是新婚不久的丈夫,年近半百的双亲和温情贤慧的妻子都舍不得他走,但倔强的陈道银毅然说服了亲人,踏上了征程。

当铁道兵苦,陈道银从坐了7天7夜的闷罐车上下来步入军营,便逐渐领受到了。

部队住在大兴安岭深处的满归,从地图上看就是犹如金鸡形状的共和国版图"鸡头"那个地方,从西南到东北相距足足有5000公里。时为隆冬季节,冰天雪地,寒冷无比。在四季温和的成都长大的陈道银哪见过这等"北国风光"。帐篷里,闷热得心里像堵了一团棉花,室外滴水成冰又冻得够呛。粗糙的高粱米饭和着白菜汤难以下咽,加上整天严格的队列、刺杀操训练和晚间的教育课,环境条件不适应,不少"川兵"哭了、想家了。坚强的陈道银却没有哭,他在默默锤炼自己,并不时给自己鼓劲:"当兵就要当好兵"。

陈道银所在的这个团,当年在朝鲜战场是出名的英雄团。那场战争他没有赶上,但他却荣幸参加了20年后反映那场战争的电影《激战无名川》的拍摄。长白山下,松花江畔,烟(筒山)

（桦）白铁路施工现场就是该电影外景地。作为群众演员，陈道银亲身体会到那飞机大炮、硝烟弥漫的"战争味"，目睹了铁道兵战士勇猛顽强、不怕流血牺牲的英雄形象。这一切，更加激励着他当好铁道兵战士，做一个响当当的男子汉。

一个人的成长，往往与他生活的环境是分不开的。陈道银就是在这艰苦的环境下锤炼、在英雄的群体中成长。不久，连队选派他参加全师起重工培训班。从此，他与桥梁结下不解之缘，命运将他与大桥紧紧地联系在一起……

陈道银仅有小学3年级文化，不少常用字都不认得，写信看报学马列学毛主席著作往往都要翻字典，在培训班上学起重专业知识就甭提有多困难了，但他十分珍惜这难得的机会。

少年时代的陈道银，多少次渴望文化、渴望知识、渴望农家学堂里那朗朗的读书声，终因家庭条件和繁重的家务迫使他放弃了学业。他也曾叹息自己的命运不好，叹息自己的生活环境，看到同伴们背着书包欢天喜地上学堂的身影羡慕不已的同时，他就立志要找机会读书学习。今天，他终于有了学习的机遇，所以学习起来格外认真用功，课堂上静静听讲，细心去琢磨每一个问题，晚间熄灯后，他就在被窝里悄悄打开手电筒"啃"书本，每月几元钱的津贴费全用在了买电池上……

理想很丰满，现实很骨感。《起重工》《架子工》《建筑结构吊装》《铁路桥梁施工》等都是中等职业教育方面的专业书，陈道银要读懂弄通它自然要比别人付出的更多，这些书伴随陈道银度过了无数个不眠之夜。

当时，培训班有个叫赵久龄的工程师教员，40多岁，河南人，是朝鲜战场下来的老兵，也是铁三师资历最老、赫赫有名的"起重专家"。他对学员要求极严，脾气又不太好，不少学员都怕他，敬而远之。陈道银为了弥补文化基础差又想学到真功夫，就不断虚心求教并拜师在赵工手下，时间一长两人相处得"情同父子"。于是，一个愿学，一个愿教，陈道银除了书本知识外，从专业的手势、旗势、口哨信号学起，从钢丝绳的穿插打结、计算承载力到力矩的杠杆原理……冥思苦想、孜孜不倦地弄明白一个又一个的难题。

培训班结束时，陈道银壮实的身体是整整掉了10多斤肉。他不仅挎包里装着几万字的学习笔记，而且脑海里也装满了起重专业知识。文化最低的陈道银竟然成了全班学习最好的尖子，成了赵工得意的"门生"。

事隔20多年的今天，他还时常翻看有些发黄了的全班人的合影，忘不了成就他事业的良好基础。知恩图报，陈道银一有机会就去看望他事业的启蒙老师老工，多年如此。

理想到现实往往有一段距离，理论到实践也需要一个复杂的过程。陈道银回到连队就沉浸在扎排架、搭塔架的实践中。起初，不是架子不稳、承载力不够，就是浪费人力物力，不中用。为了找到最佳方案，他就不厌其烦地反复演练，一遍、两遍、三遍……直到令人满意为止。

陈道银第一次参加架设那座大勃吉曲线桥时，由于不懂曲线桥的施工程序，架设中遇到了预料不到的困难。他白天拿着图纸到现场进行对照复核，晚间再把自己关在屋里翻书籍、查资料、演算数据，并虚心请教有实践经验的技术人员，最终攻克了难关，与大家一起安全顺利地完成了架桥施工，第一次展露锋芒，得到部队首长的肯定与表扬。

学习、学习、再学习，实践、实践、再实践。一股子钻劲的陈道银在起重专业知识的海洋里遨游，不断探索、总结、提高，其起重架梁专业技术日见成熟。钢铁就是这样炼成的。

"陈道银，团里决定让你去负责架梁工作。"

"要我？"

"对，就是你。"拥有千军的老团长张惠卿直截了当点将。

"我，不行不行。团长啊团长，团里工程师、技术员有的是，你怎么就看上我了。这样的重担非同儿戏，要不得。"底气不足又谦逊的陈道银不敢接"旨"。

"架梁是有些实际困难，但组织上相信你能克服困难，完成任务……"张团长语重心长，这位久经沙场的老兵心里对陈道银的能力非常清楚。

在张团长看来，陈道银是一匹年轻有为、有发展前途的千里马。这样艰巨的重担压在他肩上，确实有些难为他，但不这样锤炼，他能驰骋千里吗？

陈道银是军人，服从命令是天职。他心里对能否干好，虽然没有"底儿"，但还是愉快地接受了命令。团长诚挚的呼唤、热情的语言和那信赖的目光深深地埋在了他心里，决心让信任的种子开花结果。

下一步咋个办？几天来，吃不好、睡不着的陈道银大脑在飞速旋转。烟白线桦白段的17座桥梁，坡度大、弯道多、桥隧相连……各种架梁方案一个个、一遍遍地闪现在他的脑海，经过无数次苦思苦想、反复比较论证，一个较为完整的施工方案诞生了。

"同志们，这17座桥梁架设是整个桦白段铺架的关键，全线看着我们，我们决不能拖延工期……"陈道银开始了战前动员："一切行动听从指挥。只许成功，不许失败！"

只见陈道银身着绿工装，头顶安全帽，手拿红绿旗，嘴衔口哨，精神抖擞地伫立在架桥机旁。哨声响起，绿旗挥舞，"移

梁——下落——好！"哨音戛然而止，32米的钢筋混凝土大梁稳稳当当横跨在桥墩上。

架梁是专业性、技术性极强的活儿，绝对不允许有一点马虎、一丝侥幸。要求指挥员既具备胆大心细、沉着果断的头脑，又要有不畏艰难困苦的英雄主义精神。为此，陈道银每架一片梁时都提前到位检查一遍设备，亲自督促捆扎好每组钢丝绳，第一个爬到突兀耸立的桥墩上检查支撑点。到位后，又迅速挂链、移梁对位、焊接固定，一天又一天，如此反复。有人劝他没必要每一片梁都要亲手操作，别累垮了身子。他却理直气壮："辛苦点算不了什么，架梁是人命关天的大事，安全最重要！出点纰漏哪个敢负责？"经历千辛万苦，饱尝风霜雨雪，陈道银和战友们终于顺利架完了17座桥梁。

辛勤的汗水浇开了幸福之花，陈道银取得了成功。从此，陈道银更加坚定信心去迎接一个又一个的挑战。

从长白山下的松花江畔到内蒙古呼伦贝尔大草原，陈道银又一次出征去指挥架设伊敏河公路大桥。原野白雪皑皑，北风呼啸，在如此恶劣的气候下架梁，是对人的意志、毅力和体能的双重考验。踌躇满志、不怕吃苦的陈道银，组织大家顶风冒雪运梁、架梁、固定，施工现场一环扣一环，井然有序。手冻伤了、脸吹裂了，也全然不顾，就连大年三十、初一他都始终蹲在现场，不停地挥舞着手中的红绿旗……大桥顺利架完，比原计划提前6天，受到了师、团两级通报表彰。

几年的艰苦创业，几年的奋斗人生，陈道银从一个不起眼的普通士兵，成长为人们公认的"起重专家"。他多次荣立三等功，被转为志愿兵，还光荣地加入了党组织。

三

1984年1月，陈道银同众多铁道兵官兵一样，恋恋不舍地脱下军装，集体转业，从此迈入了中国工人阶级的行列。虽然他不再是一个"吃皇粮、拿军饷"军人，可他那军人的本色和气质没有变，为祖国为人民献身事业去拼搏、去奉献的追求没有变。

当时，中铁十三局正进行我国纬度最高的铁路特大桥——嫩林铁路塔韩线呼玛河特大桥的施工。

高寒区的漫长冬季是很残酷的，气温在摄氏零下三四十度是常事。一两尺厚的积雪犹如偌大的棉絮把山岭、河谷整个捂得严严实实，恶魔般的严寒裹着北风一阵又一阵地怪叫着、撕咬着大地，顽强的呼玛河没有被严寒征服，仍然蒸腾出阵阵白雾，湍急地奔流着。身着皮帽、皮大衣、皮手套、皮毛鞋的一群工程技术人员，站在寒风凛冽的岸边发出一片叹息。施工计划要求趁冬季枯水季节、冰封河面时，强攻河心深水处的几座桥墩，确保来年铺架。可这该死的河水就是不封冻，便桥搭不上，咋办？

这两天，大家那焦虑的眼光和林区人民盼望铁路早日修通的重托，像猫爪子似的抓扯着陈道银的心。

"我是共产党员，又是专搞起重的，困难面前我不上谁上？"陈道银下定决心要攻下这个难关。他一趟又一趟来到河岸观察地势、河床水位、流速，反复进行演算，一个个方案想出来又一个个地被否定，能不能拼连铁驳船代替浮船，上面再搭便桥？

陈道银虽然没有看过古典《三国演义》，但听别人讲述过三国"火烧赤壁、战船相连"的故事，船船相连能够增加在水面的稳固性，这一点他深信。

但方案一提出，却有人摇头："以往施工中没采用过，冒险!"没有先例,就不能尝试一下么?他据理力争:"拼连的铁驳船高出水面,既防止河水结冰易滑的不安全因素,又减少投入,我有把握实施。"

最终,陈道银的方案被采纳并由他组织施工……宽阔的呼玛河浪急水深处的几座桥墩,随着春天冰雪消融的到来悄然伫立在那里。

实践证明,陈道银的这个方案行之有效,安全可靠,节省160多个工天和大量财力物力。

6月的大兴安岭,姗姗迟来的春姑娘播撒了满山遍野红都都、粉扑扑的映山红,呼玛河两岸伟岸挺拔的樟子松、婷婷玉立的白桦林,翠绿得令人陶醉。可没过几日,这些景色就被一场暴风雨摧残得肢离破碎。呼玛河水暴涨,汹涌的黑浪夹杂着连根带枝的树木狠命地冲击着特大桥那一排高耸的桥墩,紧张的架梁施工被迫停工。

河水急,人更急,工期不等人。处党委书记蒋昌生紧急召开党委会:"呼玛河特大桥架梁是控制工期的'咽喉',后面还有上百里等着铺架,绝对不能停工……"随即,抗洪抢险队成立了,筑路工要与天地斗争,与洪水抗衡,保证按期拿下架梁。

处长吴庆堂站在呼玛河特大桥的桥头,神情严峻地说:"继续架梁!谁当排头兵?"

"我去!"站在吴庆堂身边的陈道银,一声响亮的回答。

这时,只见陈道银拿起滑轮、钢丝、垫片、支撑木等,登上了从当地鄂伦春老猎人那里借来的小渔船,向河心的17号墩进发,小船在波浪中不断颠簸……岸上,近百双眼睛聚焦在那条小船上,都在为陈道银的安全捏一把汗。

河水汹涌不息,一浪紧赶一浪,张牙舞爪魔鬼似地一次又一次扑向小船，小船像一片树叶颠簸着、摇晃着。一个大浪打来，小船差一点儿被吞没。"哎呀——"岸上有头惊呼起来，所有人的心都提到了嗓子眼。

小船被一次次推向浪峰又跌入波谷，陈道银一次次消失又闪现。揪心的十余分钟过去，小船终于靠上17号墩，陈道银抓住了那摇晃不停的软梯……

岸上，人们从凝固的空气中回过神来，顿时爆发出一片欢腾。"笛——"清脆的汽笛响起，架桥机载着大梁徐徐向陈道银靠近……呼玛河特大桥终于如期完成架梁任务。

又一个寒冬到来，通向森林深处的塔韩铁路仍在紧张地、艰难地向前延伸……

入夜，气温降至零下40度，哈气成霜、滴水成冰的酷寒笼罩大地。劳累一天的陈道银和工人们拖着疲惫不堪、周身酸痛的身体踏上归途。陈道银想，回去赶紧打柴火把帐篷烧暖和，烘烤这冻僵的身子，然后搞点饭吃，喝二两小酒，再美美睡他一觉恢复体力。突然，铺架列车"哐当"一声停了下来，陈道银正在寻思这是怎么回事儿时，有人跑来报告："老陈，架桥机脱轨了！"

200多吨的架桥机静静卧伏在路基上，无奈地任凭歇斯底里的寒风侵袭。眼巴巴看着这庞然大物，大家都无可奈何地摇头。凭心而论，劳累一天谁都困乏得够呛，早想回去休息了。但这一休息就会耽误明天架梁。"不行，必须立即起复！"一种使命感、责任感驱使着陈道银。

"拿工具来！"陈道银说完便钻到架桥机下、趴在冰雪里查看情况。大伙儿赶忙七手八脚去搬来起重工具，在他的影响下纷纷拿着千斤顶、垫板、滑轮等工具展开起复工作……就在这样的寒夜里，他们齐心协力地干了一夜直到第二天黎明时分，那沉重的

架桥机终于被牵引上轨道。车灯闪过，只见陈道银胡子眉毛挂上了厚厚的白霜，俨然成为一位圣洁的圣诞老人。

四

纵贯黑龙江北部边陲的嫩漠公路，古为慈禧太后开采金矿的黄金要道，也是朝廷通往边关的驿道。1986年，四处参加了这条公路的改建。哪里有桥梁施工，哪里就会出现陈道银的身影。现在，他就出现在嫩漠公路固固河大桥施工现场。

公路桥梁架设，不像铁路有专用架桥机，有现成的施工方案和操作规范，这就给陈道银增添了不少压力。他又一次开动脑筋，寻求最佳施工方案，几经努力决定改革原有平车，缩短标准轨距，在桥梁两端同时使用两台小平车移梁，投入使用后效果理想。简单的一招就缩短了工期，提高了工效，节省了资金……人们沉浸在成功的喜悦中，无不伸出大拇指称赞："老陈真厉害，架梁有高招。"

就这样，陈道银使用他的改进办法乘胜前进，一举短平快地架完了嫩漠公路的几座桥梁。

1987年，四处人带着大森林浓浓的气息，来到海滨城市大连，承担起大连经济技术开发区红土堆子海湾大桥施工任务。随之，陈道银的架梁擂台也摆在了海风徐徐的海湾。

第一次到海边架梁施工，感觉真的不一样。看到天水相连、无边无涯的大海，陈道银的心胸和视野更加开阔了。"学海无涯苦作舟"，这学习不也像这大海么，永无止境。他感悟到：知识的海洋同样永无止境。自己要多学知识、多钻技术，向更高的目标迈进。

此次架梁，施工计划是租用兄弟单位的两台大吨位龙门吊。对此，陈道银细细算来，这样会影响整个工期……他又着急得茶饭不思，并决定想办法改进方案。

"改变方案?"不少人用怀疑的目光盯着陈道银，那目光分明是说"你行吗?"常规讲，施工时是忌讳改变方案的，要改，你有什么妙法、高招? 这时，不善言辞、直爽坦诚的陈道银第一次为工作上的事儿与大伙儿发火了："方案虽定，但我实地考察、反复计算后的结果是不能满足施工工期，改方案目的就是使施工更方便、更合理、更科学，保安全，目的是保工期，为企业争光。"

大家停止了争议，都拿眼睛盯着他，想再仔细听听他的意见。接着，他胸有成竹地说："我认为当务之急应该采取挖沟，降低运梁线路，使台车平面与桥梁底面吻合，减少龙门吊二次倒运环节，直接运梁到桥墩。"陈道银的新方案因地制宜、结合实际并且有理有据，大家的意见趋于统一，最后领导一锤定音："执行老陈的方案!"

陈道银的改进方案变成实施方案。当最后一片梁顺利落位时，大家都把钦佩的目光投向陈道银："老陈，真服你了!"

事实胜于雄辩。就是陈道银这个土专家的土办法，不仅保证了工期，而且提前工期两个月，节省了数以十万计的资金。

仍然是天蓝海蓝、风景秀丽的大连。世界瞩目并被誉为"神州第一路的沈大高速公路将横空出世，腾跃辽东半岛。大连市郊普兰店海湾跨海特大桥号称南端第一关，为沈大高速公路重点工程。大桥全长1千多米，设计雄伟壮观，富丽堂皇，堪称中西合璧之佳作。

此时，陈道银站在凉风轻拂、波浪欢歌的海边，一手摸着那

浓密的络腮胡子，一手叉着腰，一双深邃的眼睛望着蓝天白云下那自由翱翔的海鸥，它们时而俯冲下来，围着那数十个擎天柱般的桥墩盘旋；时而分散而去，钻入云天，像开完会，没个结果，叫个不休。陈道银凝视着那些桥墩陷入沉思……

这里又将是陈道银规模空前的架梁攻坚战场。

架设192片桥梁，工程量大，工期紧不说，单那50米鱼腹式大梁，就是陈道银乃至四处、整个十三局都没有遇到过的新课题。一般公路架梁是将龙门吊支撑在地面，而海湾特大桥架梁却要把龙门吊支撑在高出地面10多米的桥墩上，同时还要承受上百吨大梁的重压。

这一高、难、险的艰巨重任，甭说仅有小学三年文化、靠实践真功夫炼出来的"土专家"陈道银心里没底儿，就连专科院校科班出身的同行心里也没数。而这时，大家又投来信赖的目光："老陈，就看你的了。"

人生能有几回搏！顶天立地的男子汉热血沸腾了。一向善于总结经验、从实际出发的陈道银，立即同架梁攻关小组走遍大连有关架梁单位学习取经，虚心吸取人家的长处，结合多年积累的实践经验，以严密的思维、科学的态度，与合作厂家共同研制出了适合特大桥施工技术要求的龙门吊……很快，"量身订制"的龙门吊在施工现场一次性组装成功。具体架设中，陈道银整天蹲守现场精心组织、科学施工，最后顺利架完特大桥。攻关组研制的龙门吊不仅在施工中发挥了巨大作用，还捧回一尊金光闪闪的科研成果奖杯。

海湾特大桥的架设成功，使中铁十三局雄风威震辽东半岛。"起重专家"陈道银也更加出名了。

陈道银被评为铁道部劳动模范，这喜讯在四处数千名职工中传开。与陈道银共过事的领导和战友、工友们都说，这荣誉应该属于他，这是他多年奋斗的结果，来之不易。陈道银以此作为人生新的起点和征程，仍然不骄不躁、脚踏实地地工作着。

1993年春，陈道银又一次奉命出征塞北内蒙古草原。四处担负着我国第一条最长的地方铁路集（宁）通（辽）线好林段151公里的施工任务。两个春夏秋冬的顽强拼搏与奋战，已是路基横亘、大山洞穿、桥墩林立，只待铺架……草原人民盼望40年的铁路就待今朝了。

陈道银，这位久经沙场的"架梁专家"肩负重任来到集通线。

到了集通线现场，陈道银才知道这里地形复杂，桥墩高曲线多，20多座桥梁分布在上百公里线上，架梁难运梁也难，若不周密计划，工期和安全都难保证。而这次与过去所不同的是兄弟单位架梁，自己专负责技术指导与监督，还有个协作和相互配合的问题。对此，他与指挥部、兄弟单位三方共同协商，精心制定施工方案，尔后就马不停蹄地投入到紧张的施工中。

庆华沟中桥架通了，多伦河大桥架通了，碧柳沟大桥架通了……转眼寒冬到来，集通线的铺架施工仍在紧张进行。厚厚的冰雪覆盖着山川、原野、河谷，刺骨的北风卷起雪粒怪叫着一阵阵迎面扑来，让人脸上刀割般疼痛。筑路工没有被这恶劣的气候所吓倒，却为司明义大桥架梁横空钻出一只"拦路虎"而焦急万分。

作为现场技术指导的陈道银和集通指挥部副总指挥、铺架指挥长李志雄两人，更是着急上火、食不甘味、夜不能寐。

司明义大桥设计为国内干线少有的350米半径曲线桥，而使用的架桥机则只能架设450米以上半径的曲线桥，桥、机矛盾凸显出来。更换架桥机——不可能，人工架梁——不现实，停工放假——不允许。怎么办？

"一定要想出办法，拿下拦路虎。"陈道银和李志雄相互鼓劲，他们同技术人员一道反复查看现场，将架桥机作业时的偏距、重心、大臂头重量、拨道差等，进行精确测算后又反复论证，最后因地制宜又创造性地制定了架梁方案。施工中，陈道银蹲守现场亲手把关，终于拿下这只"拦路虎"，铺架施工又继续往前……

1994年5月18日，这天风和日丽、春光明媚，在集通铁路东西两头相会合的地方林西县，整个县城是万人空巷，彩旗飘飘，沉浸在一派节日般的喜庆之中。

全长943公里横穿内蒙古东部13个旗县的集通铁路，在这里举行盛大、隆重的全线贯通仪式。

鼓乐声中，着装一新、精神抖擞的陈道银作为施工单位唯一代表，代表着中铁十三局、十九局和铁三局、呼铁局等施工单位，以及地方施工队共10万参建施工人员，同铁道部老部长陈璞如、副部长孙永福、内蒙古自治区委书记王群等领导，一起上台剪彩……

《劳模同领导一起剪彩》的大幅照片刊登在报纸上，筑路人的光辉形象上了电视。

这是陈道银人生中难忘的时刻。

这是陈道银人生中闪光的乐章。

五

命运这东西，有人笃信它并说是上苍先天注定的，也有人不信它，说那是后天自我奋斗、实现人生价值的过程。

不管怎么说，陈道银从入伍到现在的20多个春秋，命运已注定他与桥梁为伴，谁也离不开谁了，他身边的领导换了一茬又一茬，战友、工友走了一批又一批，可他依然在施工第一线出大力、流大汗，用身躯、用双手、用智慧擎起一座座造福人类、通往幸福的桥梁。当战士、当工人时如此，破格录用为技术员、工程师时如此，评上铁道部劳模、哈尔滨市优秀共产党员也是如此。一往情深，痴心不改。

人的生命只有一次，宝贵无比。革命战争年代，讲哪里有战斗、哪里就会有流血牺牲；和平时期的社会主义建设，不提倡而且要避免流血牺牲。可是，就陈道银从事的职业而言，可以说无时不充满着流血牺牲的危险……

那年架设大连红土堆子9公里桥第七孔第二片梁时，墩台的重力千斤顶突然倾斜、倒顶。若不在极短时间内采取紧急措施，一场机毁梁断的恶性事故将随之发生。陈道银置生命于不顾，挺身而出，火速爬上墩台，行动敏捷地支起千斤顶，同时指挥大家将梁校正、复位……惊心动魄的3分钟，终于恢复梁位。事后有人说："老陈，你不要命啦！"他却慷慨地说："可不，差一点儿，就'拜拜'了。"

多少次受命于危难之时，陈道银总是坚决果断应对；多少次面对生命危险，陈道银总是挺身而出。青山作证，壮志可鉴！

生活中，陈道银也无数次梦见自己架桥捐躯，鲜血涂地。醒来后又慢慢地想开了：生生死死，乃人生必然规律。一位哲人说过："有的人活着，他已经死了；有的人死了，他还活着"。假如真有那么一天"拜拜"了，那是为祖国、为人民，值得！何况，自己还是一名共产党员、劳动模范，应该具备党员、劳模的

思想境界和标尺。张思德同志不就是生得平凡、死得光荣么！

当一个人从感性、理性上认识到人生的价值在于奉献而不在于索取时，就会将自己置身于那个时代的主旋律中去，为那个时代爆发出自己无穷的力量与智慧。

那年，陈道银回师大兴安岭十八站，担负红韩公路三号桥架梁施工任务，当时架梁方案已定，就待他现场指挥实施。但他现场仔细考察后认为：桥墩高仅9米，运梁距离也才130米，何不省去龙门吊而直接在桥墩一侧筑便道，横向移梁直接上桥墩……虽然是自己给自己找麻烦，但更换施工方案后能够节省资金4万多元，这"麻烦"当然值得。

从实践中来、到实践中去，陈道银善于总结经验、因地制宜、大胆创新，在大连香炉礁立交桥、牡丹江莲花大桥、十八站永庆公路大桥……都有许多成功的革新方案被传为佳话。多年来，陈道银革新方案达30项，累计为国家节省资金达数百万元。

面对市场经济、商品经济社会，人们的世界观和价值取向都发生着很大的变化。有人把自己的知识技术当成谋取个人利益的"资本"，也有人将其作为创造社会财富的本领。作为后者的陈道银，无论在自己单位施工，还是在兄弟单位配属，都尽心尽责完成任务而没有索取，哪怕是一点额外的报酬，一直保持着共产党员的本色。他认为党和人民给予他的劳动模范、优秀共产党员荣誉，就是他人生最大的财富，心满意足。

从小学三年级文化水平到技术员、工程师，这是一个多么了不起的质的飞跃，成功的背后浸透着陈道银多少执着的追求。还记得那年，他代表中铁十三局参加中铁建总公司在山西大同举办的全国铁路青工吊装技术大比武。在众多的技术尖子中，他取得实际操作单项第一和总分第四的好成绩。当他再一次代表中铁十三局参加铁道部全路在湖南怀化举办的吊装技术比赛时，他取得了前10名的名次。当时，作为评委之一的石家庄铁道学院桥梁系韩副主任，得知他仅为小学3年级文化时，惊叹不已，连连称赞："后生可畏，后生可为!"

吃水不忘挖井人。陈道银一直念念不忘他的老师赵久龄，是他的谆谆教诲，奠定了自己事业的基础。前赴后继，陈道银也从不把自己所掌握的知识技术归为己有，而是把传、帮、带作为己任，不断传授给别人。并且，从理论到实践现身说教，把施工现场作为课堂，手把手地教，持之以恒。

如今，经陈道银教过的徒弟已达50人，遍布四处乃至整个中铁十三局，不少人已多次独立指挥架梁施工，有的还当上了技术员、技师、高级技师和施工队长，"陈家军"成为全局架梁施工的主力军。

陈道银，可谓"桃李满天下"。

六

帐篷外，大桥头，工余闲暇时的陈道银，总爱唱那首非常熟悉的流行歌曲："说句心里话，我也想家，家中的老妈妈，已是满头白发；说句实在话，我也有爱，常思念那个梦中的她……"夹杂着成都口音的男中音虽然音调不太准确，却是发自肺腑、饱含激情唱出来的，那是他对故乡、对亲人的一片深情与眷恋……

四川新都，美丽富饶、风景如画，像一块磁石永远吸引着陈道银，因为那里是他生长的地方，那里有他的父老乡亲。弹指一挥间，离开故土已20多年，风雨筑路的人生，使他饱尝了多少离情别怨，多少次"梦里竟回故乡去"。

1979年初春，刚刚结束十年内乱、开始走上经济社会发展正轨的共和国，正面临着一场新的严峻考验，南疆战火连天，北疆戒备森严……

远在北国边陲内蒙古呼伦贝尔的陈道银，颇让关心他的亲戚、朋友担忧。纷纷做他的思想工作：在外面奔波那么多年，也该落叶归根！数次为他找好接收单位，弄来调令要他回"天府之国"。兵改工前的那两年，他的数百名战友和他那当交通厅领导的亲戚，说啥也得把远隔千山万水的他弄回去。面对亲戚、朋友、战友的一番好心好意，他是心存感激的。可是，他是部队的专业技术骨干、特殊人才，从团长到师长，哪一位领导能舍得他走？于是一次又一次被领导婉言留了下来。个人的事再大也是小事，他愉快地服从了组织安排，从部队到中铁都是深深地扎下根来。

自古忠孝难两全。陈道银从入伍到他母亲去年去世，仅与父母团聚过两个春节。

1995年5月中旬，一封"母病危，速回"的加急电报，飞到哈尔滨陈道银手中。当天下午，他就火烧火燎地乘飞机往老家赶。在飞机上，他想母亲、想往事，泪水模糊了双眼……

家中兄弟姐妹5人，陈道银是长子。在六十年代那不堪回首的困难时期，父母省吃俭用，受尽苦难，呵护着他们，使他们长大成人。看到身体强壮、孝顺听话的长子能为家庭分忧了，心中涌起无限欣慰与期望。可胸怀壮志的长子却要从军远征。孩子是父母心上的肉，虽然舍不得，但还是爽快地成全了儿子并嘱咐儿子到部队要有出息。

1989年，辛劳一生的母亲不幸得脑血栓半身不遂，从此就一直卧床不起。陈道银在百忙中抽空回去看望母亲，病榻上的母亲还一再说："你工作忙赶紧回去吧，我有家里人照顾。"今天，母亲她老人家……想到这里，陈道银在愧疚的心里默默呼唤母亲、默默为母亲祈祷。

久别的省会城市成都已是夜幕笼罩，灯火辉煌，归心似箭的陈道银打车直奔30公里以外的新都县人民医院。在住院大楼三层的一间高危病房见到了骨瘦如柴、病入膏肓的母亲。弥留之际的老人家，能见到心爱的长子是她最后的心愿，母子相见抱头痛哭，使守候在两旁的全家亲人都哭成一片。

"男儿有泪不轻弹，只因未到伤心处"。多少次艰难困苦，陈道银都没有哭过，唯独在此时放声恸哭……

陈道银的妻子马祖琼，具有中国妇女的传统美德，温柔善良，忠贞不二。在他当兵前一年两人就结为秦晋，本想与他一起过那男耕女织、夫唱妇和的田园般日子。可丈夫当兵报国把家庭的重担落在了她一人身上。不久有了宝贝女儿后，生活的担子就更重了。每当初夏"双抢"和秋天收割，是成都农村最繁忙的季节，出门在外的人都得想办法回家忙农活，可陈道银唯一能做到的就是多写几封书信安慰妻子，把积存的几个钱邮回家去……一个成功的男人背后，一定有一位伟大的女性。是的，陈道银事业的成功与妻子的默默奉献分不开，军功章里有她的一半。

那年10月，妻子到单位探望久别的丈夫，行前给陈道银发电报："齐齐哈尔接站。"接到电报，陈道银感到左右为难。妻子千里迢迢来看自己，那心情一定高兴而又迫切，自己说啥也应去接站，但眼前大桥施工昼夜倒班正紧张，根本离不开特殊岗位的自己。想来想去还是怀着愧疚的心情上了工地……

妻子坐火车倒汽车，尝尽颠簸之苦在大兴安岭深处见到了日思夜想的丈夫，一肚子的委屈与怨气，被丈夫那又黑又瘦的模样化为心疼的眼泪。丈夫本是潇洒帅气、魅力十足的男子汉啊，竟活脱脱变了个样。四目相视，凝聚多少深情："你心里装的全是那些桥，还有没有我？""有！"陈道银幽默而有趣："我在桥这边，你在桥那头，我把桥架通不就相聚在一起了。我们比九天银河的牛郎织女隔河相望强多了。"

1989年，陈道银定居在北国冰城哈尔滨。妻儿想像着，这下一家人该在一起好好享受享受天伦之乐了。但事实并非想像的那样，工作性质决定着陈道银依然志在四方，到处流动奔波。家，仅算是一个招待所、旅馆而已。

妻儿知道陈道银工作的危险性，也曾看到他架梁时那惊心动魄的场面，虽然支持他、理解他，但无时无刻不担心着他、牵挂着他。在家中，虽然没有为他摆香案、供佛像，却是时时在心里默默为他祈祷，保佑他平安。

去年冬天，妻子去山西太旧高速公路架梁现场看望陈道银，目睹他在那2.75万伏高压电网下、几分钟通行一趟火车的石（家庄）至太（原）铁路干线上架设立交桥的吓人场景，担心得不得了。当时，妻子左手臂长了一个大肿瘤很痛苦，便想了个两全之策："道银，求你陪我回哈尔滨看病吧。"陈道银只抽出小半天时间陪妻子去了就近的寿阳县人民医院看了病并要她就在那里手术。妻子怕那里的医疗技术不行，硬要丈夫陪着回哈尔滨，也是为了避开那骇人的架梁现场，害怕丈夫有个闪失而找个借口。架梁与陪妻子手术，两件事对陈道银来说都重要，却只能选择一个。最后是妻子赌着气只身走人。

从女儿出生到上小学，父女俩只见过两次面，说来常人不会相信，但这是陈道银生活中真真切切的事实。"爸爸，如果我没有妈妈，你永远不会为女儿操心。"女儿的一番话说得做父亲的陈道银眼睛湿润了。是啊，女儿从小到大，从上学到参加工作，自己操了多少心呢？

那年，女儿在哈尔滨即将上完中学、面临着升学高中，可户口还远在黑龙江畔的呼玛县城。按规定户口不在市内是不能参加本市的任何升学考试的。这事急得母女二人六神无主，连连打告急电话找陈道银。

这时的陈道银，正被中铁十三局的张惠聊副局长和四处党委书记董太祯，紧紧地"钉"在了长春西解放路立交桥工地实施架梁，哪里脱得开身。咋办？这头一步不让走，那头电话天天追。情急中，陈道银红着脸把自己的事摆在了领导面前。"你不能离开工地，孩子上学户口的事组织上出面解决。"当女儿考完试又顺利到长春局技校上课时，陈道银也没有离开过工地一步。

今年元旦前夕，仍在山西太旧高速公路晓庄东立交桥架梁的陈道银，多次接到妻子从哈尔滨家中打来的电话。独生女儿要准备结婚，而且婚期就计划在新年元旦，要他赶回去筹办女儿的婚事。

当时，架梁正到了白热化程度，144公里的高速公路就差晓庄东中桥没有通了，甲方下了元旦前架通的死令，而且甲方监理整日跟在现场，盯着进度。作为现场负责架梁的陈道银，在这决战当口哪能走得开，就一直冒着零下20多度的严寒没日没夜在工地拼着。

"回不去，就是回不去！"陈道银在电话里与妻子解释了半天仍不管用，最终发火了。夫妻俩相亲相爱那么多年没有红过脸，今天却为了工作与女儿婚事的矛盾，吵了一架。

深夜，躺在帐篷里翻来覆去睡不着的陈道银，心里真不是个滋味。女儿是自己的掌上明珠，生命的希望，而且长得婷婷玉立、漂亮可爱，模样、性格都酷似自己，自己也从心里疼爱女儿。从女儿出生到参加工作这20多年，父亲给予的爱太少了，现在办婚事，父辈当然高兴，本应回去好好操办，弥补那份亲情父爱。可是，婚期可以推迟，架梁不能推迟。女儿，你能理解为父的难处吗？

陈道银按期完成了架梁任务，紧接着又受命直接从山西去了江西的京九铁路贡水河特大桥，后又辗转到图珲铁路大桥……一直没有着家。女儿的婚期，也就一推再推。

今年7月下旬，一个阳光灿的日子，女儿的婚礼举行了。当女儿和女婿双双端着喜酒敬献高堂父母时，陈道银端起酒杯一饮而尽，挂满喜庆欢乐的脸上，满满地写着对一对新人的歉意。"这么多年，亲人们为我付出的太多了，真有些对不住他们……"说这话时，陈道银的语气很沉、很沉。

事业与家庭，是一对对立又统一的孪生子，放在人生的天平上很难把它秤平。在事业上，陈道银是个好职工、好党员，无愧于我们这个时代。在生活上，作为儿子、父亲、丈夫，他知道应该对他们做些什么、尽什么责任，但往往没有做到，不称职。他热爱生活、热爱家庭，更热爱社会、热爱自己的事业。

七

当年，与陈道银一同入伍的900名战友，绝大多数早已回归故里。从官行政者有之，腰缠万贯者有之，每每战友相聚都让他大开眼界。然而，陈道银必定是陈道银，不为世俗的东西所诱惑。因为他有他的信念追求，他有他的人生准则。爱我所爱，无怨无悔。

　　漫漫筑路人生已在陈道银额头刻上了历史的印迹，无情的风霜雨雪已将陈道银两鬓染白。火红的青春、美丽的年华，已升华为内心永恒的记忆。如歌、如诗、如画的昨天、今天、明天……

　　天空，无数晶莹似玉的水珠，经阳光照射，便形成七色绚丽的彩虹。

　　大地，凌空飞架的座座大桥，在青山秀水间形成雄伟壮观的人间彩虹。

　　天地相融，彩虹辉映，点缀着美好靓丽的人间。

1996年8月于黑龙江哈尔滨市

金牌调解员

　　川西大邑、县城东郊，有一个上万人的芙蓉社区。这里有一个以个人命名的基层义务调解室——"王大爷调解室"，近年是愈来愈出名。

　　在社区居委会二楼有一间面积不大的屋子，一张桌子、几把椅子、一个文件柜，显得很普通，这里就是"王大爷调解室"。王大爷何许人也？他就是芙蓉社区一直做义务纠纷调解的"金牌调解员"王成旭！上至街道领导、县委政法委、社治委，下到社区每一名居民、包括当地公安派出所民警，以及辖区的一所大学、一所中学和一座监狱的治理管理人员，几乎都认识他。

　　"王大爷调解室"，是当地群众信赖的"和事间"，无论家庭纠纷还是邻里矛盾，只要找到这里，无论多么复杂的问题总是能迎刃而解。"王大爷，港火得很！"一提起王成旭，都会竖起大拇指一阵夸奖，都能说上一段有关王大爷调解劝和的故事。

"有矛盾？找王大爷！"

　　芙蓉社区属于大邑县晋原街道，地处县城东郊的城郊结合部，川西旅游环线穿越其间，南临大邑工业开发区，面积2.3平方公里，常住人口15871人、5204户，流动人口约2万人。芙蓉社区于2006年9月挂牌成立，是典型的城市化发展进程中的万人农民集中居住区。

社区主要由晋原街道（原晋原镇）的晋义、青屏、镇东、伯乐、晋王、大树、牟坎等村社征地拆迁户集中居住而成小区。

这个新型社区与主城区的社区不一样，很特殊。

社区所属企事业大型单位较多，拥有四川省西岭监狱、四川文轩职业技术学院、大邑职业高中（技师学院）、大邑特殊学校、大邑看守所、武警中队、红十字博爱医院，以及美饰集团公司、中东加油站、芙蓉大酒店等多家企业和数百家个体工商户。社区人员构成复杂，流动人员远超常住人口，给社区管理和社会治安综合治理带来前所未有的压力。

一时间，这里成为社会治安综合治理关注的重点。

在县委政法委、县公安局及晋原街道的高度重视下，从芙蓉社区设立的那一天起，就切实抓好社区管理与综治治理工作。

应运而生的"王大爷调解室"同时挂牌，面向社区群众提供各种纠纷调解服务。

王大爷名叫王成旭，出生于1936年7月，晋原街道晋义村5组村民。他一生经历过新旧两个社会，从小到大当过儿童团长、生产队长、团支部书记、武装民兵连长、青年农场场长。后来，在县公安局当过劳教管教干部，并且拥有援藏阿坝州和青海省班玛县工作的经历，回大邑后在县粮食局当采购，文革后为大队企业酒厂、面厂、食堂、机砖厂管理者，体制下放后经营自己的榨油厂至今。

王成旭虽然仅有小学文化，但见多识广、阅历丰富，为人耿直、乐于助人、德高望重，多年来一直是晋义村很有名气的调解员和监事会成员。

2006年，王成旭随拆迁入住芙蓉社区。

"找王大爷当调解员，是好钢用在刀刃上。"时任社区书记张秀华，面临新型社区居民矛盾纠纷层出不穷、调解任务繁重、工作压力大，灵机一动，请年过七旬的王成旭再度"出山"发挥余热。这一主意得到社区干部一致同意，于是张秀华亲自上门请贤。

"能够为社区做点事情，充实自己，好！"一向爽快耿直的王成旭，答应了社区的请求，当上芙蓉社区老体协会长和义务调解员。社区以王成旭多年的威望名声，专门成立了"王大爷调解室"。

"有矛盾？去找王大爷！"调解室一开张，名气威望所在的王成旭是"生意"异常火爆，平均每天调解七八起纠纷。

"生姜还是老的辣"。这不，邻里之间、婆媳之间、夫妻之间的矛盾，财产继承、赡养老人、抚养子女、学生斗殴、房屋租赁等大大小小的纠纷，经过王成旭一调解，往往都是当事人双方黑着脸来、握手言欢而去。

芙蓉社区，有两家本是同根生的两兄弟，迁入社区后房屋相邻，中间的共用通道被哥哥建房时多占用一部分，弟弟认为自己吃亏了，心里一直不舒服，就是不允许哥哥使用自家门前的通道，双方矛盾激化并闹到派出所……

王成旭了解事情前前后后的原委，主动把双方请进了调解室，一阵道理说开了："本是一家人、亲兄弟，打断骨头还连着筋呐！我是看着你们长大的，活了几十年，连'家和万事兴'的道理都不懂哇！"王成旭以老者口气的一番说教，兄弟俩不吱声、低下了头。

王成旭感到自己的话起到作用了，又把握火候、继续开导："路就是给人走的，一人走也是走，两人走也是走。兄弟不让哥哥走，睹那口气、争个输赢，却伤害了亲人之间的感情，值得么！再有过激行为打伤了对方，还要承担法律责任，这不让人笑话……"

王成旭对症下药地一番法、理、情讲下来，兄弟俩羞愧红脸。哥哥先检讨了自己的不是，弟弟听后礼让三分……兄弟间四目相视、笑了起来，矛盾纠纷得到和解。

调解民间小纠纷是王成旭的"拿手好戏"，经他调解成功的案例数以千计，但也有他遇到群体矛盾冲突而头疼的时候。

社区首期入户265户上千人的住房，在按要求统一安装天然气时，遇到了巨大的阻力。为居民安装天然气，本是一件利国利民的好事，意想不到的是在芙蓉小区却成为一件麻烦事儿。

原来，住户改造不达标的厨房和管道施工及开户需每户出资3000元，居民都不愿意出资，况且多处占用消防通道的住户须限期拆除障碍物，县天然气公司施工队拿他们毫无办法……

由于涉及面广大、人多势众，县建设、城管、房管及公安消防等部门、单位，配合晋原街道多次调解无效，阻碍施工多日，双方僵持不下……这就是现实的社会生活。

困难面前方显英雄本色的王成旭，这时挺身而出，早出晚归、没日没夜地挨家挨户上门劝说，苦口婆心地讲解使用天然气与煤气罐的优劣，讲清消防通道的重要性，耐着性子细心做思想工作。

"道理只要是正确的，总有说得通的时候。"经验丰富的王成旭，坚信这一点。

大家看到70多岁的老人整天为别人"跑断腿、磨破嘴"，而且晓之以理、动之以情，就是铁石心肠也开始慢慢地受到了感化。最初，领头闹腾得最欢的那几个人，也感动得伸出大拇指说："真是服你了，王大爷……"

长达两三个月的群体矛盾冲突，最终圆满解决。"王大爷调解室"，又增添了一面崭新的锦旗。

走进"王大爷调解室"，但见"公平正义、依法调解"八个大字醒目地挂在墙上，政策法规宣传咨询、社情民意信息收集，以及物业服务、经济劳务、婚姻家庭、赡养抚养纠纷等八项调解服务同样张贴上墙，王成旭的桌牌上姓名、职务、照片、联系电话一应俱全。虽然是个编制外的业余调解室，但一切工作开展非常正规。

王成旭常说："法、忍、诚是社会生活要讲的基本原则，遇到矛盾时要学会忍让，冷静思考分析原因，然后在法律法规的框架下寻求解决办法，最后胸怀诚意去解决问题。"经历多年的纠纷调解工作，王成旭找到了非常管用的好法子，即"四心三勤两讲一及时"：

——"四心"是指调处纠纷用公心、调查事由要细心、对待当事人须贴心、遇到困难有决心；

——"三勤"是腿勤、手勤、嘴勤；

——"两讲"是在具体工作中讲法规、讲团结；

——"一及时"是对矛盾纠纷调处要及时，尽最大可能地消除在萌芽状态。

"身边的好人"、"和事佬"王成旭，几个春秋、一腔热血、几番辛劳，换来了"金牌调解员"美称。

"'金牌调解员'，含金量高哟!"

芙蓉社区首期统建房都是分户按地基和外墙统一标准修建，

因而拥有三四层楼房的住户大有人在。居民除自身居住外的闲置房多，而紧靠芙蓉社区的县工业集中发展区就业流动人口多达上万人，加之小区配套完善后人气旺、商机多，外来经商者络绎不绝到来，这就自然形成房屋租赁的供需市场。

有房出租能够增加居民收入，本来是一件好事，但众多的出租屋引发的房屋租赁纠纷和治安案件不断上升，这又成为社区调解的一项重点工作。

"3000元就是不给！"

"不给房租，就打官司！"

……

这是2014年3月2日上午，发生在芙蓉社区的一幕。社区的杨大爷与租房的余大哥一见面就吵了起来，王成旭立马招呼他们到调解室坐下。

原来，杨大爷的一楼商铺以3000元的年租金租给余大哥开理发店，双方共用电表，房主与房客相安无事。几个月后的一天晚上，余大哥放在店铺里的电瓶车不幸被盗，一阵生气后认为是杨大爷没把铺门弄牢固，加之杨大爷一年没出电费，都是自己一人去交的费，于是余大哥便不愿再付租金，各说各的理，双方僵持不下就撕破了脸皮……

王成旭了解了经过后，开始劝导起来："我以为好大的事情哟。原来是为点鸡毛蒜皮的事就要去打官司，人家还不会受理呢！这值得哇！"

接着，王成旭切入正题："租房给租金天经地义，电瓶车掉了分明是自己没看管好嘛……"

经过调解，争吵渐渐平息下来。当事人双方表示，该交房租的交、该出电费的出，不到半个时辰握手言和。

前两年社区换届选举，与王成旭共事多年的社区书记张秀华，向现任书记唐小娟介绍说："王大爷调解室"是社区的一块金字招牌，作用大，王成旭"金牌调解员"的含金量高哟！调解工作有他保证做好。"

"金牌调解员"王成旭的含金量高在哪儿呢？通过深入了解，我们找到了答案，并且把大大的"？"变成了重重的"！"。

在芙蓉社区基础设施基本完善、社会治安综合治理基本走向正轨、纠纷调解有所减少之时，社区加盟了一个偌大的业主——四川文轩职业技术学院，让"王大爷调解室"的"生意"又好得不得了。

与芙蓉社区一路之隔、新建的文轩学院，占地面积1200亩、建筑面积42万平方米、师生1万多人。

如此规模的流动人口涌入，社区发生了很大的变化。但见夜幕降临时的几条街道是商店顾客盈门、餐馆生意火爆，商贸一派繁荣，但同时也引发了治安秩序等诸多问题。

文轩学院主要面对云、贵、川、藏西南地区招生，藏族、彝族等民族学生较多，那些来自高原和偏远山区刚入社会、气血方刚的十七八岁青年学生，生性好酒好斗，往往酒后寻衅滋事、甚至打架斗殴……

"王大爷调解室"的王成旭，几乎天天都要调处这类纠纷。尤其是周末的晚间八至十点钟更是纠纷多发时段，王成旭干脆就一步不挪地坚守在调解室，调处一起又一起，有时要到半夜才能回家。

有关学生的纠纷多了，就这样没完没了地调解下去不是个办法，见多识广的王成旭给社区干部提出解决根本问题的法子。

通过晋原街道及县有关部门出面，领导直接到文轩学院找校方协调，学院开始加强学生日常管理，明文规定学生周一到周五不得出校。

如此做法并没有解决问题。一到周末，被关闭了几天的学生更是三五成群地潮水般涌入城区的大街小巷，挤满了商铺、餐馆，购物的购物，喝酒的喝酒、娱乐的娱乐……学生与学生、学生与店家的矛盾纠纷依然如故。

对此，爱动脑筋的王成旭又出谋划策。县校再协调，学院及时采取措施在校区完善学生服务功能，增添超市、书店、餐馆、咖啡厅、音乐厅、美发厅等，基本满足学生需求，这样一来，出校门者自然减少。

为彻底解决学生与居民的纠纷问题，王成旭再出妙招得到落实。

文轩学院将正对芙蓉社区的大门封闭，改走北面的学院正大门。如此，校区与社区虽然相处咫尺之间，学生出校门到街区却要绕行近两里地，自然形成间隔区。并且，学院再次强化学生管理，严格学生出校请销假制度，尤其是禁止学生校外租房。这些措施的落实，使学生的矛盾纠纷得到彻底解决。

2013年12月，四川省川南监狱（现西岭监狱）从宜宾整体迁入大邑县城东郊，入住芙蓉社区。众多服刑人员生活在高墙内，但上千名监狱干警及众多家属成为芙蓉社区常住居民，又给社区管理增添很大的压力。偌大的监狱家属区与芙蓉社区一路之隔，融入当地的大量新居民在语言、生活习俗以及子女入学等方面，与当地居民时有矛盾纠纷，怎么解决？

新问题得用新办法解决。这次，又是王成旭积极向社区及晋原街道提出可行性建议：小的矛盾纠纷则由芙蓉社区调解，而大的矛盾纠纷则请监狱干警出面与社区协同调解。

警地携手维护社区社会秩序，这一招还真灵验。几年下来，监狱家属区与芙蓉社区新老居民融为一体，和谐社区氛围日渐浓厚。

从源头上解决了社区与学院、监狱家属区的矛盾纠纷难题，社区干部发至内心地夸奖王成旭："又是王大爷立了头功！"

"调解室'生意'不好了！"

在"王大爷调解室"的文件柜里，存档着厚厚几大卷宗人民调解登记册和调解书，真实地记载了几年来居民矛盾纠纷调解的历程和成效。

几十年如一日当好义务调解员的王成旭出名了，"王大爷调解室"火了！省、市、县报纸、电视先后宣传了他，就在互联网上都有关于他的多条人民调解工作信息，他被评为"最美老人"。

夕阳红还着实走红了，王成旭受到更多人的敬佩与关注。

但近年来，王成旭却连连感叹到"调解室'生意'不好了！"有时三两天也没有一起矛盾纠纷的居民走进调解室，但他仍然坚持每周五到调解室值班。他说："习惯了，不来一趟心里不踏实。"

现年八十有三的王成旭依然精力充沛、精神抖擞，并没有乐得清闲、享受儿孙满堂的天伦之乐，仍身兼老体协名誉会长，把四五百人的老体协活动组织得丰富多彩，社区有需要他出面调解的事情，只要电话一响，不出十分钟准能到场。

王成旭勤于动笔，结合老体协活动经常把党的政策、法律法规、调解工作经验，写成寓教于乐的小品、三句半、演唱词等文艺作品并搬上舞台，他又是一名出色的政策宣传员、普法宣传员。

"生意不好"其实是一个好现象，表明民间矛盾纠纷的减少是社区社会治理的成效。其实，这就是和谐社会建设的目的意义所在。

王成旭深有体会地说："社区百姓吵吵闹闹，都是为些鸡毛蒜皮的小事，有一个人从中间调解一下，就大事化小、小事化了了。"结合多年调解工作的经验，他又谈道："如果小事不调解，就有可能变成大事，甚至变成刑事案件。全面小康与和谐社会建设，就是要从这些小事抓起。"

事物都有一个发生发展的变化过程。我们分析"王大爷调解室"的"生意不好了"的具体原因，既有主观方面的成因、也有客观方面的因素。

从客观上来讲，一方面，城市化进程的加快带来农民进城集中居住的普遍现象，集中居住区的基础设施建设和功能服务需要一个配套过程。当基础设施完善、服务功能配套，一些矛盾纠纷自然下降；另一方面，党的惠农政策普及广大农村，加之城乡居民实行社保、医保全覆盖和低保制度，那些弱势群众、低收入者的生存有了基本保障，子女与父母的赡养纠纷和父母抚育子女的纠纷，自然大为减少。

从主观上来讲，县、街道、社区三级高度重视新型社区的建设与管理，并且早有预期的研判，对可能出现的新情况、新问题一直在探索中实践，在实践中完善，在完善中提升有效、高效的管理所取得的效果。

另外，党的群众路线教育实践活动深入开展以来，大邑县委实施"五账工作法"、解决打通群众困难问题"最后一公里"，构建联系服务群众长效机制，并且把"王大爷调解室"作为群教活动的一个典型推广宣传，这也是促进基层社会治理的有效途径。

从王大爷调解室的"生意不好了"这个视角，折射出大邑县委、县政府着力"无讼社会"建设所取得的成效。

"无讼社区"建设是一项系统工程，涉及社会管理的多个层面。近几年来，在县委、县政府重视，县委政法委及公、检、法、司多方联手，形成县、乡镇（街道）、（村）社区三级的"无讼社区"创建工作机制，成立专项工作组、配齐配强工作力量，推进"无讼社区"创建试点工作的开展。

2017年，在全县试点的安仁、王泗、沙渠、花水湾等四个镇，通过人民调解的矛盾纠纷成功率为98.77%，司法确认调解协议597件，均全部正常履行。

由县人民法院牵头开展的"无讼社区"创建工作，在从源头预防和化解纠纷方面做了有益探索，促进矛盾纠纷化解在基层、化解在萌芽状态，社区得到善治。该项工作成为一个特色亮点，受到省、市法院的充分肯定。

2017年12月，县人大常委会就"无讼社区"建设工作，组织部分人大代表进行专题视察，听取县法院的工作汇报，既肯定了工作成绩，又对存在的问题不足提出建议意见，进一步推动"无讼社区"创建工作。

借鉴"枫桥经验"、探索"无讼社区"建设课题，大邑县人民法院院长余涛谈到："通过政府搭台、社会唱戏的方式，把简单的矛盾纠纷交给人民调解，法院对调解结果进行司法确认，使调解具有同等法律效力，人民调解就发挥了实实在在的作用"。

针对"无讼社区"建设工作，大邑县委政法委书记李伦如是说："无讼社区"建设让我们得以从纠纷源头进行治理，通过社区治理和司法规范、引导、服务、保障作用，推进基层治理法制化，实现社会齐抓共管、多元共建的基层善治新格局。"

打造"无讼社区"、构造和谐社会的着力点，就在于教育、引导、帮助广大民众提高法律意识，积极参与司法在理性运用诉讼这一法律武器维护自己权益的同时，在法律框架内通过谅解、和解、调解等非诉讼方式化解、了结矛盾纠纷，达到大事化小、小事化了直至"无讼"、建成"无讼社区"的目标。

在大邑县的几年探索实践中，"无讼社区"就是以社会治理的基本单元社区为载体，融合传统无讼理念，引导社区主体运用法治思维和法治方式，依托"和合智解"e调解、人民调解、律师调解、公证调解、劳动仲裁调解等多种途径，强化司法确认，逐步形成司法引导与社区自治相结合、司法职能与基层善治相结合的社会管理创新机制，促进基层矛盾纠纷向少讼、不讼转变。

芙蓉社区的"王大爷调解室"及王成旭卓有成效的义务调解，正是60年前毛泽东主席倡导"枫桥经验"的传承、发扬与继续。

"王大爷调解室"仅是大邑在全县100多个村、社区探索实践"无讼社区"建设的一个缩影。

2019年2月于四川大邑

雪山下的电力守护神

序 言

"孟夏草长，花开五月；万物共生，于斯为盛。"

春夏交替，在诗人眼里是一个万物生长、欣欣向荣、充满生机活力的美好季节。然而，在大邑电力公司输电运检班李建洪和他的工友面前，却是电力行业"四季歌"之"春安春检"最为繁忙、紧张的时节。

2017年5月24日一大早，工装整着、精神焕发的李建洪同往常一样，开着那辆捷达车、载着工友，迎着朝阳开始了新的一天工作。

巡查到县城南郊王官线55至56号杆塔下面，李建洪看到一片再生巨桉树疯长已危害输电安全时，大家七手八脚把72棵巨桉砍伐完毕、做好记录；之后来到斜江河对面的华山村田野电塔林立处，查看那里的电网安全状况；再次驱车15公里来到新场镇虎跳村5组，气喘吁吁地爬到半山上指挥那里的护线伐树……

这是李建洪和他的工友日常巡查中仅半天的一个片断，也是他们多年工作的一个缩影。

上篇：穿行崇山峻岭

在通往国家级风景名胜区西岭雪山的崇山峻岭间，不时能够看到一座座高大的输电铁塔矗立在天地间……这就是李建洪和他的输电运检班重要的工作场所。

地处四川盆地、成都平原西缘的大邑，山丘坝兼有，素有"七山一水两分田"之称，幅员面积达1327平方公里，位居成都市前列；东西细长的版图长达上百公里，高低落差从海拔5364米的西岭雪山到平原的韩场仅有475米；改革开放以来，邮江河流域丰富的水能资源造就了西岭山区的数10座水电站，国家"电气化试点县"的巨大电能，既输送到平原又确保了西岭雪山、花水湾景区用电；同时，来自于黑水河流域和雅安过境的市网、省网高压线路，也要通过山区……

这是大邑特有的环境，其输电运检工作难度，居全市23个区（市）县之首。

李建洪的班组上岗人数仅13人，而且平均年龄超过51岁，人手少、工作量大、困难多……就是这样13人的班组集体，像弹簧"压力越大、反作用力越大"那样，硬是支撑着、坚守着县网110千伏线路16条196公里、35千伏线路23条188公里的输电安全维护。同时，肩负着市网、省网220千伏多条过境线路的协助巡查工作……这是他们光荣而又艰巨的神圣职责。

李建洪班组严格按照电力安全生产"二十四节气"工作表和管理规定，春阀树木、度夏迎峰、冬战冰雪，履职尽责保电力，唱好安全"四季歌"。

春天多美好、春天多浪漫，可每天置身于春天里的李建洪他

们，怎么也浪漫不起来。因为，他们把全县电力"春安春检"责任扛在双肩。

大邑版图的三分之二是山区、丘陵区，20个乡镇过半属于山丘区。天然林保护、退耕还林后，原来漫山遍野的庄稼地，变成了特有的杜仲、黄柏、厚朴"三木药材"基地，变成了满目青山的柳杉、水杉、巨桉、楠竹等速生经济林，这给遍布山林间的高压输电线路带来了极大的危害，春季的巡护线路工作难度成倍增长。

特别是那种巨桉树一年要长成六七米高，楠竹从破土成笋仅两个月就长10多米高而成林，更是输电安全的"天敌"。然而，邮江河中下游和斜江河流域山丘区的巨桉、楠竹遍地栽种，多达10万亩以上。

林业发展在山区，水力发电的巨大电力资源也在山区，林业与电力之间，就形成了尖锐而又突出的矛盾。所以，每年一进入4月，李建洪班组就与这些树木、竹子的疯长，展开了激烈的抗争。

按电力行业安全操作规程，35千伏线路周围5米内不得有树木，线下的树木距离高压线不得少于5米，否则容易放电导致短路停电，造成停电那就属于大事故。而且，那些属于网市、省网220千伏的输电线路，安全系数则要求更高。

每天七点多钟，李建洪他们穿上工作服、戴上安全帽、挎着工具包、蹬上工程车，两人或三人一组兵分三、四路，"全副武装"出发了。到达指定区域，就开始了一天的巡线工作，一个基塔接着一个基塔去查看，一旦发现有影响线路正常运行的隐患，及时处置。那些天天见长的树、竹快要接近这个距离时，就必须采取措施，不能有丝毫的麻痹大意。

"宁可绕行10公里，不能落下一根杆。"作为班组长的李建洪经常对工友们这样说。他这是对自己、也是对大家巡查线路最基本的要求，说到做到。

5月24日，天气晴朗，非常有利于线路巡查。上午11时，在新场镇虎跳村5组夫子岩半山上的巨桉树林中，工友们砍伐完高压线下数十棵去年秋砍伐又再生的树苗后，发现不远处一新长高两米多且倾斜至高压线仅1米多距离的巨桉树，立即报告正好前来检查的李建洪。

李建洪当机立断："立即砍伐！随后再与农户协商补偿。"那棵潜在安全隐患的桉树，得到及时处置。

在李建洪班级的巡查日志里，清清楚楚地记载着，仅2016年，他们累计消除树、竹障碍259处，砍伐树、竹1.8万多棵，由此可窥见其工作量之大。而今年，他们的护线清障和砍伐量，又将会远远高于往年。

山丘林区的线路巡查难度大，平坝区也不轻松。人口密集、村庄众多且不说，不断崛起的都市现代农业的蔬菜、水果种植大棚，又对输电运检造成危害。

5月19日下午4时许，县城南郊马王村一位好心市民打来电话："高压线上有塑料布……"险情就是无声的命令！

李建洪立马带领班组出发。奔赴现场后，老远就能看见那条110千伏官树线9至10号铁塔间的高压线上，搭着一条六七米裹卷的黑色塑料遮阳网，犹如偌大的鲤鱼风筝，随风飘荡着尾巴……原来，这是附近蔬菜大棚遇大风惹的祸，只因当天是晴天，才未造成短路停电事故。

李建洪请示县、市公司临时调度电力后，立即安排人员爬上高高的铁塔，如"空中飞人"般再沿高压线艰难地吊行30多米，

完成抢险……3小时过去，已是暮色苍茫、万家灯火之时，大家这才饥肠辘辘地回到家中。

像处理类似的突出性事件，李建洪他们班组每年都要遇到无数起。

每年3至5月，"春安检查"的线路巡护还处在攻坚阶段，又将迎来长达两三个月的夏季"迎峰度夏"，预防林业危害与防汛、防地质灾害交织在一起，任务更加艰巨。

夏天，那沿着邮江河、斜江河走向的几条四五十公里的线路防汛、预防山体滑坡，又成当务之急。

每一场大雨或洪水过去，李建洪他们都得突击对每一座铁塔、每一根电杆的基础牢固与否巡查一遍，每次都得七八天功夫，从未间断。炎热的夏天又是用电高峰，满负荷或超负荷的输电导线，极容易出现上百度的高温、甚至喷射出刺眼的火花，必须随时跟踪检查，做好记录，制定完善的抢修方案，一遇险情，立即处置。在长达半年的时间里，他们身影总会天天出现在崇山峻岭中……

春夏运检如此艰巨，那么，秋冬的运检工作会轻松一些吗？"同样艰难！"李建洪直截了当回答。

西岭雪山景区老总曾经谈到："一旦停电，整个景区就得关门！"凸显出景区电力保障的重要性，同时，也凸显出李建洪他们职责的重要性、艰巨性。

冬天的西岭雪山，冰天雪地、银装素裹，好一派北国风光。中国南方最大的现代化高山滑雪场对众多游客来说，是一个令人向往、梦魂萦绕的童话世界，而然，这又是李建洪他们随时接受考验的重要战场。

从11月到来年3月，西岭雪山被厚厚的积雪覆盖，成了林海雪原。他们每天都要组织3人小组，轮流进山巡线。这些区域山高、坡陡、林密，线路经过的地方多处没有手机信号，坚持3人小组巡线是为了相互有个照应，确保人员安全。

树枝结成冰棍，连成密丛，不时地打在他们脸上，火辣辣般疼痛；脸和双手冻得发红、僵硬，积雪不时掉进脖子里，冰冷得让人颤抖；深一脚浅一脚地踩在厚厚的积雪上，稍不留神就会跤倒，三人相互搀扶着前进；全身被厚实的衣服包裹着，笨重得活像一只熊；满身是雪，俨然又成了雪姓姓。

山区的天气变幻无常，刚才还是晴朗天空，不多时就会雨雪、大雾袭来，能见度仅10多米，在森林里穿行特别容易迷路，只能沿着线路方向小心前行……巡查一遍西岭雪山的每根电杆、每座铁塔，都需要三四天。

每年春节黄金旅游周，正是西岭雪山景区一年中的高峰期，每天客流量多达数万。上午、下午时分，游客排队等待乘坐索道上、下山的现场排起了长龙，颇为壮观……每当这个时候，李建洪和他的工友，就会始终坚守在巡线现场，确保景区用电万无一失。

为此，李建洪深有感触地说："在通讯高度发达的今天，一旦景区供电出了问题、索道停运，传播特别快，社会影响很大……大到县长、市长的热线电话就会被打爆、快到半个时辰就会传遍互联网，全世界都知道……因此，作为电力运检工，就得像军人一样'枕戈待旦'，不能丝毫松懈。"

"有朋至远方来，不亦乐乎"。游客到西岭雪山，通过第一条索道，就能到达滑雪场玩雪、戏雪、滑雪，沉浸在万人攒动的欢乐海洋之中。再通过第二条索道，就能不费吹灰之力到达日月坪高山景区观山望景、亲近雪山……但有谁能够想到，这强大的电

力是如何飞到雪山上去的呢？

一边是心情欢畅、开心游玩的万千游客，一边是艰苦巡查、恪尽职守的巡线工，形成截然不同的反差。李建洪他们在羡慕这些游客的同时，也在为自己神圣的职业，感到一种发至内心的骄傲、自豪。

5月26日，端午节大假临近，李建洪特意组织力量又一次深入西岭雪山，对栗（子坪）鸳（鸯池）15公里的35千伏输电专用线，进行节前突击大检查，为的就是确保节日景区供电安全。

李建洪说："不去仔细巡查一遍，心里没底儿，睡觉都不踏实。"

不论春夏与秋冬、白天与黑夜、风霜与雪雨，输电运检班总是"召之即来、来之能战、战之能胜"！

中篇：每年步行万里

在大邑电力公司业内，流传着这样一句顺口溜："栗子线畅通，县城亮彤彤；栗子线停电，县城黑一半。"

这句顺口溜的意思是说，从雪山下的栗子坪到县城子龙街这条近50公里的110千伏高压输电线，是主供县城近20万人的生命线，一旦停电将影响整个城区居民的正常生活、工作。

可以想象，那党政机关办公用的千百台电脑、那高楼大厦里的众多电梯、那四通八达街道的交通信号……谁能离得开电！

李建洪和他的班组，对这句顺口溜的理解异常清楚，确保县城用电安全是他们的责任所在、使命所在。因此，那些遍布全县山山水水的一条条高压线，就像他们大脑里的一条条神经，时刻绷紧电力安全运行这根"玄"。

2015年的春节前夕，栗鸳线在输入鸳鸯池变电站前的两根电杆间，一根大碗粗两三米长的冰凌已将高压线坠成引型，离地仅三四米，一旦冰凌加大就会与树林接触，造成短路停电……"立即出发！"闻讯险情的李建洪，带领工友驱车百里直奔海拔2200米的鸳鸯池，冒着零下10度的凛冽寒风和漫天飘飞的雪花，及时处置了险情。当他们返回县城家中，已是深夜。

今春以来，众人关注的成都"三绕"工程开工建设，对远郊县大邑来说，是一件利好的大喜事，可对李建洪他们来说，却是"麻烦事儿"。高速公路横穿大邑丘陵区20多公里，多条高压线路与高速路交差、跨越，这么长的施工战线颇让李建洪操心不已，他说"电力运检安全工作要紧跟上去哟"！

雷厉风行的李建洪，带领班组人员深入沿线施工企业，发放宣传资料、开展电力安全宣传教育，讲述那些大型施工设备接触高压线造成机毁人亡的惨痛案例，予以警示。

有一天，从高速公路施工现场返回途中，李建洪不无调侃地对工友说："啥子叫'防患于未然'？这就是！"

巡线工的工具包与其他电工不一样。配备有望远镜、扳手、榔锤、笔记本、笔和一把鹰嘴砍刀，重达10多斤，特殊时候还要携带价值几十万元的红外线成像测量仪。这些不起眼的工具，各有妙用，巡线中不可或缺。常人爬高山、过深涧空手都够呛，他们却要身负沉重的工具包、再杵着一两斤重的木棍，跋山涉水、披荆斩棘，而且日复一日、年复一年。"5.12"汶川地震的灾后重建和土地整理，很多散居在山水间的群众都下了山集中居住，原本有人烟的地方都成了山林荒野，砍刀开路费力费时，每巡查一根电杆、铁塔要半个时辰。

"晴天一身汗、雨天一身泥，这些都不算什么，有时还有生

命危险!"李建洪如是说。

夏天面临酷暑、暴雨、雷电、野兽、蛇虫的威胁,磕磕碰碰在他们眼里根本就不算个事儿,人人都有过受伤的经历。山林草丛中普遍生长着一种水蛭、当地人称蚂蝗。人一旦进入山林间,那蚂蝗就会悄悄粘到腿脚上吸食人血,当发现时它已吃得饱饱的,扯掉后伤口就会流血不止。李建红他们几乎每天都被蚂蝗侵扰三五次,腿脚上是伤痕累累……因此,每次进山巡线,他们都要准备一些防虫咬、蛇咬的药物,看到蛇就避开,实在不行就用随时携带的木棒把蛇驱赶走。除了时刻要预防蛇的袭击外,还要小心一些人为设置的捕兽夹和陷阱。

2015年的一天,在花水湾巡线进入无人区森林,走在前面的冯仕坤突然"哎哟"一声倒在林中,原来他的一只脚被偷猎者设置在隐蔽处的捕兽夹牢牢夹住,痛得他出了一身大汗。那一次的意外受伤,冯仕坤整整卧床休息了半个月,至今他的小腿上还留有两道明显的暗红伤痕。

"吃一堑、长一智"。如今,他们在高山森林区巡线更加小心,遇到树枝、草丛覆盖的道路时,都要先用木棍探试一下,确认没有危险后才敢下脚。

去年6月的一天中午,长期驻扎山区的运检班一组组长陈明书和工友冯仕坤,在大双路花牌坊处巡查栗子线8至10号杆线下山时,年届六旬的陈明书因坡陡滑倒,不幸腰部正好顶撞在一块石头上,疼痛难忍、动弹不得,冯仕坤只好打求救电话。

李建洪立即驱车带人火速赶去增援,几人经1个多小时才将陈明书护送到山下,再送到县人民医院及时得到救治。住院8天的陈明书,人在病床上、心却牵挂着自己的工作,没等到伤愈又出现在山林间的巡查岗位上。

清除线路的树木隐患算不上难事，与当地百姓协调补偿，才是最难的事情。亲手协调处理过千百次补偿事务的李建洪，直说："就像一块'烫手山芋'，非常'烫手'、棘手。"价格高了亏企业，价格低了百姓不同意，很难"摆平"!

"靠山吃山"，树木、竹林是山丘区群众的主要经济来源，切身利益谁不保护! 在问题复杂、矛盾突出的补偿面前，李建洪他们一方面积极争取当地政府的支持配合，一方面以"三寸不烂之舌，强于百万之师"的方法，"跑断腿、麻破嘴"，不厌其烦地向群众宣传电力安全知识、耐心细致地解释树木补偿标准，最终达成协议。

世界之大，无奇不有。工作中，总会遇到个别不理解、不配合、比较难缠的人，对巡线工直言："你们'电老虎'有的是钱，而且不是花自己的钱，甭那么'抠门儿'。"对此，李建洪和工友，只好一次又一次地上门解释、劝说，直到口干舌燥、嗓子冒烟儿，才可能达成补偿协议。曾经有几次，他们被农户的看家狗追逐好远，差点被咬伤。

去年3月，一起长达8年的"干爹树"树障终于成功排除，李建洪和工友们那颗"悬着的心"，才平静下了。

说起这棵"干爹树"，就意味深长——

早在2008年，李建洪他们在线路巡查中，发现位于邮江镇田园村6组的110千伏栗子线30号杆线处，一棵高大茂密的旱柳树，已影响线路安全，必须砍伐。原来，这棵树是就近刘家20多年前为独生儿子的出生，专门栽种并拜下的"干爹树"，这树是刘家儿子生命的象征，岂能说砍就砍……协商、砍伐的拉锯战、持久战从此展开。

4年过去一到了2012年，仍然协商无果，电力公司不得已将电杆改成更高的铁塔，但这棵柳树像有意与巡线工作对似的，不断茂盛地生长，再次形成线路的安全隐患。李建洪和工友又无数次走进刘家，协商"干爹树"的处置事情，对方这次对"干爹树"更是铁了心，誓死捍卫。

事件不断升级，引起市、县电力公司和市、县政府重视……最终，那棵刘家誓死捍卫的"干爹树"，以花费大量人力物力的代价后，丝毫不损地移栽他处，得到解决。

在电力公司几百人的上班族中，别人都是穿着制服和油光锃亮的皮鞋上下班，李建洪的运检班与众不同，他们不是穿着劳保用品水靴（桶桶鞋）、就是穿着登山鞋上下班。胶质的水靴笨重又"烧脚"，爬山下山极不方便，解放鞋不结实，十天半月就得换一双，干脆就用登山鞋。那种强力耐磨的登山鞋，一年要穿烂三四双，自费一两千元。

他们走遍大邑的山山水水，用身体和脚步丈量着每一条输电线路、每一座铁塔，每年步行上万里。

他们熟悉每一个村落、每一个地名、每一条道路，人人都是大邑的"活地图"。

下篇：为了万家灯火

大邑电力大楼坐落在县城内蒙古大道的繁华地段，高大雄伟、美观漂亮，与车来人往的商业街区融入景色。大楼10层是输电运检班的办公室，宽大明亮的屋子里都摆放着李建洪和工友们的桌椅，除了每周的例会、集中学习活动外，很难在这里见到他们的身影。

其实，运检班的办公地点比这要大得多，大到上千平方公里的全县版图。

由于常年野外作业，他们与这里按部就班的人们，在着装、行为上显得格格不入，就连职工食堂带福利性的工作餐，也很难享受一顿。

李建洪这群新时代的电力巡线工，就是不一样。不一样在他们热晒雨淋的脸上、粗糙结茧的手上，经常有被树枝刺破的伤痕，不一样在他们流的汗、吃的苦、受的累，比别人多，甚至于生命的危险。

2011年夏天，大邑连遭"7.3"、"8.21"两场百年不遇的洪水，损失惨重，全县电力线路不同程度受损。在这两次特大洪灾中，李建洪和他的工友更是接受了严峻考验。

那年的7月3日夜里，西岭雪山景区山谷中的栗鸳线36号杆线，因暴涨的河水改道而倒杆断线，导致滑雪场及整个山区断电……作为巡线工的李建洪和工友们冲在最前面，冒着山体滑坡和洪水冲走的危险，整整奋战了两天两夜，才恢复了西岭雪山地区的供电。

那毫无音讯的两天两夜，让万分牵挂李建洪的家属、亲朋好友，仿佛熬过了两年。

在此后的"8.21"洪灾抢险中，李建洪班组日夜苦战了20多天，人人都累得瘦了一圈。

西岭雪山地区生长着一种属于经济林木的漆树，收割的生漆上百元一斤。就是因为这种漆树，不少人碰到都要过敏得"漆痱子"，小半天就会脸部、脖子、手指、胳膊等起斑疹红肿，疼痛难忍，比马蜂蜇了还恼火……这种经历，工友冯仕坤就摊上好几次。

特别是去年9月初，冯仕坤在大双路的孙家坡山顶砍伐线路障碍的漆树时，遭遇"漆痱子"最为严重。当天晚间，他那两眼就肿成一条缝、头部红肿如西瓜大，县医院诊治不了，立即转到成都二医院，整整住院一周……李建洪找到电力公司工会，申请到了慰问金，带着运检全体工友的慰问品，专程去成都看望冯仕坤，让他感动不已。

"'漆痱子'简直把我整惨了！"每当谈起这事时，记忆深刻的冯仕坤便会掏出手机，把当时自拍的相片晒出来，让大家看。"哟嗬！老冯好像修炼成佛爷了。"那张红肿变形的脸真的好吓人。

野外作业，晴天汗水湿透、雨天雨水淋透，长年累月下来，人人都得了"风湿性关节炎"的职业病。工班里，陈明书等几名已一把年纪的工友，因为野外作业的年头更多一些，一遇季节更换、阴雨天，就直叫"腿痛"，随时拿手指去捏几下、用拳头敲打几下。

爬山消耗体力，每巡查一座铁塔几乎都得流一身汗，中午时分口干唇燥，干粮吞咽困难，干脆不吃也不带，养成了下午两三点下山或回城才吃午餐。有时下午四五时才回来，午餐、晚餐合二为一。

长久的饮食不准时，闹胃病成了运检班的又一职业病。

年纪最大的陈明书，在电力运检岗位上工作了近40年，明年就要光荣退休了。他谦逊而又幽默地说："工作都是大家干的，没啥子说的。要说的，就是这风湿腿痛和胃病，职业病可能就是自己终身的纪念。"

"吃饭没准时，天天洗衣服！"这是运检班工友的妻子们常爱说的"牢骚"话。每天为他们洗那满是汗水、泥土的脏衣服，也有怨言的时候。李建洪的妻子就曾对他说："你不心疼老婆，也该心疼一下洗衣机!"

"过年是最烦人的时候!"这是运检班所有工友的心声。万家团聚之日,就是他们最忙碌之时,不是在电力大楼的值班室、就是在西岭雪山沿途巡线,几乎没有一人能够过完一个安稳的春节。

"只要当上巡线工,就别指望过好春节!"工友们都这样说。

当然,他们也有开心快乐的时候。每当在人迹罕至的山岗上巡查完一座座铁塔的时候,他们也会尽情欣赏蓝天白云下的美丽群山,那种"无限风光在险峰"的喜悦心情,是别人无法体会到的。

这些铁肯柔情、热爱生活的普普通通巡线工,也会情不自禁地掏出手机,来一张自拍、留几张山水如画的美丽图画。

当过3年坦克兵的李建洪,1993年入职电力公司,从2004年起就担任运检班长至今,他那"说干就干、干就干好"、雷厉风行的军人作风和气质,在地方工作多年一直没有改变,不善言词、重在实干,在管理上却有其独特的一面。

班组里,除李建洪和另一名工友外,都是老大哥,他相信"团结就是力量"、团结就是战斗力,尊重年长者、爱护年小者,"让得人、吃得亏"的人生信条和共产党员的先锋模范作用,以及严格的"制度管人",把大家紧紧地团结、凝聚在一起……

李建洪和他的输电运检班,10多年就这样一步一个脚印、一年一个台阶走来。他们付出的汗水和辛勤的劳动,换来可喜的成绩,获得组织的信任、领导的认可、同事的称赞。

输电运检班多次被评为市、县安全生产先进集体、先进班组;作为"兵头将尾"的班组长——李建洪,多次获得市、县供电公司安全先进生产者、优秀共产党员称号。

尾　声

特殊的环境、特殊的工种，日复一日、年复一年地造就了李建洪他们钢铁般的意志，塑造了他们一代"电力卫士"、"电力守护神"的良好形象。

中央电视台的《大国工匠》和《工人日报》的《班组天地》两个栏目，所歌颂的都是各行各业的劳动精英，折射出新时期工人阶级的主人翁精神，颂扬着平凡岗位的不平凡业绩，感动百姓、感动中国。

在和平时期、全面建成小康社会的伟大进程中，劳动创造财富、劳动光荣！电力战线的精英团队——李建洪班组，同样值得歌颂。

他们就是那万山丛中的铁塔身影，无论风霜雪雨都巍然屹立在那里，默默无闻地担负着使命，把新时代电力工人的履职、敬业、奉献，潇洒豪迈、铿锵有力地抒写在山川大地……

他们的故事很多、很精彩，天地作证！

2018年5月于四川大邑

红舞鞋之梦

引 子

2020年5月24至26日，中央电视台《对话新时代》栏目组摄制团队，专程来到四川、走进"新红舞鞋之梦"发源地——成都市大邑县悦来镇，探寻"新红舞鞋之梦"教育体系创始人姚丽的舞蹈历程，记录"新红舞鞋之梦"未来十年规划系列"佳佳百千惠民工程"，以及姚丽旗下的佳佳艺术团走进最美乡村开展爱心募捐义演活动……中央电视台著名主持人朱迅，与姚丽在活动现场对话。

8月16日，第六届中国行业影响力品牌峰会在北京会议中心成功举办，来自全国各地的企业家、专家学者上千人汇聚一堂，为中国企业发展建言献策。

在此次峰会上，著名少儿舞蹈教育家、"新红舞鞋之梦"教育体系创始人、大邑县"新红舞鞋"艺术培训学校创始人姚丽受邀出席，参与了由央视著名主持人康辉主持的巅峰对话。节目组总导演王青山为姚丽颁发"追梦人"荣誉勋章。

从乡村女教师到少先队大队辅导员，从创办佳佳艺术团到少儿舞蹈走进人民大会堂，从创立"新红舞鞋之梦"教育体系到

"中国少儿舞蹈直通车"通往全国……梦想的一次次放飞，姚丽在少儿舞蹈艺术教育的道路上创造了一个又一个奇迹。

这一切都源于姚丽的"红舞鞋之梦"，她是时代的追梦人。

上篇：梦的缘起

川西平原、成都大邑是姚丽的故乡。

斜江河畔、静惠山下，古老而又美丽的县城晋原镇，有一个曾是三国名将赵云驻防练兵时的街巷叫箭道街。1965年春夏时节，姚丽就出生在这里。

在那个物质贫乏的年代，姚家兄妹6人，8口之家生活过得非常清苦。姚丽6岁时，家里的顶梁柱父亲不幸去世，留下母亲含辛茹苦地拉扯兄妹几人艰难度日，哥哥、姐姐相继辍学，早早走向社会谋生，唯有排行最小的姚丽还能幸运上学。姚丽记得，勤劳贤惠的母亲那句"孩子，你们没有了爸爸，更要长志气，自强自立"，深刻地影响了她。

青少年时代是人生的花季。姚丽在回忆自己时说："最怀念6岁前的孩童生活，因为那是自己最美好的时光"。

那时，她和很多孩子一样天真烂漫、无忧无虑，每天除了上学和写作业外，最喜欢做的事情就是带着邻里小伙伴在巷子里跳舞。上幼儿园时，她曾扮演喜儿，跳《白毛女》中的《白风吹》舞蹈而出名。7岁那年，妈妈带着她看了一场歌剧电影《白毛女》，电影中翩翩起舞的喜儿脚上那双红舞鞋深深地吸引了她。从此，喜儿成了她的偶像，天天做着梦，梦想着有一天也能够像喜儿一样穿上红舞鞋、踏上红地毯、在真正的大舞台表演……

"妈妈，我要穿红舞鞋！"家里没钱买鞋，妈妈就像《白毛女》中杨白劳没钱给闺女买花戴、割上二尺红头绳那样，就自己一针一线地做了一双小花鞋，满足了她的要求。

姚丽就读的小学是全县最好的北街小学，学校的课外活动尤其是文艺方面的活动非常活跃。在学校里，姚丽的舞蹈天赋不断展露出来，她的舞蹈《草原英雄小姐妹》成了学校演出活动的压轴戏。当时，革命样板戏《红灯记》中的李铁梅、《沙家浜》中的阿庆嫂，她演得栩栩如生，受到多少人的肯定和羡慕。到初中、高中的几年间，她一直都是学校的文艺骨干，参演的舞蹈多次在市、县比赛中获得奖项。

到了中学、高中阶段，凡学校开展的文艺活动，总是有姚丽的身影，舞蹈节日往往是姚丽领舞。18岁高中毕业，姚丽带着青春的美好梦想走向社会，来到大邑城东北10余公里的青霞乡八大队，成为一名山村女教师，"阳光下最灿烂的事业"成为她的座右铭。整天与孩子们生活在一起，天赋异禀与爱好促使姚丽对少儿舞蹈孜孜不倦地学习，那自小穿红舞鞋的梦想在心中延续……

有了明确追求的梦想，就努力为之付出。姚丽将全校仅有的4名教师、83名学生全部组织起来，自编自演了一场像模像样的庆"六一"大型文艺演出，全乡8个学校上千名师生和附近群众2000多人赶来观看，一时轰动了教育界。

1985年，在共和国第一个教师节，仅工作一年的姚丽被县政府评为"优秀教师"，这是她青春年华最为自豪的一件事。

艰苦环境的磨砺，青春在平凡中闪光，青年教师姚丽逐步成熟起来，她相信"天生我才必有用"。1988年秋，姚丽调回县城母校北街小学，担任少先队大队辅导员。北小两三千师生规模，师资力量雄厚，几十年来一直是全县最好的小学，美丽的校园、熟悉的环境，为喜欢文艺的姚丽创造了更好条件。在校领导的大力支持下，她大刀阔斧地组建了学校鼓号队、腰鼓队、舞蹈队，每支队伍上百人规模，活动开展生龙活虎，成为全县小学特色教育的典范。尤其是北小彭号队，多次代表全县参加省、市比赛取得优异成绩并实现"三连冠"，少先队活动成为了北小的一张响亮的"名片"。

县教育局安排北小组织一场高水平的庆"六一"大型文艺汇报演出，而此时姚丽患病在外地温江五医院住院动手术。

"临阵无将，怎么办呀——"接受任务的校长杨晓东，为此忧愁得吃不下饭。

杨校长前往医院探望姚丽，无意中透露出愁心事，视舞蹈艺术为生命的姚丽得知，当即向杨校长表态："我来！"

姚丽反复纠缠医生强行出院，一回到学校就投入到紧张的活动组织和节目编导中……尽管时间紧迫、任务繁重、压力很大，最终这场演出非常成功，受到县委、县政府领导称赞，时任县委书记宋朝华为此特别奖励1万元。

在大邑教育界渐渐有了名气的姚丽，被调到刚组建不久的县城南街小学，支持那里的少先队建设。教育局领导说："好钢用在刀刃上"。

仅一年时间的打基础、建队伍、抓培训，南小少先队活动开始有声有色，由她编导的学校少先队"春之声"大型文艺演出获得成功。少先队工作特色明显、成绩突出，姚丽获得省、市、县荣誉数10项，并成为四川省"优秀少先队辅导员"。

2004年7月，县教育局领导用人所长，将姚丽调入局机关招商办，从业教育产业化资源招商工作，组织委以重任……

这年，姚丽39岁，对她来说，这是即将跨入不惑之年的人生中极为重要的一个转折点。不惑之年，就应该有自己的发展方向和目标定位，她的少儿舞蹈艺术梦想更加明晰。

在这之前，她一直在学校从事教育工作，而此后她希望用自己艺术的影子去影响更多的孩子。环境变了、眼界开了、思路也变了，姚丽要把儿时未实现的梦想变成自己的事业，培养更多的新一代少年儿童来实现。颇有"风风火火闯九州"性格的姚丽，全身心地投入到创办自己学校的筹备中……

这时，姚丽想到了杨佳佳。

杨佳佳是姚丽在北小时发现的一棵很好的舞蹈苗子，她爱才如宝，倾注心血培养，使其考上四川省舞蹈学校，后来又考入北京舞蹈学院编导系，毕业后在中国戏曲学院舞蹈系任教，走上了专业舞蹈和舞蹈教育之路。邀请杨佳佳来当艺术团长是最为合适人选。

姚丽与远在北京的杨佳佳取得联系。电话里一阵长谈，师徒俩心灵想通、一拍即合：大邑县佳佳艺术团诞生了！

姚丽对筹办少儿舞蹈学校充满信心，说干就干，在县城繁华地段的西岭商城二楼，租用两个大房间开始了城区办学。在没有一份招生简章宣传的情况下，不少家长慕名而来为孩子报名，艺术团一下就招收了80多名学生，暑假两个月又增加了100多人，县城的教学规模很快上升到了240多人。

2004年国庆节刚过，筹备仅两个月的艺术团在城里站住脚后，又在古镇安仁中心小学开班了，这些来自农村没有一点舞蹈基础的孩子，开始学起了舞蹈……从城市到农村，这是姚丽在追求舞蹈事业中跨出的可喜一步。

利用学校载体在学校少先队活动中传授舞蹈艺术，这一招很受学校和不少家长的欢迎。此后，姚丽先后又在悦来、新场、苏家等中心小学办班，招收学生161人，包括姚丽在内的3名舞蹈教师，像赶集似的每日穿梭于乡镇，马不停蹄地交叉授课……她把全身心都投入到事业上，而且越干越有劲，恨不得把自己变成两人、三人去工作。

2005年元旦刚过，姚丽联想到中央电视台每年举办春晚活动，受到启发，突然萌生了一个大胆的想法：由佳佳艺术团举办专场文艺演出。

于是，她马不停蹄地跑县教育、文化、广电等部门，得到各方面的大力支持。一回到艺术团就开始紧锣密鼓地筹备专场演出。

春节前夕的1月30日晚，这台由姚丽导演、她过去的学生主持和现在的学生组成的"红舞鞋之梦"春节晚会，在县电视台演播大厅拉开帷幕……精心编导的11个节目，历时1个半小时精彩呈现，300多观众掌声不断。

在演出现场，县教育局领导鼓励姚丽："把你的特长舞蹈艺术送到农村田野去，培养更多的少儿舞蹈人才。"

领导的一席鼓励和支持的话语，给了姚丽无穷的力量。加之演出的成功，犹如给了她一副兴奋剂，她就像春天的布谷鸟一样，不知疲倦地在农村播撒着舞蹈艺术的种子……

仅半年时间，佳佳艺术团招生已遍及全县6个乡镇，达到7个教学班300多人。

从城市走向农村，实践证明姚丽的选择是正确的。城乡教育资源统筹协调、均衡发展，农村的孩子同城里的孩子一样，能够学好舞蹈、登上大雅之堂。而且在办学过程中，姚丽没有发过一份招生简章，每一名来佳佳艺术团的孩子就是一份"招生简单"，姚丽靠的是实力。

2005年炎热的7月，正是全国艺术考级火热的时候，姚丽在思考：佳佳节艺术团的少儿舞蹈艺术教学成果怎么样，如果通过考级来验证，不是更具有说服力么？

全国舞蹈考级从1993年以来，大邑还没有人尝试过。她决心要改写这个历史、填补这个空白，就选拔了38名认为最有实力的孩子前往成都参加考级。

成都市少年宫艺术考级现场，1.7万名少儿参加考级，加上家长达3万多人，只见现场人山人海、人声鼎沸、十分壮观。姚丽组织参考的孩子们，由于平时训练有素，均发挥正常，人人顺利完成考试。一个月后，结果公布下来，佳佳艺术团的38名孩子全部通过考级，并且6人获得优秀。

姚丽开创了大邑考级先河的梦想，顺利实现了！

她还记得，就在那天的考场上，家住成都市区的8岁女孩王寒冰参加考级，其母亲目睹了大邑的孩子个个素质高、考得好，当即决定把自己女儿从成都玉林小学艺蓉艺校转来佳佳艺术团，舍近求远从都市到乡村学艺，这一举动令她感动不已。

金秋10月，舍得投入的姚丽筹措资金，购置了县城花卉市场一栋700平方米的三层楼房，作为佳佳艺术团的教学场所，3个练功房及钢琴室、电子琴室、电脑室、英语室和学生公寓等，一应俱全。当月中旬，佳佳艺术团在城区的200多学生欢欢喜喜搬到新校上课。据了解，这在当时全市私立专业培训学校中，姚丽的教学条件当属一流。

一片大邑热土，一种艺术教育，一所雅致校园，一套育人方式，一位圆梦团长，一支激情团队，一群挚情家长，一路多彩生活……简略而真实地勾勒出佳佳艺术团的良好印象。从县城办学到农村"打游击"，又在县城建立规模化的固定教育基地，姚丽仅仅用了一年时间。

佳佳艺术团的教师队伍也在不断发展、壮大，特别聘请了艺术顾问、北京舞蹈学院的优秀青年教师欧思维，同时还有毕业于四川舞蹈学校的教师李默、杨小岷、杨翠、杨沙等先后加盟，师资力量倍增。

姚丽是一名对事业执着追求、永无止境的女强人。她满怀信心、豪情壮志，决心让佳佳艺术团成为孩子们通向艺术殿堂的阶梯。

中篇：梦的耕耘

2006年的春节前夕，一位熟悉姚丽的女青年在县城街头一个影像租售摊点，不经意间发现一盘制作精良、名叫《舞蹈》的VCD，便随手拿起来仔细一看："哟！这里有姚丽编导的获奖舞蹈"，她兴奋不已，当即买下光盘。

这光盘是中央电视台、中国广播电视学会主办并录制的"背背佳杯"第六届CCTV世纪少儿才艺大赛获奖作品，大邑佳佳艺术团的两个银奖舞蹈《翔》和《舞雨》双双上榜，亮相央视。

提起获奖一事，姚丽感受颇多，而且记忆犹新——

2005年7月21日，姚丽接到省舞蹈家协会通知：佳佳艺术团选送的《翔》《舞雨》和《阿里郎》3个少儿舞蹈，顺利通过此前四川赛区比赛，选送8月在山东威海举办的"背背佳杯"第六届CCTV世纪少儿才艺大赛……

作为中国舞蹈家协会会员、县舞蹈家协会秘书长、佳佳艺术团艺术总监的姚丽放下电话，激动不已。她要紧紧抓住这个大好机会，让孩子们能走多就走多远、能飞多高就飞多高。

姚丽开始了紧张而又繁忙的大赛准备。

当姚丽把这一喜讯告诉3个节目涉及的18位参赛演员家长时，没想到家长为往返11天、每人2600多元的参赛费用而担忧起来……满腔热情换来一瓢冷水，浇得她有些措手不及。这是全省数百个团体、4000多人参赛，从800多个节目中选拔胜出的节目，倾注了姚丽多少心血，真的来之不易，决不能就此轻易放弃！

大赛在即，怎么办？找有关部门协调解决，行不通；找企业赞助，不是姚丽的性格。"换演员！"一个比较大胆的补救措施形成。

仅用一天时间，姚丽就重新联系好18位愿意孩子参赛的家长，她对此心存感激，感激家长们的理解与支持。但问题又出现了，本已编排好的节目，换成大小胖瘦不一、高低不齐的演员，这犯了集体舞比赛大忌，这番阵容又让她发愁！

这时，具有多年编导经验、见多识广的姚丽厚积薄发，灵机一动有了绝招：集体舞由个头高的孩子领舞，其余演员分4个梯次出场，弥补不足……好事多磨、加紧排练。

千里迢迢赴威海，通过复赛、决赛，佳佳艺术团的独舞《翔》和《舞雨》双双获银奖，编导姚丽获指导教师奖。这两个获奖节目，犹如在四川初赛时赛区主任陈涛说的那样："佳佳艺术团是四川少儿舞蹈界初生的婴儿，一降临人间就声如宏钟！"

比赛结束，一身轻松、满怀喜悦的姚丽，带着孩子们来到海边看海。身居内陆的这些孩子，第一次见到天水相连的涛涛大海，个个兴奋不已。蓝天碧海，涛声不绝，一群海鸥在天空自由翱翔，引发姚丽沉思默想……

"海阔凭鱼跃，天高任鸟飞"。这些孩子不就像这群海鸥么，自己应该有大海般的胸襟和胆识，要让更多的孩子在舞蹈艺术道路上自由翱翔。

2005年11月下旬，姚丽应邀组织佳佳艺术团的舞蹈《咚不拉》和《草原英雄小姐妹》两个节日，参加四川省首届"小太阳神鸟杯"舞蹈大赛。没想到初赛就出师不利，《咚不拉》上场起舞仅30秒时，不知何故伴舞音乐突然停止，正在跳舞的孩子们一下子愣在那儿，全场哑然，而在舞台一侧的姚丽更是头脑一片空白……3秒、紧紧3秒钟，奇迹出现了！

这些训练有素的孩子，在没有音乐的情况下又自行舞起来，而且越跳越好，一直坚持把3分40秒的舞蹈干净利索地跳完，现场顿时爆发出一阵热烈的掌声。节目经初赛、决赛，一路过五关斩六将，双双获银奖，佳佳艺术团获团体组织奖，姚丽获最佳编导奖。

佳佳艺术团的"哑巴舞蹈"，轰动了省舞蹈界。

中央电视台是亿万人向往的艺术殿堂，多少艺术家毕生追求也不一定能够在这里展示自己的才华。而姚丽的佳佳艺术团仅创建一年时间，就冲出四川、走进央视，这是一个奇迹！

回忆那次进京的历程，姚丽感受到："那是一个充满传奇色彩的历程。"

2005年12月4日，姚丽接到省舞蹈家协会通知：指定佳佳节艺术团的《咚不拉》节目，选送参加文化部、北京舞蹈学院"2006'东方青少年舞蹈展演"比赛，另外自选一个节目参赛。姚丽对此高兴不已，抓住这个机遇、决心创造奇迹。她结合自己追求舞蹈艺术20多年的经历，决定抓紧时间编导舞蹈《放飞希望》。其创意就是自己的亲身经历：从自己小时候梦想穿红舞鞋到培养杨佳佳成为舞蹈艺术人才，再到佳佳艺术团创办一年来培养的舞蹈艺术人才，展示三代人追求舞蹈艺术的梦想……主题鲜明，非常"接地气"。

寒冬腊月，天寒地冻。在佳佳艺术团的排练厅，阵阵音乐与欢声笑语融为一体，场面热闹，由30名孩子承担的《咚不拉》和《放飞希望》两个舞蹈，正在紧张有序地排练中……旁边，不少家长也来助阵加油。

大年初五，当人们还沉浸在节日团聚的喜庆氛围时，姚丽团队最小5岁、最大10岁的30名孩子及部分家长、老师40多人，悄然在成都火车站踏上北去首都的列车。

正值春运高峰，火车严重超员，几十号人的行程安全问题，让姚丽的神经紧绷得似一根玄，但预料不到的事情还是发生了。

列车过洛阳离郑州还有约两小时，在另一车厢的7岁藏族女孩于爱英，开始上吐下泻，脸色苍白，颤抖不止，姚丽闻讯急赶过去，把孩子紧紧搂抱在怀里，将随行携带的药让其服下，却又全部倾吐出来……情急之下，她请列车员广播找医生，不一会儿旅客中来了3位医生，其中一名军医、一名藏医，3人会诊的结果：孩子因饮食而引发疾病，如果控制不住，导致脱水会有生命危险，建议意见立即住院。在夜幕中奔跑不停的火车上，哪里去找医院？好不揪心！

好在危急时刻又出现了转机。这时，那名藏医将随身携带的价值30多元一颗的藏药献出一颗，说服下可能会有转机……

风驰电掣的列车在行进，车窗外漆黑如墨，车厢内旅客纷纷进入梦香。

姚丽怀中的孩子呈昏睡状，她脸贴着孩子的脸，手握着孩子的手，心里乱成一团麻……"姚丽啊姚丽，看来上苍又在考验你了……"这个节骨眼上，她一门心思盼望着孩子能够平安无事，无数次祈祷保佑。

深夜，火车到达郑州站时，姚丽怀里的孩子病情有所好转并

且"呼、呼"地睡着了,她这才打消下车求医、舍弃比赛的念头。凌晨5点多,火车终于到达终点站北京,姚丽怀中的孩子脸色已有几分红润,醒来时像是没发生过什么事儿似的,开始有了些精神……姚丽那颗悬吊了半天的心才放了下来。

2月6日至7日,来自全国各地的数千名参赛人员,集中在北京舞蹈学院排练大厅依次进行比赛,姚丽代表四川队的《咚不拉》和《放飞希望》两个节目,高分通过初赛。

2月8日,再次顺利通过决赛,并且双双获少儿组、少年组金奖。团长杨佳佳、编导姚丽同获优秀组织奖,佳佳艺术团荣获"全国少儿舞蹈艺术先进单位"称号。

大邑佳佳艺术团的少儿舞蹈,舞进了央视!

2006年5月28日,由佳佳艺术团创始人姚丽发起的"新农村、新文化"少儿舞蹈直通车,在四川大邑偏远山区的金星乡中心小学起航,省舞蹈家协会领导亲自到场授牌,这标志着佳佳艺术团新的里程碑。

少儿舞蹈直通车是一项以少年儿童为主要对象的课余舞蹈艺术教育培训,同时进行公益性展演,旨在能够让更多孩子参与的公益性行动。

对城市和经济发达地区来说,学校开展的少儿舞蹈艺术活动比比皆是,但相对广大农村和经济较为滞后的地区来说,少儿舞蹈艺术教育就是一件可望而不可及的事情。这是一件惠及千百万孩子的大好事、大实事,完全是一项"希望工程"!

对此,姚丽深有体会地说:"少儿舞蹈直通车是少年儿童健康成长的长征之路,使命光荣、任重道远!"

直通车启程之初,仅有几十名学生参与,而且经常组织下乡,骑着摩托车、提着录音机,风里来雨里去,条件艰苦、创业艰辛……为了梦想，姚丽甘愿苦中求乐、乐在其中。

大邑佳佳艺术团少儿舞蹈直通车的成功，引起四川省文联党组的高度重视，将姚丽作为特殊人才借调到省舞蹈家协会。省文联领导看到了四川少儿舞蹈的优势和前景，希望通过省舞协的资源和平台，将直通车发展成为一个全省叫得响、有影响力的活动品牌。

少儿舞蹈直通车，为四川的广大少年儿童开启了一辆通向五彩梦想的专列。

革命老区四川旺苍县是有名的"红军城"，为当年川陕苏维埃政府、西北军事委员会、红四方面军总部所在地，当地两万多工农子弟参加红军闹革命。姚丽的少儿舞蹈直通车，从发源地大邑出发的第一站就选择在旺苍，寓意深远："星星之火，可以燎原"，传承长征精神，发展少儿舞蹈艺术事业。

雪花飘飞的季节，腊梅盛开的时候。

2007年1月2日晚，由省文联、省舞蹈家协会、旺苍县委、县政府和大邑佳佳艺术团等单位主办的"四川省少儿舞蹈直通车"，在旺苍县城电影院成功演出，省级有关部门、广元市、旺苍县等相关领导应邀出席，近千名观众观看了演出，轰动了整个"红军城"。

第二天，佳佳艺术团的75名小演员参观了红军城的红军战斗遗址，红军英雄故事感动了孩子们，红色印象也深深烙印在小演员们的心中。姚丽通过直通车这一特殊形式，探讨了城市与农村少儿舞蹈艺术的教学新模式，为广大农村群众尤其是偏远地区、革命老区的群众，提供了更多欣赏高水平少儿舞蹈艺术的机会，引导和鼓励广大农村少年儿童学习舞蹈艺术。

2011年建党九十周年之际，全国各地的艺术团体一片繁忙，一个个献礼大戏纷纷出炉。6月，以建党90周年为主题，由四川省文联、省教育厅指导，省舞蹈家协会主办，四川少儿舞蹈直通车艺术团演出，姚丽担任总导演的大型情景歌舞剧《红色少年》，在成都首演成功。随后，该剧分章节在全省地市州相继演出，并应邀赴北京、香港、澳门等地巡演，在全国引起强烈反响。

2012年7月27日至28日，以庆贺党的十八大胜利召开为主题，由中国文联、四川省委宣传部指导，中国舞蹈家协会、四川省文联、省舞蹈家协会主办，四川少儿舞蹈直通车艺术团演出，姚丽担任总导演的中国大型少儿音乐舞蹈史诗《红色少年》，在"天府之国"的成都锦城艺术宫隆重推出。

《红色少年》是首部以红色经典历史题材的音乐舞蹈，把王二小、刘胡兰、小萝卜头等小英雄艺术地搬上了舞台，以中国少年儿童特殊的形式向党的十八大献礼的厚重礼物，也是一部具有珍藏价值的少儿版红色史诗。

此后，《红色少年》荣耀参加了中国文联"百花芬芳、盛世风华"精品文艺演出。2013年5月，《红色少年》应邀参加了中央电视台"六一"晚会演出。姚丽的杰作又走进央视，引起全国轰动，《人民日报》《光明日报》等全国各大媒体，以及各地的上百家媒体进行了报道。

时隔10年后的2015年夏天，姚丽在少儿舞蹈直通车发源地大邑金星乡，举行了"佳佳艺术团少儿舞蹈直通车回家啦"10周年庆祝活动。弹指挥间10年，今非昔比的直通车发生了巨大变化、取得骄人业绩，荣归故里，值得纪念。为此，姚丽专门编印了一本"少儿舞蹈直通车十周年"画册，图文并茂地记载了佳佳艺术团所走过的历程。风雨十年，不忘初心、砥砺前行。

历时15年，少儿舞蹈直通车的足迹遍布祖国大江南北、长城内外，开到了革命老区旺苍、延安，开到了北京、河南、山东、内蒙古、湖南、广东、重庆、云南，包括台湾、香港、澳门等31个省市及地区，开到了新加坡、马来西亚，走出国门、走向更大的世界舞台。

少儿舞蹈直通车的成功，从理论到实践充实和完善了姚丽的"红舞鞋之梦"，从而升级为紧跟时代发展步伐的"新红舞鞋之梦"教育体系。姚丽和她的新红舞鞋艺术培训学校和大邑县佳佳艺术团，得到了社会各界的广泛关注，享誉神州大地。

下篇：梦的传播

2015年11月25日，由中国少先队事业发展中心社会艺术水平舞蹈考级主办的全国总结表彰大会暨舞蹈产业互联网创新峰会，在南京举办。

会上，"新红舞鞋之梦"三代传人姚丽、杨佳佳、唐杰，同台讲述了人生与舞蹈的生动感人故事。峰会对姚丽的少儿舞蹈艺术教育体系，给予充分肯定。

南京峰会后，各地少儿舞蹈直通车的校长们，利用互联网自发组建了"姚妈妈"粉丝群，不断将自己办学中遇到的问题困难与姚丽交流、沟通。由此，又触动她与时俱进，不断创新，并且决心做好两件事情：

——开办线上语音学院。

——完成舞蹈艺术教育二万五千里长征。

2015年12月2日，姚丽创办的"新红舞鞋之梦"教育体系——姚妈妈教育理念全国公益语音学院诞生。"语音学院"一时间从1个群发展到19个群，从几百粉丝发展到3000多名校长参

与的超级群，迅速壮大到全国各地。

利用互联网开设线上教学，语音学院把培训上升到教育层面，将"新红舞鞋之梦"教育体系及时传播各地——

语音初级班、中级班、高级班、研修班、研究院……

语音河南班、内蒙古班、江苏班、安徽班、广东班、云南班……

内容丰富多彩，形式灵活多样，理论实践相结合，这一传经送宝的线上教学新模式，深受粉丝群欢迎。

每天清晨5点过，当人们还在梦香之时，姚丽的手机屏幕便不断地闪亮起来，全国各地语音学院的校长们，开始络绎不绝地向她发来温馨问候，鲜花满屏。此时，"闻机起舞"、辛勤工作的姚丽已进入工作状态，开始精心备课，讲什么、怎么讲？油然心生！6点半，1小时的语音学院准时开课！

2016年12月1日，语音学院开办一周年之际，全国各地语音学院受益的学员、校长近百人，来到"新红舞鞋之梦"教育体系全国示范校——大邑佳佳艺术团学习考察，聚会大邑电视台演播大厅，隆重庆祝语音学院开办一周年，分享姚丽的精彩故事。

在语音学院开办3年多来的一千多个日子，无论是逢年过节还是出差途中，无论遇到多大困难还是生病住院，姚丽靠执着与凝力日复一日地坚守，从未停过一节课。

2018年新年元旦，连续辗转去了贵州、安徽、河南、广东，奔波半个月开家长讲座、校长讲座、师德讲座的姚丽，返回大邑已是1月15日凌晨。

当她得知80多岁高龄、早已重病缠身的母亲已经神智不清，赶紧前去看望并及时送到县中医院诊治。平时工作忙碌、无暇照顾母亲，而在母亲弥留之际，她是巴不得好好去尽孝、弥补内心的遗憾，当晚在医院通宵达旦、寸步不离地陪护母亲，内疚与惭愧一直交织在一起……

平时，早晨6时开始语音问好、准备上课，一直是雷打不动地坚持做的事情，而今天的语音课还上不上了？一头是生命垂危的母亲、一头是自己执着追求的事业……最后还是决定上课。

于是，姚丽一手紧紧拉着母亲的手、一手握着手机，双眼含泪努力控制住自己的情绪，就在重症母亲的病床边，坐在一个小凳上坚持完成了语音课程。

语音课刚刚结束，一生辛劳的母亲走了。

"妈、妈妈——"一阵撕心裂肺痛哭的姚丽紧紧抱住母亲，肝肠寸断，心如刀绞。姚家早年丧父，是母亲含辛茹苦地把姚丽兄妹拉扯大，而且特别疼爱最小的姚丽。此时此刻，亲人阴阳两隔、骨肉分离……还有什么比得上这人间的悲欢离合呐！

在处理母亲后事的几天中，姚丽坚持在殡仪馆通宵达旦地陪着母亲……全国各地的校长、粉丝，得知姚丽家中不幸的信息后，纷纷乘飞机、坐火车赶到大邑看望、安慰姚丽，多达上百人。

大邑是革命老区，当年红军长征在境内横山岗经历悲壮、惨烈的战斗。从小受长征精神、红色文化影响的姚丽，在少儿舞蹈直通车在华夏大地一路奔驰之时，她的少儿舞蹈艺术教育二万五千里长征又开始行动起来！

姚丽发扬爬雪山、过草地的长征精神，踏遍祖国万水千山，要在共和国的版图上建立以省会城市为主体、重要地区城市为网络教育的少儿舞蹈艺术教育机构，而且规划发展300个以上这一宏伟目标。

为此，无论春夏与秋冬、酷暑与严寒，姚丽一年中有超过半数的时间在她的二万五千里征途中。

冬天的塞北内蒙古是白雪皑皑、天寒地冻，好一派北国风光。

2015年12月的一天，姚丽在鄂尔多斯的康巴什区前去蒙古包参加家长讲座途中，乘坐的小车不幸发生车祸，车体都变形了，好在人员无大碍。车祸已耽误了一些时间，她在后备箱变形无法取出衣服更换和讲座课件的情况下，立即换乘另外一辆车，赶到讲座现场连水都没来得及喝一口就直接开始讲课，在没有课件辅助的情况下，她一讲就是两个多小时。

当晚下了一场大雪，第二天冰雪封路走不了，似乎是天意挽留辛苦的姚丽要在这里休息一天。

这儿是一代天骄成吉思汗征战的地方并且有其陵墓，姚丽干脆就去拜谒一代天骄成吉思汗。在世界史上，作为大蒙古国可汗杰出的政治家、军事家成吉思汗，兵伐西夏、征服中亚东欧，开疆拓土，建立了蒙古帝国……这种精神，更加激励姚丽要去完成自己的长征。那天，在雪境中身着黑衣服、红围巾的姚丽特意照了张相，相片上姚丽显得特别有精神。

红军长征是"宣言书、宣传队、播种机"，姚丽的长征是播撒少儿舞蹈艺术希望的种子。

在红色圣地延安大剧院、在新疆库尔勒、在塞北内蒙古临河、在中原大地河南平顶山、在湖南常宁……无不留下她忙碌的身影。

风筝飞得再高，永远离不开放飞的那根线。姚丽说："无论走多远、飞多高，故乡是她的根，养育之恩不能忘记，当'涌泉之报'！"自佳佳艺术团创建以来，姚丽带着她的学生和佳佳艺术团的孩子气，走遍了家乡的山山水水，为农村送去丰富多彩的文艺节目。无论有多忙碌，无论远在天南海北，每年的春节前夕，姚丽都会赶回大邑老家，坚持为家乡人民奉献一台精彩的地方春晚。

这一坚持，就是整整15年，从未间断。

2017年2月20日，为献礼党的十九大，姚丽担任大邑县北街小学大型校园情景歌舞剧《百年北小、百年梦想》总导演，取得成功，同时学校聘请她担任该校艺术顾问，她欣然同意。

秋天，党的十九大召开前夕，由姚丽总导演的大型少儿情景歌舞剧《中国梦、少年梦》，在全国进行公益演出。

今年8月4日，以"献礼新中国成立70周年、中国少先队建队70周年"为主题，由中国少儿发展服务中心和大邑县政府主办，中国文化管理协会、大邑县精神文明办等有关单位承办，大邑县新红舞鞋之梦文化传播有限公司协办，姚丽总导演的大型少儿情景歌舞剧《中国少年之歌》全国公益巡演活动，在大邑县法制广场演出，中少发展中心、共青团成都市委、大邑县政府等数10位领导及上千观众参加活动。

此举，又是姚丽感恩回报故乡的最新杰作。

偌大的广场音乐阵阵，灯光闪烁，气氛热烈。当晚7时45分，晚会以红色少年、祖国花朵、未来家园等3个篇章，用歌声和舞蹈相继展现了"潘冬子"、"王二小"、"刘胡兰"、"草原英雄小姐妹"等经典儿童英雄形象，以及《让我们荡起双桨》《学习雷锋好榜样》《少年中国说》等经典少儿歌曲。

一个个红色故事、一首首经典歌曲，将人们带回到曾经熟悉的年代，让人们一起重温红色精神，重燃少年英雄梦想。"少年智则国智，少年富则国富；少年强则国强，少年独立则国独立……"反复吟唱，震撼人心。演出在《我们是共产主义接班人》的歌声和现场千余名观众的掌声中落下帷幕。

来自北京、广东、湖南、陕西、山西、新疆等10多个省市的少儿舞蹈直通车师生代表上百人，齐聚晚会现场，与当地群众一起观看了精彩节目。

回忆过去所走过的历程，姚丽觉得有许多值得纪念的事情。

2008年"5.12"汶川特大地震，罕见的自然灾害牵动每一名国人的心。姚丽在关心、帮助家乡大邑抗震救灾的同时，陪同中国舞蹈家协会主席白淑香、党组书记冯双白，以及协会组联组主任周祥华，舞蹈家王小燕、山翀、黄豆豆、王亚彬、马琳和四川舞蹈界专家，还有中央电视台等，带着大量救灾急需的卫生用品、食品药品、舞蹈服装、舞蹈教材等，第一时间赶到都江堰、石邡、绵阳、绵竹等灾区，来到佳佳艺术团教学机构，慰问联合会学校、受灾群众和学生，吹响了爱心赈灾集结号。

为了弘扬伟大的抗震救灾精神，积极投身灾后重建，作为全国51个重灾县的大邑，县委、县政府先后主办了"爱的光辉""金色的年华""生命的绽放"等专场文艺晚会，均是姚丽应邀担任总导演，亲自带领灾区的孩子们用歌声、用舞蹈为灾区人民送上爱的光辉与精神食粮。

多年来，姚丽带着她的学生和佳佳艺术团的孩子们，走遍家乡的山山水水，为城乡送去丰富多彩的文艺节目，处处留下他们的身影。

乘着改革开放的春风，踏着新时代的铿锵步伐，姚丽的事业在不断发展壮大。

大邑县城，力扬时代广场，中国少年儿童发展服务中心考级总部和成都大邑佳佳艺术团就坐落在这里。成都新红舞鞋之梦艺术培训学校、原大邑县佳佳艺术团，15年一路欢歌走来，已成为一所专门从事艺术教育、培训、考级和理论研究的品牌民办学校。这里是少儿舞蹈直通车发起单位，中国少年儿童发展服务中心社会艺术水平舞蹈考级总部，这里连接着全国300多家少儿舞蹈艺术教育单位。

不仅如此，在首都北京朝阳区五里桥，高瞻远瞩的姚丽，早在2014年12月就成立了北京新红舞鞋之梦文化传播有限公司。这是一家专注于艺术教育研究与推广为主的专业公司，致力于新红舞鞋之梦教育体系研发……其服务范围达全国31个省市区，合作单位2000多家。

大邑与北京紧紧地连接在一起。精英团队、强强联合，姚丽长期奔波在大邑与北京之间，拼搏奋斗自己的事业。

金秋九月，又传喜讯。北京"新红舞鞋之梦"教育基地，在少儿舞蹈直通车的发源地大邑悦来镇初步建成、投入运营。

基地以川西平原乡村景色、生态田园自然风光为依托，集爱国主义教育、研学旅行、拓展体验、公益项目为一体，全方位打造以文旅云集、文旅四川为目标的名片性地标项目。重点以佳佳艺术团师资力量为依托，实施"百千工程"，开展公益大讲堂，全面提升农村孩子的综合素质。一个名不经传的小山村，却装着一个偌大的世界。

"不鸣则已，一鸣惊人"。尚未形成规模效应的基地就引来社会关注，不少媒体、专家和少儿舞蹈直通车的10多个省市分团师生，陆续前来参观学习。

四川音乐学院舞蹈学院副院长白莉、深圳舞蹈家协会主席汪庭飞、北京奥运会开幕式运营中心著名编导张宗灿、加拿大温尼伯皇家芭蕾舞团代表邢积洲等，先后光临基地。

特别是今年5月24至26日，中央电视台《对话新时代》栏目摄制组走进基地，著名主持人朱迅与姚丽对话轰动了家乡大邑。

在节目录制现场，朱迅与嘉宾共同分享了姚丽多年来的公益事迹和教育理念的传播历程，探讨了中国少儿艺术教育课题，嘉宾和主持人及当地上千名观众，都被姚丽的故事感动得热泪盈眶。

"致力于农村艺术教育，用艺术点亮美丽新农村"。姚丽声情并茂地说。

5月25日晚上，探寻"新红舞鞋之梦"教育体系创始人姚丽舞蹈历程、记录"新红舞鞋之梦"未来十年规划、走进美丽乡村大邑悦来暨爱心募捐义演活动，在基地拉开序幕，中少舞蹈考级成果展示、旗袍古韵、古筝演奏、戏曲联唱、拉丁舞等精彩节目轮番登场。活动还为当地脑瘤患者吕相威、白血病患者黄静募捐善款9万余元。

"孩子是我心中永恒的动力"。这是姚丽常挂在嘴边一句话。

在姚丽的带领下，佳佳艺术团用爱与行动诠释责任担当，用舞蹈书写成长，用艺术呈现生命，让一批又一批的孩子们放飞更高更远的艺术梦想，引领大邑乃至全市、全省少儿舞蹈艺术教育的无数个第一。

10多年来，大邑佳佳艺术团培训3万多人，为中央戏剧学院、上海戏剧学院、北京舞蹈学院、四川音乐学院、南方舞蹈学校、四川舞蹈学校等高校、文艺团体，输送了大批文艺人才，并且，通过少儿舞蹈直通车在全国的办学机构，受到艺术教育培训熏陶的少儿则有百万人。

姚丽可谓"桃李满天下"，红舞鞋之梦的第二代传人杨佳佳、唐杰更是她一生的骄傲。

当代著名青年编导杨佳佳，多次担任国家各类大型晚会执行导演、编剧，共和国成立60周年大型文艺晚会导演，抗战胜利70周年文艺晚会舞蹈编导，新红舞鞋之梦艺术顾问，中国少儿舞蹈直通车艺术团团长；唐杰为中少发展中心星级教师，随少儿舞蹈直通车在全国10多个省市巡演，并出访马来西亚参加国际赈灾慈善演出。当年的杨佳佳、唐杰们，如今的康蕾、许睿、田玉夕、黄天星、严月爽、杨思睿、贺新烨、赵川、蒋林燕……

从佳佳艺术团走向高等学府深造，又走向少儿舞蹈艺术教育、专业影视演员行列。

2017年12月，中央电视台《发现之旅》频道栏目组，走进大邑新红舞鞋之梦艺术培训学校，用镜头纪录、讲述了这里的故事。

弹指之间30年过去，踏平坎坷成大道，一路豪歌向天涯。"新红舞鞋之梦"创始人、四川省少儿舞蹈直通车发起人姚丽，荣获四川省第六届、第七届"巴蜀文艺奖"、四川"三八"红旗手称号，而且成为著名少儿舞蹈教育专家，中国文化管理协会青少年综合素质教育委员会副会长兼秘书长，全国社会艺术水平考级服务标准化技术委员会委员，中国少先队事业发展中心社会艺术水平考级活动专家委员会顾问，第九届全国舞代会代表。

"红舞鞋不仅仅是一双鞋，它是一条路、一条通向成功之路"。姚丽这样说，也是这样做。

"新红舞鞋之梦"及少儿舞蹈直通车将积极履行社会责任，继续发扬自主品牌。少儿舞蹈用快乐的舞蹈启蒙孩子的心智，让孩子在快乐的舞蹈中学会传播真、善、美！牢记责任和担当，做社会有用之人。

尾　声

40年前，一名小女孩心中有一个美丽的"红舞鞋之梦"；40年后，"红舞鞋之梦"演绎成"新红舞鞋之梦"教育体系，少儿舞蹈艺术的种子撒播全国。

　　一个平凡的女人做着一件不平凡的事业，成就一个艺术教育的奇迹！

　　今天，这个梦想依然在延续……

　　时代追梦人姚丽，依然昂首阔步地行进在她的二万五千里长征中……

2019年12月于四川大邑

志愿者之歌

引　子

2020年10月25日，是中华民族传统的敬老节日重阳节。

这天，在古有"蜀之望县"之称的成都市大邑县城的东门，一个近年新建的农民安置小区锦屏佳苑，像过年一样一般喜庆、热闹。

在高楼林立、宽敞整洁的小区院坝，临时搭建的舞台和彩色幕布、鲜艳的大红地毯，以及"感恩社会、回报乡亲"8个大字显得格外醒目。

青霞街道晋义村的100多名老人，身着制服的志愿者，受邀的有关领导、嘉宾和街道、社区干部一起来到现场，共同为全村老人献上节日的祝福！

悦耳的音乐飘逸于天地之间，温馨的致辞感动在场每一个人。慰问演出一个接一个，数百名观众的掌声、欢笑声一阵接一阵，活动场面喜庆热烈……这个以"感恩社会、回报乡亲"为主题的尊老爱老大型公益联谊活动，是晋义村村民、志愿者张怀月专门为父老乡亲举办的。

开展尊老爱老活动，仅是志愿者张怀月参与社会应急救援、公益慈善事业的一个缩影。

上篇：应急救援冲锋在前

随着社会发展和文明进步，众多志愿者在百姓生活中产生的影响力愈来愈大。

在张怀月的人生中，他为自己能够成为中华志愿者协会的一名志愿者而感到骄傲，为此一直在不懈努力……

成立于2011年4月的中华志愿者协会，是由民政部、中央文明办、全国妇联、全国总工会等8部委，共同发起成立的公益性、全国性社会团体组织，由志愿者及关心和支持志愿服务事业的单位或组织自愿组成，遍及全国各地，会员数以千万，广泛行动于社会各个层面。

众多志愿者的事迹通过各种媒体的宣传，深刻地吸引、感染、影响了张怀月……他想，自己也要做一名志愿者，不久便参加了一次大型志愿救援行动。

2020年3月21日，阳春三月，春光明媚，风景秀丽的佛教圣地雾中山迎来了不少游客。一支来自成都、由10人组成的驴友慕名来到雾中山，计划从大坪山、龙窝子、砖窑岗、龙拖槽至开华寺等地，穿越海拔1300米的森林地带，把自己放归自然、领略森林风光……这支穿越队伍未曾想到，下午天气大变，突然下起大雨、雾锁大山，出现意外——一队员失联。

信息通过当地派出所迅速传开，大邑县应急救援行动启动。

得知救援行动的张怀月，立即组织14名志愿者奔赴雾中山，汇聚成四支救援队与消防队、派出所和当地群众200多人，在县应急局的统一指挥下有序上山搜寻。在第一梯队搜寻无果后，安排在第二梯队的张怀月及队员随搜寻队伍在向导引路下，于晚7时摸黑冒雨上山，手执救援灯、电筒照明，艰难地攀爬在陡峭的山林中……

原来，这名失联者因下雨起雾迷失方向，加上山林里松软的腐质层而滑倒，不幸摔下悬崖峭壁被卡在一棵大树上，虽无生命危险但受伤不能动弹，而手机又无信号无法求救。应急救援指挥部通过现代通讯设备，将锁定失联者手机的大致位置告诉第二梯队，张怀月他们开始向指定区域继续艰难地摸黑攀爬在陡峭的山林中，雨水、汗水湿透了衣服，无数次摔倒又爬了起来，全然不顾脸上、手上被树枝、荆棘挂破的道道伤口……

他们就这样搜寻了4个多小时，直到子夜时分，终于搜寻到失联者并顺利解救下山……他们在就近农户家中烤干衣服、带着胜利的喜悦回到县城时，已是深夜两点多钟。

张怀月第一次接受重大应急救援考验，便是引起全社会关注的西昌森林火灾。

谈起四川攀西地区的西昌，人们并不陌生，都熟悉那里是祖国重要的卫星发射场，又因森林火灾成为社会关注点。

2020年3月30日15时，西昌市泸山不幸发生森林火灾，直接威胁马道街道办事处和西昌城区十余万人的生命财产安全，其中包括一处存量250吨的石油液化气储配站、两处加油站、四所学校，以及西昌最大的百货仓库等重要设施。火情迅猛发展，来头气势汹汹，仅7个小时，过火面积就达上千公顷……

要知道，就在一年前的3月30日，凉山州木里县境内发生森林火灾，就是这样一场无情的森林火灾，活生生夺去了27名森林消防队员和3名地方扑火人员鲜活的生命，英雄的事迹感天动地、可歌可泣！谁也没有想到仅仅过去一年的同一时间，凉山州再次

发生了严重的森林山火，再次引起全国人民的关注！

火场就是战场，时间就是生命。此次森林火灾，再次惊动中央，习近平总书记及时对四川森林火灾作出重要指示，四川省委、省政府立即采取强有力措施。

在省、地两级的坚强有力领导下，西昌市第一时间启动应急预案，前线指挥部调集宁南、德昌等县专业打火队就近支援，组织各类救援力量2044人开展扑救，紧急疏散周边群众1200余人。与此同时，四川消防救援总队调度成都、攀枝花、德阳、乐山、雅安、眉山等6个支队，出动430名消防官兵及消防装备火速驰援西昌。

危难时刻显身手，中华志愿者在行动。志愿者张怀月在30日晚间得知西昌森林火灾后，立即向中志协省、市总队、支队请愿参加应急救援得到回复后，紧急动员20名队员，调动8台车辆及相应装备，于子夜时分率领救援队踏上征程。他们经成名、成雅和雅西高速公路一夜急驰，31日早晨迎着天边的曙光到达西昌城郊的邛海湖畔，未曾休息片刻就赶去当地应急指挥中心报备并请领救援任务。

接受任务后的张怀月，在准备了矿泉水、面包、方便面和简单扑火装备后，立即就带领队员奔赴火场，加入到森林灭火大军中……在指定区域的火场一线，他们冲锋在前，接受高温热浪、滚滚浓烟的薰烤，毫不畏惧，一个劲儿用树枝、木棍扑灭山火，用铁锹清除植被暗火隐患。尽管高温烘烤得他们脸面发烫、口干舌裂，衣服挂破了、双手烫伤了，依然奋力灭火……

张怀月率领的志愿者在奋战了一整天后奉令于当晚撤离火场，第二天、第三天又连续参与火场灭火、转移疏散群众、搬运救灾物资等工作，顺利完成了这次应急救援任务，于4月4日返回大邑。凯旋归来后，大邑餐饮名店"乐氏荤豆花"，专门设宴欢迎这些西昌灭火的勇士们。

在成都整队出发前，他们就获悉这场突如其来的惨烈大火已造成巨大损失、19名扑火人员壮烈牺牲的信息，也知道森林大火的威胁和危害，但他们作为二十一世纪的中华志愿者，"明知山有虎、偏向虎山行"，应急救援的使命促使他们前赴后继、毫不畏惧地奔赴800里参战，其中还有一名志愿者是长途打车前去参战，更令人敬佩。他们用一腔热血与真诚，书写了当代志愿者的风采。

4月20日，张怀月收到一封来自西昌市森林火灾中一名叫林亮的被救群众写来的感谢信，以及一面由林亮赠送给中志协大邑救援队的大红锦旗，上面写着"危难时刻显身手、赴汤蹈火为人民"的金色大字。感谢信和锦旗无声地讲述了张怀月他们在森林火灾中营救林亮的感人故事。后来，张怀月还为西昌森林火灾中的受灾群众慷慨捐款2000元，西昌市委、市政府授予张怀月"爱心人士"称号。

2020年5月20日的前后，众多网站相继刊载了一篇来自四川省山地救援总队关于甘孜州巴塘县亚莫措根徒步失联人员的救援报告。从这份报告里，人们才知道张怀月驰援800里、参与此次救援行动的感人事迹——

事发"五一"大假前的4月30日，一支网络约伴户外徒步团从成都出发，兴致勃勃地前往甘孜州巴塘县境内亚莫措根地区进行徒步穿越活动……5月6日，四川山地救援队接到失联人员家属的报警求援：一名驴友于5月5日上午9时由于个人身体原因，选择自行提前下撤后失联……5月7日，在仍未取得失联人员任何联系的情况下，其家人报警并求助四川省登山户外运动协会山地救

援工委的省山地救援队。

生命至上，人命关天。省山地救援队接到求助后立即启动应急预案，同时上报省登山户外运动协会山地救援工作委员会、省红十字会，并联合成都消防支队飞猫绳索专业队支援救援，联合中志协省总队、市支队支援救援车辆，集结救援人员驰援巴塘……

5月8日下午4时，作为中志协大邑志愿队副队长的张怀月，接到省总队、市支队的救援任务后，在县应急局备案后迅速组织2台车、4名队员，与成都救援队在邛名高速路汇合。3车11人，在迎风飘扬的中志协旗帜指引下，踏上征程。

驾着自己途观越野车的张怀月，与队友经雅安、过康定，翻越折多山，再过雅江、理塘直奔巴塘，马不停蹄地沿318国道往前赶路，经14小时急驰，行程近800里，终于在第二天早上6时，到达目的地巴塘。他们顾不得一路劳顿，连水都没喝一口，就直奔巴塘县党巴乡派出所救援指挥中心报到，请领救援任务。

当时，救援指挥中心根据失联者家属和其他徒步队员提供的信息制定救援方案，拟从冲巴进入，沿其计划线路反向进行搜索至亚莫措根湖，再转向垭口，过垭口后由桑龙西村出来，重点区域为垭口及冰川至亚莫措根湖……搜救范围情况已发至当地各派出所，联合当地警方和牧民数百人的力量，共同展开搜救。

9日上午，张怀月随主力救援队分小组，在当地藏民向导带路下出发上山开展搜寻。在海拔五六千米冰川大山下的亚莫措根湖周围执行搜寻任务，这里的环境和条件异常艰难。他们穿越森林、草地、河流，继续往上攀行在寸草不生、滑石遍地的陡峭大山上，且进入白雪皑皑的雪山一路搜寻失联者，雪崩、滑石、坠崖及高原缺氧反应等，随时都威胁着队员的生命。

在这样恶劣的条件下开展搜救尚属首次，尽管这些救援队员体魄健壮、训练有素，由于体能消耗大，精疲力竭，但都精神饱满地坚持冲锋在搜救第一线……经过反复搜寻，并未发现失踪人员。救援指挥中心通过卫星定位电话，安排搜救队伍再分成四个小组从4条线路向雪崩区域重点搜索……非常遗憾的是，始终未发现失联者。

张怀月及众多搜救人员按指令于天黑前撤出搜救前线返回山下，将就住在附近的喇叭庙里。第二天，他们接到撤回、再由成都赶去的第二批救援队继续搜救的指令，于是一行人马带着几分牵挂与遗憾，又风尘仆仆地日夜兼程原路返回。

11日凌晨2时多，当张怀月及队员进入成名高速路大邑境内时，路遇两车相撞、数人轻重伤的不幸车祸现场。他们义不容辞地投入到现场应急救援之中，当张怀月拖着极度疲劳的身子赶回大邑家中时，已接近天亮时分。

"这次救援行动，印象太深刻了。"谈起此次救援行动，张怀月记忆犹新。

在中志协大邑救援队和萤火虫志愿者服务队，保存着张怀月参与应急救援的详细记录——

6月27日，张怀月的救援队参与县应急局组织的西岭雪山景区雨季巡查及应急救援行动。

8月16日，暴雨造成雾中山地区山体滑坡、道路中断，部分群众需要紧急转移处置。张怀月率救援队连夜经悦来镇的央石堂翻山越岭绕路30里，进入救灾区域连续奋战两天，解救20多户、几十名群众。

8月18日，张怀月执行县应急局因暴雨形成洪灾的甘溪河10公里范围的桥梁清除树木漂浮物任务，在洪水急流中冲锋舟被掀

翻……

8月31日，张怀月率救援队员参与邛崃市平落镇特大洪灾的抗洪抢险救灾行动。

……

中篇：公益事业积极作为

近年来，随着大邑经济社会的发展，积极参与社会公益事业的志愿者队伍在不断发展壮大。全县不仅有志愿者协会、众城大邑爱心公益组织，还有应急救援的陆豹救援队、飞鹰救援队、雷霆救援队、蓝天救援队，共有两千多队员。后起之秀的大邑县萤火虫志愿者服务队加入到这一行列后，在公益事业上积极作为，一跃成为志愿者服务的一支劲旅。

起名"萤火虫"的这支志愿者服务队，其本意就是在社会需要的时候去发光、发热。萤火虫志愿者服务队的成长，经历了个人发起、社会响应、形成规模这样一个演变过程，而且，当初吸引张怀月入行的还是众城爱心公益组织。

庚子新春，这个新春佳节与往年喜气洋洋的热闹氛围不一样，不仅很特殊，而且正值全国应急响应、全民抗击疫情的关键时期。

2月11日晚间，在家隔离多日、无所适从的张怀月，浏览手机进入众城爱心公益微信群，获悉众城募招志愿者，当即就报了名。

次日一大早，他在一番准备后就驱车同10多名志愿者赶往双流区白家，经6小时努力将百姓为武汉捐赠的蔬菜20多吨采收、装车，顺利完成任务。13日早晨，张怀月又走出家门来到大邑的上安，参与了一热心老板为武汉捐菜、由众诚志愿者采收、装车的行动。他同100多名志愿者齐心协力劳作了半天，田野里一大片青翠鲜嫩的莴笋很快被采收并打成捆子，足有七八十吨，整整装满了4辆卡车。看着满载蔬菜的汽车开出田野、奔向武汉时，志愿者个个都露出欣慰的笑容。中午，将就在田边吃了碗方便面后，他又随志愿者队伍赶往新津区收割捐赠武汉的白菜，继续重复着采收、打包、装车的劳动，将数十吨白菜装完车，回家已是天黑。虽然疲惫不堪，但张怀月却觉得这两天过得充实，特别有意义。

此后，当志愿者有一股子用不完劲儿的张怀月，几乎是天天出门，哪里有志愿者行动、哪里就有他忙碌的身影。

2月16日，张怀月参与了在大邑县苏家为武汉捐菜、志愿者采收、装车上百吨的行动。与此前所不同的是，张怀月的越野车上装满了液化气炉子、锅碗瓢盆、油盐酱醋、桶装矿泉水，以及大量的汤圆及面条……

原来，在前两天的志愿者体验后，张怀月感到这些辛苦劳作的志愿者忙于半天还喝不上一口水、吃不上一口热饭，就在为志愿者服务上开动起脑筋、想着办法。于是，掏腰包花去2000多元购置了这些家当，后来还换成全套不锈钢炊具，现场浇开水、煮饭。当志愿者开心地喝上开水、吃上热饭时，个个伸出大拇指，夸赞声不绝于耳。

此后一个多月，张怀月不仅在大邑的苏场、王泗、三岔等地，而且在邻近的邛崃、崇州、新津等地，多次参与由公益组织、企业、个人捐菜和志愿者采收、装车的行动。每到一处，他就把那套炊具及当天需用的食品、佐料卸下车，就近摆放在田边开始烧开水，到了中午就煮汤圆、面条，不厌其烦地一锅一锅地

煮、一碗一碗地舀，志愿者们陆续围拢来开心地吃着、喝着、说笑着……那场面温暖人心。由此，张怀月在大邑、邛崃、新津、崇州的众多志愿者中，获得了一个"汤圆哥"的称谓。

3月1日，在大邑县王泗镇同样为武汉捐菜采收白菜、莴笋和小葱并装车行动中，300多名志愿者的劳动场面是有说有笑、吆喝不断，好生热闹。仅这一天，"汤圆哥"张怀月就准备了100斤汤圆、200多斤面条，而且还特意花150元备足了吃面条用的猪油、调料，为了这么多人在田野里的一顿午餐，他是头天细心采购、现场又整整忙碌了大半天。当志愿者边吃、边喝边纷纷感谢"汤圆哥"时，平时就言语不多的张怀月总是"嗨、嗨嗨"含笑地说："我也是志愿者嘛，应该的！"

疫情期间，当志愿者当上了瘾的张怀月，不仅四处出力劳动，还心甘情愿地为志愿者服务花去自己2万多元，仅煤气罐就用了6个。

疫情初期，当地百姓急需的口罩、酒精、消毒液等防疫物资异常缺乏，尤其是口罩，多少人求购无门。急人之所急、解人之所难的张怀月，开始跑药店、找熟人、奔生产厂四处求购口罩，好不容易得来这些防疫物资后，又悉数慷慨地赠送给志愿者、特殊群体和困难群众。

由众诚公益组织发起为革命老区巴中恩阳区小学捐赠口罩，在筹资10050元的基础上，张怀月个人出资12500元，亲自将这些善款购置的口罩，全部送到巴中。在巴中当地，他还自己认捐了22个学生、每人40个口罩。

5月6日，大邑苏场小学开学，得知学生缺少口罩后，张怀月二话没说将价值2000多元的1200多个口罩，及时赠送到学校。

在疫情防控的一个多月里，张怀月坚持为在成名高速公路大邑县城东、城南和王泗3个进出口日夜值守的交警以及疫情防控人员送去苏打水，每星期20件，共捐赠140多件，价值7000多元。

张怀月觉得，当一名这样的志愿者非常有意义，值得！

做社会公益事业，张怀月及他的萤火虫志愿者服务队在行动。

6月28日上午，张怀月带着一群身着红色马甲的志愿者，提着大米、清油、衣服等慰问品，来到凤凰山下山清水秀的鹤鸣镇忠孝村，分别走进困难退伍军人黄善林、黄良中的农家院子，向他们送去慰问品、慰问金，与他们拉家常问寒问暖，感动得两位老人热泪盈眶。此前，在了解到他们的实际情况后，张怀月特意征调两名随行志愿者医生，现场对两位退伍军人进行检查和诊治，帮助黄良中联系康复中心对他进行康复理疗，帮助黄善林了解咨询提前退休养老有关政策。志愿者在农家院的阵阵说笑声，打破了山村的宁静。

"八一"建军节前的7月31日晚7时，大邑县城繁华地段的凯旋城购物广场，灯火辉煌，人来人往，一场以"爱心献功臣、温暖老兵心"为主题的关爱困境伤残老兵公益文艺演出活动在这里举行。此次活动由县新时代文明实践中心、残疾人联合会、退役军人服务中心指导，"邑路有爱"社会工作服务中心和萤火虫志愿者服务队承办，众多社会组织参与演出活动。

此前，张怀月带领自己的团队积极筹办此次活动，前后忙乎了半个月，活动现场又安排志愿者维持秩序，还自编自演了文艺节目《感恩的心》。身着统一制服的20多名志愿者登台演出，赢得了伤残老兵和观众的热烈掌声。

活动中，张怀月以萤火虫志愿服务队名义出资3000元，定制了300个印有"八一"军徽和"庆祝中国人民解放军建军93周

年——爱心献功臣、温暖老兵心"字样的白瓷茶盅，赠送老兵及参加晚会的所有人员，以作纪念。

9月29日，在县退役军人事务局的号召下，张怀月带着自己的萤火虫志愿者走进老兵家，走访慰问了家住悦来镇民集村的退役军人陈文明，了解其家庭困难的具体情况后，联合县"邑路有爱"社工服务中心和社会各界爱心企业、爱心人士对陈文明实施结对帮扶，帮助陈文明一家粉刷墙面，重修厨房，更换新家电、家具和生活必需品。为让陈文明一家过上好日子，张怀月又想办法开始扶贫、扶智，帮助找出路，促使陈文明一家有了固定收入的来源。

11月26日，张怀月的萤火虫志愿者服务队与"邑路有爱"社会工作服务中心联合组织志愿者，带着鲜花、蛋糕等慰问品，来到鹤鸣镇牟家营村的王东山老大爷家里，特意为这位老人举办了百岁生日宴，文艺志愿者现场演出自己编排的小品和舞蹈节目，与王大爷及家人欢聚一堂，把老人感动得热泪盈眶。倍感亲切、温暖的王大爷，紧紧拉着张怀月的手连连说："你们都是好人啊，感谢你们!"

12月9日，张怀月带着众多爱心人士捐赠给岳奉杰的善款13072.06元，与10多名志愿者在村干部的领路下，翻山越岭、走过泥泞小路，一个多小时才来到悦来镇星火村的岳奉杰家中，将这笔救命善款亲自送到他的爷爷、奶奶手中。

原来，小山村里飞出金凤凰的岳奉杰，是华中科技大学的在读硕士研究生，今年刚过20岁，风华正茂的人生刚刚启航，谁能料想到不幸身患淋巴瘤疾病、危及生命，父母舍下家中的农活去外地陪护儿子治疗，住院不到10天就花费了10多万元，本不富裕的家庭很快花光了积蓄，还变卖了家中唯一的房产……大邑中学为毕业的优秀学子岳奉杰发起的募捐倡议，走进了萤火虫志愿者的视线。张怀月得知后，迅速将这一倡议发到萤火虫团队的微信群，仅3天时间就收到167名志愿者、爱心人士及爱心组织你30元、我50元的这笔善款。涓涓细流，汇成人间暖流，温暖人心。

离别星火村时，志愿者还为远在他乡治病的岳奉杰留下"没有过不去的寒冬，没有盼不来的黎明。祝愿早日康复"的祝福。志愿者的行动，犹如冬天里的一缕阳光，处处温暖人间。

关注社会特殊群体、从事慈善事业、积极捐送善款，是张怀月以及他的萤火虫志愿者服务队，一直努力去做的事情。这是这些"萤火虫"志愿者，在社会公益事业中不断发光、发热。

张怀月从2月17日参与志愿者在崇州蔬菜装车送武汉时遇一贫困户捐款600元开始，不到一年时间捐资善款上百次、共计10多万元。

不仅如此，张怀月发起"萤火虫"志愿者开展慈善捐款行动，先后带领他的团队为一名身患"胆道闭锁"、"巨细胞病毒感染"5个月大的孩子彭予冉捐款11072.66元；关爱一对"双生花"姐妹，为这对困难姐妹花送去温暖和关怀，解决上学费用，并且决定连续关爱3年。

......

张怀月及大邑萤火虫志愿者服务队的故事很多、很精彩。

下篇：志愿队伍发展壮大

今年51岁的张怀月，家住大邑县城东门的晋义村一组，普通农家出生，家有兄妹5人，靠父母务农养活全家。他长大成人后种过庄稼，到父亲的饭店当过小工，之后开始自己四处卖水果、摆烟摊、开货车跑运输，还远到西昌打工和山西太原经营过卤肉摊……人生经历过很多磨砺，20年后才办起预制构件厂，如今经营着自己的华腾建筑租赁站，经租建筑钢模板、脚手架、扣件等。

已是知天命之年的张怀月，为什么要自觉、主动、积极从事应急救援、公益慈善事业呢？

走近张怀月才慢慢知道，是人生中的两件大事情深刻地影响了他、改变了他。

10年前的2008年初夏，那场"5·12"汶川特大地震波及大半个中国，是新中国成立以来继唐山大地震后破坏性最强、波及范围最广、救灾难度最大的地震，人民生命财产遭受重大损失。特大地震造成近10万同胞罹难或失踪，至今仍是全体中国人难以磨灭的沉痛记忆。

大邑与汶川两县，虽说分成都市和阿坝州两地所辖，但两县接壤且分别在西岭雪山南面、北面，县城青霞街道距此次地震震中映秀镇直线距离不足50公里，汶川特大地震同样是大邑有史以来遭受最为严重的自然灾害，全县20个乡镇均不同程度受灾，受灾人口26.85万人，死亡13人……成为国家确定的51个重灾县之一。在这不幸死亡的13人中，就有张怀月的独生儿子，地震成了他难以磨灭的沉痛记忆……

那场地震发生时，张怀月的独生儿子张垒独自在家。突如其来的地震，震得房屋来回抖动，瓦碎遍地，家具噼里啪啦响成一片，十分恐怖……在家睡午觉的张垒，慌忙起床往外跑，而且边跑边高声叫喊隔壁的陈大爷："陈大爷，快点出来躲地震！陈大爷，出来……"话音未落，屋前与自家为邻的汽修厂那一面高高的围墙突然倒塌下来，把惊慌失措往外跑的张垒重重地埋在下面……张垒临危之际还想到了陈大爷，是因为父亲长年在外、母亲白天不是出去帮工和就是下田做活，他与平时关心他的陈大爷交情好。

即将职高毕业的儿子不幸遇难，给整个家庭带来无尽的悲痛……张怀月长年在外东奔西跑，在家陪伴儿子的时间不多，为此深感内疚，那种揪心的痛苦久久不能散去。父子情深，张怀月找到职高老师，把儿子的毕业证领回，连同儿子曾经用过的那个手机号码，一直珍藏至今。儿子的不幸去世，让他彻底感悟人生短暂、生命如此可贵，这种感悟远比常人要深刻得多。

好在不到两年，张怀月又有了一个儿子张芮浩，其相貌、言谈举止与哥哥张垒几乎一样，他把对张垒的怀念变成炽热的父爱，全身心投入到呵护张芮浩身上。快乐成长的儿子如今已11岁上5年级了，乖巧可爱、好学上进……张怀月感谢命运在无情地为他关掉一扇大门的同时，又为他开启了另一扇大门，生命又燃烧起新的希望。

庚子新春，正当人们欢欢乐乐过新年的时候，突如其来的新冠疫情在湖北武汉爆发，迅速波及全国。

正月初二，大邑县城全面封禁，车水马龙的街道突然没有了车辆行人，按下"暂停键"的城市让人感到阡陌、可怕。张怀月是个闲不住的人，平时难得在家静下心来呆上一天半天，此次对在家隔离感到无所适从，整天遥控器不离手、盯着电视看。武汉的疫情愈加严重，全国各地的医务工作者、军人和志愿者开始大规模支援武汉……特别是众多志愿者纷纷参与抗击疫情的行动，深深地感染了他。

张怀月眼睛紧盯着电视里全民抗击疫情的画面，心里却在久久地换位思考：假如，疫情发生在我们身边、我们怎么办？况

且，经历过大地震的张怀月，切身感受到10年前全国军民参与抗震救灾、无私奉献支援四川灾后重建，"一方有难、八方支援"，仅3年就完成了灾后重建任务，震后四川依然美丽，自己的家乡比以前建得更好……大爱无疆感动了四川人民，也感动了张怀月。

知恩图报是中华民族的传统美德。认识的提高、思想的升华，在阅历丰富知天命的年龄，张怀月暗下决心要把后半辈子人生融入到社会公益事业之中，从志愿者做起、从参与目前抗击疫情做起……

想到了就要做到，这是张怀月言语不多、踏实做人的性格。不到一年时间，作为大邑县萤火虫志愿者服务队队长、中华志愿者协会大邑服务队副队长的张怀月，积极组织参与应急救援、公益慈善事业，脚迹不仅踏遍大邑的山山水水和邻近的邛崃、崇州、新津、双流，而且远达成都、西昌、攀枝花、资阳、达州、甘孜等地。

在这期间，他那随身出行的途观越野车就跑了4万公里，4部手机12个电话卡的话费高达上万元，还有那应急救援时穿烂了的20多双解放鞋，足能说明张怀月是个"说到做到、不放空炮"的人。

不到一年时间，张怀月投入到应急救援、公益慈善事业的费用达40多万元，几乎到了他家庭收入的极限。简单的数字背后，却深含张怀月的情义无价、人间有爱，体现出志愿者张怀月的义举。

更为难能可贵的是，张怀月并不是什么大老板、有钱人。

张怀月经营的华腾建筑租赁站仅占地一亩多，加上他才5名员工。2015年4月，他在兄弟姐妹资助6万元和先后向银行贷款、朋友借款200多万元的基础上，艰辛地办起了属于自己的租赁站，购进数百吨用于建筑脚手架的钢管、扣件，配置了龙门吊和两台二手自卸卡车。在他苦心经营下的租赁站运行良好，发展到今天已有400多万元的固定资产，虽然每年有四五十万元的利润收入，但目前尚欠贷款上百万元，月付利息达3万多。

张怀月就是在这样的情况下，几乎将租赁站的整个收入都投入到他的公益事业中。他平时舍不得吃、舍不得穿，常年一身深色的中山装、一双黑色圆口布鞋或应急救援时一双解放鞋的普通装束，却舍得花4万元为全村80岁、本组60岁以上老人过重阳节，大大方方地办起30多桌"土九碗"，还专门为8名高龄老人赠送了价值100多元的节日大礼包。

为全村老人过重阳节，一直是张怀月很久以来的一个心愿。他从小生活在兄弟姐妹多、生活条件差的家庭，是左邻右舍的父老乡亲多年的帮衬，他的家庭才度过了漫长岁月。在他的成长过程中，乡亲们给予的点点滴滴关爱与帮助，至今还记忆犹新。

"滴水之恩，应当涌泉之报"。感恩社会，就要从身边做起、从回报父老乡亲开始。于是，很久以来的心愿终于变成庚子年晋义村的重阳节尊老爱老联谊活动。

早在金秋十月的晋义村重阳节活动之前，张怀月在县城东片原银屏、今之芙蓉社区、晋义村及锦屏佳苑一带，就是出了名的"张善人"，还有人戏称他为"张捐捐"。

"张怀月真是个好人、善人哟，值得称赞！"

在锦屏家苑大门一侧，有一家"品味轩"的小菜饭餐馆，店主何占峰、杨永红夫妇经常从微信群和人们的摆谈中，获悉张怀月从事公益事业的点点滴熵，竖起大拇指对这位邻居大哥由衷敬佩。因受到张怀月的影响，杨永红在年初疫情期间还伙同姐妹多人，数次参与张怀月组织的志愿者乡下采收蔬菜、装车送往武汉的行动。

在当地，像杨永红这样自发参与志愿者行列的，大有人在。

针对参与志愿行动的人愈来愈多，张怀月在规范志愿者组织上下功夫。5月26日，正式成立了自己的"大邑县萤火虫志愿者协会服务队"，至目前会员500多人，骨干会员80多人，协会在年底已通过民政部门的注册登记，正式成立了大邑县萤火虫社会工作服务中心。从参与志愿者行动到成为志愿者组织者，张怀月仅仅用了3个月时间。不到一年的志愿者经历，活生生让张怀月活出了半辈子人生的精彩。

7月13日，中华志愿者协会发来红头文件，正式成立中志协应急救援志愿者协会委员会四川大邑服务队，任命张怀月为大邑服务队副队长。张怀月在感到无上光荣的同时，深感责任重大，便暗下决心要把应急救援工作做得更好，让"萤火虫"在中志协的引导下，百尺竿头，更上一层楼。

从疫情期间开始志愿者行动的张怀月，多次参与邛崃真心公益组织的公益活动，与这个团队及团队负责人孙拥霞女士结下不解之缘。作为军嫂并当过教师的孙拥霞，从事公益事业3年来个人捐资300万元，资助社会公益事业、特殊群体和180名学生，为社会应急救援和公益事业作出了积极的贡献。在多次并肩战斗中，张怀月与孙拥霞结下兄妹之情，并且把孙拥霞作为自己学习进步的榜样，决心像她那样努力管理好自己的"萤火虫"团队、做好公益事业。

在县城芙蓉小区北街96号，有一间约50平方米的铺面房，这是张怀月他们租来用于"萤火虫志愿者协会"和"中华志愿者协会应急救援大邑分队"的办公场所兼装备库房。

在这个不起眼的"志愿者之家",办公桌椅一应俱全,各项规章制度上墙,不少锦旗、荣誉证和志愿者风采的宣传展板非常醒目,书柜里摆放着活动资料和各种应急救援培训教材。作为仓库的后房,整齐地摆放着诸如安全帽、急救箱、救生衣、救援绳、抽水泵、风力灭火器等各类救援装备,还有队员筹资1600元购买的冲锋舟。由表及里可以看出,这支志愿者队伍在向正规化、专业化方向迈进。

张怀月那辆按揭来的途观越野车,装饰有应急救援的标志和旗帜,显得很特别。车内从副驾、后排座位到后备箱,平时都是塞满应急救援的必要装备,到了容不下搭乘第二人的地步。就是这辆车,为他风里来雨里去、走南闯北的应急救援和公益事业立下汗马功劳。

张怀月从事的公益事业,不断引起社会的广泛关注,得到县精神文明办、新时代文明实践中心、应急管理局、退役军人事务局等单位的大力鼓励与支持,分别授予他"优秀志愿者"、"公益之星"、"爱心人士"等荣誉,各地写给他的感谢信和给他的荣誉称号有二三十份,摆起来有一尺多高。

尾　声

当今,华夏大地上成千上万的各类志愿者在自发行动,他们秉承着服务社会、哪里需要去哪里的职责,高唱着时代主旋律、弘扬着正能量,行动在城乡各个领域,不可或缺地与社会生活融为一体。

涓涓细流汇聚成江河湖海,志愿者点点滴滴的行动汇聚成人间大爱,温暖社会。"伸出你的手,初次相识却已是朋友;放飞和平鸽，蓝天大地响彻我的问候……"一首《志愿者之歌》，唱响了"奉献、友爱、互助、进步"的人文气质和精神风貌。时代在发展、社会在进步，和谐社会的构建，需要更多的志愿者，同样也需要社会来关注志愿者、关注公益慈善事业。

"赠人玫瑰，手留余香"。雪山下，一个普通的志愿者张怀月，用真诚和热血奏响了一曲新时代的志愿者之歌。

志愿者之路很长远、很宽广，祝愿他愈走愈长远、愈宽广！

2020年12月于四川大邑

后 记

　　作为六零版的一代人，经历了很多社会重大变革。自己一出生就遇到困难时期"低标准"的影响，身体素质先天不足、从小到大体质都不怎么强健。中小学时期，本来课本课程就不多还要参加大量的劳动课，加上身处农村要做大量的家务活，所以从小学到初中这七年间，可以说是没有学到多少文化知识。遇到恢复升学考试，中考后虽然上了两年高中，但对开始走向正规、讲究教学质量的高中有些不适应了，自然学习成绩平平，在大中专升学率仅为8%的情况下，毕业回乡、无缘再上学。从军边关，在军营里的学习气氛和条件还好，自觉学习补充知识能量。随着工作环境条件的变化，更是逼迫着自己要去专研学习、提升自己、适应社会。从军队集体转业到央企，做新闻工作后幸运有机会参加由中铁建组织的复旦大学新闻专业的学习，在这里初识了报告文学。

　　授课的老师多半是很有名气的博导，给我们这些三四十岁"大学生、老学生"的教学针对性强，很实用。还记得老师把魏巍的《谁是最可爱的人》作为范文给我们讲解，该文既可以算作新闻的人物通讯、深度报道，又可以算作文学的报告文学，要求我们结合新闻工作的实践，多多尝试这方面的写作。既然报告文学既作新闻又作文学，便从"豆腐块"式的稿件中抽出些时间，开始尝试写作报告文学，尝试的第一篇报告文学便是《筑路先锋》。该文之所以能够全文刊登在《大路文学》首篇，那是因为我对这件事情太熟悉了。内蒙古集通铁路的建设长达5年，我在那里工作一年之后，又多次前去采访报道。长达151公里的铁路工程本身工程量多、困难多，在施工建设中发生了许许多多感动人心的故事，首先是感动了我。不得不决心在工程即将完工的时候，把这些故事好好挖掘、整理出来，变成文字，用文字的形式讲给读者分享。专程去采写这篇报告文学整整花了一个月的时间，一个工点一个工点地跑完就是半个月，厚厚的记录本记录了一两万多字。之后的半个月除一日三餐外，几乎就把自己关在克什克腾热水塘镇的温泉招待所构思、写作。那时没有电脑可用，只能"爬格子"一个字一个字地写，初稿出来后再边修改边誊写一遍。然后经项目指挥部领导审定后，又跑去林西县城打印，最后就是跑北京杂志社。

对报告文学的尝试感到苦中有乐，再从理论上充实些基本写作技巧。在不断学习实践中，又开始了采写铁道部劳模《彩虹人生》和吉林引松入长工程《松花江壮歌》。回到地方工作后，结合工作又采写了一批报告文学作品。特别是参加了为期9天的西岭雪山后山无人区大型科学考察活动，自己收获颇丰，就用文字较为详尽地把西岭后山无人区良好的生态自然景观、丰富的资源状况介绍给读者。报告文学《走进雪山无人区》曾在《中国国家地理》杂志繁体版10个页码刊出。经历了那场史无前史的"5·12"汶川特大地震，家乡大邑成为全国51个重灾县之一，结合人大工作采写了《地震，彰显代表作用》和《重建美好家园》。

人一生要走过很多路、经历很多事情，多少事情过后即淡化、忘记，所不能忘记而且印象深刻的，一定是对自己或对社会有着不同程度影响力的事情。文集收录的16篇作品均是报刊网刊载用过的，这些作品所叙述的人和事就是对自己、对社会都有着不同程度影响力的事情。《时代印记》报告文学集，实际上就是自己人生的经历和过程。在花甲之年、退休之际，这部文集也算是对自己42年工作经历的总结和漫长人生的回忆。回忆往事，没有碌碌无为、虚度年华，便是人生的满足。

《时代印记》在写作上力求符合报告文学的真实性、文学性、可读性特征融为一体。整体上，体现时代特征，弘扬社会主旋律、正能量，符合社会主义核心价值观和和谐社会的构建，这正是我们这个伟大的时代、实现中华民族伟大复兴的"中国梦"所需要的东西。文集是现代、当代社会文明进步、时代快速发展的文字再现和时代印记、时代印象，紧扣书名。文集中部分作品虽时间跨度久一些，但就其文学属性的思想性、艺术性、可读性依然如初。

由于业余写作，加之能力和知识的局限性，本书尚有许多不妥之处。敬请读者诸君批评指正，笔者深表谢忱！

作者
2022年春